Sophia Farago wurde in Linz geboren, wo sie auch heute nach Studienaufenthalten in Wien, Innsbruck und München wieder lebt. Sie hat Rechtswissenschaften studiert und arbeitet als Wirtschaftsjuristin im internationalen Handel. Neben diesem Fulltime-Job, der mit vielen Auslandsreisen verbunden ist, verfaßt sie jedes Jahr einen Roman für den Fischer Taschenbuch Verlag. Sophia Farago ist verwitwet und hat zwei Kinder.

Hochzeit in St. George. Catharine de la Falaise, die Tochter des Herzogs von Milwoke, stand schon einmal vor dem Traualtar in St. George, einer schlichten, aber würdevollen kleinen Kirche am Londoner Hanover Square. Beim ersten Mal war sie, als unerfahrene Braut, als bis über beide Ohren verliebte junge Frau, betört vom Charme eines verführerischen Franzosen, blind in eine fatale Ehe getappt. Als Angetraute eines französischen Barons hat sie die schönsten Jahre ihres jungen Lebens auf einem einsamen, windumtosten Schloß in der Normandie verbringen müssen. Nach dem Tod ihres ungeliebten Gemahls, um dessen nicht unbeträchtliche Hinterlassenschaft sie kämpft, ist Catharine inkognito ins heimatliche England zurückgekehrt. Eigentlich ist es ihr Wunsch, Abstand zu gewinnen von den Jahren, die hinter ihr liegen, und im abwechslungsreichen, glänzenden Gesellschaftsleben in Englands Hauptstadt zur Regency-Zeit Zerstreuung zu finden.
Doch es kommt anders als erwartet. Eine turbulente Abfolge von unvorhersehbaren Ereignissen und zufälligen Begegnungen – und Catharine de la Falaise, diese ungewöhnliche, selbstbewußte junge Frau, steht zum zweiten Mal in St. George vor dem Altar.
Keine überstürzte »Liebesheirat« diesmal, sondern eine höchst praktische Vernunftehe. Doch bald fällt ein düsterer Schatten auch auf diesen Bund. Ein schwerwiegender Mordfall beunruhigt die Familie. Ein Vatermord?

Von Sophia Farago erschienen im Fischer Taschenbuch Verlag bereits die Romane »Die Braut des Herzogs« (Bd. 11495) und »Maskerade in Rampstade« (Bd. 11430).

SOPHIA FARAGO

HOCHZEIT IN ST. GEORGE

Roman

Fischer Taschenbuch Verlag

Originalausgabe
Veröffentlicht im Fischer Taschenbuch Verlag GmbH,
Frankfurt am Main, Juni 1994

Gesamtherstellung: Clausen & Bosse, Leck
Printed in Germany
ISBN 3-596-12156-6

Gedruckt auf chlor- und säurefreiem Papier

I.

»Verdammt, Willowby, Sie haben schon wieder gewonnen!« Immer wenn sich der ehrenwerte Mr. Geoffrey Steanton erzürnte, dann färbten sich seine breiten Wangen rot, und der Schweiß, der ihm von seiner niedrigen Stirn in den Nacken rann, verdarb die Pracht seiner makellos weißen, gestärkten Hemdkragen. In diesem Augenblick war Mr. Steanton nicht nur auf das äußerste erzürnt, sondern ebenso verbittert und wütend über sich selbst. Er kramte ein großes Taschentuch aus seiner Hosentasche und rieb sich Stirn und Nacken trocken. Warum hatte er sich auch auf dieses Spiel eingelassen? Wie hatte es Hugh genannt? Ein Abend unter Freunden! Mr. Steanton blickte in die Runde. Na, als seine Freunde würde er die hier anwesenden Herren nicht bezeichnen. Außer seinem Gastgeber Lord Hugh Deverell natürlich. Hugh war ein Ehrenmann, dafür konnte er seine Hand ins Feuer legen. Er war etwa in seinem Alter, Anfang dreißig, und hatte zur selben Zeit die Universität in Cambridge besucht. Dort waren sie zwar nicht wirklich Freunde geworden, aber doch Bekannte, die sich achteten und schätzten. Dennoch war es ein verflixtes Pech gewesen, daß er gerade Hugh in die Arme gelaufen war, als er gestern für einige Tage in die Hauptstadt gekommen war.

Er hatte ein neues Gespann und mehrere Pferde im Tattersall kaufen wollen. Nun war all das Geld, das er für diese Käufe vorgesehen hatte, längst über den Spieltisch gewandert. Mr. Steantons Blick blieb an dem Gesicht seines Gegenübers hängen. Mr. Richard Willowby. Er hatte den Mann nie leiden können, doch noch nie mochte er ihn weniger als gerade eben. Er war ein Tunichtgut, ein Spieler, ein Dandy, der in den Tag hinein lebte, ohne einer einzigen Pflicht nachzugehen. Wie er da saß, lässig in seinen Stuhl zurückgelehnt, das rechte Bein in modischen zartgrauen Hosen neben dem Tisch ausgestreckt! Seine blonden Locken waren in Unordnung, das Halstuch gelockert, die Lippen zu einem spöttischen Grinsen verzogen. Mit einer fast liebevollen Geste strich er die Münzen, die er gewonnen hatte, ein und stapelte sie, je nach ihrem Wert, zu Häufchen, die sich bereits vor ihm auftürmten. Womit dieser Mann wohl seinen Unterhalt bestritt? Seines Wissens nach hatte sein Vater, der Viscount, bereits das gesamte Vermögen der Willowbys am Spieltisch und mit Frauen durchgebracht. Kaum anzunehmen, daß er seinem Ältesten eine reiche Apanage zahlen konnte. Nun, von dem, was Richard Willowby heute abend gewonnen hatte, konnte er gut und gerne ein Jahr leben, wenn er sparsam damit umging. Es war allerdings nicht damit zu rechnen, daß er sich großer Sparsamkeit befleißigte. Schade um das gute Geld. Was würde wohl Mama dazu sagen, wenn er ohne das Gespann und mit viel weniger Pferden als geplant nach Kent zurückkehrte? Sie hatte ihm abgeraten, nach London zu fahren. Sie hatte gemeint, dort würden an jeder Straßenecke Gefahren auf ihren Sohn lauern. Mama hatte recht gehabt. Wie immer.

»Noch ein Spiel, meine Herren?« meldete sich nun eine näselnde Stimme zu Wort. Mr. Steanton schreckte aus seinen Gedanken auf. Lord Peter Bridgegate war der vierte Mann in ihrer Kartenrunde. »Beau Bridge«, wie man ihn in der Gesellschaft für gewöhnlich nannte. Der älteste Sohn des Herzogs von Milster. Ein Adonis, wie man allgemein sagte. Mr. Steanton rümpfte die Nase. Natürlich sah Bridgegate gut aus. Die schwarzen Locken glänzten im Schein der Kerzen, die enggeschnittene, dunkelblaue Jacke betonte die breiten, durchtrainierten Schultern. Dennoch wirkte der Gentleman zu feminin für seinen Geschmack. Die dunklen Augen waren von einem Kranz dichter Wimpern umgeben, die Lippen wohlgeformt, die Nase schmal und gerade. Wie bei einem Mädchen, dachte Mr. Steanton kritisch. Und dann erst das blasierte Gehabe, das Seine Lordschaft an den Tag legte. Die routinierte Eleganz, mit der er seine reichverzierte emaillierte Schnupftabaksdose öffnete.

Die Wanduhr schlug die volle Stunde. Zwei Uhr früh. Spät genug, um aufbrechen zu können, ohne seinen Gastgeber zu beleidigen.

»Wenn Sie mich bitte entschuldigen wollen, meine Herren«, sagte er daher und stemmte seine breiten Handflächen auf die Tischplatte, um sich zu erheben. »Es war ein sehr angenehmer Abend. Aber ich muß Sie jetzt leider verlassen. Ich habe morgen einen anstrengenden Tag vor mir.« Sein Gastgeber war ebenfalls aufgestanden.

»Das kann doch nicht Ihr Ernst sein, Steanton«, meldete sich Richard Willowby mit spöttischem Grinsen zu Wort. »Was ist mit einer Revanche? Alles oder nichts.«

»Es ist schon spät, Ric«, wandte Hugh Deverell ein. »Ich denke, wir sollten diesen Abend beenden...«

Doch Mr. Steanton hatte sich bereits wieder auf seinen Stuhl zurückfallen lassen. »Einmal abheben, Willowby«, keuchte er. »Gewinne ich, bekomme ich all das Geld, das vor Ihnen auf dem Tisch liegt.«
»Aber sicher«, bestätigte sein Gegenüber gelassen. »Und wenn Sie verlieren, bekomme ich von Ihnen noch einmal den Betrag, den ich heute abend bereits gewonnen habe.«
Mr. Steanton nickte mechanisch. Daran wollte er nicht denken. Willowby konnte nicht den ganzen Abend das Glück gepachtet haben. Sicher würde er selbst als Sieger aus diesem Spiel hervorgehen. Dann konnte er morgen in aller Ruhe all die Dinge erledigen, deretwegen er nach London gekommen war. Und Mama würde nichts von diesem unglückseligen Abend erfahren.
Beau Bridge stieß einen leisen Pfiff aus. »Jetzt wird es interessant«, näselte er. »Ich wette zehn zu eins, daß Richard verliert. Was meinst du, Hugh?«
Lord Deverell war nicht wohl zumute. Er mochte es nicht, wenn jemand große Summen verlor. Noch dazu in seinem Haus. Allerdings würde Richard eine Aufbesserung seiner Finanzen sicher sehr gelegen kommen. Und wie hätte er das waghalsige Spiel verhindern können, wenn Steanton einverstanden war? »Ich wette nicht«, erklärte er an den Beau gewandt. Dann zog er mit festem Griff an der Klingelschnur.
»Ein neues Paket Karten«, trug er dem Diener auf, der herbeigeeilt war.
Er mischte das frische Paket ausgiebig und legte es dann in die Mitte des Tisches.
»Wer die höhere Karte zieht, soll der Sieger sein. Möchten Sie, daß ich beginne, Steanton?« fragte Richard Willowby. Mit keiner Wimper verriet er die Aufregung, die auch er verspüren mußte, da so viel Geld auf dem Spiel stand. Dafür sah man die Anspannung dem armen Mr. Steanton doppelt an. Der Schweiß begann erneut von seiner Stirne zu perlen, die Hände zitterten.
»Nein, ich möchte beginnen, Willowby, wenn Sie gestatten«, sagte er und griff mit einem Blick auf sein Gegenüber nach der obersten Karte. Mr. Willowby nickte. Die Karte wurde umgedreht. Die Herzdame. Als Mrs. Steanton sie sah, atmete er auf. Es war nicht zu erwarten, daß ihn Willowby übertreffen würde.

Mit gewollt langsamer Bewegung drehte dieser nun die nächste Karte um, und er blickte sie zuerst regungslos nur für sich an. Endlich, als Mr. Steanton schon meinte, seine zum Zerreißen gespannten Nerven würden die Ungewißheit nicht mehr länger ertragen, ließ Willowby sie mit einem lauten Lachen auf den Tisch fallen. Es war der Karokönig.
»Du hättest doch wetten sollen, Hugh«, sagte Lord Bridgegate, der als erster seine Sprache wiedergefunden hatte. »Unser guter Richard befindet sich zur Zeit in einer überwältigenden Glückssträhne. Das ist man von ihm nun wirklich nicht gewöhnt.«
Mr. Steanton sah sich ohne Pferde nach Kent zurückkehren. Sah im Geiste das vorwurfsvolle Gesicht seiner Mama vor sich und wäre am liebsten in Tränen ausgebrochen.
Richard Willowby zählte in der Zwischenzeit die vor ihm aufgetürmten Münzen und nannte ihm schließlich den Betrag, den Steanton ihm schuldete. Es war noch mehr, als Mr. Steanton befürchtet hatte. Nun würde ihm nichts anderes übrigbleiben, als dem Nachbarn eines der Grundstücke zu verkaufen, die dieser schon lange von ihm haben wollte. Mühsam die Fassung bewahrend, sagte er: »Ich habe nicht so viel Bargeld bei mir, Mr. Willowby. Ich hoffe, Sie akzeptieren meinen Schuldschein? Ich werde das Geld umgehend von meinem Landsitz anfordern. Es kann möglicherweise eine Woche dauern...«
»Wenn es sein muß, auch zwei Wochen«, erwiderte sein Gegenspieler großzügig. »Ich habe es nicht eilig.«
»Vielen Dank, Mr. Willowby«, antwortete Mr. Steanton bitter.
Sein Gastgeber hatte einen weißen Bogen sowie Tinte und Streusand zum Trocknen bereitgestellt. Mit zitternden Fingern griff Mr. Steanton zur Feder. Er war kaum in der Lage, die Worte lesbar zu Papier zu bringen. Zu groß war sein Verlangen, diese Stätte des Unheils und des Lasters endlich verlassen zu können. Als er fertig geschrieben hatte, nahm er sich nicht mehr die Zeit, die Zeilen durchzulesen oder zu warten, bis sie getrocknet waren. Er erhob sich so abrupt, daß er mit voller Leibesfülle am Tisch anstieß. Der Brandy in den halbgefüllten Gläsern drohte überzuschwappen, und hätte Mr. Willowby nicht mit geistesgegenwärtiger Reaktion den Krug in Sicherheit gebracht, so wäre er sicher am Boden zerschellt.

»Ich bringe Sie hinaus«, machte sich der Gastgeber erbötig, der sich ebenfalls erhoben hatte. Grußlos hastete Mr. Steanton aus dem Zimmer.
Als sich die Tür hinter Seiner Lordschaft und seinem aufgebrachten Gast geschlossen hatte, herrschte im Spielzimmer ungewohnte Stille. Lord Bridgegate hatte sich in seinem Stuhl zurückgelehnt und die langen, wohlgeformten Beine von sich gestreckt. Schweigend und eingehend betrachtete er seine Fingernägel. Richard Willowby begann mit unverhohlenem Vergnügen das vor ihm gestapelte Geld in seinen Rocktaschen zu verstauen.
»Was für ein öder, langweiliger Abend«, ließ sich der Beau schließlich vernehmen. Auch in Gegenwart seiner engsten Freunde verzichtete er nicht auf seinen nasalen Tonfall. »Wenn ich gewußt hätte, daß unser guter Hugh nichts Besseres im Sinn hatte, als diesen Mr. Nobody einzuladen, wäre ich nicht gekommen. Ich fühle mich nicht wohl in Umgebung von Leuten, denen die Landluft anhaftet. Mir war, als könne man den Stall förmlich riechen.«
»Du bist mir doch nicht böse, wenn ich dir nicht zustimme«, entgegnete sein Freund Willowby und klimperte fröhlich mit einigen Münzen. »Wahrlich ein einträglicher Abend. Und viel amüsanter, als dem armen Alfred seinen letzten Shilling abzugewinnen. Apropos Alfred. Wo steckt der Kerl eigentlich? Mir ist, als hätte ich ihn seit Tagen nicht mehr zu Gesicht bekommen.«
»Influenza«, entgegnete der Beau und griff mit seinen langen, weißen Fingern zum Brandyglas. »Das ist der Grund, warum ich es vorziehe, die Charles Street derzeit zu meiden. Ich habe keine Lust, mich anzustecken. Ich hoffe, daß Alfred in Kürze wieder auf den Beinen ist. Er wollte mich nach Hastings begleiten.«
»Du fährst doch nicht etwa schon wieder zu deinem Vater?« fragte Hugh Deverell, der eben wieder im Türrahmen erschienen war. Mit resignierender Geste nickte der Beau. »Doch. Nächste Woche. Ich habe vor Tagen ein Schreiben meines alten Herrn erhalten, in dem er dringend mein Kommen wünscht.«
»Was hat denn dieses Mal den Zorn Seiner Gnaden erregt?« wollte Hugh wissen.
Der Beau zuckte mit den Schultern. »Darüber möchte ich mir nicht den Kopf zerbrechen. Was immer es ist, es ist enervierend. Immer diese langen Fahrten, eingeschlossen in der engen Reisekutsche. Und

dann das viele Gepäck, das jedesmal mitgenommen werden muß. Man glaubt gar nicht, wieviel Garderobe man in wenigen Tagen auf dem Land benötigt. Dabei lasse ich alle topmodischen Jacken, die orientalisch bestickten Westen und die Stiefel mit den weißen Stulpen und den originellen Quasten zu Hause in London, um Papa nicht über Gebühr zu echauffieren. Mein Vater hängt einer nicht ganz zeitgemäßen Gesinnung an, wie ihr wißt...«
»Ich kann dir genau sagen, was deinen alten Herrn diesmal in Rage brachte. Du hättest nicht mit Lady Steverdon schlafen sollen«, stellte Richard Willowby mit einem frechen Grinsen fest.
»Du sei ganz still«, empörte sich der Beau. »Du bist ja schuld daran, daß mich mein Vater mit Verdächtigungen und falschen Beschuldigungen verfolgt.«
»Erstens sind das keine falschen Verdächtigungen, wenn wir ehrlich sein wollen, sondern Tatsachen«, unterbrach ihn sein unverbesserlicher Freund, »und zum zweiten bin ich sicher nicht schuld, daß dein Vater ständig damit droht, dich zu enterben. Ich bin schließlich nicht sein Informant.«
»Nein, aber dein Vater ist es«, gab Lord Bridgegate anklagend zurück.
»Hast du wirklich mit Lady Steverdon geschlafen?« meldete sich nun Hugh interessiert zu Wort.
»Warum sollte ich nicht?« begehrte der Beau auf. »Ich bin ein freier Mensch und ungebunden.«
Richard Willowby konnte sich ein amüsiertes Auflachen nicht verkneifen. »Aber Lady Steverdon ist es nicht«, stellte er fest. »Sie ist verheiratet. Und noch dazu mit einem sehr guten Freund deines Vaters. Kein sehr kluger Schachzug, gerade sie zu deiner Geliebten zu machen, wenn du mich fragst.«
»Ich frage dich aber nicht«, entgegnete Seine Lordschaft in scharfem Ton. »Und überhaupt: Wie soll mein Vater sonst von der Affäre Wind bekommen haben? Steverdon ist bis Ende Mai in Schottland, und dein Vater befindet sich in Winchester.«
»Vater ist seit Jahren in Winchester«, meinte Richard. »Und dennoch gelingt es ihm immer wieder, auf dem neuesten Stand zu sein, was unser beider Leben betrifft.«
Der Beau seufzte vernehmlich. »Wirklich, Ric«, sagte er, »dein Vater ist eine echte Plage. Ich finde, du solltest mit ihm reden. Ja, es ist

geradezu deine Pflicht, es zu tun. Er hat keinen Grund, mich bei meinem Papa anzuschwärzen.«
»Du vergißt Eliza, wie hieß sie doch gleich? Eliza Drevenham, wenn ich mich richtig erinnere.«
»Wer ist denn diese Dame nun schon wieder?« wollte ihr Gastgeber wissen. »Auch eine von Bridges Geliebten?«
Der so Verdächtigte legte eine seiner schlanken Hände gegen seine Stirn: »Aber das ist doch schon eine Ewigkeit her. Kaum mehr wahr, würde ich sagen. Vergiß doch die alten Geschichten, ich bitte dich.«
»Ich vergeß' sie gerne«, gestand ihm sein Freund zu. »Aber Vater vergißt sie nicht. Er war einmal sehr verliebt in diese Miss Drevenham. Das muß vor etwa zehn Jahren gewesen sein, wenn ich nicht irre.«
»Erspare uns Details, Richard«, bat der Beau.
Doch sein Freund dachte nicht daran. »Damals war mein Vater noch ein flotter Bursche, liebte das Leben, die Liebe und das Spiel. Ihr wißt ja, daß er in den letzten Jahren prüde und rechtschaffen geworden ist. Nun lebt er zurückgezogen auf Wild Rose Manor und macht sich nur noch durch vorwurfsvolle Briefe bemerkbar. So wie dir dein Vater mit Enterbung droht, Bridge, so droht mir meiner ebenfalls. Natürlich hat mein Vater nicht mehr viel zu hinterlassen. Das meiste, was er je besaß, hat er verspielt oder zu Geld gemacht. Dennoch wäre es schmerzlich für mich. Ich habe ihn in den letzten Jahren nie besucht. Und er kommt nicht mehr in die Hauptstadt, die für ihn plötzlich der Inbegriff alles Verdorbenen und Lasterhaften darstellt. Ich habe meinen Vater schon nicht gemocht, als er noch der wilde Draufgänger war. Aber glaubt mir, Freunde, seit er auf die moralische Linie umgeschwenkt ist, mag ich ihn noch weniger. Falls das überhaupt möglich ist.« Er nahm einen kräftigen Schluck Brandy und blickte gedankenverloren in sein Glas. »Ich möchte bloß wissen, wodurch diese Veränderung bei ihm ausgelöst wurde.«
»Was auch immer es war, ich wünschte, es wäre nicht eingetreten«, sagte Lord Bridgegate mit leidender Miene. »Wenn dein lästiger Vater nicht wäre, dann hätte Papa keine Ahnung, was hier in London gespielt wird. Wenn ich nicht auf der Hut bin, dann bringt er es noch fertig, meinen Papa davon zu überzeugen, das gesamte Ver-

mögen meinem langweiligen kleinen Bruder Jason zu hinterlassen. Wie kommt es überhaupt, daß dein Vater so gut Bescheid weiß? Irgend jemand muß ihn informieren.«
»Was siehst du mich denn dabei an?« fuhr Richard Willowby entrüstet auf. »Ich wechsle seit Jahren kein Wort mehr mit meinem alten Herrn. Und Briefe schreibe ich schon gar nicht.«
»Ihr wolltet mir die Episode mit dieser Eliza erzählen«, unterbrach Hugh Deverell, der Gastgeber, das Gespräch, das wie so oft in einen Streit der beiden Freunde auszuarten drohte. »Was hat sich damals zugetragen?«
»Eigentlich gar nichts.« Der Beau machte eine wegwerfende Handbewegung. »Rics Vater hatte ein Auge auf die kleine Eliza geworfen. Kaufmannstochter aus Winchester. Sie war damals kaum sechzehn. Er sicher schon über Fünfzig. Da konnte ich nicht zusehen...«
»Sie war mindestens schon zwanzig und mein Vater wenig über Vierzig«, verbesserte ihn Willowby.
»Richard, du bist manchmal unangenehm penibel«, stöhnte Seine Lordschaft. »Was machen diese paar Jahre denn für einen Unterschied, ich bitte dich.«
»Hast du das Mädchen verführt?« wollte Hugh Deverell wissen.
»Entführt!« verbesserte Richard. »Aber er kam nicht weit. Miss Eliza hat ihn mit ihrem Sonnenschirm beinahe bewußtlos geschlagen.«
»Waaas?« rief Hugh erstaunt. »Die Dame wollte sich nicht entführen lassen? Vom Beau? Du scheinst doch sonst immer Glück zu haben mit deinen unehrenhaften Anträgen, Bridge.«
»Ich wollte Eliza heiraten«, erklärte der Beau würdevoll.
Dafür hatten seine beiden Freunde nur ein lautes Lachen übrig.
»Was ist aus dem Mädchen geworden?« erkundigte sich Hugh.
Der Beau zuckte die Schultern. »Aus den Augen, aus dem Sinn.«
»Ich dachte, du hattest vorgehabt, sie zu heiraten?« wandte Richard Willowby spöttisch ein.
»Nachdem sie mich geschlagen hat?« rief Lord Bridgegate fassungslos. »Das kann doch nicht dein Ernst sein. Zudem hatte ich mir im Fallen eine meiner Westen ruiniert. Feinste chinesische Stickerei...«
»Und nun rächt sich Viscount Willowby, indem er deinen Vater über alle deine Schandtaten informiert?« vergewisserte sich Hugh.
Der Beau nickte. »So ist es«, stöhnte er, »und ich muß alle naselang die Strapaze einer Heimreise auf mich nehmen.«

»Wann fährst du?« fragte Richard.
»Etwa in einer Woche, nach dem Ball bei Sally Jersey. Weil wir gerade von Ball sprechen: sieht man euch morgen auf dem Ball der Greenhoods?«
Hugh lachte. »Also Richard wirst du dort sicher nicht zu Gesicht bekommen. Ich glaube, du warst schon mehr als zwei Jahre nicht mehr auf einem Ball. Habe ich recht, Ric?«
Mr. Willowby grinste seinen Freund über das Brandyglas hinweg an. »Aber natürlich gehe ich auf den Ball der Greenhoods«, verkündete er und freute sich über die Überraschung, die er mit diesen Worten auslöste.
»Olala. Unser guter Ric wandelt auf Freiersfüßen, wie mir scheint«, näselte der Beau mit unüberhörbarem Spott in seiner Stimme. »Auf welche der Schönheiten hast du denn dein Auge geworfen?«
»Scheint ja wirklich etwas Ernstes zu sein, wenn du dich einer Dame zuliebe sogar auf das Tanzparkett wagst. Du gedenkst doch nicht etwa, dich zu verheiraten?«
»Alt genug wärst du ja«, warf Lord Bridgegate ein. »Zweiunddreißig Jahre und noch immer keinen Erben in die Welt gesetzt.«
»Für mich besteht gar kein Grund, mich in die Netze einer Frau zu begeben«, erklärte Richard großspurig. »Ich brauche auch keinen Erben in die Welt zu setzen, denn ich habe bereits einen. Oder hast du meinen Bruder George vergessen?«
»Wie könnte irgend jemand den guten George Willowby vergessen?« näselte der Beau, »wo wir doch alle vor Bewunderung erstarren, da es ihm gelungen ist, von eurer Großmutter in Rampstade Palace als Alleinerbe eingesetzt zu werden. Seit ihm die alte Lady im letzten Winter die Freude machte, zu verscheiden, ist dein Bruder einer der reichsten Männer im Lande. Du hättest dich nicht mit ihm zerstreiten sollen, mein Lieber. Dann würdest du nun an seiner *Fortune* mitnaschen.«
»Ich habe mich nicht mit ihm zerstritten«, wandte Richard ein. »Wir Willowbys sind es gewöhnt, unsere eigenen Wege zu gehen. Seit Mama starb, hält uns nichts zusammen.«
»Bist du ihm böse, weil eure Großmutter ihm den Vorzug gab?« wollte Hugh wissen.
Mr Willowby schüttelte den Kopf: »Nein, ich hatte dieselben Chancen wie er. Es lag an mir, sie nicht zu nützen. Ich verspürte einfach

keine Lust, mich aufs Land zu verkriechen und um meine gestrenge Großmutter herumzuscharwenzeln. Als ich mich dafür entschied, in London zu bleiben, hatte ich mir die Sympathien der alten Dame restlos verscherzt. Mich wundert nur, daß sie ihren Besitz nicht Cousin Max vermachte. Der war schließlich immer ihr erklärter Liebling.«

»Max? Du meinst Cristlemaine? Der ist doch selbst reich genug«, wandte der Beau ein. »Ist das Leben nicht seltsam? Da besitzt unser guter Richard einen reichen Bruder und einen reichen Cousin, der noch dazu ein Earl ist. Und was macht er daraus? Nichts. Er lebt in einem verlotterten Haus und hat keinen Shilling in der Tasche.«

»Ich habe meine Taschen voller Shilling«, entgegnete sein Freund merkbar gereizt. »Und außerdem habe ich eben kein Talent zum Erbschleichen und Speichellecken...«

»Soll das etwa eine Anspielung auf mich sein?« fuhr der Beau auf. »Wenn ja, dann ist diese völlig verfehlt. Ich bin kein Erbschleicher, sondern ein Mann, der das Erbe zu verteidigen hat, das ihm von Rechts wegen zusteht. Und was den anderen Vorwurf betrifft...«

Wie immer, wenn ein Streit zwischen den beiden Freunden aufzuflammen drohte, wechselte Hugh das Thema: »Warum wirst du Greenhoods Ball besuchen, Richard?« fragte er. Die beiden Streithähne waren sofort abgelenkt.

»Du kennst doch Constance Ridley«, sagte Richard, »die Witwe von Brian Ridley.«

Hugh nickte. »Natürlich kenne ich sie. Sie war eines der hübschesten Mädchen, als sie vor Jahren debütierte. Und dann wurde sie von ihrem Vater an den alten Ridley verheiratet. Der sicher dreißig Jahre älter war als sie. Es muß beinahe ein Jahr her sein, daß Ridley starb. Das Trauerjahr müßte in Kürze vorüber sein.«

»Es ist vorbei«, verkündete Richard. »Ich habe Lady Ridley bereits letzte Woche in den Vauxhall Gardens getroffen. Sie ist noch viel schöner geworden, als ich sie in Erinnerung hatte. Das Jahr auf dem Landsitz ihres Vaters in Surrey hat ihr gutgetan.«

»Denkst du daran, ihr einen Antrag zu machen?« fragte Hugh.

»Warum sollte ich?« lautete die Gegenfrage. »Ich sagte dir doch schon, daß ich vorhabe, mein Leben als Junggeselle zu beschließen.«

»Ja, was willst du denn dann von ihr?« wollte Hugh wissen.

»Ja, was will ich denn dann von ihr?« echote Willowby mit unverkennbarem Spott.
»Richard!« rief Hugh Deverell entsetzt aus. »Sie ist die Tochter des Earl of Aberfield. Eines der unangenehmsten und einflußreichsten Männer des Königreiches.«
»Ich weiß, daß er ein aufbrausender, alter Esel ist«, entgegnete Mr. Willowby sorglos, »aber ich will schließlich ein Verhältnis mit seiner Tochter beginnen. Nicht mit ihm.«
»Wie man hört, wünscht Aberfield die Verbindung seiner Tochter mit dem Earl of Tremaine«, meldete sich Lord Bridgegate zu Wort.
Diese Bemerkung schien seinen Freund nicht von seinem Vorhaben abbringen zu können. Im Gegenteil. »Fein«, sagte er. »Wenn sie wirklich abermals einen Mann heiraten soll, der um vieles älter ist als sie, wird sie sich um so mehr nach einem jugendlichen Liebhaber sehnen.«
»Und dieser jugendliche Liebhaber bist du?« vergewisserte sich der ehrenwerte Hugh Deverell.
»Sehr richtig«, bestätigte Richard grinsend. »Und nun gehe ich nach Hause. Ich muß morgen nacht bei Kräften sein. Danke für diesen Abend, Hugh. Er war wirklich äußerst erfreulich. Ich scheine eine wahre Glückssträhne zu haben, die Taschen voll Geld, die reizvollste Frau der Stadt in Kürze in meinem Bett. Herz, was willst du mehr?«
Hätte Richard Willowby in diesem Augenblick geahnt, wie sehr sich in den nächsten sieben Tagen sein Leben verändern würde, seine freudige Zuversicht wäre wohl schlagartig gebremst worden.

II.

Es begann damit, daß sich seine Schwester unerträglich langweilte. Neben ihren Brüdern Richard und George war Hetty die jüngste unter den drei Geschwistern Willowby. Eine fröhliche, aufgeweckte, bisweilen auch launenhafte Achtzehnjährige. Sie lebte seit dem Tod ihrer Mutter bei der kinderlosen Schwester ihres Vaters und dessen Gatten in Brighton. Bis zu ihrem sechzehnten Geburtstag hatte sie das Institut für höhere Töchter der ehrenwerten Mrs. Lutham in Worthing besucht und ihre Verwandten nur in den Ferien gesehen. Wie jedes adelige Mädchen ihres Alters malte sie sich in dieser Zeit ihr glanzvolles Debüt in der Hauptstadt in den prächtigsten Farben aus. Doch es sollte ein Traum bleiben. Denn seit zwei Jahren wartete sie nun darauf, endlich ihre erste Saison in London verbringen zu dürfen. Vergebens. Immer wieder fanden Onkel und Tante einen Grund, den versprochenen Aufenthalt in der Hauptstadt zu verschieben. Zuerst war eine Reise auf den Kontinent, um Verwandte zu besuchen, wichtiger. Gut, das hatte Hetty verstehen können, und die Fahrt nach Frankreich war ja wirklich ein aufregendes und unterhaltsames Erlebnis gewesen. Im nächsten Jahr jedoch war der Aufenthalt in London wegen des verletzten Knies ihres Onkels verhindert worden. Er war kurz vor dem geplanten Termin vom Pferd gefallen, und für Tante Mable kam es nicht in Frage, daß sie den armen Onkel Jonathan alleine ließ, um ihre Nichte nach London zu begleiten.

Das hatte Hetty nur zähneknirschend zur Kenntnis genommen. Und in diesem Jahr schien es lange Zeit so, als würden Onkel und Tante gar nicht auf die Idee kommen, nach London zu fahren. Also hatte Hetty die Initiative ergriffen. Sie begann von nichts anderem mehr zu sprechen als von ihrem bevorstehenden Debüt. Sie schwärmte ihrer Tante vor, wie amüsant es für sie alle werden würde. Als diese Taktik nichts nützte, verlegte sie sich aufs Betteln, schließlich schmollte sie und war unausstehlich. Gerade als sie dachte, sie hätte ihre Verwandten überzeugt, bekam Tante Mable einen Schwächeanfall. Sie zog sich in ihre Gemächer zurück, und der sofort herbeigeholte Arzt der Familie riet dringend davon ab, daß Mylady die beschwerliche Reise nach London auf sich nehme. Und dann noch der Trubel, der in der Hauptstadt herrschte, die Veranstaltungen, die oft bis in den frühen Morgen dauerten! Keinesfalls sollte sich Mylady mit ihrer schwachen Konstitution diesen Strapazen aussetzen!

Während Hetty enttäuscht die Zähne zusammenbiß und sich verstohlen die Tränen aus den Augenwinkeln wischte, hatte sich die Tante mit befreitem Aufseufzen in ihre Kissen zurückgelehnt. Das war vor gut einer Woche gewesen. Tante Mable hatte sich erstaunlich rasch von ihrem Schwächeanfall erholt. Es ging ihr bereits wieder viel besser, und doch beteuerte sie, daß die Erwähnung des Wortes »London« allein ausreichte, um einen schlimmen Rückfall zu verursachen.

Hetty stand in ihrem Zimmer und betrachtete sich eingehend in dem mannshohen, in einen reichverzierten Holzrahmen gefaßten Spiegel. Ihre blonden Locken fielen in leichtem Schwung auf ihre Schultern. Die großen, blauen Augen, auf die sie selbst besonders stolz war, unterstrichen die Zartheit ihres schmalen Gesichts. Sie war wirklich hübsch. Und auch ihre Figur konnte sich sehen lassen. Hetty drehte und wendete sich, um sich in Ruhe von allen Seiten zu betrachten. Sie fand nichts, woran sie etwas auszusetzen gehabt hätte. Es war eine Schande, eine Schönheit wie sie auf dem Lande zu verstecken.

Im Sommer, wenn die vornehme Gesellschaft nach Brighton übersiedelte, wenn das bunte Leben in den Straßen und Plätzen rund um den berühmten *Royal Pavilion* des Prinzregenten Einzug hielt, dann hatten ihre Verwandten jedes Jahr die Koffer gepackt. Sie waren mit ihrer Nichte nach Rye gefahren, um auf dem Landsitz von Onkels Bruder James den Sommer zu verbringen. Das Haus in der Marine Parade in Brighton wurde zu einem ansehnlichen Betrag stets an dieselbe Londoner Adelsfamilie vermietet. Das so verdiente Geld wurde den bereits angesammelten Ersparnissen dazugeschlagen. Ausgegeben wurde nur das Nötigste. Und so war Hettys Garderobe nicht so umfangreich, wie sie es sich gewünscht hätte. Wenn sie auch zugeben mußte, daß sie eine Reihe ganz reizender Tageskleider besaß und das neue Reitkleid im Husarenstil mit Epauletten an den Schultern sogar in der Hauptstadt einen guten Eindruck machen würde.

Letzten Winter, als Großmutter, die Mutter ihrer leider so früh dahingegangenen Mama, in Rampstade Palace gestorben war und ihr Bruder George mit einem Male unermeßlich reich geworden war, da hatte sie erwartet, George würde sie zu sich einladen. Er und seine Frau Henrietta, die wie sie selbst Hetty gerufen wurde, würden sie in die Gesellschaft einführen. Aber nichts dergleichen war geschehen. Es war ja wirklich ein dummer Zufall, daß sie einen Tag bevor sie zu Großmutters Beerdigung abreisen sollte, an Masern erkrankte. Sicher hätte sie George überreden können, ihr Debüt in der Hauptstadt zu geben, wenn sie ihm erst einmal persönlich gegenübergestanden wäre. Aber so war das unmöglich gewesen. Und die Briefe, die sie ihm in sein neues Zuhause nach Rampstade Palace geschickt hatte, waren unbeantwortet geblieben.

Typisch George. Ein freundlicher, liebenswerter Mensch, aber viel zu egoistisch, um an die Zukunft seiner Schwester zu denken. Und schreibfaul war er überdies. Es blieb ihr nichts anderes übrig: sie mußte mit George sprechen. Sicher hielt er sich zur Zeit, zu Beginn der Saison, im Haus, das er von Großmutter geerbt hatte, am Londoner Grosvenor Square auf. Dorthin mußte sie gelangen. George würde es nicht übers Herz bringen, sie zurückzuschicken. Vor ihrem geistigen Auge erschien ihr Ebenbild in all den bezaubernden Abendroben, die ihr Bruder für sie schneidern lassen würde. Mit all den atemberaubenden Hutkreationen, umringt von einer nicht enden wollenden Schar von Verehrern. Hetty wandte sich energisch vom Spiegel ab. Sie würde nicht länger hoffen und träumen. Sie würde ihr Schicksal selbst in die Hand nehmen.

Mit raschen Schritten war sie bei ihrer Kommode und nahm eine prall gefüllte Ledermappe aus der obersten Schublade. Erst gestern hatte sie durch Zufall in einer der Lanes, einem der hübschen Gäßchen des Ortes, ein Schreibwarengeschäft entdeckt, das eben das Büttenpapier mit dem zarten Goldrand führte, das George verwendet hatte, um ihr und ihren Verwandten den Tod der Großmutter mitzuteilen. Sie hatte einen Bogen davon besorgt. Nun mußte sie sich nur noch bemühen, die Schrift so zu verstellen, daß sie der ihres Bruders ähnlich war. Hetty holte sein letztes Schreiben hervor und begann mit trockener Feder die Schriftzüge nachzuvollziehen. Das erschien ihr nicht weiter schwierig. Zum Glück hatte sie den Briefumschlag aufgehoben. So konnte sie den Eindruck vermitteln, als sei ihr Schreiben tatsächlich aus London gekommen. Sollte es ihr Onkel seltsam finden, daß das Kuvert, obwohl an ihn gerichtet, bereits geöffnet war, so würde sie dies damit entschuldigen, daß sie so gespannt gewesen sei, was George schrieb, daß sie, ohne nachzudenken, den Umschlag geöffnet habe. Sicher würde ihr Onkel diese Neugierde verzeihen. Wenn er es überhaupt bemerkte. Soweit war der Plan perfekt.

Schwieriger würde es allerdings werden, ihre Tante davon zu überzeugen, sie ohne Anstandsdame nach London reisen zu lassen. Aber Hetty wäre keine echte Willowby gewesen, wenn sie sich ernstlich Gedanken über dieses Problem gemacht hätte. Zu gegebener Zeit würde sich auch dafür eine passende Lösung finden. Um ein zügiges Schriftbild bemüht, begann sie zu schreiben. Zum Glück konnte sie den Brief kurz halten, denn George war kein Freund langer Worte. *Verehrte Tante, verehrter Onkel!*, schrieb sie und verglich ihre Schrift mit der ihres Bruders. War durchaus annehmbar. *Meine Gattin und ich sind übereingekommen, daß wir,* Hetty stockte, sollte sie »liebe Schwester« schreiben, oder war das zu auffallend? Sie entschied, es bei *Schwester Hetty* zu belassen, *in die Gesellschaft einführen sollten. Euer Einverständnis vorausgesetzt, ersuche ich Euch, ihr Eure Kutsche zu leihen, und sie nach London zu schicken. Für die Kosten des Debüts komme selbstverständlich ich auf. Euer Neffe George.* Sie hatte das Schreiben beendet und wollte eben Sand auf das Blatt streuen, als sie Schritte vernahm, die sich ohne Zweifel ihrer Tür näherten. Rasch klappte sie ihren Sekretär zu.

Keine Minute zu früh, denn ihre Tante betrat das Zimmer. In ihrer Rechten schwenkte sie einen zartgelben Briefbogen, in ihrer Linken die Augengläser, die sie seit einiger Zeit zum Lesen benötigte.

»Stell dir vor, mein Kind, wir bekommen Besuch!« Sie stutzte und warf einen erstaunten Blick auf ihre Nichte: »Warum um alles in der Welt sitzt du hier, regungslos vor deinem Sekretär? Warst du eben dabei, einen Brief zu schreiben?«

»Nein, nein!« beeilte sich Hetty zu versichern, »ich wollte nur, ich war dabei…« Es fiel ihr nichts Passendes ein, was sie getan haben könnte. »Wer kommt zu Besuch?« fragte sie statt dessen. Ihr Interesse war nicht wirklich echt. Onkel und Tante bekamen selten Besuch. Und wenn, dann waren es alte Leute wie sie selbst, die Erholung an der See suchten und sich dazu einige Tage oder Wochen bei ihnen einquartierten. Doch nun mußte sie Neugierde vortäuschen, um ihre Tante abzulenken. Das gelang zum Glück.

»Catharine de la Falaise«, erwiderte Tante Mable, nun zu Hettys wirklicher Überraschung. »Du kannst dich doch noch an sie erinnern, nicht wahr? Wir haben sie vor zwei Jahren in Frankreich besucht.«

Hetty war aufgesprungen. »Aber natürlich erinnere ich mich an Catharine!« rief sie aus. »Wir haben eine so schöne Zeit in *La Falaise* verbracht! Wann kommt sie? Wie lange wird sie bleiben? Wird ihr Gatte, der Marquis, sie begleiten?«

»Aber Henrietta!« rief ihre Tante aus. Sie nannte Hetty nur dann bei ihrem vollen Namen, wenn sie ernsthaft entrüstet war. »Der Marquis de la Falaise ist vor einem Jahr gestorben. Wir haben dir doch davon erzählt. Wie kannst du das vergessen haben?«

»Oh, jetzt erinnere ich mich. Wie froh muß Catharine sein, daß er tot ist!«

»Henrietta!« rief Mylady erneut.

»Aber war er denn nicht ein unangenehmer Mensch und noch dazu um so vieles älter als sie?« wandte Hetty ein.

»Über Tote spricht man nur Gutes«, mahnte Mylady, obwohl sie im stillen ihrer Nichte recht geben mußte. »Nun, da das Trauerjahr sich dem Ende zuneigt, hat Catharine beschlossen, in ihre Heimat zurückzukehren. Der Brief hat geraume Zeit gebraucht, bis er uns erreichte. In der Zwischenzeit hat Catharine sicher bereits die Reise nach Calais angetreten. Sie wird in Kürze das Schiff besteigen, und wir können sie in den nächsten Tagen erwarten. Catharine ist die Nichte meines Mannes, wie du weißt. Die Tochter seiner Zwillingsschwester Samantha, mit der ihn ein sehr inniges Verhältnis verband, bevor sie leider allzu früh verstarb. Dein Onkel ist einer ihrer nächsten Verwandten. Daher wird sie zu uns kommen, bis sie sich entschieden hat, wo sie sich niederlassen wird.«

»Aber sie hat doch einen Bruder«, fiel Hetty ein.

»Sprich in meiner Gegenwart nicht von Milwoke!« befahl die Tante und griff mit der Hand an ihr angeblich so schwaches Herz. »Ein unmöglicher Mensch. Wie übel er seiner Schwester mitgespielt hat. Ich will gar nicht daran denken. Ich werde sofort Bescheid geben, daß das Rosenzimmer vorbereitet wird. Du kannst dich in der Zwischenzeit umziehen. Wir essen in einer Stunde.« Mit diesen Worten verließ sie das Zimmer und ließ ihre Nichte mit klopfendem Herzen zurück.

»Geschafft! Ich habe es geschafft!« rief diese aus und tanzte in freudiger Erregung, sich ständig um die eigene Achse drehend, durch den ganzen Raum. Catharine de la Falaise war ein Geschenk des Himmels! »Geschafft, geschafft!« jubelte Hetty immer wieder, bevor sie sich schließlich erschöpft auf ihr Bett fallen ließ. Die erste vage Idee begann rasch Gestalt anzunehmen. Ihre Tante und ihr Onkel hätten nie gestattet, daß sie sich alleine auf die Reise nach London begab. Doch nun war sie nicht länger alleine. Catharine würde sie begleiten! Ihre Tante hatte gesagt, Catharine wüßte noch nicht, wo sie sich niederlassen würde. Aber das beunruhigte Hetty nicht ernsthaft. Wo sonst sollte es eine junge, gutaussehende, vermögende Witwe hinziehen, die endlich ihre Freiheit genießen wollte, wenn nicht in die Hauptstadt? Nun brauchte sie den Brief, den angeblich George geschrieben hatte, nur noch ihren Verwandten unterzujubeln. Am nächsten Morgen würde sie sich neben das Tablett mit der Post stellen, das Mebrough, der Butler, der zugleich Kammerdiener ihres sparsamen Onkels war, stets auf das Buffet im Frühstückszimmer stellte. Dann würde sie so tun, als habe sie das Schreiben eben geöffnet. Nicht mehr lange, und sie würde nach London aufbrechen. Mit einem glücklichen Lächeln auf den Lippen machte sie sich daran, sich für das Dinner umzukleiden.

III.

Die junge Witwe in ihrem tiefschwarzen Kleid aus schwerer Seide stand an der Reling und blickte mit wachsender Besorgnis auf die unruhig auf und ab rollenden Wogen. Ihr langer, bis zur Taille reichender schwarzer Spitzenschleier flatterte im aufbrausenden Wind. Hoffentlich war diese Fahrt bald vorüber. Sie hatte Seereisen noch nie gut vertragen, doch so übel wie dieses Mal war es ihr noch nie ergangen. Ihre Hände umklammerten das eiserne Geländer. Hoffentlich muß ich mich nicht noch einmal übergeben, dachte sie beunruhigt. Das flaue Gefühl im Magen schien sich von Minute zu Minute zu verstärken. Erschrocken zuckte sie zusammen, als sie von der tiefen Stimme des Ersten Offiziers angesprochen wurde. Sie hatte nicht gehört, wie er näher gekommen war.
»Ich würde Ihnen empfehlen, die Kabine aufzusuchen, Madame«, sagte dieser nach einer höflichen Verbeugung. »Die Wolken über uns zeigen, daß wir in eine Regenzone einfahren.«
Wie um seine Worte zu bestätigen, klatschten die ersten dicken Tropfen auf die Planken des Schiffes. Catharine de la Falaise bedankte sich für diesen Rat und beeilte sich, ihn zu befolgen. Das Schiff schaukelte unruhig auf den Wellen, und sie brauchte geraume Zeit, um die Tür aufzusperren und die Schiffslampen in ihrer düsteren Kabine anzuzünden. Aufseufzend ließ sie sich auf den einzigen, festverankerten Stuhl gleiten. Dabei fiel ihr Blick zufällig in den kleinen Spiegel, der oberhalb des Waschtisches angebracht worden war. Wie blaß sie aussah! Die Wangen waren eingefallen, tiefe dunkle Ringe hatten sich um ihre Augen eingegraben. Die Strapazen der Reise standen ihr deutlich ins Gesicht geschrieben. Und dann noch dieser schreckliche Schleier, der ihre dunkelblonden Haare fast zur Gänze verdeckte.

Catharine preßte ihre Lippen aufeinander. Gervaise, dachte sie bitter. Er verfolgte sie über seinen Tod hinaus. Wie konnte er nur in seinem Testament bestimmen, daß sie diesen schweren, unkleidsamen Schleier tragen mußte. Ein ganzes Jahr lang. Zehn Tage noch, dann war das Trauerjahr vorüber. Dann würde sie die ungeliebte schwarze Garderobe eigenhändig verbrennen. Wo sie sich wohl aufhalten würde, in zehn Tagen? Sofort nach ihrer Ankunft wollte sie zu Onkel Jonathan nach Brighton fahren. Hoffentlich hatte er rechtzeitig ihr Schreiben erhalten. Es würde ihr guttun, ein paar Tage in Ruhe auszuspannen. Doch sie würde nicht lange bleiben.

Sie mußte sich endlich entscheiden, wo sie ihr weiteres Leben verbringen und wie sie es gestalten wollte. Zumindest bis das Geld kam, das ihr nach dem Tod ihres Gatten rechtmäßig zustand. Gervaise hatte sie, zur Überraschung aller Anverwandten und nicht zuletzt zu ihrer eigenen, zur Haupterbin eingesetzt. Seinem Neffen Roger de la Falaise, dem Erben des Titels, sollte nur ein relativ kleiner Teil des Vermögens zufallen. Es war abzusehen gewesen, daß Roger sich damit nicht zufriedengeben würde. Seit seiner Kindheit hatte er sich als Alleinerbe seines Onkels gefühlt. Nun dachte er nicht daran, kampflos aufzugeben. Ohne zu zögern, hatte er das Testament angefochten. Catharine ballte ihre Hände zu Fäusten. Roger. Sie würde ihn am liebsten ein für allemal vergessen. Und doch war die Erinnerung an diesen gutaussehenden jungen Mann so lebendig wie immer. Wie hatte sie sich je einbilden können, gerade ihn zu lieben?

Catharine seufzte und begann langsam ihr Kleid aufzuknöpfen. Ohne die Hilfe einer erfahrenen Zofe war das gar nicht so einfach zu bewerkstelligen. Zudem begann das Schiff immer stärker zu schlingern. Endlich konnte sie sich auf dem schmalen, harten Bett ausstrekken. Sie zog die Decke bis zum Kinn. Noch etwa vier Stunden, dann würde das Schiff anlegen. Sie lag regungslos und starrte auf die graue Decke ihrer Kabine. Ihre Gedanken wanderten fünf Jahre zurück, zu jenem sonnigen Frühlingsnachmittag, an dem sie Roger de la Falaise zum erstenmal begegnet war. Sie war gerade siebzehn Jahre alt geworden und sollte in dieser Saison in die Gesellschaft eingeführt werden. Papa lebte damals noch. Ihr Bruder Henry hatte sich kürzlich mit Lady Esther Linchford, der einzigen Tochter eines Barons, verehelicht. Von dem Tag dieser Hochzeit an hatte sich Catharines Leben drastisch verändert. Sie war immer Papas Liebling gewesen. Nach

dem frühen Tod der Mutter wurde sie von ihm und ihrem um zehn Jahre älteren Bruder verwöhnt und umsorgt. Sie war Mittelpunkt der kleinen Familie gewesen, in der man es sich, obwohl die finanziellen Mittel nicht zum Besten standen, gutgehen ließ. Zu dritt unternahm man Jagdausflüge auf dem Land, man besuchte die Oper oder Theateraufführungen zusammen. Und es wurde viel gescherzt und gelacht. Das änderte sich schlagartig, als Henrys Frau, Esther, in die Familie eindrang und unbarmherzig das Kommando an sich zog. Sie war Anfang dreißig, fünf Jahre älter als ihr Gemahl. Eine forsche, dominierende junge Frau, die es gewöhnt war, ihren Willen überall durchzusetzen. Und sie setzte ihn auch hier durch. Denn Esther war reich. Mit ihrem Geld wurden die längst notwendigen Reparaturen auf dem Landsitz Berdington Hall bezahlt. Mit ihrem Geld wurde das Stadthaus am Hanover Square neu eingerichtet. Ihr Geld ermöglichte Henry die elegante Garderobe, mit der er sich, stolz wie ein Pfau, seinen Freunden präsentierte. Ihr Geld verschaffte Papa ein langersehntes Gespann vollblütiger Rotfuchsstuten. Sie erreichte, daß ihr sowohl ihr Mann als auch ihr Schwiegervater zu Dank verpflichtet waren. Und beide Männer, ohnehin nicht von entschlossenem und starkem Charakter, ließen es zu, daß Esther künftig über ihr Leben bestimmte. Zu ihrer Dankbarkeit gesellte sich nach kurzer Zeit auch die Furcht vor der spitzen Zunge der neuen Hausherrin, die jede Äußerung, die ihren Plänen zuwiderlief, im Keim erstickte.
Die einzige Bewohnerin des Hauses, die sich gegen die Veränderung in ihrem Leben entschieden zur Wehr setzte, war Catharine. Kategorisch lehnte sie jedes noch so kleine Geschenk ihrer Schwägerin ab. Wohl wissend, daß diese als Gegenleistung immerwährenden Gehorsam erwartete. Nein, sie würde sich nicht für Geld zur Marionette machen lassen. Sie würde die erste Möglichkeit nützen, das Haus zu verlassen, in dem sie sich nun nicht mehr länger zu Hause fühlte. In dieser Situation war Roger de la Falaise in ihr Leben getreten. Im Sattel eines stolzen Rappen sitzend, ritt er im Hydepark direkt auf die Kutsche zu, in der sie in Begleitung ihrer ungeliebten Schwägerin eine Ausfahrt unternahm. Es kam nicht oft vor, daß sie mit Esther zusammen eine Spazierfahrt unternahm. Doch an diesem Tage hatte ihre Schwägerin so vehement darauf bestanden, daß Catharine um des lieben Friedens willen zugestimmt hatte. Catharine hätte sich noch jetzt dafür ohrfeigen können. Wie hatte sie damals nur

so dumm sein können? Warum hatte sie dieses abgekartete Spiel nicht durchschaut. Wie hätte sie aber auch ahnen sollen, welchen schändlichen Plan Esther und dieser gutaussehende französische Edelmann gemeinsam ausgeheckt hatten? Nein, sie war an diesem Nachmittag weit davon entfernt gewesen, Böses zu ahnen. Sie hatte nur Augen gehabt für diesen hübschen jungen Mann mit den kurzgeschnittenen schwarzen Locken. Die azurblaue Reitjacke unterstrich die tiefblaue Farbe seiner Augen, die, wie es schien, bewundernd auf sie gerichtet waren. Ein Blick in diese Augen hatte genügt, und Catharine hatte sich Hals über Kopf in ihn verliebt. Damit hatte sie sich den beiden Intriganten ausgeliefert. Esther hatte sie loswerden wollen. Sie duldete keine Person in ihrem Haus (und nachdem sie so großzügig investiert hatte, betrachtete sie das Palais am Hanover Square als ihr Haus), die ihr widersprach und die auch ihren Mann ermutigte, sich gegen sie aufzulehnen. Und sie dachte auch nicht im Traum daran, sich den Mühen auszusetzen, ein junges Mädchen in die Gesellschaft einzuführen. Noch dazu ein Mädchen, das viel hübscher war, als sie je gewesen ist und das bei weitem mehr Anklang finden würde. Sie hatte längst beschlossen, Catharine zu verheiraten. Und zwar so rasch wie möglich und an einen Mann, der sie von London fernhielt.
Catharine hatte nie erfahren, wo Esther Roger kennengelernt hatte, noch, ob ihr Bruder in die Pläne seiner Frau eingeweiht gewesen war. Sie hatte sich darüber oft den Kopf zerbrochen. Sie konnte es einfach nicht glauben, daß ihr Bruder, der liebenswürdige, etwas unbeholfene Henry, eine derartige Idee gutgeheißen haben konnte. So kam es, wie es kommen mußte. Roger ging im Haus am Hanover Square ein und aus. Er war ein stets gern gesehener Gast, hatte Catharine ins Theater und in Konzerte geführt. Und auf dem ersten Ball, den sie besuchen durfte, tanzten die beiden zwei aufeinanderfolgende Tänze miteinander. Damit war für erfahrene Beobachter klar, daß sich die hübsche Tochter des Herzogs von Milwoke für den vornehmen, aber verarmten Emigranten Roger de la Falaise entschieden hatte, noch bevor ihre erste Saison richtig begann. Was die Beobachter nicht wußten und was Catharine nicht im entferntesten ahnte: Roger war bereits verheiratet. Nicht glücklich allerdings. Seine Frau Jeanette war nicht mit nach England gekommen, sondern im Landhaus des Onkels ihres Gatten in der Normandie zurückgeblieben.

Roger hatte seine eigenen Gründe, Catharine nicht in seine Familienverhältnisse einzuweihen. Statt dessen fragte er sie eines Abends, ob sie ihn heiraten wollte. Es war ein sternenklarer Frühsommerabend gewesen, nur der Vollmond hatte die abendliche Stille erleuchtet. Catharine erinnerte sich, als wäre es gestern gewesen. Und sie erinnerte sich daran, mit welch ehrlich empfundener Freude sie den Antrag angenommen hatte. Ihr Vater war zwar traurig gewesen, seine geliebte Tochter schon so bald zu verlieren. Und doch wollte er sich ihrem sehnsüchtigsten Wunsch nicht widersetzen. Die Hochzeit wurde im kleinen Rahmen in der St.-George-Kirche am Hanover Square gefeiert, direkt gegenüber ihrem Elternhaus. Roger hatte darum gebeten. Er wollte kein Aufsehen erregen. Schließlich lag England mit seinem Heimatland im Krieg. Auch wenn er als Mitglied des alten Hochadels vor dem Regime des korsischen Ungeheuers Napoleon geflohen war, würden doch ihm als Franzosen viele Leute nicht mit Wohlwollen begegnen.

So waren nur ihr Vater und Henry als die beiden Trauzeugen anwesend. Und natürlich Esther. Mit einem triumphierenden Lächeln auf ihren schmalen Lippen saß sie in der ersten Reihe des leeren Kirchenschiffes. Catharine hatte dieses Lächeln wohl bemerkt, doch sie konnte sich keinen Reim darauf machen. Daß der Pfarrer sie fragte, ob sie bereit war, Gervais Roger de la Falaise zu ihrem Ehemann zu nehmen, ihn zu lieben, ihm zu gehorchen und ihn zu achten, bis daß der Tod sie scheide, hatte sie nicht weiter verwunderlich gefunden. Ihre beste Freundin aus dem Institut für höhere Töchter, das sie besucht hatte, hieß auch Anne Sophia und wurde doch von allen Sophia gerufen. Warum sollte daher nicht auch Roger einen anderen ersten Vornamen haben?

Die Trauungszeremonie war rasch vorüber, die Heiratsurkunden für Gervaise Roger und Catharine ausgestellt. Und schon standen die Kutschen bereit, die das junge Paar nach Dover bringen sollten. Rogers Plan, seine Braut nach Frankreich zu bringen, war ihr anfangs unverständlich erschienen. War nicht Roger erst kürzlich aus dem Lande seiner Väter geflohen? Papa war alles andere als begeistert von diesem Gedanken. Viel zu riskant war dieses Unternehmen, eine zu große Gefahr für seine einzige Tochter. Doch Roger hatte nicht lokkergelassen. Er kenne alle Wege, seine geliebte Braut unbeschadet in die Normandie zu bringen. Und auf La Falaise sei sie vor jeder Gefahr sicher. Er jedoch spüre das innere Verlangen, seine Braut seinem Onkel vorzustellen. Ohne den Segen des Familienoberhauptes war für ihn die Ehe nicht richtig geschlossen. Catharine lachte bitter auf: den Segen seines Onkels! Wie hatten sich nur alle so täuschen lassen können? Für Roger hatte keinerlei Segen auch nur die geringste Bedeutung. Ihr Vater hatte schweren Herzens die Zustimmung zur Abreise gegeben.

Der Schock, der Catharine in Frankreich erwartete, war groß. Es dauerte nicht lange, und der liebende Bräutigam zeigte sich als das, was er war: Ein Glücksritter, der bereit war, für Geld seine Seele zu verkaufen. Und Geld hatte er zweifach erhalten. Einmal von Esther, um ihr ihre unliebsame Schwägerin vom Leib zu schaffen. Einmal von seinem Onkel dafür, daß er ihm eine junge englische Lady als seine zweite Gemahlin zuführte.

Der Marquis de la Falaise war bereits einmal verheiratet gewesen. Corinne, seine erste Gattin, mit der er zwanzig Jahre mehr oder weniger glücklich verheiratet war, hatte ihm keine Kinder geschenkt. Darunter hatte er immer sehr gelitten und beschlossen, eine zweite Ehe zu wagen, um endlich den ersehnten Erben zu bekommen. Aus unerfindlichen Gründen war er zu der Ansicht gelangt, daß die jungen Mädchen in England fruchtbarer waren als gleichaltrige Französinnen. Also hatte er seinen Neffen gebeten, eine passende junge Dame nach Frankreich zu bringen. Das war der Hintergrund gewesen, der Roger zur Reise nach England veranlaßt hatte. Denn Anlaß für eine Flucht hatte es nie gegeben. Er und sein Onkel hatten es meisterhaft verstanden, sowohl in der Zeit unter Ludwig XVI. als auch später unter dem neuen Regime gut zurechtzukommen. Mit geschickten Worten und passenden, großzügigen Geschenken in die richtigen Hände war es dem Marquis gelungen, für sich und die Seinen ein Leben in Ruhe und Wohlstand auf La Falaise zu sichern.

Catharine fand sich auf einem einsamen Landsitz wieder, hoch auf den Klippen erbaut, die steil zu den brausenden Wogen des Atlantik abfielen. Zitternd vor Empörung mußte sie zur Kenntnis nehmen, daß sie nicht Roger, sondern dessen Onkel Gervais als ihren rechtmäßigen Gatten anzusehen hatte. Einen Mann, der mehr als vierzig Jahre älter war als sie, von einem stillen, unergründlichen Gehabe und einem wenig einnehmenden Äußeren.

»Ich mußte es tun, *Chérie*«, antwortete Roger, als sie ihn zur Rede stellte. »Hättest du mich je nach Frankreich begleitet, wenn es diese Scheintrauung nicht gegeben hätte?«

»Natürlich nicht«, hatte sie schroff erwidert.

»Na, siehst du«, sagte Roger, als sei es das Selbstverständlichste auf der Welt. »Ich jedoch hatte meinem Onkel versprochen, ihm eine junge Engländerin als Gattin zu präsentieren. Dieses Versprechen konnte ich nicht brechen. Schließlich bin ich ein Ehrenmann.«

Die letzten Worte waren von einem amüsierten Grinsen begleitet. Catharine hatte sich veranlaßt gesehen, ihm ganz undamenhaft den erstbesten Gegenstand, dessen sie habhaft werden konnte, an den Kopf zu werfen. Zu ihrem Mißvergnügen traf sie daneben, und die reichverzierte Vase zerschellte an der breiten Wand des Salons.

Es half ihr alles nichts. Vor Dritten beteuerte Roger Stein und Bein, daß er Catharine niemals geheiratet hatte. Im Gegenteil, er selbst sei dabeigewesen, als sein Onkel die reizende Engländerin zur Frau nahm. Sicher hätte sie ihm auch gefallen, fügte er dann jedesmal mit einem scheinbar charmanten Lächeln hinzu. Doch seiner geliebten Jeanette wäre es nicht recht gewesen, wäre er mit einer Zweitfrau nach Hause gekommen. Mit diesem Scherz brachte er alle Zweifler schnell auf seine Seite. Zumal auch sein Onkel jedem erzählte, wie glücklich er war, so eine hinreißende Braut gefunden zu haben, und wie ergreifend die Zeremonie in der wunderschönen St.-George-Kirche gewesen sei. Sollte es da verwundern, daß auch die Dienerschaft, allesamt seit Jahren oder Jahrzehnten auf La Falaise tätig, jedem, der es hören wollte, erklärte, Onkel und Neffe seien zusammen in London gewesen?

Catharine suchte einen Anwalt auf. Die unter so falschen Voraussetzungen zustande gekommene Ehe mußte doch aufgelöst werden können! Doch der Maître hörte sich ihre Version der Geschichte an, prüfte die Heiratsurkunde eingehend und schüttelte schließlich bedauernd den Kopf. Das Dokument war ohne Zweifel echt. Ob es wohl möglich wäre, daß Madames Nerven ein wenig angegriffen waren nach der weiten Reise? In Frankreich wurden viele Ehen nicht aus Liebe geschlossen, meinte der gütige alte Herr. Besonders nicht in Kreisen des Hochadels. Und trotzdem würden sie im allgemeinen recht glücklich, wenn sich die Ehegatten erst einmal besser kennengelernt hätten. Catharine hatte die Anwaltskanzlei wütend verlassen.

Warum glaubte ihr niemand? Sie mußte sofort zurück nach England! Auf dem schnellsten Wege! Doch leider war gerade das nicht möglich. Ihre Mitgift war, soweit es sich nicht um Möbelstücke oder Gegenstände handelte, die in London verblieben waren, von Roger an Gervais ausgehändigt worden. Natürlich hatte sich Roger einen beträchtlichen Betrag davon zur Abgeltung seiner Reiseunkosten einbehalten. Sie zählte die Münzen, die sich in ihrer Geldbörse befanden. Damit würde sie nicht einmal bis Calais kommen. An das Bezahlen der Überfahrt gar nicht zu denken. Sie schickte verzweifelte Briefe an ihren Vater. Sicher würde er sie nicht im Stich lassen. Seltsamerweise befaßten sich die Briefe, die sie zahlreich von ihm zurückerhielt, in keiner Weise mit ihrem Problem. Er freue sich zu hören, daß es ihr gut gehe, schrieb der Herzog statt dessen. Und daß sie ihn nicht vergessen solle, in ihrem Glück. Viel später erst fand sie heraus, daß einer der Diener den Auftrag hatte, ihre Briefe abzufangen. Roger war ein Meister im Nachahmen von Schriften. Ohne Mühe hatte er gefälschte Briefe verfaßt, um sie nach London zu schicken. Bis sie hinter diesen neuerlichen Verrat kam, hatte es Monate gedauert. Und kurz darauf war ihr Vater gestorben, ohne daß sie ihn wiedergesehen hatte. Ihr Bruder Henry erbte den Titel, und Esther war auf dem Gipfel ihres Triumphes. Von nun an war aus England keine Hilfe mehr zu erwarten.
Catharine begann sich in ihr Schicksal zu fügen. Es ging ihr nicht schlecht auf La Falaise. Roger war viel unterwegs. Das erleichterte ihren Aufenthalt. Die Gegenwart dieses Mannes, der ihre Gefühle mit Füßen getreten und sie schamlos hintergangen hatte, war nur schwer zu ertragen. Der Marquis de la Falaise, als dessen Frau sie ja nun galt, verbrachte die Tage auf der Jagd oder mit Ritten zu den Pächtern seiner ausgedehnten Besitzungen. Wenn er spätabends zurückkehrte, war er meist so müde, daß er sich nach dem gemeinsamen Abendessen bald in sein Schlafgemach zurückzog.
Er ließ seine junge Frau auf dem Landsitz frei schalten und walten. Sobald sich Catharine mit dem Leben abgefunden hatte, in das sie so unerwartet geraten war, begann sie ihre Rolle als Herrin des Hauses mit Eifer und Energie auszufüllen. Es gelang ihr, Ordnung in das Chaos zu bringen, das seit dem Tod von Gervais' erster Frau auf La Falaise geherrscht hatte. Die vielen Aufgaben, die sie zu erfüllen hatte, die zahlreichen Pflichten, die sie sich selbst auferlegte, halfen

ihr, den Kummer zu überwinden, den Roger ihr zugefügt hatte. Und sie verhinderten, daß sie in Selbstmitleid versank und damit ihr Dasein verschlimmerte. Trotz der weitreichenden Besitzungen schien die finanzielle Lage auf La Falaise nicht gerade rosig zu sein. Die Mittel, die der Marquis Catharine für die Haushaltsführung zur Verfügung stellte, waren äußerst knapp bemessen. Ein Umstand, der ihr seit ihrer frühesten Jugend nur zu gut bekannt war.

Aber hatte sie es nicht trotz des spärlich vorhandenen Geldes geschafft, ihr Vaterhaus umsichtig zu führen? Mit Improvisationstalent und Geschick war es ihr auch hier gelungen, diese Aufgabe mit Erfolg zu meistern. Manchmal fragte sie sich allerdings, ob ihr Gatte die vielen Veränderungen, die sie auf La Falaise bewirkte, überhaupt zur Kenntnis nahm. Er wechselte kaum ein persönliches Wort mit seiner jungen Frau. Auf Lob und Anerkennung aus seinem Munde wartete sie vergeblich. Und doch schien er allgegenwärtig zu sein. Manchmal tauchte er mit leisen Schritten hinter Catharine auf, wenn sie ihn am wenigsten erwartete. Sie erschrak dann heftig, doch aus seiner Miene war nicht zu erkennen, ob es sich bei diesen Vorfällen um Zufall handelte oder ob eine makabere Laune ihn dazu trieb, seine Gattin zu erschrecken.

Im allgemeinen behandelte er sie mit der ihm eigenen Art wohlwollender Zerstreutheit. Die meiste Zeit schien er vergessen zu haben, daß sie überhaupt existierte, und wenn er doch einmal das Wort an sie richtete, dann nur, um sich zu erkundigen, ob sie nicht endlich den ersehnten Erben erwartete, oder ihr Aufträge zu erteilen, die sie an die Dienerschaft weiterzugeben hatte. Sie sprachen kaum miteinander, und der Marquis lebte das Leben weiter, das er vor der seltsamen Eheschließung geführt hatte.

Es geschah auch nicht oft, daß er darauf bestand, daß sie das Lager mit ihm teilte. Und wenn es doch einmal vorkam, dann war das eine rasche, völlig unerotische Angelegenheit. Catharine dachte mit einer Mischung aus Wehmut und Abscheu an jene Nächte zurück, da sie gedacht hatte, Roger sei ihr rechtmäßig angetrauter Gemahl. Es war typisch für seinen verderbten Charakter, daß er diese Situation ausgenützt hatte, obwohl er wußte, daß sie für seinen Onkel bestimmt war.

Der einzige Mensch, mit dem Catharine auf La Falaise Freundschaft schloß, war Jeanette, Rogers Frau. Sie war ein kleines, zartes Wesen,

als gutbehütete jüngste Tochter eines reichen Kaufmannes aufgewachsen. Sie hatte Roger vor einigen Jahren in einem Gasthaus kennengelernt. Ihre Eltern und sie waren auf dem Weg zu einer Tante gewesen, als der gutaussehende junge Adelige die Gaststube betreten hatte. Sie waren die einzigen Gäste an diesem kalten, verregneten Oktoberabend. Und als sie vor dem offenen Kaminfeuer Wärme vor der eisigen Kälte des Spätherbstes suchten, war es kein Wunder, daß sie miteinander ins Gespräch kamen. Die Aussicht, daß Roger dereinst den Titel eines Marquis erben würde, wenn sein Onkel kinderlos verstarb, hatte dem ehrgeizigen Kaufmann den Kopf verdreht. Jeanette war von Rogers Charme bezaubert gewesen; Roger von der ansehnlichen Höhe der zu erwartenden Mitgift. In der Folge traf man sich öfter, keine vier Monate später war die Hochzeit gefeiert worden. Es hatte keine weiteren vier Monate gedauert, da war es Roger gelungen, die gesamte Mitgift durchzubringen. Nun reiste er durch die Lande, stets auf der Suche nach neuen Opfern, die er durch Tricks, kleine Betrügereien oder an Spieltischen um ihr Vermögen bringen konnte.
Trotz ihrer unterschiedlichen Charaktere schlossen die beiden Frauen rasch Freundschaft. Jeanette war die stillere der beiden, ein in sich gekehrtes, genügsames Wesen, das unter der starken Hand des dominanten Vaters nie gelernt hatte, eine eigene Meinung zu bilden, geschweige denn sie auch zu vertreten. Sollte das Verhalten ihres treulosen Gatten sie schmerzen, so beklagte sie sich mit keinem Wort. Und auch die eintönigen, ereignislosen Tage auf La Falaise erschienen ihr angenehm im Vergleich zu ihrem gestrengen Elternhaus. Nun war Catharine gekommen, und mit ihr kehrte Abwechslung in La Falaise ein. Gemeinsam verbrachten sie viele Stunden damit, auf weiten Spaziergängen die Küstenlandschaft zu erkunden. Oder sie saßen an den langen, stillen Abenden in der von Kerzen erhellten Bibliothek, und Catharine erzählte von England, während ihr Jeanette, eine Stickerei in der Hand, gebannt zuhörte. Manchmal erzählte auch Jeanette von der Vergangenheit, oder sie grübelten darüber nach, was die Zukunft wohl bringen mochte. Das Vertrauen zueinander ging so weit, daß Jeanette Catharine eines Abends, als sie sich wieder alleine in der Bibliothek befanden, einen Briefumschlag übergab. »Das ist meine Heiratsurkunde«, flüsterte sie ihrer Freundin zu. »Würdest du so freundlich sein, sie für mich zu verwahren? Ich

habe Leon, den Küchenjungen, am Nachmittag dabei ertappt, wie er meine Kommode durchsuchte. Als er mich sah, brach er in Tränen aus. Ich brachte ihn schließlich dazu, mir die Wahrheit zu sagen. Stell dir vor, Roger hat ihm eine Nachricht zukommen lassen: Er sollte die Heiratsurkunde suchen und ihm an eine angegebene Adresse in Dijon schicken. Ich weiß nicht, was Roger damit vorhat. Aber es ist sicher nichts Gutes. Bitte nimm diesen Briefumschlag an dich. In deinem Zimmer wird man ihn nicht suchen.«

Zwei Monate darauf war völlig überraschend der Marquis de la Falaise gestorben. Er war völlig durchnäßt von einem Jagdausflug zurückgekehrt. Mit geröteten Augen und einer starken Verkühlung hatte er sich ins Bett gelegt und sich von seinem Kammerdiener einen heißen Punsch mit sehr viel Rum brauen lassen. In der Nacht hatte er hohes Fieber bekommen. Er begann zu phantasieren und wälzte sich unruhig im Bett hin und her. Catharine schickte nach dem Arzt. Dieser kam aufgrund der großen Entfernung erst am darauffolgenden Vormittag. Nachdem er bedenklich den Kopf gewiegt hatte, ließ er den Patienten zur Ader. Dann gab er Catharine das Rezept für einen Kräutertee, den sie ihrem Gatten einflößen sollte, um die Schmerzen zu lindern. Zudem riet er, das Fieber durch in Essig getränkte Wickel um die Waden abzusenken. Es half alles nichts. Als der Arzt am nächsten Nachmittag nach seinem hochwohlgeborenen Patienten sehen wollte, war dieser tot.

Woher Roger vom Ableben seines Onkels erfuhr, wußte Catharine nicht. Tatsache war, daß er auf La Falaise auftauchte, noch bevor seine Frau und sie selbst in Erfahrung bringen konnten, wo er sich zu dieser Zeit aufhielt. Das Begräbnis war sehr feierlich. Die neuen Adelsfamilien, die Napoleon im weiten Umkreis mit Ländereien ausgestattet hatte, gaben dem Verstorbenen die letzte Ehre. Die Pächter kamen mit ihren Familien, zahlreiche schaulustige Bewohner der umliegenden Ortschaften gaben dem dritten Marquis de la Falaise das letzte Geleit. Roger, der vierte Marquis, folgte mit stolzgeschwellter Brust dem Sarg. Er bemühte sich kaum zu verbergen, daß er nicht wirklich um seinen Onkel trauerte.

Die Verlesung des Testaments, die in engstem Familienkreise stattfand, schien eine reine Routineangelegenheit zu sein. Und doch brachte sie für alle Beteiligten eine unerwartete Überraschung.

Gervais de la Falaise war nicht der verarmte Adelige gewesen, der

außer Haus und Grundbesitz kaum etwas besaß. Durch sparsame Lebensführung hatte er in den Jahren ein beträchtliches Vermögen angehäuft, von dem keiner der Anwesenden etwas geahnt hatte.
»... sollte ich daher kinderlos versterben...«, hörten sie die tiefe Stimme des Notars, der gekommen war, um den Letzten Willen des Marquis zu verlesen, »... so möchte ich, daß mein Vermögen, außer den Anteilen, die ich nachfolgend genauer bezeichnen möchte, an die Person geht, die mir bewiesen hat, daß sie sich einer sparsamen, bescheidenen Lebensführung befleißigen kann, an meine Frau Catharine de la Falaise. Auch wenn sie annimmt, es wäre mir nicht aufgefallen, welche positiven Veränderungen sie auf meinem geliebten La Falaise bewirkte, trotz der bescheidenen Mittel, die ihr zur Verfügung standen, so möchte ich ihr auf diesem Wege meinen Dank und meine Anerkennung zum Ausdruck bringen. Ich erwarte allerdings...«
Während Catharine fassungslos und zu keinem Wort fähig war, unterbrach Roger den Notar mit brüsker Stimme. »Was soll das heißen?« rief er aus. »Hier liegt ein Irrtum vor. Ich bin der Alleinerbe. Ich, Roger de la Falaise. Ich, der vierte Marquis. Wie kommt diese englische Schlampe dazu...«
Der Aufschrei einer der Schwestern seines Onkels sowie der gestrenge Blick, den ihm der Notar über die Ränder seiner Nickelbrille zuwarf, ließen ihn für kurze Zeit verstummen. Mit zusammengebissenen Zähnen mußte er zuhören, was sein Onkel noch an Überraschungen bereithielt. Er sollte sich neben dem Titel allein mit dem Landgut La Falaise zufriedengeben. Sicher, es stand ihm eine gewisse Summe Geldes zur Verfügung, die jedoch von eben dem Notar, der das Testament verlas, treuhänderisch verwaltet werden sollte. Damit wollte der Verstorbene sicherstellen, daß die Mittel allein für die Erhaltung des Gutes verwendet würden. Jeanette sollte einen kleinen Geldbetrag bekommen, ebenso die beiden überlebenden Schwestern des Verstorbenen. Doch das Stadtpalais in Paris und das enorme Vermögen fielen an Catharine. Als Zeichen ihrer Zuneigung zum Verstorbenen wurde ihr aufgetragen, ein Jahr lang Trauerkleidung zu tragen, den schweren Spitzenschleier eingeschlossen, den die Mutter des Marquis anläßlich des Todes ihres geliebten Gatten, seines Vaters, getragen hatte.
Catharine konnte es kaum glauben. Sie würde durch Gervais' Tod nicht nur frei, nein, sie würde zudem auch noch reich sein.

Endlich lag eine unbeschwerte Zukunft vor ihren Augen.
Glücklich wandte sie sich zu Jeanette, um ihr die Hand zu reichen. Diese umarmte sie schwesterlich und gratulierte ihr von ganzem Herzen zur unerwarteten Erbschaft. Roger riß mit wutentbrannter Miene die beiden Frauen auseinander.
»Das Testament ist gefälscht!« rief er aus. »Nie und nimmer hätte mein Onkel mich, einen Blutsverwandten, so erbärmlich benachteiligt.«
»Beruhigen Sie sich, Monsieur«, forderte der Notar mit gerunzelter Stirne. »Dies hier ist ohne Zweifel die Handschrift Ihres Onkels. Ich arbeite seit mehr als zwanzig Jahren für die Familie. Glauben Sie mir, ich erkenne die Handschrift mit absoluter Sicherheit.«
»Catharine ist eine perfekte Fälscherin«, rief Roger, der zusehends völlig die Fassung verlor. »Sicher war sie es, die dieses schändliche Testament verfaßte. Wo war das Schreiben aufbewahrt? In Ihrem Büro, Maître?«
Der Notar schüttelte den Kopf: »Nein, Madame la Marquise hat es mir heute morgen in einem verschlossenen Umschlag gegeben.«
»Es befand sich in Gervais' Schreibtisch«, verteidigte sich Catharine empört. »Er selbst hat mir einmal gezeigt, in welchem Fach er das Testament aufbewahrte.«
»Das würde mein Onkel nie getan haben!« brauste Roger auf.
Es war offensichtlich, daß er nicht so schnell aufgeben würde. Am nächsten Morgen übergab er dem Notar ein anderes verschlossenes Kuvert. Angeblich hatte er es in Gervais' Kommode im Schlafzimmer gefunden, in das er, als der neue Hausherr, bereits eingezogen war. Der Briefumschlag enthielt ebenfalls ein Testament des letzten Marquis. Der Unterschied war jedoch, daß in diesem Schreiben Roger als der Alleinerbe des gesamten Vermögens eingesetzt wurde.
Der Advokat rückte seine Brille zurecht und studierte eingehend die Handschrift. »Hier scheint es sich tatsächlich um den Letzten Willen von Monsieur le Marquis zu handeln«, stellte er schließlich fest. »Dieses Schreiben wurde nach dem Testament verfaßt, das ich gestern vorgelesen habe, das ergibt sich aus dem Datum. Es dürfte sich um das später verfaßte und damit gültige handeln. So leid es mir tut, Madame«, fügte er, an die fassungslose Catharine gewandt, hinzu, »wir haben diesen Letzten Willen zu respektieren.«
Roger war nun wieder allerbester Laune und warf ihr unverhohlen

einen triumphierenden Blick zu. Doch Catharine wollte das nicht unwidersprochen hinnehmen. Sie wußte, daß Roger ein Meister im Fälschen von Schriften war. Das hatte er bei der Unterschrift auf ihrer Heiratsurkunde und nicht zuletzt bei den Briefen an ihren Vater bewiesen. Vier ihrer besten Jahre hatte sie an der Seite ihres ungeliebten, um vieles älteren Ehemannes verbracht.

Sein Vermögen zu erben erschien ihr als gerechter Ausgleich für erlittenes Ungemach. So ließ sie umgehend ihr Pferd satteln und ritt in die nächste Stadt, um einen anderen Anwalt damit zu beauftragen, ihre Interessen wahrzunehmen. Die Einschaltung dieses Advokaten kostete beinahe ihre gesamten Ersparnisse. Doch es schien sich zu lohnen: Sie erreichte, daß das Vermögen des Marquis in treuhänderische Verwaltung kam, bevor ein Gericht entscheiden würde, wem es tatsächlich gehören sollte. Catharine beschloß, sich strikt an das Testament zu halten, das sie selbst aus dem Schreibtisch genommen hatte. Sie packte all ihre bunten Kleider in zwei mächtige Schrankkoffer. Fortan ging sie nur noch in Schwarz, wie es Gervais gewünscht hatte. Das Leben auf La Falaise wurde in zunehmendem Maße unerträglicher. Roger hielt sich ständig auf dem Gut auf. Er lud gleichgesinnte Freunde ein und zechte mit ihnen bis in den frühen Morgen, und er gestattete, daß sie sich im Haus breitmachten. Er widerrief die Anordnungen, die Catharine den Dienstboten gab, und war alles andere als liebenswürdig zu seiner Ehefrau Jeanette.

Die Monate gingen ins Land, und noch immer konnte sich das angerufene Gericht nicht zu einer Entscheidung durchringen. Eines Tages beschloß Jeanette, zu ihrer älteren Schwester zu reisen, die in Italien verheiratet war. So würde sie ihrem Mann und den Nachstellungen seiner aufdringlichen Freunde entgehen. Da wußte Catharine, daß es Zeit war, nach England zurückzukehren. Der Anwalt versprach, sich weiter für ihre Interessen einzusetzen, und Catharine machte Pläne für ihre Zukunft.

Ihr Vater, der Herzog von Milwoke, war tot. Zu Henry und Esther zurückzukehren kam nicht in Frage. Nie würde sie in das Haus zurückkehren, aus dem sie mit List und Tücke vertrieben worden war. Sie würde sich wohl oder übel um eine Stelle als Gouvernante oder Gesellschafterin umsehen müssen. Zumindest so lange, bis sie das Erbe ihres verstorbenen Gatten antreten konnte. Oder bis sie einen Mann fand, mit dem sie eine Vernunftehe eingehen konnte, die angenehm und zur beiderseitigen Zufriedenheit verlief. Sie verschwendete keinen Gedanken darauf, daß sie sich je wieder verlieben könnte. Einmal hatte sie gedacht, die Liebe ihres Lebens zu ehelichen – und die Enttäuschung hätte nicht bitterer und schmerzhafter ausfallen können.

Catharine schreckte aus ihren Gedanken auf, als eine energische Hand gegen ihre Kabinentür klopfte. »Wir erreichen England in einer halben Stunde, Madame«, hörte sie die Stimme des Stewards durch die geschlossene Tür. »Das Wetter hat sich gebessert. Der Regen hat aufgehört.«

Catharine bedankte sich für diese Informationen, dann erhob sie sich seufzend, um sich für den Ausstieg zurecht zu machen.

IV.

Hetty Willowbys Plan klappte ganz nach ihren Wünschen. Onkel und Tante schöpften keinen Verdacht, daß das Schreiben nicht vom Bruder ihres Schützlings kommen sollte. Sie waren schon lange der Meinung, daß es eine Schande war, wie wenig sich die beiden älteren Brüder Richard und George um ihre Schwester kümmerten. Von dem Tag an, als George das Vermögen seiner Großmutter geerbt hatte, hatten sie gehofft, er würde sich seiner familiären Verpflichtungen entsinnen. Und nun war es also soweit. Endlich hatte sich jemand gefunden, der Hettys Wunsch, in die Gesellschaft eingeführt zu werden, erfüllte. Befreit aufatmend, daß diese unangenehme Aufgabe von ihren Schultern genommen wurde, stimmten sie einer baldigen Abreise mit Freuden zu. Dies um so mehr, da sich Madame de la Falaise tatsächlich bereit erklärt hatte, Hetty zu begleiten. Catharine wohnte nun schon seit vier Tagen im Hause ihres Onkels. Die Tage der Ruhe und der Zurückgezogenheit trugen viel dazu bei, daß sie sich von den Plagen der stürmischen Überfahrt erholte. Sie führten ihr aber auch deutlich vor Augen, daß sie sich dringend nach einer Arbeit umsehen mußte. Ihre Barschaft war bereits geschrumpft. Und sie hatte nicht vor, ihren Verwandten, die sie so freundlich aufgenommen hatten, allzu lange auf der Tasche zu liegen. Daß sie sich in Brighton nach einer Dienststelle umsah, kam nicht in Frage. Ihr Onkel war nicht in ihre Pläne eingeweiht. Sicher würde er es nicht dulden, daß sie sich in einem fremden Haushalt verdingte. Hettys Bitte, sie zu begleiten, kam daher wie gerufen. Vielleicht konnte die reiche Mrs. Willowby davon überzeugt werden, Catharine in ihre Dienste zu nehmen. Wenn nicht, so verfügte die Dame bestimmt über einen ausgedehnten Freundinnenkreis, in dem sie sie empfehlen könnte.

An diesem Morgen waren sie in die geräumige, altmodische Reisekutsche gestiegen, die sie in die Hauptstadt bringen sollte. Auf dem Dach türmten sich Koffer und Hutschachteln. Der Abschied von Tante Mable war tränenreich gewesen, und die Tante hatte ihnen viele gute Wünsche und wohlgemeinte Ratschläge auf ihren Weg mitgegeben. Onkel Jonathan hatte verfügt, daß sie in einem gemächlichen Tempo zu reisen hatten, um Catharine nicht über Gebühr anzustrengen. So würden sie an diesem Tage lediglich bis Tunbridge Wells fahren, wo in der Poststation »Zum Goldenen Anker« Zimmer für die Nacht reserviert waren.

Sie erreichten den Gasthof am späten Nachmittag. Er war inmitten einer Häuserzeile an der breiten Hauptstraße gelegen. Die verschiedenen Formen und Farben der umliegenden Gebäude riefen Hettys Begeisterung hervor.

»Bitte, Catharine, laß uns spazierengehen, sobald wir das Nötigste ausgepackt haben. Ich möchte mir so gerne die Auslagen der Läden und Geschäfte ansehen. Im letzten Jahr bin ich kaum aus Brighton hinausgekommen. Wie begierig bin ich zu sehen, was es auf der Welt sonst noch Interessantes zu bestaunen gibt.«

Catharine lachte amüsiert auf. Hetty mußte wirklich ein sehr zurückgezogenes Leben geführt haben, wenn sie Tunbridge Wells für die große, weite Welt hielt. Sie stimmte einem Bummel durch den Ort gerne zu. Vor vielen Jahren, sie war damals vielleicht sechs oder sieben Jahre alt gewesen, hatte sie ihre Großmutter hierher begleiten dürfen. Tunbridge war damals ein sehr beliebter Kurort der adligen Gesellschaft gewesen, wenn die Stadt auch nie an die Beliebtheit von Bath oder Brighton heranreichen konnte. Sicher hatte sich seit damals viel verändert. Neugierig blickte sie sich um. Ob sie wohl irgend etwas entdeckte, das sie an den Aufenthalt in ihrer Kindheit erinnern würde?

Die Zimmer waren rasch bezogen. Simon, der Kutscher, war es gewöhnt, mit seinen Herrschaften zu verreisen, wenn diese im Sommer nach Rye übersiedelten oder auch, wenn Seine Lordschaft alleine in die Hauptstadt fuhr oder auf Landsitze, um an Jagdgesellschaften teilzunehmen. Ohne zu zögern, übernahm er die Rolle des herrschaftlichen Dieners. Er kümmerte sich nicht nur darum, daß die Pferde ordentlich untergebracht wurden, sondern auch darum, daß es den beiden Damen an nichts fehlte. Die Betten schienen sauber, so daß man die von Tante Mable vorsorglich eingepackten frischen Bettlaken nicht benötigte. Die Zimmer waren gut durchlüftet, und in den Kaminen loderte ein freundliches Feuer.

Catharine ließ sich in den weichen Lehnstuhl fallen, der neben ihrem wuchtigen Himmelbett stand, und streckte wohlig die Glieder. Die Atmosphäre, die sie umgab, war so typisch englisch. Erinnerungen an eine glückliche Kindheit. Es war, als würde alle Last, alles Schwere mit einem Mal abfallen. Es war, als wäre sie in diesem Augenblick heimgekehrt. Sie war nun dreiundzwanzig Jahre alt. Die Zukunft lag noch vor ihr. Sie würde es nicht zulassen, daß wieder andere diese Zukunft gestalteten. Sie, und nur sie, würde ihr weiteres Schicksal in die Hand nehmen. Mit einem Mal fühlte sie sich glücklich und voller Zuversicht. Sie hatte Lust, zu singen und quer durch das Zimmer zu tanzen.

Ein Blick in den Spiegel über der Kommode dämpfte diese Freude ein wenig. Kritisch betrachtete sie ihr blaßes Gesicht. Sie sah viel älter aus, als sie war, stellte sie betroffen fest. Nein, noch war keine Falte auf der Stirn oder um den Mund zu erkennen. Doch die Wangen waren eingefallen. Dunkle Ringe unter den Augen zeugten davon, daß ihr Leben nicht einfach gewesen war in den letzten Jahren. Dazu kamen noch die Strapazen der weiten Reise, die am nächsten Tag nun endlich ihr Ende finden sollte. Natürlich war auch das entsetzliche schwarze Kleid daran schuld, daß sich der ungünstige Eindruck verstärkte. Und dann erst dieser düstere Schleier.

Niemand konnte in dieser Garderobe jung und hinreißend aussehen, beruhigte sie sich. Auch ihre dunkelblonden Haare schienen sich dem tristen Allgemeinbild angepaßt zu haben. Sie hatten viel von ihrem Glanz und ihrer Fülle eingebüßt. Nun, regelmäßige Hopfen-Kamillespülungen würden beides binnen kürzester Zeit wieder zurückbringen. Sie kannte ein kleines Geschäft in der Jermyn Street, das allerlei Pasten und Wässerchen aus Kräutern und Pflanzen verkaufte, die sich wohltuend auf Haut und Haar auswirkten. Catharine hatte guten Grund, sich auf London zu freuen. Sie sah sich im Geiste

durch die vornehme Bond Street spazieren oder zur mondänen Stunde durch den Hyde Park kutschieren. Es konnte einfach nicht mehr lange dauern, bis ihr das Geld aus Frankreich zur Verfügung stand. Dann würde sie sich eine neue Garderobe kaufen. Kleider in den strahlendsten Farben. Sie würde Bälle besuchen und...
Catharine stand auf und straffte energisch die Schultern. Zuerst hieß es, die Durststrecke zu überwinden, bis das Geld kam. All ihre Hoffnungen konzentrierten sich auf Mrs. Willowby. Vielleicht konnte Mylady sogar dazu überredet werden, sie in der Zwischenzeit als Gast in ihrem Hause aufzunehmen?
Ein leises Klopfen an der Zimmertür unterbrach ihre Überlegungen. Ein Zimmermädchen, in einem adrett blau-weiß gestreiften Kleid mit gestärkter, weißer Schürze trat ein und stellte einen Krug neben die Waschschüssel. »Ich habe Ihnen heißes Wasser gebracht, Mylady«, sagte sie. »Kann ich Ihnen sonst noch behilflich sein?«
Catharine bedankte sich, das Mädchen knickste und zog sich zurück. Sie hatte kaum Zeit gehabt, sich frisch zu machen, als Hetty in der Tür erschien. Sie hatte ihr schweres Reisekleid abgelegt und trug nun ein hübsches grün-gelb geblümtes Tageskleid mit einer dazu passenden grünen Pelerine. Sowohl die Halbstiefelchen als auch die feinen Kalbslederhandschuhe waren farblich darauf abgestimmt. Ein schmaler Schutenhut vervollkommnete das liebliche Bild.
»Bist du bereit, Catharine?« fragte sie, während sie die Tür hinter sich schloß. Ihre Augen glänzten vor Aufregung. »Ist das nicht ein wunderschöner Gasthof? Du ahnst ja gar nicht, wie sehr ich unsere Reise genieße. In den letzten Tagen war ich so nervös, weil ich ständig befürchtete, daß etwas dazwischenkommen könnte. Doch nun sind wir wirklich und wahrhaftig in Tunbridge Wells. Und morgen werden wir in London sein. Ist das nicht großartig?«
»Ja, das ist es in der Tat«, stimmte Catharine zu, während sie sich mit dem bereitgelegten Handtuch abtrocknete. »Noch viel großartiger würde ich es allerdings finden, wenn wir bereits im Hause deines Bruders angelangt wären. Und wenn Mrs. Willowby sich bereits bereit erklärt hätte, mir so lange zu helfen, bis mein Geld aus Frankreich eingetroffen ist. Denkst du, sie wird mich als deine Gesellschafterin akzeptieren?«
Da sie sich bei diesen Worten umwandte, um ihre Handschuhe von der Kommode zu nehmen, entging es ihr, daß ihre Begleiterin schlag-

artig errötet war. Hetty hatte ihre Schwägerin, die den gleichen Namen trug wie sie, noch nie gesehen. Sie hatte keine Ahnung, wie diese auf einen diesbezüglichen Vorschlag reagieren würde. Da weder ihr Bruder noch ihre Schwägerin etwas von ihrem eigenen Kommen ahnten, konnte es vielleicht Probleme geben. Nun, irgendeine Lösung würde sich finden.

»Mach dir keine Sorgen«, sagte Hetty leichthin und warf einen flüchtigen Blick durch das kleine Fenster auf die belebte Straße. »Wenn wir uns nicht beeilen, wird es dunkel. Bist du bereit, Catharine?«

Diese nickte, und gemeinsam stiegen sie die steile Treppe hinunter, um durch die Eingangstür ins Freie zu treten. Sie waren eben die ersten Schritte gegangen, als ihnen zwei junge Herren entgegenkamen. Ihrem vornehmen Äußeren nach zu schließen, waren sie eben aus der Hauptstadt gekommen. Der eine von ihnen war blond. Ein kesser Biberhut saß leicht schräg auf seinen wohlfrisierten Locken. Sein blauer Umhang war schlicht und sportlich geschnitten. Er war ein recht gutaussehender junger Mann mit freundlichen Augen und einem gewinnenden Lächeln. Doch sein hübsches Gesicht war nichts im Vergleich zu der auffallenden Schönheit seines Begleiters. Dieser hatte seine schwarzen Haare zu einer glänzenden Lockenpracht gebürstet. Der Kutschiermantel aus feinem braunen Tuch wies mehr als zehn Schulterkragen auf. Die schwarzen Stulpenstiefel glänzten im fahlen Licht der Frühlingssonne. Mit unendlicher Langeweile in seinen feingemeißelten Zügen ließ er seinen Blick über die Häuserfront der Hauptstraße schweifen. Hetty betrachtete ihn aus den Augenwinkeln heraus mit einem verstohlenen Blick. Sicher hatte sie in ihrem Leben noch nie einen derart beeindruckenden, derart aufregend schönen Mann gesehen. Sie fragte sich eben, wer er wohl sein mochte, als die Stimme seines Begleiters sie aus ihren träumerischen Gedanken riß. Der junge Mann war stehengeblieben, hatte bei ihrem Anblick kurz gestutzt und kam nun mit freudigem Lächeln direkt auf sie zu:

»Cousine Hetty!« rief er aus. »Das ist aber eine Überraschung.«

Zwei Grübchen erschienen auf seinen Wangen. Nun erkannte auch Hetty ihn. »Cousin Alfred!« erwiderte sie fröhlich. Sie hatte ihren Vetter vor gut einem Jahr das letzte Mal gesehen. Er war völlig überraschend in Brighton aufgetaucht, um ihr einen Besuch abzustatten. »Wir Verwandten müssen doch zusammenhalten«, hatte er ihr er-

klärt. »Ich finde es traurig, daß wir so selten Gelegenheit haben, uns zu sehen.« Sie hatten einige recht unterhaltsame Tage zusammen verbracht. Und Hetty, die es von ihren Brüdern gewöhnt war, daß man sie vernachlässigte, hatte ihren Cousin bald ins Herz geschlossen. Und nun traf sie ihn also hier in Tunbridge Wells wieder.
»Was führt denn dich in diesen Ort?« fragte sie, nachdem sie ihm herzlich die Hand zum Gruß gereicht hatte.
»Wir sind auf der Durchreise«, erklärte Alfred Willowby. »Darf ich dir meinen Freund vorstellen? Lord Peter Bridgegate, Miss Henrietta Willowby.«
Der Beau konnte sehr charmant sein, wenn er wollte. Und in diesem Augenblick wollte er. Die Reise in sein Vaterhaus langweilte ihn unerträglich. Und Hetty war wirklich ein ausnehmend hübsches Mädchen.
»Es ist mir eine große Freude«, sagte er und blickte ihr tief in die Augen, bevor er sich über die dargebotene Hand beugte. Hetty errötete, von einer ungewohnten Schüchternheit ergriffen, und neigte anmutig den Kopf.
»Willowby?« erkundigte sich Lord Bridgegate. »Sind sie mit einem gewissen Richard Willowby verwandt?«
»Sie ist seine Schwester, Bridge«, rief Alfred vorwurfsvoll aus. »Du kannst doch nicht vergessen haben, daß Ric eine Schwester hat, die Hetty heißt.«
»Hätte ich geahnt, wie hübsch diese Schwester ist, ich hätte es nicht vergessen«, versicherte der Beau und schenkte Hetty eines seiner seltenen Lächeln. Hetty war, als würde ihr Herz gleich stillstehen. Mit verzücktem Lächeln blickte sie zu ihm auf. Sie hatte sich Hals über Kopf in Seine schöne Lordschaft verliebt. Sein erfahrenes Auge erkannte diese Tatsache ohne Mühe. Rics kleine Schwester! Da stand ihm ja ein amüsanter Flirt bevor.
Catharine, die mit wachsender Ungeduld dieser Vorstellung gefolgt war, hielt es an der Zeit, sich in Erinnerung zu rufen. Sie tat dies mit einem unüberhörbaren Räuspern, das ihre Begleiterin aus ihrer Versunkenheit auffahren ließ.
»Oh, Catharine, entschuldige bitte«, meinte Hetty artig. »Darf ich dir meinen Vetter vorstellen. Mr. Alfred Willowby. Und seinen Freund«, fügte sie mit unverkennbarer Wärme in der Stimme hinzu, »Lord Peter Bridgegate. Madame de la Falaise.«

Die Herren verbeugten sich angemessen, als Catharine ihnen die Hand reichte. Sie hatten der schwarzen Gestalt, die sich in Begleitung von Hetty Willowby befand, bisher keine Beachtung geschenkt. Alfred hatte sie für eine Bediente gehalten, die seine Cousine als Anstandsperson begleitete. Nun beeilte er sich, diesen Fauxpas wiedergutzumachen, indem er sich vor Freundlichkeit beinahe überschlug.

»Sie kommen aus Frankreich, Madame?« erkundigte er sich, nicht gerade originell.

»Natürlich kommt sie aus Frankreich«, rief Hetty, noch bevor Catharine Gelegenheit hatte, selbst zu antworten. »Und sie begleitet mich nach London. Ich werde dort mein Debüt geben«, erklärte sie stolz.

»Wie schön für dich, liebe Cousine«, erwiderte Alfred freundlich. »Du mußt mir versprechen, einen der ersten Tänze auf deinem Debütantenball für mich zu reservieren.«

Hetty versprach es. Verstohlen blickte sie zu Seiner Lordschaft hinüber. Ein kleines spöttisches Lächeln antwortete diesem Blick. »Wollen uns die beiden Damen die Ehre geben, mit uns zu dinieren?« meldete sich Alfred zu Wort. »Wir sind im Goldenen Anker abgestiegen.«

»Welch ein Zufall!« rief Hetty aus, »dort wohnen wir auch. Natürlich werden wir gerne mit euch speisen.« Sie drehte sich zu Catharine um. »Du hast doch nichts dagegen, nicht wahr?« fragte sie mit flehendem Blick. Catharine versicherte, daß es ihr eine große Freude sei.

Es wurde ein unterhaltsamer Abend. Alfred Willowby unterhielt sie mit amüsanten Geschichten aus dem Gesellschaftsleben, die die beiden Damen begierig in sich aufsogen. Sie konnten es kaum erwarten, selbst am regen Treiben der Hauptstadt teilzunehmen.

»Wir sind auf dem Weg nach Hastings«, erklärte Alfred. »Bridges, ich meine Lord Bridgegates Eltern wohnen dort. Doch in sieben Tagen sind wir sicher zurück, nicht wahr, Bridge?«

»Spätestens«, näselte Seine Lordschaft. »Ausgeschlossen, daß ich Miss Willowbys Debüt versäume.«

Hetty schenkte ihm ihr strahlendstes Lächeln. Natürlich hatte sie auch in Brighton so manches Kompliment erhalten, wenn sie mit Onkel und Tante eine gesellschaftliche Veranstaltung besucht hatte. Das war jedoch viel zu selten vorgekommen. Und was bedeutete es

schon, einem jungen Landadeligen zu gefallen? Wieviel schwerer wogen da die anerkennenden Worte eines Herrn aus der ersten Gesellschaft.
»Wo wirst du in London wohnen, liebe Cousine?« erkundigte sich Alfred.
»Bei George«, erklärte Hetty, ohne ihren Blick von Seiner Lordschaft abzuwenden. »Er und Henrietta haben mich zu sich eingeladen.«
Der Beau zog erstaunt eine Augenbraue in die Höhe. »George?« wiederholte er. »Das ist ja interessant.«
Nun war es an Catharine, erstaunt zu sein: »Aber George Willowby ist Hettys Bruder«, wandte sie ein. »Ist es da nicht natürlich, daß er sich um ihr Debüt kümmert?«
»Sicher ist es das«, stimmte ihr Alfred beschwichtigend zu. »Da ist nur ein Problem ...«, er stockte und fragte sich, wie er den Damen, die ihn so erwartungsvoll ansahen, die Wahrheit möglichst schonend beibringen konnte.
»George befindet sich nicht in der Hauptstadt«, erklärte Seine Lordschaft an seiner Stelle. »Soweit uns bekannt ist, bereist er mit seiner jungen Frau eben den Kontinent.«
Alfred nickte: »So ist es.«
Catharine war fassungslos. »Aber das ist doch unmöglich!« rief sie bestürzt. »Sie müssen sich irren. Natürlich ist Mr. Willowby in der Hauptstadt. Wie sonst hätte er Hetty zu sich einladen können?«
Nun war es an Hetty, zutiefst zu erröten. Lord Bridgegate war ein erfahrener Mann, was weibliche Listen betraf. Es fiel ihm nicht schwer, sich einen Reim auf das eben Gehörte und Hettys Reaktion zu machen.
»Ich denke, der gute George ist völlig ahnungslos«, stellte er fest.
»Sie meinen, er hat sie gar nicht eingeladen?« vergewisserte sich Catharine.
»Wohl kaum«, näselte Seine Lordschaft und zog seine Schnupftabakdose aus der Westentasche. Er öffnete sie elegant mit dem linken Daumennagel und nahm eine Prise.
Catharine wandte sich ihrer Begleiterin zu. »Hetty!« sagte sie in scharfem Ton. »Darf ich dich bitten, mir zu erklären, was das zu bedeuten hat?«
Jede Art von Streit war Alfred Willowby zutiefst peinlich. Er begann sich sofort unbehaglich zu fühlen und spielte nervös mit seiner Ser-

viette. Der Beau ließ unter schweren Augenlidern einen amüsierten Blick von einer Dame zur anderen schweifen.
»Was hätte ich tun sollen?« fuhr Hetty auf. »Ich mußte die Initiative ergreifen. Sonst hätte mich Tante Mable nie nach London reisen lassen.«
»Soll das heißen, du hast den Brief selbst geschrieben?« vergewisserte sich Catharine mit fassungsloser Stimme.
Hetty nickte.
Der Beau lachte laut auf. »Sie sind eine echte Willowby«, stellte er fest.
Das konnte Alfred nicht unwidersprochen hinnehmen. »Also ich fälsche keine Briefe...« fuhr er auf. »Ich würde nie auf die Idee...«
Lord Bridgegate warf seinem Freund einen ungeduldigen Blick zu. »Kein Mensch mit Verstand würde dich als echten Willowby bezeichnen«, bemerkte er nicht eben freundlich. »Also beruhige dich.«
Catharine hielt nichts von diesem Geplänkel. »Was sollen wir nun tun?« fragte sie Hetty und hätte die Jüngere am liebsten an beiden Ohren gezogen. »Kannst du mir vielleicht sagen, was wir in London machen sollen? Dein Bruder und deine Schwägerin sind nicht zu Hause. Wo sollen wir wohnen?« Sie atmete tief durch, sichtlich bemüht, nicht die Fassung zu verlieren. »Es ist am besten, ich bringe dich umgehend nach Brighton zurück.«
»Das wirst du nicht tun!« rief Hetty aus. »Dazu hast du kein Recht. Und überhaupt: Ich kann deine Aufregung nicht verstehen. Natürlich fahren wir nach London. Ich habe noch einen Bruder, Richard, wie du weißt. Wir werden zu Richard ziehen...«
Der Beau ließ ein spöttisches Lachen hören.
Alfred warf ihr einen ungläubigen Blick zu. »Aber Richard ist Junggeselle«, wandte er ein. Ein unverheirateter Mann war nicht geeignet, ein junges Mädchen in die Gesellschaft einzuführen.
»Dann müssen wir eben eine Frau für ihn suchen«, meinte Hetty leichthin.
Nun lachte der Beau frei heraus, und Hetty und Alfred stimmten erleichtert in sein Gelächter ein. Nur Catharine konnte die Situation nicht komisch finden. Und doch war es ausgeschlossen, in Gegenwart der beiden jungen Herren einen Streit mit Hetty anzufangen. Sobald wir in unserem Zimmer sind, drehe ich ihr den Hals um, schwor sie sich grimmig.

V.

Es war am darauffolgenden Tag erst gegen einundzwanzig Uhr, als sie das Haus des Viscount Willowby, das von Hettys ältestem Bruder Richard bewohnt wurde, erreichten.
Ein Rad der Kutsche war unterwegs auf der Landstraße in ein Schlagloch geraten, das der Frost des vergangenen strengen Winters in der Fahrbahn hinterlassen hatte. Mit deutlich vernehmbarem Krachen war die Achse gebrochen, und die Kutsche hatte sich zur Seite geneigt. Glücklicherweise war sie jedoch nicht umgestürzt, und beide Damen konnten das Fahrzeug nach einer Schrecksekunde unverletzt verlassen.
Simon, der Kutscher, hatte die Pferde ausgespannt und sich den Schaden mit skeptischem Blick besehen. »Ohne einen Schmied ist da nichts zu machen«, verkündete er düster. Er bat einen vorbeikommenden Bauern, ihn auf seinem Fuhrwerk bis ins nächste Dorf mitzunehmen. Es vergingen beinahe zwei Stunden, bis er endlich mit dem Handwerker an die Unfallstelle zurückkam. Hetty und Catharine, die trotz ihrer warmen Umhänge froren, gingen neben dem Fahrzeug auf und ab und warteten ungeduldig, bis die Arbeit beendet war. Dann fuhren sie zum nächsten Gasthaus, um sich am offenen Kamin der Gaststube aufzuwärmen und mit Hilfe eines heißen Getränks die Kälte zu vertreiben. Die Fahrt bis zur Stadtgrenze war dann ohne weitere Probleme verlaufen. Dort jedoch hatte sich deutlich bemerkbar gemacht, daß Simon kaum jemals in der Hauptstadt gewesen war. Er verirrte sich trotz des Stadtplanes, den ihm sein Herr mitgegeben hatte und der ausgebreitet neben ihm auf dem Kutschbock lag. Oft mußte er stehenbleiben, um nach dem Weg zu fragen. Der rege Verkehr, der auf den Straßen herrschte, brachte seinen Gleichmut ins Wanken. Zudem war es dunkel geworden, und die Gaslaternen wiesen nur schemenhaft den Weg. Er war schließlich schweißgebadet, als er das Fahrzeug endlich in der Mount Street, vor einem der hohen, schmalen Häuser, zum Stehen brachte. Catharine war zum Umfallen müde, während Hetty vor Aufregung kaum stillsitzen konnte.
»Ich bin so neugierig, unser Haus wiederzusehen. Ich habe es seit Mamas Tod nicht mehr betreten. Ob es wohl mein altes Kinderzimmer noch gibt? Ach, Catharine, ich freue mich so schrecklich, hier zu

sein!« Sie lächelte ihrer Begleiterin voller Vorfreude zu, und Catharine lächelte zurück. Sie wunderte sich selbst, wie gut das Einvernehmen zwischen ihr und Hetty wieder geworden war. Es schien, als habe das Mädchen etwas an sich, das es einem unmöglich machte, ihr längere Zeit böse zu sein.
»Mach dir keine Sorgen über unseren Aufenthalt. Ich bin sicher, daß Richard eine Lösung findet. Ich habe doch auch eine Möglichkeit gefunden, Brighton zu entfliehen! Mit einem guten Trick, nicht wahr? Und Richard ist noch viel trickreicher als ich.«
Dem konnte Catharine nichts entgegenhalten.
Als der Wagen zum Stehen gekommen war, sprang Simon ab und öffnete den Schlag. Catharine entstieg dem Kutscheninneren und warf einen kritischen Blick auf die schlichte graue Fassade. Was sie wohl hier erwarten würde?
»Ist es nicht hübsch?« fragte Hetty neben ihr. »Ich habe das Haus immer geliebt. Es erinnert mich an die glücklichen Tage mit Mama.« Sie eilte die kleine Treppe empor und betätigte energisch den Türklopfer. »Es ist so schön, wieder nach Hause zu kommen!«
Es dauerte geraume Zeit, bis die grüne Eingangstür geöffnet wurde. Ein kleiner, untersetzter Mann in einer abgetragenen grauen Uniform erschien im Türspalt. Das Gesicht mit den kleinen dunklen Knopfaugen und einem auffallend breiten Mund blickte ihnen abweisend entgegen. »Sie wünschen?« erkundigte er sich nicht eben freundlich.
»Aber Kermin!« rief Hetty Willowby entrüstet. »Sag bloß, du erkennst mich nicht mehr!«
Tiefes Erstaunen trat in seine Züge. »Miss Hetty!« rief er aus. »Ich wußte nicht, daß Sie in London sind. Kommen Sie doch herein! Ihr Bruder ist ausgegangen. Ich erwarte ihn nicht vor dem Morgengrauen zurück.« Er hatte die Tür aufgerissen und lud die Schwester seines Herrn mit weit ausladender Geste ein, einzutreten. Hetty drehte sich zu ihrer Begleiterin um. »Das ist Kermin. Er war einer der Diener auf Wild Rose Manor und hat mir das Reiten beigebracht, nicht wahr, Kermin? Nun ist er hier als Butler meines Bruders.«
»Butler ist gut«, wandte der Diener ein, und ein Lachen überzog sein breites Gesicht. »Ich bin hier alles, Madam. Butler, Kammerdiener, Koch, Lakai – Nicolas Kermin zu Ihren Diensten.«

Catharine schenkte ihm ein müdes Lächeln, als sie ihn begrüßte. »Das ist Madame de la Falaise. Eine gute Freundin von mir. Wir beide werden heute hier übernachten.«
Falls der Diener von dieser Mitteilung überrascht war, so ließ er sich nichts anmerken. Doch wahrscheinlich war er nicht überrascht. Er kannte die Willowbys. Sie waren berühmt für ihre außergewöhnlichen Einfälle. Hetty gab dem Kutscher einen Wink, mit dem Gepäck zu folgen, und betrat die Eingangshalle.
»Dunkel ist es hier«, stellte sie fest. »Warum brennen nur zwei Kerzen in den Leuchtern?«
»Ich habe nicht mit Gästen gerechnet«, stammelte der Diener verlegen.
Catharine blickte sich um. Es schien nicht, als wäre der Hausherr sehr begütert. Kein Teppich schmückte den blanken Marmorboden. An den Wänden zeugten weiße Flächen davon, daß hier vor nicht allzu langer Zeit Gemälde gehangen haben mußten. Wahrscheinlich hatte sie Hettys Bruder zu Geld gemacht.
»Kerzen sind teuer, Hetty«, sagte sie daher.
Kermin atmete auf. »So ist es, Mylady«, stimmte er zu. Froh, jemanden gefunden zu haben, der die Lage so schnell durchschaute.
»Wo ist denn der große Kronleuchter hingekommen?« wollte Hetty mit einem skeptischen Blick zur Decke wissen.
»Der Kronleuchter?« wiederholte Kermin. »Den hat ihr Herr Papa schon vor Jahren entfernen lassen.«
»Du meinst, er hat ihn verkauft?« vergewisserte sich Hetty. »Mir hat der Leuchter nie gefallen. Als Kind hatte ich stets Angst, er würde herunterfallen und mich unter sich begraben. Sicher hat er einiges eingebracht.« Sie wandte sich an ihre Begleiterin, um voller Stolz zu verkünden: »Wir Willowbys sind doch wirklich eine schreckliche Familie, nicht wahr?« Darauf wußte Catharine keine Antwort. »Ich werde ins Obergeschoß laufen und Zimmer für uns aussuchen. Ist Mamas Zimmer unverändert? Gibt es mein Kinderzimmer noch?«
Kermin hatte sichtlich Scheu, die fremde Lady in das obere Geschoß zu lassen. »Gehen Sie bitte vor, Miss Hetty. Sie kennen sich doch sicher noch aus«, sagte er daher. Er öffnete die Tür zum angrenzenden Salon. »Wenn Sie inzwischen Platz nehmen wollen, Mylady. Ich werde sofort Feuer im Kamin anzünden.«

»Das ist eine gute Idee!« rief Hetty aus. »Wirklich, Catharine, setz dich auf die grüne Garnitur...« Sie warf einen Blick in den Raum. »Aber wo ist denn die grüne Garnitur hingekommen?« fragte sie. »Sag bloß, Richard oder Papa haben auch die Möbel verkauft? Da steht ja nur ein Lehnstuhl. Ich habe noch nie ein so leeres Zimmer gesehen. Und warum mußt du das Feuer anfachen? Gibt es sonst keinen Diener im Haus?«

»Es gibt Rosie, das Zimmermädchen«, erklärte Kermin. »Sie geht mir auch in der Küche zur Hand. Aber sonst haben wir keine weiteren Diener. Der Lehnstuhl ist wirklich bequem, Mylady«, wandte er sich wieder an Catharine, bevor er zum Kamin trat, um einige Buchenscheite aufzuschichten. Mit geübter Hand brachte er rasch ein wärmendes Feuer zustande. »Ich werde Rosie anweisen, Tee zu bereiten, wenn es Ihnen recht ist. Zu essen haben wir leider nicht sehr viel im Haus.«

»Wir haben unterwegs zu Abend gegessen«, warf Hetty ungeduldig ein. »Komm jetzt, Kermin. Ich kann es kaum erwarten, die oberen Räume wiederzusehen.«

»Rosie kommt gleich«, erklärte Kermin mit entschuldigendem Lächeln und einem Seitenblick auf Hetty. Dann verbeugte er sich förmlich und folgte dem Mädchen in die Halle hinaus. Catharine rückte den Lehnstuhl nahe ans Feuer. In ihren schweren schwarzen Mantel gehüllt, lehnte sie sich im Sessel zurück und betrachtete schläfrig die kahlen Wände des leeren Raumes. Wohin war sie da bloß geraten?

Richard Willowby hatte um sechs Uhr das Haus verlassen. Er war allerbester Laune. In Gedanken summte er eine kleine Melodie vor sich hin, die ihm seit Tagen nicht mehr aus dem Kopf gehen wollte. Constance Ridley hatte ihn zum Dinner eingeladen. Ihr Vater, der gestrenge Earl of Aberfield, war für einige Tage aufs Land gefahren. Sie fühlte sich so schrecklich einsam alleine in dem großen Haus in der South Audley Street. Richard grinste. Nun, er würde dafür sorgen, daß sie nicht mehr einsam war. Zumindest in den nächsten Nächten.

Die Vorarbeit, die ich geleistet habe, dachte er, mit sich selbst zufrieden, zeigt ihre Wirkung. Sie würde ihm in den Schoß fallen wie eine reife Frucht. In den Vauxhall Gardens vor gut vierzehn Tagen hatte

ihr Flirt begonnen. Beim Ball von Lady Linham hatte er seine Fortsetzung gefunden. Sie hatten zwei Tänze zusammen getanzt. Und dann hatte sich Constance von ihm nach Hause bringen lassen und gestattet, daß er seinen Arm um ihre Schultern legte, um sie zu wärmen. Die Blicke, die sie ihm dabei zugeworfen hatte, ließen berechtigte Hoffnungen in ihm keimen. Zwei Tage später lud er sie zu einer Ausfahrt in den Hyde Park ein, und auch bei den Abendveranstaltungen der darauffolgenden Tage hatten sie tiefe Blicke getauscht. Daß Constance ebensooft in Gesellschaft des Earl of Tremaine gesehen wurde, störte Richard nicht im geringsten. Ganz im Gegenteil: Wenn es Constance darauf abgesehen hatte, den um vieles älteren, aber auch um vieles vermögenderen Earl zu heiraten, dann würde sie nie auf den Gedanken kommen, er, Richard, würde je um ihre Hand anhalten. Es war die Wahrheit gewesen, als er seinen Freunden sagte, er habe nicht die Absicht, sich zu vermählen. Er genoß das Leben als Junggeselle, war niemandem Rechenschaft schuldig. Und überdies ließ sich das Leben eines alleinstehenden Mannes von Gewinnen am Spieltisch finanzieren. Nicht jedoch das Leben von Frau und Kindern. Es war reizvoll, sich Constance als Geliebte vorzustellen. Doch keineswegs als die Frau, mit der er sein ganzes Leben verbringen wollte. Er wußte ja bereits bei ihren kurzen gemeinsamen Ausfahrten nicht, worüber er mit ihr sprechen sollte. Heute vormittag war eine zartviolette Karte abgegeben worden, mit der Constance ihn zu dem kleinen Abendessen einlud. Ein Bote wartete auf Antwort, und er hatte mit Freuden die Einladung angenommen. Nun würde er noch rasch seinen Club aufsuchen, bevor es Zeit war, sich in die South Audley Street zu begeben.
Da es noch früh am Abend war, waren erwartungsgemäß noch nicht viele Herren anwesend. Richard Willowby übergab eben Umhang, Hut und Handschuhe in die Obhut des Lakaien, als Paul Greenhood auf ihn zutrat, um ihn zu begrüßen. »Tremaine ist dir zuvorgekommen«, sagte er lachend und bemühte sich nicht, die Schadenfreude zu verbergen.
Richard warf einen kritischen Blick in den mannshohen Spiegel. Er konnte von seiner Erscheinung wirklich angetan sein. Die zartgelben Beinkleider zum dunkelblauen Rock waren der letzte Modeschrei. Zufrieden wandte er sich seinem Bekannten zu. »Wobei ist er mir zuvorgekommen, Paul?« fragte er. Die Schadenfreude war ihm nicht

entgangen. »Hat er dich zum Duell gefordert, wegen deines losen Mundwerks? Was ich ja schon immer tun wollte.«
»Du wirst dich hüten, mit mir einen Kampf zu beginnen. Ich boxe seit neuestem in Jacksons Boxclub«, entgegnete Mr. Greenhood und hob zur Untermauerung beide Fäuste vors Gesicht.
»Ich bin beeindruckt«, erwiderte Richard gut gelaunt. »Würde es dir etwas ausmachen, wenn wir uns aus dieser zugigen Halle in die Clubräume begeben? Ich finde es nicht gerade gemütlich hier draußen.«
»Aber natürlich, laß uns hineingehen. Dort steht Tremaine mit stolz geschwellter Brust neben dem Kamin. Er kann dir seinen Triumph persönlich ins Gesicht schleudern.«
»Ah, Willowby«, sagte der Earl auch schon, als er der beiden Männer ansichtig wurde. »Wie geht's, mein Freund?« Er ließ seinen Brandy gedankenverloren in einem schweren Kristallglas kreisen und schenkte Richard ein spöttisches Lächeln.
O ha, dachte dieser, wenn der Earl mich seinen Freund nennt, ist etwas im Busch. Normalerweise geruhte Seine Lordschaft ihm keinerlei Beachtung zu schenken.
»Mir geht es hervorragend, Sir«, antwortete er betont höflich. »Ich hoffe von Ihnen dasselbe zu hören.«
»Mir geht es noch besser, Willowby«, bemerkte Seine Lordschaft, »noch viel besser.«
»Mylord ist gestern beim Earl of Aberfield gewesen«, warf Greenhood ein, der das Geheimnis nicht mehr länger für sich behalten konnte. Nun verstand Willowby. Tremaine hatte um Constances Hand angehalten. Und wie es schien, war er erhört worden. Nun, ihm sollte es recht sein.
»Dann darf man wohl gratulieren, Sir.«
»So ist es, Willowby. So ist es«, erwiderte Tremaine, enttäuscht, weil sein junger Widersacher seinen Erfolg ohne sichtliches Entsetzen hinnahm.
»Lady Ridley wird außer sich sein vor Freude«, legte Greenhood noch eins drauf, in der Hoffnung, dadurch Willowbys gute Laune anzukratzen.
Tremaine räusperte sich und sagte mit einer Spur Verlegenheit: »Ich habe bei Aberfield um die Hand von Lady Ridley angehalten. Und er hat mir seine Zustimmung zu dieser Verbindung erteilt. Mein Ge-

spräch mit Mylady wird morgen nachmittag stattfinden. Ich zweifle jedoch nicht an seinem Ausgang. Ich darf, wenn Sie mir gestatten, dies so frei auszudrücken, sicher sein, daß mir die schöne Constance ihre Zuneigung geschenkt hat.«

Richard Willowby dachte mit Vergnügen an die Einladungskarte in seiner Brusttasche und beeilte sich, seinem Gegenüber zuzustimmen.

Dabei konnte er sich ein schadenfrohes Grinsen nur mit Mühe verkneifen.

VI.

Im Stadtpalais des Earl of Aberfield wurde Mr. Willowby von einem jungen Lakaien eingelassen. Richard schmunzelte. Sicher hatte Constance dem Butler einen freien Abend gewährt, damit dieser ihrem Vater nichts über den Besuch erzählen konnte, den sie zu abendlicher Stunde alleine empfing. Ob sie wohl Übung in diesen Dingen hatte?

»Mylady läßt bitten«, sagte der Lakai höflich, nachdem er ihm die Garderobe abgenommen hatte. Er eilte zu einer der hohen Flügeltüren an der Stirnseite der imposanten Eingangshalle und öffnete diese, um den Gast eintreten zu lassen. Richard fand sich in einem kleinen Salon wieder, der durch zahlreiche Wachskerzen in ein warmes Licht getaucht wurde. Die schweren altrosa Vorhänge waren zugezogen. Im Kamin flackerte ein kleines Feuer. Ein schmaler Tisch war für zwei Personen gedeckt. Die feingeschliffenen Kristallgläser funkelten im Schein der Kerzen. Da blieb Richards Blick an der Chaiselongue hängen, die mit ihren zahlreichen Kissen zum Ausruhen einlud. Ob sie wohl hier... oder würde ihn Mylady in ihr Schlafgemach bitten?

Die Tür wurde geöffnet und Lady Ridley schwebte in den Raum. Sie trug ein elegantes lachsfarbenes Abendkleid. Eine mattschimmernde Perlenkette schmückte ihren schmalen Hals. Die dunklen Locken waren zu einem Apolloknoten aufgesteckt, der von einem Perlendiadem gehalten wurde, durch das lange, ebenfalls mit Perlen verzierte Nadeln gesteckt waren. Richard betrachtete ihre Erscheinung mit gemischten Gefühlen. Sie bot ein derart züchtiges Bild, daß er sich fragte, ob seine Hoffnungen voreilig gewesen waren. Vielleicht hatte sie ihn tatsächlich bloß eingeladen, um mit ihm zu Abend zu essen. Das war zwar sicherlich ungewöhnlich, aber nicht unmöglich. Als er jedoch seiner Gastgeberin tief in die Augen blickte, erkannte er in ihnen jenen sehnsüchtigen, verlockenden Blick, den er darin zu sehen erhofft hatte.

Erleichtert atmete er auf. Also doch, er hatte sich nicht geirrt.

»Ich danke für die Einladung, Mylady«, sagte er, während er ihre Hand ergriff, um sich darüber zu beugen.

»Ich freue mich, daß Sie gekommen sind«, antwortete Constance ebenso formell.

Der Lakai trat ein und servierte den Champagner. Die Hausherrin nahm beide Gläser von einem zierlichen Silbertablett und reichte eines mit verheißungsvollem Lächeln an ihren Gast weiter. »Du kannst gehen, Andrew«, befahl sie dann, an den Diener gewandt. »Ich werde läuten, wenn wir zu dinieren wünschen.«

Während sich der Lakai mit einer Verbeugung zurückzog, prosteten sich die beiden zu. »Auf die schönste Gastgeberin Englands«, sagte Richard Willowby mit seinem charmantesten Lächeln.

Constance errötete leicht, hielt jedoch seinem Blick stand, ohne die Lider zu senken.

»Wie kommt es, daß Sie mir jedesmal, wenn wir uns sehen, noch schöner und begehrenswerter erscheinen?« fragte Richard Willowby mit rauhem Tonfall in seiner Stimme. Er wußte, diese Worte waren nicht besonders originell. Doch verfehlten sie selten ihre Wirkung.

Nun senkte Mylady doch den Blick. »Sie schmeicheln mir, Sir«, sagte sie unerwartet schüchtern.

»Aber keineswegs«, antwortete ihr Gast in fröhlichem Ton. Er nahm ihr das Glas aus der Hand und stellte beide Gläser auf den Eßtisch. Dann legte er den Zeigefinger unter ihr Kinn: »Sieh mich an, Constance«, forderte er. »Sonst kann ich dich nicht küssen.«

Lady Ridley hielt es für angebracht, sich noch etwas zu zieren. Obwohl ihr Herz zum Zerspringen klopfte und sie sich danach sehnte, in seinen Armen zu liegen. Es waren starke Arme, junge Arme. Sie dachte kurz an ihren verstorbenen Mann, der zwanzig Jahre älter gewesen war als sie. Tremaine, der gerade bei ihrem Vater um ihre Hand angehalten hatte, war mehr als dreißig Jahre älter. »Sie müssen

doch hungrig sein, Sir«, sagte sie, scheinbar bemüht, das Thema zu wechseln.
»Oh, ich bin sehr hungrig«, flüsterte ihr Richard ins Ohr. »Und das schon seit Wochen.« Mit diesen Worten nahm er sie in seine Arme. »Und ich bin gekommen, um diesen Hunger zu stillen.« Er küßte sie wild und leidenschaftlich, und Constance küßte ihn ebenso wild und leidenschaftlich zurück.
Das fängt ja sehr verheißungsvoll an, dachte er zufrieden, während er sie vorsichtig und doch zielsicher in Richtung Chaiselongue schob.
Das Essen konnte warten. Zuerst würde er sie...
»Oh, Richard«, flüsterte sie ihm mit vor Leidenschaft rauher Stimme ins Ohr. »Ich habe dich geliebt, seit ich dich das erste Mal sah.«
Mr. Willowby zuckte zusammen. Von Liebe zu sprechen, hielt er für äußerst unpassend. Hier ging es um Lust und Leidenschaft. Daß Frauen das immer mit Liebe verwechseln mußten. Ohne darauf zu antworten, zog er ihr die langen Nadeln und das Perlendiadem vom Haar und sah zu, wie die Locken weich auf ihre Schultern fielen. Dann begann er langsam, die Häckchen ihres Kleides zu öffnen. Dabei gab er ihr kleine Küsse auf den Nacken, was sie mit wohligem Schauer geschehen ließ. Mit ihrem eng geschnürten Mieder hatte er ebenfalls keine Probleme. Er entfernte es mit geübten Griffen, und endlich stand sie mit nacktem Oberkörper vor ihm. Dann beschloß er, Constance zu helfen, die mit ungeschickten Fingern versuchte, seine Westenknöpfe zu öffnen. Er war so damit beschäftigt, sich Rock, Weste und Hemd vom Leib zu reißen, ohne Constance dabei aus den Augen zu lassen, daß er die schnellen Schritte nicht wahrnahm, die sich unaufhaltsam dem kleinen Salon näherten.
Die Tür wurde aufgerissen, und eine bellende Stimme brüllte: »Was hat das zu bedeuten?«
Richard fuhr herum und sah die kleine, gedrungene Gestalt des Earl of Aberfield. Der Vater seiner Gastgeberin stand wutentbrannt im Türrahmen. Seine wasserblauen Augen schienen aus den Höhlen zu treten, die Wangen waren dunkelrot gefärbt. Die massigen Hände in die Hüften gestützt, starrte er regungslos auf das Bild, das sich ihm bot. Richard hatte Aberfield nie leiden können. Doch in diesem Augenblick haßte er ihn geradezu. Warum konnte der Mann nicht eine Stunde später erscheinen, wenn er schon erscheinen mußte! Wie

kam es überhaupt, daß er in London war? Constance hatte ihm doch geschrieben, ihr Vater sei auf dem Lande. Richard beschloß, sich nicht aus der Ruhe bringen zu lassen. »Guten Abend, Sir«, sagte er betont höflich, während er sich das Hemd zuknöpfte und es in seine Hose stopfte.
»Das ist kein guter Abend für Sie, Willowby«, schnauzte ihn Aberfield an und kam mit drohender Gebärde näher. »Wie kommen Sie dazu, sich an meiner Tochter zu vergreifen, Sie Windhund? Dafür werden Sie büßen.« Er öffnete die Manschetten und begann sich die Ärmel hochzukrempeln.
Ein seltsames Verhalten für einen Gentleman, dachte Richard. Der muskulöse Körperbau seines Gegenübers beunruhigte ihn etwas. Nicht, daß er Angst gehabt hätte. Doch er haßte Prügeleien. Noch dazu auf nüchternen Magen.
»Ich stehe Ihnen selbstverständlich zur Verfügung«, sagte er, weiterhin bemüht, einen ruhigen Ton anzuschlagen. »Nennen Sie mir Ort und Uhrzeit. Sie haben die Wahl der Waffen.«
Constance, die ihr Kleid vom Boden aufgehoben hatte und es nun vor ihren Körper gepreßt hielt, war dem Wortwechsel mit Spannung und ohne erkennbare Furcht gefolgt. Nun ließ sie einen entsetzten Aufschrei hören. »Doch kein Duell!« rief sie aus. »Beruhige dich, Papa. Mr. Willowby und ich werden heiraten.«
Richard, der eben in seinen Rock schlüpfte, hielt abrupt inne. Wie kam Constance dazu, so etwas zu behaupten?
»Er hat heute abend in aller Form um meine Hand angehalten, und ich habe sie angenommen, Papa.«
Richard konnte sie nur entgeistert anstarren.
»Aber du bist doch Tremaine versprochen!« polterte Aberfield, sichtlich ebenso aus der Fassung gebracht.
»Eben«, murmelte Richard.
»Du hast mich an Tremaine verkuppeln wollen«, rief Constance vorwurfsvoll. »Aber ich wollte ihn nicht haben. Ich will keinen Mann, der mein Vater sein könnte. Ich habe unter Ridley genug gelitten. Ich will einen jungen Mann. Einen starken, kräftigen Mann.«
Unerwartet überzog ein breites Grinsen das Gesicht ihres Vaters. »Ist ja gut, Kätzchen. Du sollst Willowby haben. Ich werde Tremaine Bescheid geben, daß wir es uns anders überlegt haben.«
Richard warf Constance einen Blick zu, der deutlich zeigte, was er

von ihr hielt. Sie hatte ihm also eine Falle gestellt. Sie hatte ihn benützt, um einer Ehe mit Tremaine zu entgehen. Und er war dumm genug gewesen, in diese Falle zu tappen. Aber er dachte nicht daran, sich einfangen zu lassen. »Sie kann Willowby nicht haben«, sagte er mit scharfer Stimme. »Weil Willowby sie nämlich nicht will. Ich erlaube mir, Ihnen einen guten Abend zu wünschen.« Er verbeugte sich und verließ den Raum.

Es dauerte nur eine Schrecksekunde, dann hatte sich seine Lordschaft gefangen, während Constance in lautes Weinen ausbrach.

Richard war eben dabei, in seinen Umhang zu schlüpfen, als Aberfield in der Halle erschien. »So kommen Sie mir nicht davon, Willowby!« brüllte er ihn an. »Ich werde Sie anklagen, wegen gebrochenen Eheversprechens.«

Richard nahm seinen Hut und wandte sich zur Haustür. Der Lakai, der sie für ihn offenhielt, lauschte mit unverhohlener Neugierde dem Disput zwischen seinem gestrengen Herrn und dem jungen Besucher.

»Ich habe Ihrer Tochter nie die Ehe versprochen«, stellte Richard richtig. »Das wissen Sie ebenso gut wie ich.«

»Da steht Ihr Wort gegen das meiner Tochter«, fuhr Aberfield auf. »Und ich werde bezeugen, daß ich es ebenfalls gehört habe. Sie werden Constance heiraten. Oder Sie sind ruiniert.«

Mit fassungsloser Wut mußte er feststellen, daß die Tür soeben hinter Richard Willowby ins Schloß gefallen war.

»Na warte, Bursche!« rief er aus. »Lakai, meinen Mantel und meinen Hut! Aber ein bißchen plötzlich!«

Mit großen Schritten machte sich Richard Willowby auf den Heimweg. Er war sich sicher, daß ihm der erzürnte Earl of Aberfield folgen würde. Und wenn er sich schon auf einen Disput einlassen mußte, so war es besser, wenn er ihn zu Hause antraf, als wenn er ihn auf offener Straße oder im Club zur Rede stellte. Er hätte sich ohrfeigen können. Warum hatte er nicht geahnt, was Constance vorhatte? Wie hatte er nur so leichtsinnig und so naiv sein können? Es mußte ihm etwas einfallen, wie er sich aus dieser unangenehmen Lage befreien konnte. Und zwar rasch.

Mit Erstaunen stellte er fest, daß seine Haustür nicht abgesperrt war. Er betrat die Halle und rief nach Kermin. Doch niemand erschien. Wo

sollte er Lord Aberfield empfangen? Mißmutig öffnete er die Tür zum Empfangszimmer. Er mochte diesen Raum nicht, er sah so leer aus. Vielleicht hätte er doch nicht alle Möbel verkaufen sollen. Dann betrat Richard den Salon und blieb verblüfft stehen. Im breiten Lehnstuhl, dicht neben dem Kamin, in dem ein Feuer brannte, saß eine Frau, in tiefes Schwarz gehüllt. Er hatte sie noch nie im Leben gesehen. Sie schlief. Unsanft rüttelte er sie an der Schulter. »Wer zum Teufel sind Sie?« schrie er sie an.
Catharine erwachte erschrocken und konnte sich im Moment nicht daran erinnern, wo sie sich befand. *»Je suis Catharine de la Falaise«*, murmelte sie, sich verwirrt die Augen reibend. Sie sah das leere Zimmer, in dem sie sich befand, und erinnerte sich wieder. Das war Viscount Willowbys Haus, und der junge Mann, der sie eben so unsanft geweckt hatte, mußte Richard Willowby sein. Dieser war aus dem Zimmer gestürzt und blieb nun mitten in der Halle stehen. »Kermin!« brüllte er aus Leibeskräften. »Wer hat diesen französischen Kohlensack in meinem Salon abgeladen?«
Catharine verstand diese Anspielung auf ihre schwarze Kleidung sofort. Daß er sie einen Kohlensack nannte, wollte sie nicht unwidersprochen hinnehmen. Sie beschloß, aufzustehen und ihm in die Halle zu folgen. Zu ihrem Erstaunen wurde eben die Haustür ein zweites Mal geöffnet, und eine Stimme, die noch viel lauter brüllen konnte, war deutlich zu vernehmen: »Habe ich Sie also, Willowby! Denken Sie, ich lasse Sie so einfach entwischen? Sie kommen jetzt mit mir und werden sich in angemessener Form bei Constance entschuldigen. Und dann wird geheiratet. Ob Sie wollen oder nicht.«
»Ich sagte Ihnen bereits, daß ich Constance nicht heiraten kann«, erwiderte Richard störrisch und hoffte, es würde ihm endlich ein plausibler Grund einfallen. Da erschien Catharine im Türrahmen. Aberfield starrte sie mit weit aufgerissenen Augen an. »Wer ist das?« wollte er wissen. Catharine wirkte gespenstisch in ihrem schwarzen Kleid, mit den bleichen Wangen. Hinter ihr der kahle Hintergrund des Empfangszimmers. Da hatte Willowby die rettende Idee. Die Französin würde ihn ohnehin nicht verstehen. Also bestand keine Gefahr, daß sie seine Lügen aufdeckte. »Darf ich Ihnen meine Verlobte vorstellen, Sir«, sagte er, sichtlich erfreut, einen Ausweg aus seinem Dilemma gefunden zu haben. Mit diesen Worten trat er näher an die fremde schwarze Frau heran.

Aberfield war sichtlich aus der Fassung gebracht. »Ihre Verlobte, Willowby!« brüllte er. »Einen schönen Bräutigam haben Sie da, Miss. Eben habe ich ihn in flagranti erwischt. Mit meiner Tochter. Halb nackt!«

Catharine blickte von einem zum anderen. Dieser Abend schien voller Überraschungen zu sein. Zuerst dieses seltsame leere Haus, dann dieses ungewöhnliche Schauspiel. Der dicke Mann mit den ungehobelten Manieren war ihr vom ersten Augenblick an unsympathisch. Vielleicht war das eine Gelegenheit, sich Hettys Bruder gewogen zu machen, wenn sie sein Spiel mitspielte. Offensichtlich war er eben dabei, eine Verlobung mit ihr vorzutäuschen, um einer anderen Verbindung zu entgehen. »Meine Verlobte spricht nur französisch«, meldete sich nun Richard Willowby zu Wort. Insgeheim hoffte er, der Earl würde nicht bemerken, daß er selbst kein Wort französisch sprach. Sicher würde er sonst die Verlobung anzweifeln.

»Aber nein, laß nur, *mon chérie*«, meldete sich die Fremde zu seiner Überraschung mit deutlich französischem Akzent zu Wort. »Würdest du mir den Herrn vorstellen, der so wild in dein Haus eindrang. Ich bin so erschrocken, *mon Dieu*.«

Richard warf ihr einen überraschten Blick zu. Sie hatte ihn also verstanden und sich entschlossen, die Rolle, die er ihr zugedacht hatte, zu spielen. Wer sie wohl sein mochte? Doch wer immer sie war, sie schickte der Himmel. »Oh, entschuldige, mein Schatz«, sagte er betont liebevoll, »das ist Seine Lordschaft, der Earl of Aberfield. Und das, Sir, ist meine Verlobte Catharina…«, er stockte. Er hatte den Namen vergessen, den sie ihm genannt hatte. Catharine fiel ihm ins Wort. »Ich mag es nicht, wenn du mich Catharina nennst«, sagte sie scheinbar beleidigt, »Catharine de la Falaise. Catharine. Mit ›e‹ am Ende, nicht mit ›a‹.«

Richard lachte: »Natürlich, meine Liebe. Catharine de la Falaise.«

Seine Lordschaft verbeugte sich notgedrungen.

»Sie haben meinen Verlobten mit Ihrer Tochter erwischt?« erkundigte sich Catharine interessiert. »Wer von beiden war halb nackt? Richard oder Ihre Tochter?«

»Meine Tochter!« rief der Earl empört.

»Oh, Sir, was für ein schlimmes Mädchen. Sie haben mein vollstes Mitgefühl.«

Richard ließ einen amüsierten Laut hören, doch der Earl war von dieser Bemerkung gar nicht angetan. »Ich glaube nicht an diese Verlobung!« brüllte er. »Irgend etwas ist faul. Ich habe Sie noch nie gesehen. Habe noch nie von einer Familie de la Falaise gehört. Alles Schwindel.«

»Sie sehen doch, daß meine Verlobte in Trauer ist. Natürlich geht sie nicht in Gesellschaft...«, begann Richard zu erklären.

»Papperlapapp!« unterbrach ihn der Earl. »Aber wir werden ja sehen, wer hier die Wahrheit spricht. Wenn Sie in drei Tagen nicht mit dieser Französin verheiratet sind, dann werden Sie Constance heiraten. Oder ich mache Sie fertig, Willowby. Das können Sie mir glauben. Ich schaffe das. Und ich schaffe es, daß Ihr Vater Sie enterbt und daß Sie nicht einmal das wenige bekommen, das seine Spielerei, das Saufen und die Weiber übriggelassen haben!«

Richard glaubte ihm aufs Wort.

»Schicken Sie mir eine Nachricht, wo die Trauung stattfinden wird. Ich werde dabeisein.« Mit diesen Worten verbeugte sich der Earl of Aberfield knapp vor Catharine, drückte den Hut auf sein spärliches Haar und schritt zur Tür.

Richard verriegelte von innen, nachdem der Earl das Haus verlassen hatte. Dann wandte er sich an seine fremde Besucherin und sagte mit strahlendem Lächeln: »Sie haben mir sehr geholfen, Madam. Wenn ich auch keine Ahnung habe, wer Sie sind. Heißen Sie wirklich so, wie Sie gesagt haben?«

Catharine nickte.

»Sie sind Französin?«

»Nein, ich bin Engländerin. Ich war mit einem Franzosen verheiratet.«

Richard hatte eine rasche Auffassungsgabe. »War?« fragte er »Darum die Trauerkleidung?«

Catharine nickte.

»Wie lange müssen Sie die noch tragen? Sieht nicht gerade vorteilhaft aus, müssen Sie wissen.«

Sie staunte über seine Offenheit. Wie kam dieser fremde Mann dazu, so mit ihr zu sprechen? Und doch fiel es ihr schwer, ihm böse zu sein. Er hatte denselben leichtfertigen Charme, der auch Hetty auszeichnete

»Noch einen Tag«, sagte sie. »Dann ist das Trauerjahr vorüber.«

»Na, Gott sei Dank. Sie werden froh sein, nehme ich an. Übrigens, ich bin Richard Willowby«, fügte er hinzu, als ihm eingefallen war, daß er versäumt hatte, sich vorzustellen.
»Das habe ich mir gedacht«, erwiderte Catharine und musterte ihn von der Seite. Er sah gut aus. Dieselben blauen Augen wie seine Schwester. Dichte blonde Locken, vereinzelte graue Strähnen durchzogen das Haar an den Schläfen.
Mit weit ausholender Geste führte er sie in den Salon zurück. »Wenn Sie mir jetzt bitte sagen würden, wie Sie in mein Haus kommen.« Sie nahm wieder in dem Lehnstuhl Platz, während er zum Kamin eilte, um seine Hände am Feuer zu wärmen.
»Ich kam mit Hetty«, erklärte sie.
»Mit Hetty, meiner Schwägerin?« erkundigte sich Richard, »oder mit Hetty, meiner Schwester?«
»Mit Ihrer Schwester Hetty. Sie ist mit Ihrem Diener im oberen Geschoß.«
»Hetty sollte in Brighton sein. Was zum Teufel hat Sie veranlaßt, sie nach London zu bringen? Noch dazu in mein Haus? Ich habe keine Ahnung, was ich mit einem halbwüchsigen Mädchen anfangen soll.«
»Hetty ist achtzehn. Es ist höchste Zeit, daß sie in die Gesellschaft eingeführt wird«, entgegnete Catharine ungehalten.
»Von mir?« rief Richard aus. »Ich bin völlig ungeeignet, meine Schwester in die Gesellschaft einzuführen. Ich habe weder eine passende Anstandsdame für sie noch die nötigen Mittel. Ich habe zwar am Spieltisch etwas Glück gehabt in letzter Zeit, doch ich denke nicht daran, dieses sauer verdiente Geld an Putz und Kleider für Hetty zu verschwenden. Tante Mable soll sie in die Gesellschaft einführen.«
»Tante Mable bekommt einen Herzanfall jedesmal, wenn sie das Wort Debüt nur hört.«
Richard grinste. »Na, dann kommt sie für diese Aufgabe weniger in Frage. Sie hat Hetty also Ihrer Obhut anvertraut?«
Catharine nickte. »Allerdings nur so lange, bis wir in London angelangt sind.«
»Sie sind auch eine Verwandte von uns?«
»Ich bin die Nichte Ihres Onkels Jonathan«, erklärte Catharine. Dann konnte sie ihre Neugierde nicht länger bezähmen: »Was werden Sie

wegen Lord Aberfield unternehmen? Werden Sie seine Tochter heiraten?«

»Nie im Leben!« rief Richard aus. »Sie hat gedacht, mir eine besonders schlaue Falle zu stellen. Aber sie hat sich verrechnet. So leicht läßt sich ein Willowby nicht einfangen.«

»Warum wollte sie Sie denn einfangen?« fragte Catharine interessiert. »Wenn ich Ihren Worten Glauben schenken darf, kann Reichtum nicht der Grund dafür gewesen sein.«

»Wohl kaum«, grinste Richard. Ridley, ihr erster Mann, hatte ihr sicher eine schöne Summe hinterlassen. »Nein, sie wollte mich, weil ich jung bin, gutaussehend, sportlich, intelligent und außergewöhnlich charmant.«

Catharine war, als hätte sie selten so viel Eigenlob gehört. Dabei war sie von Roger de la Falaise in dieser Hinsicht allerlei gewöhnt gewesen.

»... und eingebildet«, setzte sie seine Aufzählung fort.

»Nicht eingebildet, Madam, ehrlich ist das richtige Wort.« Richard zwinkerte ihr fröhlich zu, und Catharine konnte nicht anders, sie mußte zurücklächeln.

»Aber wenn Sie seine Tochter nicht heiraten wollen, wird er seine Drohungen wahr machen. Kann man Ihren Vater wirklich dazu veranlassen, Sie zu enterben?«

Richard nickte. »Dem ist alles zuzutrauen«, sagte er überzeugt.

»Ja, aber welchen Ausweg wollen Sie dann finden?«

Richard blickte sie einige Augenblicke prüfend an, dann verzogen sich seine Lippen zu einem schiefen Grinsen. »Ich fürchte, wir werden tatsächlich heiraten müssen.«

Catharine traute ihren Ohren nicht. »Das kann doch nicht Ihr Ernst sein!« rief sie aus.

Richard wechselte das Thema. »Was werden Sie tun, jetzt, nachdem Sie Hetty zu mir gebracht haben? Haben Sie Verwandte in London?«

Catharine schüttelte den Kopf. »Keine, die ich sehen möchte«, sagte sie mit bitterem Tonfall in der Stimme.

»Aha«, meinte Richard. »Was also haben Sie vor?«

Catharine zuckte mit den Schultern. »Das weiß ich noch nicht genau. Vielleicht suche ich mir eine Stelle als Gesellschafterin oder als Gouvernante.«

»Eine Stelle als Gesellschafterin oder Gouvernante? Da ist es doch

tausendmal besser, mich zu heiraten«, stellte Richard folgerichtig fest. »Ich bin zweiunddreißig Jahre alt, kerngesund und ein angenehmer Zeitgenosse. Wenn ich nicht gerade am Spieltisch verliere, gewinne ich. Und wenn Vater stirbt, was hoffentlich nicht mehr lange auf sich warten läßt, dann bin ich Viscount. Ich erbe Wild Rose Manor, das ist unser Landsitz nahe Winchester, und ein Haus hier in Londons bester Lage. Ich bin friedlich, umgänglich und verliere selten die Nerven. Madam, Sie werden mich heiraten.«
Catharine hörte diesen seltsamen Antrag zunächst ein wenig überrascht, erwog ihn dann jedoch durchaus ernsthaft. Warum sollte sie ihn eigentlich nicht annehmen? Sie würde ein Mitglied der ersten Londoner Gesellschaft sein. Sie würde endlich die Bälle und Veranstaltungen besuchen, nach denen sie sich als junges Mädchen so gesehnt hatte. War das nicht bei weitem besser, als sich als Dienstbote in einem fremden Haus zu verdingen? Gut, Richard Willowby war ein Spieler, leichtsinnig, wie es schien, und verantwortungslos. Aber das war Roger auch. Also wußte sie, worauf sie sich einließ. Ihr schien dieser Mr. Willowby aufrichtiger und weniger skrupellos zu sein als Roger. Zudem tat sie ihm mit dieser Heirat einen Gefallen, und er war ihr zu Dank und damit zu freundlichem Verhalten verpflichtet.
»Gut, ich werde Sie heiraten«, stimmte sie zu. Abwehrend hob sie die Hand, als er auf sie zustürzen wollte, um diese freudig zu ergreifen. »Aber nur, wenn Sie auf meine Bedingungen eingehen.«
Richard blieb stehen. Was sie wohl von ihm verlangte? Er hatte nicht damit gerechnet, daß sie seine Notlage mißbrauchen würde, um sich dadurch schwerwiegende Vorteile zu verschaffen.
»Erstens: Wir führen Hetty in die Gesellschaft ein.«
Richard grinste. In diesem Punkt wäre ihm ohnehin nichts anderes übriggeblieben. Er kannte seine Schwester nicht sehr gut. Doch sicherlich besaß auch sie die für die Familie Willowby typische Hartnäckigkeit. »Abgemacht!« sagte er daher, ohne zu zögern.
»Ich darf in diesem Haus frei schalten und walten.«
Richard nickte: »Da ich ohnehin selten daheim bin, ist mir das nur recht. Einzige Einschränkung: Kermin muß unter allen Umständen bleiben. Er ist der beste Diener, den ich mir wünschen kann. Ich will nicht auf ihn verzichten.«
»Aber natürlich nicht«, stimmte Catharine zu. »Und dann brauche

ich finanzielle Mittel, um Hetty und mich gesellschaftsfähig zu machen und den Haushalt zu führen.«

Richard schluckte. Geld war knapp, und das wenige, was er hatte, konnte er für sich selbst gut gebrauchen. Doch schließlich wollte er auch nicht, daß seine Frau in diesen unansehnlichen schwarzen Kleidern herumlief. »In den nächsten Tagen kommt Edward Steanton«, begann er, und seine weiteren Worte kosteten ihn erhebliche Überwindung. »Ich habe ihm vor einigen Tagen eine beachtliche Summe abgewonnen. Die Hälfte davon trug er bar bei sich, über die andere Hälfte hat er mir einen Schuldschein ausgestellt. Er kommt in den nächsten Tagen mit einem Scheck vorbei. Dieser steht Ihnen zur Verfügung.«

Catharine schenkte ihm ein warmes Lächeln. Sie ahnte, wie schwer ihm diese Entscheidung gefallen war.

»Ich erwarte mein Erbe aus Frankreich im Laufe dieses Jahres. Ich bin bereit, Ihnen all das zurückzuerstatten, was Sie für mich auslegen. Ich verspreche Ihnen, genau Buch zu führen. Dafür müssen Sie mir versprechen, einer Scheidung zuzustimmen, sobald ich mein Geld erhalten habe und ich es wünsche. Ich möchte frei sein, um mich dort niederzulassen, wo es mir gefällt.«

Dieser Gedanke gefiel Richard außerordentlich gut. »Was für eine glänzende Idee. Wissen Sie, ich wollte nie heiraten. Fairerweise möchte ich Sie jedoch daran erinnern, daß eine Scheidung erhebliche Nachteile mit sich bringt. Ich kann damit leben, von der vornehmen Gesellschaft geschnitten zu werden. Aber können Sie das auch?«

»Vielleicht bleibe ich gar nicht in England, sondern gehe nach Frankreich zurück. Vielleicht ziehe ich aufs Land, wo mich keiner kennt. Vielleicht möchte ich mich aber auch gar nicht scheiden lassen. Ich wünsche nur, daß mir diese Möglichkeit offensteht, wenn es soweit ist.«

»Na, mir soll es recht sein«, erklärte Richard. Er hatte keine Lust, sich mit dem Thema Scheidung auseinanderzusetzen, noch bevor er verheiratet war. Und wer wußte schon, wann das Geld aus Frankreich wirklich kam. »Noch eine weitere Bedingung?«

Catharine errötete leicht und blickte zu Boden. »Meine letzte Bedingung ist...«, sagte sie und stockte, nach den richtigen Worten suchend, »die letzte Bedingung ist, daß..., daß Sie mir nicht zu nahe kommen. Daß Sie nicht versuchen, mich zu küssen. Und daß wir die Ehe nicht vollziehen.«

Richard blickte auf die magere, blaße Gestalt, die in unförmigem, schwerem schwarzem Umhang vor ihm stand, ihre Haare unter einem unkleidsamen Schleier verborgen. Er lachte fröhlich auf. »Das verspreche ich Ihnen gerne. Wenn das alles war, möchte ich jetzt nachsehen, wo Kermin bleibt. Ich habe einen Riesenhunger.«

Energisch zog er an dem bestickten Klingelstrang, der an der leeren Wand hing. »Aberfield hat mich aus dem Haus gejagt, bevor das Dinner serviert wurde. Er hat einfach kein Benehmen«, grinste er.

Die Tür ging auf, und Kermin erschien. Hetty Willowby folgte ihm auf dem Fuße. »Richard!« rief sie aus und fiel ihrem Bruder um den Hals. »Freust du dich, mich zu sehen? Ich habe gerade mein altes Zimmer für mich hergerichtet. Und Catharine soll in Mamas Zimmer schlafen. Du hast doch sicher nichts dagegen.« Sie ließ ihren Bruder los und deutete auf ihre Begleiterin: »Habt ihr euch bereits bekannt gemacht? Catharine, das ist mein Bruder Richard. Richard, das ist...«

»Du brauchst uns nicht mehr vorzustellen, liebste Schwester«, wandte Richard ein. »Natürlich kenne ich Catharine. Du sprichst von meiner zukünftigen Frau.«

Hetty hielt die Luft an und blickte überrascht von einem zum anderen. Kermin ließ einen fassungslosen Pfiff hören.

»Das ist aber eine gute Idee!« rief Hetty, als sie sich wieder gefangen hatte. »Wenn ihr heiratet, kann Catharine bei uns bleiben und mich in die Gesellschaft einführen.« Sie wandte sich an Catharine: »Habe ich es dir nicht gesagt: Richard ist noch viel trickreicher als ich. Ohne Schwierigkeiten hat er eine Lösung für all unsere Probleme gefunden.«

Der so Gelobte lachte erheitert auf. »Danke für dein Vertrauen, Schwester. Ich fühle mich geehrt. Doch jetzt, Kermin, brauche ich dringend etwas zu essen. Ich falle um vor Hunger.«

Der Diener erwachte aus seiner Versunkenheit. »Ich dachte, Sie würden bei Lady Ridley dinieren«, wandte er ein.

»Habe ich aber nicht«, erklärte Richard. »Ihr Vater hat mich hinausgeworfen, bevor wir uns zu Tisch begeben konnten. Also bringe alles, was du in der Küche auftreiben kannst.«

»Das wird nicht viel sein«, antwortete der Diener düster und machte sich auf den Weg in das untere Stockwerk, wo die Küche lag.

Hetty wandte sich ungeduldig ihrem Bruder zu. »Wann werdet ihr heiraten?« wollte sie wissen. »Wird es eine große Hochzeit? Darf ich deine Brautjungfer sein, Catharine? Ach, ich finde das alles so aufregend.«
»Kein Grund, aus dem Häuschen zu geraten«, antwortete ihr Bruder. »Wir heiraten übermorgen. Und es wird keine große Feier sein. Erstens ist es zu spät, um Einladungen zu verschicken, und zweitens wäre es schade um das viele Geld.« Catharine zuckte zusammen. Sie mußte sich wohl erst an die freimütige Art ihres zukünftigen Gatten gewöhnen.
»Übermorgen schon!« rief Hetty aus. »Aber geht denn das überhaupt? Kann man so schnell heiraten? Da braucht man doch eine Sonderlizenz, oder?«
Catharine und Richard starrten sich an. Daran hatten beide nicht gedacht. Doch Hetty hatte ohne Zweifel recht.
»Verdammt!« rief Richard aus. »Wo bekommen wir nur so ein Papier her? Wir müßten jemanden kennen, der einen guten Kontakt zum Bischof hat. Ob ich zu Cristlemaine gehen soll?«
»Du meinst, Cousin Max kennt den Bischof?« erkundigte sich seine Schwester überrascht.
»Cousin Max kennt ganz London«, entgegnete ihr Bruder. »Doch ich will ihn nicht besuchen, wenn es nicht unbedingt sein muß. George hat ihn im Kampf um Großmutters Erbe ausgestochen. Sicher ist er wütend auf ihn. Und seine Wut wird sich auf alle Willowbys erstrekken. Ich habe nicht die geringste Lust, mir eine seiner arroganten Abfuhren zu holen.«
Catharine hatte ihm nur mit halbem Ohr zugehört. Sie dachte an ihren Bruder. Henry kannte den Bischof, da war sie sich sicher. Henry war ein Herzog, sein Einfluß war nicht zu unterschätzen. Sie würde ihren Bruder aufsuchen, entschied sie mit einem unangenehmen Gefühl in der Magengegend. Je früher, desto besser. Wenn sie in London blieb, dann war es unvermeidlich, daß sie sich wiedersahen. Und das erste Treffen sollte besser unter vier Augen stattfinden als auf gesellschaftlichem Parkett.
»Ich denke, ich kann eine Lizenz besorgen«, sagte sie schließlich. Es war typisch für die Geschwister Willowby, daß sie sich keine Gedanken darüber machten, wie Catharine, die eben erst aus Frankreich gekommen war und in London kaum jemanden kannte, zu

einer Speziallizenz kommen sollte. Für sie war allein wichtig, daß ein unangenehmes Problem ohne Aufwand gelöst worden war.
»Fein!« sagte ihr zukünftiger Ehemann. »Dann laßt uns jetzt zu Kermin in die Küche gehen.«

VII.

Als Catharine am nächsten Morgen erwachte, kündigten die ersten freundlichen Sonnenstrahlen, die durch einen Spalt im Vorhang ins Schlafzimmer fielen, einen warmen Frühlingstag an. Sie setzte sich in ihrem breiten Himmelbett auf und ließ die Beine über dem Boden baumeln. Ob wohl jemand heißes Wasser bringen würde, wenn sie an der Klingelschnur zog? Das Mädchen Rosie vielleicht, das ihnen gestern abend den Tee serviert hatte, nachdem sie gemeinsam mit Hetty und ihrem Bruder in die Küchenregion eingedrungen war?
Sie beschloß, ihr Glück zu versuchen, und zog an dem Strang. Dann blickte sie sich um. Das Zimmer, in dem einst Hettys Mutter gewohnt hatte, war wirklich hübsch. Wenn auch hier, wie in jedem Raum, einige Möbelstücke abhanden gekommen sein mußten. Die Bettvorhänge und die Vorhänge vor den beiden schmalen, hohen Fenstern zeigten grüne Streifen, an denen sich zartrosafarbene Rosen emporrankten. Die Stoffe waren im Laufe der Jahre ausgebleicht, aber dennoch recht hübsch anzusehen. Neben dem Bett befand sich ein kleines Nachtkästchen. Auf einer Kommode stand eine hübsche, aber angeschlagene Waschschüssel. Ihre schweren Schrankkoffer standen unausgepackt vor einem überdimensionalen Kleiderschrank.
Catharine erhob sich und schlüpfte in ihre Pantoffeln. Zuerst würde sie ihre Kleider in den Schrank hängen. Sicher waren sie völlig verknittert. Hoffentlich konnte Rosie mit dem Bügeleisen umgehen. Sie öffnete die breiten Türen des Schrankes und trat erschrocken einige Schritte zurück. Eine dichte Staubwolke wehte ihr entgegen. Zwei aufgescheuchte Motten suchten flatternd das Weite. Das Möbelstück war nicht leer, wie sie angenommen hatte, sondern prall gefüllt mit Kleidern und Roben. Erstaunt nahm sie das erstbeste Kleidungsstück heraus. Es war ein eisblaues Abendkleid mit einer breiten Schärpe, das Oberteil dicht mit Pailletten und Perlen bestickt.

»Die Kleider haben Mylady gehört. Der Mutter von Master Richard«, sagte eine Stimme hinter ihr. Sie fuhr herum und sah Kermin im Türrahmen stehen, einen Krug dampfend heißes Wasser in der Rechten, zwei Handtücher in der Linken.
»Ist Rosie nicht da?« erkundigte sich Catharine, der es seltsam erschien, daß ein männlicher Dienstbote in ihr Schlafzimmer kam. Mit einer raschen Bewegung schlüpfte sie in ihren Morgenmantel, den sie am Vorabend achtlos über den einzigen Stuhl des Raumes geworfen hatte.
Kermin schien ihren Aufzug gar nicht zu bemerken. »Ich habe Rosie mit einigen Besorgungen beauftragt«, erklärte er. »Sie wird bald zurück sein. Ich werde sie dann sofort zu Ihnen schicken.« Er stellte den Krug auf die Kommode und legte die Handtücher fein säuberlich daneben. »Wenn es Ihnen recht ist, werde ich das Frühstück richten.«
»O ja, vielen Dank«, antwortete Catharine. »Das ist mir sehr recht, denn ich habe großen Hunger. Ist… ist mein Verlobter bereits aufgestanden?«
»Master Richard hat das Haus gegen zehn Uhr verlassen.«
»Gegen zehn Uhr!« rief Catharine aus. Sie warf einen Blick auf die kleine Standuhr auf dem Kaminsims. Diese stand noch immer auf halb acht.
»Ach, die Uhr geht schon lange nicht mehr«, verkündete Kermin, der ihrem Blick gefolgt war. »Hat ja auch schon lange keiner mehr daraufgesehen. Ich werde mich gleich darum kümmern, daß sie repariert wird.« Er nahm die Uhr vom Kaminsims und verließ das Zimmer. Widerwillig schlüpfte Catharine in ihr schwarzes Kleid. »Letzter Tag!« sagte sie laut. »Und dann trage ich nie wieder schwarz. Nie, nie, nie wieder.« Mit geübten Fingern schloß sie die Häkchen, bürstete ihr dunkelblondes Haar und befestigte den Schleier über ihren Locken. Heute war Gervais' Todestag. Ein Jahr war seither vergangen. Es schien nun schon viel weiter zurückzuliegen. Und morgen würde sie heiraten. Wenn Henry die Lizenz beschaffen konnte. Höchste Zeit, daß sie sich beeilte, um ihren Bruder aufzusuchen.
Im Frühstückszimmer stand der einzige Tisch des Erdgeschosses. Er war nicht groß und bot Platz für acht Personen. In diesem Raum hatte Kermin für das Frühstück gedeckt. Eine Kanne mit heißem

Tee stand bereit. Eier und Speck brutzelten über der Warmhalteplatte. Und eben kam der Diener mit frisch gebackenem Toast. Er rückte Catharines Stuhl zurecht und fragte, ob sie noch etwas wünsche.
»Nein, vielen Dank«, entgegnete Catharine. »Das sieht ja wirklich sehr verlockend aus. Schläft Miss Hetty noch?«
Kermin nickte. »Hat noch kein Lebenszeichen von sich gegeben«, sagte er und wollte sich zurückziehen. »Wenn Sie gestatten, Madam, ich muß mich um den Lunch kümmern.«
»Ich möchte in einer halben Stunde ausfahren. Gibt es einen Wagen, den ich benützen kann?«
Kermin schüttelte bedauernd den Kopf. »Wir haben nur einen Wagen, den Phaeton von Master Richard. Mit dem ist der Herr eben selbst unterwegs...« Er unterbrach sich und griff sich mit einer Geste der Verlegenheit an den Nacken. »Und wenn ich es mir recht überlege, kann ich mir nicht vorstellen, daß Master Richard seinen Wagen ausleiht. Er ist nämlich nagelneu, wissen Sie.«
»Wo wird das Fahrzeug untergebracht?« wollte Catharine wissen.
»Oh, wir haben einen Stall in den Mews gleich in der Nähe. Master Richards Reitpferd Thunderbird ist auch dort eingestellt. Brian betreut sie. Ist ein passabler Bursche, dieser Brian. Kommt auch aus Winchester. Er schläft gleich oberhalb der Stallungen.«
»Wäre dort noch Platz für eine weitere Kutsche und ein bis zwei Reitpferde?« erkundigte sich Catharine.
»Aber sicher wäre da Platz«, antwortete der Diener. »Als Mylady noch am Leben war, wurden zwei weitere Fahrzeuge dort eingestellt. Ein Landauer und die altmodische Reisekutsche. Und Platz für Pferde gibt es auch genug. Warum fragen Sie, Madam? Haben Sie vor, sich einen Wagen zuzulegen?«
Catharine breitete die weiße Serviette über ihren Schoß. »Ich weiß es noch nicht. Ich möchte nur alles hier kennenlernen, damit ich mich besser zurechtfinden kann. Wären Sie so freundlich, mir heute nachmittag das Haus zu zeigen?«
Kermin verbeugte sich und sagte mit einem breiten Lächeln: »Gerne Madam, sehr gerne. Soll ich Ihnen in einer halben Stunde eine Droschke rufen?«
»Ja bitte, das wäre eine gute Idee«, stimmte Catharine zu, bevor sie sich endgültig dem Frühstück widmete.

Sie erreichte das Haus ihres Bruders kurz nach elf Uhr. Nachdem sie den Droschkenfahrer entlohnt hatte, blieb sie einige Augenblicke unschlüssig auf dem Gehweg stehen und betrachtete eingehend die erhabene Fassade. Ihr Elternhaus war ein breites, elegantes Gebäude. Sicherlich um ein vielfaches größer als jenes Haus, das ihrem künftigen Schwiegervater gehörte. Ein von acht Säulen getragener Vorbau schützte den Eingang. Vier weiße Marmorstufen führten zur Eingangstür. Der Türklopfer aus Messing in Form eines Löwenkopfes glänzte im Schein der Vormittagssonne. Hier war sie aufgewachsen, und doch hatte sie nicht das Gefühl, nach Hause zu kommen. Was Henry wohl sagen würde, wenn sie ihm so unerwartet gegenüberstand? Und Esther? Catharine straffte die Schultern. Sie würde sich vor ihrer Schwägerin nicht fürchten. Im Gegenteil. Sie war gekommen, um sich ihr rechtmäßiges Eigentum abzuholen, und sie würde sich von niemandem davon abhalten lassen. Energisch betätigte sie den Türklopfer. Der Butler, der öffnete, war ihr unbekannt. Was war wohl aus dem alten Burley geworden, der unter ihrem Vater hier gedient hatte? Er konnte doch noch keine sechzig Jahre alt sein. Seltsam, daß man ihn durch einen jüngeren Mann ersetzt hatte. Auch die gestreifte Uniformjacke hatte es vor fünf Jahren noch nicht gegeben.

»Sie wünschen, Madam?« fragte der Butler mit einem prüfenden Blick auf die schwarze Gestalt vor der Haustür. Er konnte weit und breit keine Zofe entdecken. Die Dame war also alleine gekommen. Höchst seltsam und höchst verdächtig. Catharine deutete den abweisenden Blick richtig. Rosie würde sie in Zukunft überallhin begleiten, schwor sie sich.

»Mein Name ist Madame de la Falaise. Ich bin die Schwester Ihres Herrn. Ist mein Bruder zu Hause?«

»Soweit ich unterrichtet bin, haben Seine Gnaden keine Schwester«, erwiderte der Butler mit hochgezogenen Augenbrauen. »Wenn Sie erlauben, werde ich jetzt die Tür schließen, Madam. Es ist recht frisch draußen.«

»Dann sind Sie falsch unterrichtet«, fuhr Catharine auf und drängte den Butler mit einer energischen Handbewegung zur Seite. »Und nun lassen Sie mich eintreten. Ist mein Bruder in der Bibliothek?« Sie ließ den verdutzten Diener stehen und übergab ihren Umhang einem der Lakaien, die in der Halle erschienen waren. Eine Tür öffnete sich, und

Mrs. Blenchem, die Haushälterin, erschien. »Miss Catharine!« rief sie aus, als sie die Besucherin erkannte, »ich wollte sagen: Mylady. Sie sind nach Hause gekommen! Oh, wie ich mich freue. Und Ihr Bruder wird sich erst freuen. Es geht Seiner Gnaden nicht gut zur Zeit. Die Gicht, Sie wissen ja...«
Die Gicht? dachte Catharine. Sie wußte nicht, daß Henry an Gicht litt. Er war doch erst Ende dreißig. »Ich freue mich auch, Sie wiederzusehen, Mrs. Blenchem. Wo finde ich meinen Bruder?«
Der Butler war näher gekommen. »Sie kennen die Dame, Mrs. Blenchem?« vergewisserte er sich.
»Aber natürlich, Mr. Fishbourough. Das ist Miss Catharine, die Schwester Seiner Gnaden. Aber das können Sie ja nicht wissen. Sie sind ja erst seit kurzem im Haus.« Die letzten Worte waren in einem deutlich abfälligen Ton geäußert worden. Es schien, als würde zwischen dem neuen Butler und der langgedienten Haushälterin nicht alles zum Besten stehen. Dem Diener war sein schroffes Verhalten sichtlich peinlich. »Sie müssen verzeihen, Mylady«, begann er, »ich hatte wirklich keine Ahnung...«
»Es ist schon gut«, unterbrach ihn Catharine ungeduldig. »Wenn Sie mich jetzt zu meinem Bruder bringen würden.«
Henry befand sich, wie sie erwartet hatte, in der Bibliothek. Catharine erschrak, als sie ihn sah. Die Beine in eine warme Wolldecke gehüllt, saß er regungslos vor dem Fenster, in das Buch vertieft, das er in seinen Händen hielt.
Er ist um Jahre gealtert, dachte sie, und sofort stieg Mitleid in ihr auf. Armer Henry. Jetzt siehst du, daß Geld nicht das Wichtigste im Leben ist. Ob es wohl die Ehe mit Esther war, die dich mit noch nicht vierzig Jahren zum alten Mann werden ließ?
Sie machte dem Butler, der sie eben ankündigen wollte, ein Zeichen. Dann schlich sie sich auf Zehenspitzen zum Lehnstuhl ihres Bruders heran und hielt ihm von hinten die Augen zu. »Wer bin ich, Euer Gnaden?« fragte sie mit verstellter Stimme.
Der Herzog fuhr auf: »Was soll das? Ich habe keine Ahnung.«
Catharine ließ ihn los und drückte ihm einen kleinen Kuß auf die Wange.
»Catharine!« rief Henry aus. »Bist du es wirklich? Das ist aber eine Überraschung! Ich kann leider nicht aufstehen, um dich zu umarmen. Meine Beine schmerzen. Darf ich dir etwas anbieten?«

»Ja, ich hätte gerne ein Glas Limonade.«
Henry gab diesen Wunsch an den Butler weiter, der immer noch in der Tür stand und das Geschehen neugierig beobachtete.
»Was führt dich nach London?« erkundigte sich Henry, als sich der Butler zurückgezogen hatte.
»Ich werde hier wohnen. Ich habe Frankreich den Rücken gekehrt«, erklärte seine Schwester.
»Hier wohnen?« stotterte Henry. »Du meinst, hier im Hause? Das wird nicht gehen, Catharine. Esther würde das keinesfalls dulden.«
Catharine sah ihn mit bitterem Lächeln an. »Es ist also Esthers Haus«, stellte sie fest. »Sie kann darüber bestimmen, wer hier wohnen darf und wer nicht.«
Henry zuckte resigniert mit den Schultern. »Es ist ihr Geld«, sagte er. »Wenn sie nicht gewesen wäre, hätte ich das Haus längst verkaufen müssen. Da ist es nur recht und billig, daß sie auch bestimmt. Noch dazu, da ich ein kranker Mann bin. Ich bin gar nicht in der Lage, all die Dinge so gut zu regeln, wie Esther es kann.«
Catharine verbiß sich eine schneidende Antwort. »Beruhige dich, Bruder. Ich habe nicht vor, dir zur Last zu fallen«, sagte sie statt dessen. »Ich werde mich wieder verheiraten. Doch dazu brauche ich deine Hilfe.«
»Du willst wieder heiraten? Das geht aber ungewöhnlich schnell. Dein Mann ist doch noch kaum unter der Erde...«
»Gervais ist genau heute vor einem Jahr gestorben. Und du kannst wohl nicht von mir verlangen, daß ich länger um ihn trauere als unbedingt nötig.«
Henry errötete, sagte jedoch nichts dazu. »Wen willst du jetzt heiraten? Und wie kann ich dir dabei helfen?«
Der Butler erschien mit einem Krug und zwei Gläsern, die er mit formvollendeter Geste füllte. Catharine wartete, bis sie wieder allein waren, und nahm einen Schluck Limonade, bevor sie antwortete: »Ich heirate Richard Willowby. Du kennst ihn vielleicht. Er ist nicht viel jünger als du.« Dabei sieht Henry aus, als könnte er Willowbys Vater sein, dachte sie. Kaum zu glauben, daß zwischen ihrem vor Kraft und Lebensfreude strotzenden Verlobten und ihrem Bruder nicht mehr als sechs Jahre Altersunterschied lagen.
»Willowby!« rief der Herzog aus. »Warum ausgerechnet er? Willowby ist ein Spieler, ein leichtsinniger Tunichtgut, ein...«

Catharine unterbrach diese Aufzählung: »Roger ist ebenfalls ein Spieler, ein leichtsinniger Tunichtgut. Und doch hattest du gegen diese Heirat nichts einzuwenden.«
»Du hast ja nicht Roger geheiratet, sondern seinen Onkel...«, fuhr Seine Gnaden auf.
Catharine preßte die Lippen zusammen. »Du wußtest es!« sagte sie. »Du wußtest über das schändliche Spiel Bescheid, das man mit mir getrieben hat. Und du hast nicht eingegriffen!«
»Aber, aber Esther meinte, es wäre zu deinem Besten...«, gab ihr Bruder reichlich kleinlaut von sich.
»Esther meinte, Esther dachte...«, wiederholte seine Schwester ungehalten. »Ich will den Namen Esther nie wieder hören. Und du tust mir leid, mein lieber Bruder. Du hast dich in einen ängstlichen Schwächling verwandelt. Der sogar seine eigene Schwester verrät. Du kannst stolz auf dich sein.«
Henrys Kopf sank auf seine Brust. »Es tut mir so leid«, flüsterte er und wagte es nicht, seiner Schwester ins Gesicht zu sehen. »Ich weiß, ich hätte dich warnen sollen. Aber ich hatte Esther mein Wort gegeben, Catharine, ich bitte dich, daß du mir verzeihst. Ich habe mir jahrelang die schlimmsten Vorwürfe gemacht. Bitte, Catharine.«
Seiner Schwester taten ihre harten Worte bereits wieder leid. Es war Esther, der ihre ganze Verachtung galt. Nicht Henry, der so armselig und verlassen seine Tage in der Bibliothek zubrachte, die Beine in eine Decke gehüllt.
»Ist alles wieder gut, Henry«, beruhigte sie ihn. »Was ist mit deinen Beinen geschehen? Kannst du sie nicht mehr bewegen?«
»O doch, Catharine. Aber nur unter großen Schmerzen. Wenn ich sie warm halte, ist es besser. Kalter Luftzug schadet mir. Die Ärzte sagen, ich habe die Gicht von Großmutter Milwoke geerbt. Du weißt, sie saß schon im Rollstuhl, als wir noch Kinder waren. Und sie ist ziemlich früh gestorben.« Er sagte das in einem Tonfall, als würde auch sein Tod unmittelbar bevorstehen. Und als hätte er sich mit dieser Tatsache abgefunden.
»Aber so kann es doch nicht weitergehen!« Catharine konnte es nicht glauben. »Frische Luft würde dir sicher guttun. Vielleicht möchtest du etwas im Park spazieren? Und der Verzicht auf Alkohol soll wahre Wunder wirken. Hast du das schon einmal versucht? Es muß doch einen Weg geben, daß du wieder gesund wirst.«

Der Herzog schüttelte müde den Kopf. Er hat sich aufgegeben, dachte Catharine bitter. Sicher war Esther auch daran schuld. »Du kennst doch den Bischof?« fragte sie dann. »Ich brauche dringend eine Speziallizenz.«
Ihr Bruder erwog den Gedanken. »Das sollte kein Problem sein«, sagte er schließlich. »Wenn du Willowby wirklich heiraten willst? Wann soll die Trauung stattfinden?«
»Morgen. In der St.-George-Kirche hier am Hanover Square. Mr. Willowby ist eben dabei, mit dem Pfarrer Kontakt aufzunehmen.«
»Morgen schon!« rief der Herzog, die trüben Augen weit aufgerissen. »Warum diese Eile?«
»Weil ich irgendwo wohnen muß. Hier will mich Esther nicht haben. Und ein Hotel ist mir zu teuer«, fuhr ihn Catharine ungehalten an.
»Zu teuer?« wiederholte er ungläubig. »Aber dein Mann muß dir doch ein Vermögen hinterlassen haben.«
»Hat er«, bestätigte sie. »Aber Roger macht es mir streitig. Er behauptet, ich hätte das Testament gefälscht. Nun streiten die Advokaten.«
Henry war sichtlich empört und rutschte ungeduldig auf seinem Stuhl hin und her. »Roger ist ein Schwein!« rief er aus. »Ich habe ihn nie leiden können.« Catharine warf ihm ein spöttisches Lächeln zu, sagte aber nichts.
»Du sollst die Lizenz haben«, meinte er schließlich. »Ich werde mich selbst zum Bischof begeben.«
»Danke«, sagte Catharine gerührt und küßte ihren Bruder auf die Wange. »Man möge sie in die Mount Street bringen.«
»Ja, ist in Ordnung. Esther braucht es ja nicht zu erfahren, nicht wahr? Sie ist immer ungehalten, wenn ich jemandem etwas verspreche, ohne sie vorher zu fragen. Ich werde auch nicht zur Trauung kommen können. Weißt du, wir beherbergen zur Zeit wichtige Gäste. Sir Thomas Streighton und seine Gattin Bianca. Er ist einer der mächtigsten Grundbesitzer in Sussex und Friedensrichter für Winchester. Esther ist ganz stolz auf diese Bekanntschaft. Zur Zeit sind sie zu dritt in der Stadt, um Einkäufe zu erledigen. Ich fürchte, sie werden bald zurück sein …«
Catharine erhob sich. »Ich habe verstanden«, sagte sie. »Du möchtest nicht, daß ich ihnen begegne. Mir soll es recht sein. Mach dir keine Gedanken um die Trauung. Es wird nur ein Fest im kleinen Rahmen

sein.« Sie zog sich ihre Handschuhe an und begann sie an den Handgelenken zuzuknöpfen. »Was ich noch fragen wollte: Was ist eigentlich aus der Kutsche geworden, die Papa für mein Debüt bauen ließ?«

»Die steht in den Stallungen«, erklärte ihr Bruder. »Esther lehnt es ab, damit zu fahren. Der Wagen ist zu schlicht für ihren Geschmack. Möchtest du, daß ich ihn zu Willowby bringen lasse?«

»Ja, das wäre freundlich. Vielleicht hast du auch Pferde dazu, die du erübrigen kannst.«

Henrys Lippen verzogen sich zu einem kleinen Lächeln. »Ich werde sehen, was sich machen läßt«, sagte er schließlich. »Esther kennt sich bei Pferden nicht aus. Sicher fällt es ihr nicht auf, wenn zwei fehlen. Wir haben eine ganze Anzahl im Stall.«

»Danke, Bruder«, sagte Catharine aufrichtig. »Du kannst mir meine Aussteuer ebenfalls in die Mount Street schicken. Du weißt schon, all die Sachen, die ich zur Hochzeit mit Roger bekam und die zu sperrig waren, als daß ich sie nach Frankreich hätte mitbringen können. Die Sachen gibt es doch noch?«

Henry nickte: »Sie müssen irgendwo auf dem Speicher stehen. Ich werde Charles, den Diener, beauftragen, sie zu suchen. Esther fährt übermorgen zu ihrer Cousine. Dann haben wir die Möglichkeit, alles in die Mount Street zu transportieren.«

Catharine bedankte sich noch einmal, küßte ihren Bruder zum Abschied auf die Wange und trat dann in die Halle hinaus.

Mrs. Blenchem hatte auf sie gewartet: »Werden Sie wieder zu uns ziehen, Mylady?« fragte sie. »Das Haus ist so grau und trist ohne Sie gewesen.«

Catharine schüttelte bedauernd den Kopf. »Es tut mir leid, Sie enttäuschen zu müssen, Mrs. Blenchem«, antwortete sie. »Aber ich gedenke mich zu verheiraten und mich in der Mount Street niederzulassen.«

Zu ihrer Überraschung brach die gute Frau in Tränen aus: »Ich habe so gehofft, daß Sie wieder zu uns zurückkommen. Es ist kein Leben mehr in diesem Haus. Ihre Gnaden ist mit allem unzufrieden. Nichts kann man ihr recht machen. Und noch dazu muß man jeden Tag fürchten, daß sie einen hinauswirft. Wie sie es mit dem guten alten Mr. Burly gemacht hat. Ohne Zeugnis hat sie ihn davongejagt. Hätte er nicht zu seinem Bruder nach Chelsey ziehen können, er wäre förmlich auf der Straße gestanden. Ich besuche Mr. Burley alle vierzehn Tage, wenn ich meinen freien Nachmittag habe, und versuche ihn aufzuheitern. Er würde so gerne wieder arbeiten. Doch ohne Zeugnis hat er dazu keine Chance. Ist das nicht wirklich ungerecht, Mylady? Ich würde auch gern dieses kalte, unfreundliche Haus auf der Stelle verlassen. Wenn ich nur eine andere Stelle fände, würde ich sogar für weniger Lohn arbeiten. Aber wer nimmt schon eine alte Frau wie mich in seine Dienste?«

»Ich werde sehen, wie ich Ihnen helfen kann, Mrs. Blenchem«, meinte Catharine und legte der Dienerin beruhigend ihre Hand auf den Unterarm. »Bitte seien Sie nicht mehr traurig. Ich lasse bald wieder von mir hören, das verspreche ich Ihnen. Doch nun muß ich mich beeilen.«

Der Butler eilte pflichtschuldig herbei, um die Tür zu öffnen. Sie bat ihn, ihr eine Droschke zu rufen, und verließ ohne weiteren Aufschub das Haus.

Als sie die Eingangshalle von Lord Willowbys Haus in der Mount Street betrat, stand Mr. Richard Willowby am Fuße der Treppe, die in das obere Geschoß hinaufführte. Er war eben dabei, seinen Umhang und seinen hohen Reithut in Kermins Obhut zu übergeben. Da blickte er sich um und zuckte sichtlich zusammen, als er seiner Verlobten ansichtig wurde. »Wie lange, sagten Sie, müssen Sie diese schrecklichen schwarzen Kleider noch tragen? Ich weiß nicht, ob ich das ertrage.«

Catharine dachte nicht daran, auf diese freimütige Kritik zu antworten. »Guten Morgen«, sagte sie statt dessen.

»Guten Morgen, Mylady«, meldete sich nun Kermin zu Wort und eilte herbei, um seiner neuen Herrin die Garderobe abzunehmen.

»Wo sind Sie gewesen?« fragte Willowby und warf einen Blick in den Spiegel, um den Sitz seines Halstuches zu kontrollieren. »Haben Sie diese Speziallizenz?«

»Sie wird heute abend gebracht«, antwortete Catharine. »Haben Sie inzwischen mit einem Pfarrer gesprochen?«

Richard nickte. »Habe ich«, sagte er. »War ein verdammt unangenehmes Gespräch. Der gute Mann vermutete einen dubiosen Grund für unsere überstürzte Heirat. Er wollte mir ins Gewissen reden, nicht unüberlegt diesen wichtigen Schritt zu tun.«

Richard lachte. »Zum Glück habe ich kein Gewissen. Also fielen

diese salbungsvollen Worte nicht auf fruchtbaren Boden. Wenn wir die Lizenz haben, bleibt ihm nichts anderes übrig, als uns zu trauen.«
Er hielt die Tür zur Bibliothek auf und bat Catharine mit einer Geste einzutreten. Dieser Raum unterschied sich in seiner spärlichen Einrichtung durch nichts von den anderen. Die hohen Bücherschränke waren nur zur Hälfte gefüllt. Ein breiter Ohrensessel stand neben dem Kamin. Der Bezug war verblichen, an manchen Stellen waren Löcher unfachmännisch geflickt worden. Ein zweiter Stuhl stand hinter einem kleinen Schreibtisch. Beide Möbelstücke machten einen verwahrlosten Eindruck. Sie waren wohl deshalb nicht verkauft worden, weil man für sie kaum einen angemessenen Preis erzielt hätte. Die Vorhänge waren, wie überall im Haus, fadenscheinig. Und wie überall im Haus fehlten Teppiche auf dem Holzboden.
Richard war ihrem Blick gefolgt. »Nicht gerade gemütlich, nicht wahr?« stellte er mit bitterem Lächeln fest. »Allerdings gehen die Verkäufe der Bücher und der Möbel und Teppiche hier nicht auf mein Konto. Vater hat sie bereits vor Jahren verkauft. Als er für sein wildes Leben noch Geld brauchte.«
»Jetzt braucht er keines mehr?« fragte Catharine.
Richard schüttelte den Kopf. »Nein. Vater ist solide geworden. Er lebt auf unserem Landsitz nahe Winchester zurückgezogen und fern jeder Ausschweifung. Der Lebenswandel seines ältesten Sohnes ist ihm ein Dorn im Auge. Sicher wird es ihn freuen, wenn er von meiner Verehelichung erfährt. Hoffentlich wiegt er sich möglichst lange in der Illusion, ich würde dadurch ein anständiges, gesetztes Leben beginnen. Wollen Sie sich nicht setzen?« Er schob ihr den breiten Lehnstuhl zurecht und ließ sich, als sie Platz genommen hatte, auf der Schreibtischplatte nieder.
»Und Sie gedenken künftig kein anständiges, gesetztes Leben zu führen?« fragte Catharine mit unschuldigem Lächeln, obwohl sie die Antwort kannte.
Richard lachte auf. »Sehe ich so aus?« fragte er. »Sie haben doch nicht etwa diese Hoffnung? Unsere Ehe ist keine Ehe, sondern ein Geschäft. Das ist uns doch beiden klar, nicht wahr?«
»Völlig klar«, bestätigte Catharine.
Richard atmete auf. »Na eben. Ihre erste Ehe… Haben Sie damals aus Liebe geheiratet?«

Catharine erwog kurz, ihm ihre wahre Geschichte zu erzählen. Doch dann entschied sie sich dagegen. Sie kannten sich noch nicht lange genug. Sie wußte nicht, wie Richard darauf reagieren würde.

»Nein«, sagte sie daher schlicht.

Richard war sichtlich überrascht. »Nein?« wiederholte er ungläubig. »Warum haben Sie den Franzosen dann geheiratet?«

»Es gab gute Gründe«, entgegnete sie knapp.

»Das glaube ich«, versicherte Richard. Warum wohl war seine Verlobte so zugeknöpft, wenn sie auf ihre erste Ehe angesprochen wurde? »Liebten Sie damals einen anderen?«

Catharine sah ihn erstaunt an. »Wie kommen Sie denn auf diese Idee?« wollte sie wissen.

Richard lächelte. »Ich hatte so ein Gefühl«, sagte er. »Wie hieß der Mann, den Sie liebten?«

»Roger«, antwortete Catharine.

»Auch ein Franzose?«

Catharine nickte.

»Lieben Sie ihn immer noch?« fragte Richard.

»Wann wird morgen die Trauung stattfinden?« wechselte Catharine das Thema. Wie kam er dazu, sie so etwas zu fragen. Natürlich liebte sie Roger nicht mehr. Aber das ging ihn wirklich nichts an.

Sie liebt ihn also noch, dachte er, beharrte aber nicht darauf, das Thema weiter zu verfolgen. »Um elf Uhr«, sagte er statt dessen. »Ich habe den guten Earl of Aberfield schon verständigt. Gibt es jemanden, den sie dabeihaben möchten? Verwandte vielleicht?«

Catharine schüttelte den Kopf. »Nein, meine Verwandten werden nicht zur Trauung erscheinen. Ich habe aber eine Freundin, die ich gerne einladen würde. Leider habe ich sie in den letzten Jahren aus den Augen verloren. Und nun weiß ich nicht, wie ich sie erreichen könnte. Da Sie selbst aus der Nähe von Winchester stammen, haben Sie vielleicht von ihr gehört. Sie heißt Sophia Matthews. Kennen Sie sie? Wissen Sie, ob sie sich zufällig gerade in London aufhält?«

»Sophia Matthews?« rief Richard aus, »natürlich kenne ich sie. Sie ist die Frau meines Cousins Christlemaine. Und sie ist wirklich Ihre Freundin, sagen Sie? Das nenne ich einen Zufall.«

»Sophia hat einen Earl geheiratet?« rief Catharine begeistert. »Das freut mich für sie. Sie ist doch glücklich?«

Richard zuckte die Schultern. »Warum sollte sie unglücklich sein? Christlemaine ist steinreich.«
»Das meine ich nicht«, fuhr Catharine ungeduldig auf. »Was ist Ihr Cousin für ein Mensch? Haben die beiden aus Liebe geheiratet?«
»Was weiß ich«, entgegnete ihr Verlobter nicht gerade interessiert. »Max kann sehr arrogant und hochfahrend sein. Aber im Grunde genommen ist er kein übler Kerl. Am besten, Sie fragen sie selbst.«
»Das werde ich tun«, versicherte Catharine. »Gleich heute nachmittag werde ich sie aufsuchen. Hoffentlich ist sie zu Hause. Sie wissen sicher, wo sie wohnt.«
Richard nickte. »Am Berkeley Square«, sagte er. »Brian soll Sie kutschieren.«
Sie schenkte ihm ein dankbares Lächeln und erhob sich. »Das ist sehr freundlich, danke.« Sie wandte sich zum Gehen, als ihr etwas einfiel: »Der Schrank in meinem Zimmer ist voll mit Kleidern. Kermin sagt, sie haben Ihrer Mutter gehört. Spricht etwas dagegen, daß ich die Kleider für Hetty und mich ändern lasse, soweit das möglich ist?«
Richard lachte. »Im Gegenteil. Machen Sie damit, was Sie wollen. Je weniger Geld Sie für Putz und Tand ausgeben, je lieber ist es mir.«

Hetty zeigte sich von dem Vorschlag, die alten Kleider ihrer verstorbenen Mama für sie abzuändern, weit weniger begeistert. »Wie sieht denn das aus, Catharine?« fragte sie mit weinerlichem Tonfall, der ihre Enttäuschung kaum verbergen konnte. »Es ist doch mein Debüt. Du kannst sie ja nehmen, denn bei dir ist es ohnehin egal, wie du aussiehst.« Sie unterbrach sich, als sie Catharines verärgertes Gesicht bemerkte. »Na, ich meine, du bist doch eine Witwe und dann eine verheiratete Frau. Du mußt auf die Männer keinen Eindruck machen, nicht wahr? Aber ich muß ihnen gefallen. Lord Bridgegate wird mich keines Blickes würdigen, wenn meine Kleider nicht nach dem letzten Schrei sind.«
»Wem es nur auf deine Kleider ankommt, der hat dich nicht verdient«, warf Catharine trocken ein.
»Ach, du verstehst das nicht«, fuhr Hetty ungeduldig auf. »Vielleicht hast du zu lange im Ausland gelebt. Ich muß Lord Bridgegate gefallen! Ich muß einfach. Und da kann ich doch nicht mit alten Kleidern…«
»Wir wollen uns die Sachen erst einmal ansehen«, beschloß Catha-

rine ruhig. »Sicher lassen sich dabei einige Kleider so umarbeiten, daß man ihnen ihr Alter gar nicht ansieht. In den nächsten Tagen kommt ein gewisser Mr. Steanton, ein Gentleman, der deinem Bruder eine Menge Geld schuldet, und dann haben wir Mittel zur Verfügung, die uns erlauben, dir ein neues Abendkleid schneidern zu lassen. Na, wie klingt das?«
»Ein Abendkleid! Für das Geld, das dieser Mr. Steanton Richard schuldet, bekommen wir doch wohl mehr als nur ein Kleid!« rief Hetty aus. »Ich brauche eine ganz neue Garderobe!«
»Brauchst du nicht«, entgegnete Catharine kühl, als sie sich daranmachte, die Treppe in das obere Geschoß hinaufzusteigen. »Denn das Geld muß für den gesamten Haushalt für mindestens ein Jahr reichen.«
»Das sehe ich nicht ein!« begehrte Hetty auf. »Du hast gar nicht zu bestimmen, was mit dem Geld geschieht. Ich werde mit Richard sprechen.«
Catharine konnte ihre Wut nur mit Mühe unterdrücken. »Tu das!« rief sie Hetty zu, bevor sie sich endgültig in ihr Zimmer begab. Nicht zum ersten Mal hatte sie den Verdacht, daß es gar nicht so leicht sein würde, ihre zukünftige Schwägerin in die Gesellschaft einzuführen.
Rosie war eben dabei, Catharines Schrankkoffer auszupacken und die Kleider und Wäsche in einen Schrank zu verstauen, der am Morgen noch nicht im Raum gestanden hatte.
»Mr. Kermin hat Brian gebeten, ihm zu helfen«, erklärte sie. »Der Schrank hat schon lange auf dem Speicher gestanden. Er ist etwas wackelig, und Mr. Kermin hat seitlich ein paar Nägel eingeschlagen, damit er nicht umfällt. Doch nun glaube ich, daß er hält.«
Catharine war sofort von ihren Problemen mit Hetty abgelenkt. »Das war eine gute Idee«, rief sie aus. »Ich darf nicht vergessen, mich bei Kermin zu bedanken. Sind meine Kleider sehr verdrückt?« Rosie nickte. »Jawohl, Madam«, sagte sie. »Ich werde versuchen, sie zu bügeln.«
»Ja, tu das«, bat Catharine, während sie den großen Schrank öffnete, um die Kleider von Richards Mutter genauer zu begutachten. Er enthielt wahre Schätze. Zahlreiche Tageskleider in den verschiedensten Farben und Stoffen waren dabei. Die Abendkleider waren allesamt von vollendeter Eleganz. Natürlich waren die Schnitte veraltet, die

Röcke viel zu weit und die Taille viel zu tief angesetzt. Doch von geübter Hand geändert, würde diese Garderobe bestimmt auch jetzt noch Aufsehen erregen. Sie wandte sich um: »Kannst du nähen, Rosie?«

Das Mädchen schüttelte den Kopf. »Leider nein, Madam«, sagte sie, »hab' ich nie gelernt. Ich könnt's lernen, wenn Sie wollen«, machte sie sich eifrig erbötig.

»Du kannst es gerne lernen, wenn du möchtest«, versprach ihr ihre neue Herrin, der der Eifer nicht entgangen war, »aber was wir jetzt brauchen, ist jemand, der große Erfahrung im Nähen hat.« Sie überlegte. Hetty würde diese Fertigkeit nicht besitzen. Sie selbst besaß sie auch nicht. Aber Mrs. Blenchem besaß sie. Sie war äußerst geschickt im Umgang mit Nadel und Faden gewesen und zudem ordentlich und flink.

»Kannst du mir Schreibzeug bringen?« bat sie das Mädchen. Hatte ihr zukünftiger Mann nicht versprochen, sie könne im Haus frei schalten und walten? Kermin und Rosie würden die Arbeit eines Drei-Personen-Haushaltes ohnehin nicht bewältigen. Sie würde Mrs. Blenchem einstellen. Hatte diese nicht gesagt, sie wäre mit einem geringeren Entgelt zufrieden, wenn sie nur aus Esthers Haus fortkäme? Nun, sie würde ihr diese Chance bieten. Und sie würde auch Burley holen. Kermin konnte nicht Butler, Kammerdiener und Koch zugleich sein. Diesen Entschluß gefaßt, setzte sie sich an die Kommode, die ihr als Schreibtisch diente, um an Mrs. Blenchem zu schreiben.

Es war am frühen Nachmittag, Hetty und Catharine hatten eben erst einen kleinen Lunch beendet, der mangels anderer Sitzgelegenheiten ebenfalls im Frühstückszimmer eingenommen werden mußte, als der Türklopfer betätigt wurde und Kermin Mrs. Blenchem ins Zimmer führte. Die Haushälterin trug ihren besten Mantel aus grauem Wollstoff, ein flacher Hut saß auf ihrem weißen Locken.

»Ich freue mich so, daß ich zu Ihnen kommen durfte, Mylady«, schniefte sie und wischte sich Tränen der Rührung aus den Augen. »Ich habe all meine Habseligkeiten gleich mitgebracht. Und ich habe Ihrer Gnaden nicht gesagt, wohin ich gehe. Sonst hätte sie mich sicher nicht ziehen lassen. Allein weil sie mich Ihnen nicht gönnt, Mylady. Aber so war sie froh, mich los zu sein...« Mrs. Blenchem führte

abermals ihr Taschentuch an die Augen und schneuzte sich dann kräftig.
Hetty und Kermin beobachteten dieses Schauspiel mit deutlicher Verwunderung.
»Wer soll das sein?« fragte Hetty. »Eine Verwandte von dir?« Der abfällige Ton, mit dem sie diese Bemerkung machte, gefiel Catharine nicht.
»Das ist Mrs. Blenchem, meine liebe Hetty«, sagte sie in schärferem Ton, als man es sonst von ihr gewohnt war. »Mrs. Blenchem war so freundlich, sich bereit zu erklären, bei uns als Haushälterin zu arbeiten.«
Von Kermin war ein verächtliches Schnaufen zu hören. »Wir brauchen keine Haushälterin«, sagte er störrisch, während Hettys Gesicht zu strahlen begann.
»Aber natürlich brauchen wir eine Haushälterin!« rief sie aus. »Jedes respektable Haus hat eine. Und ich lege Wert darauf, daß wir ein respektables Haus sind.« Sie trat auf Mrs. Blenchem zu, um ihr die Hand zu reichen. »Mein Name ist Henrietta Willowby«, stellte sie sich vor. »Ich bin die Schwester des gegenwärtigen Hausherrn. Ich freue mich, daß Sie da sind. Sie dürfen mich Miss Hetty nennen.«
Die Tränen der neuen Haushälterin versiegten, und sie blickte mit warmem Lächeln auf das junge Mädchen. Hetty hatte ihr altes Herz im Sturm erobert. »Ich danke Ihnen, Miss Hetty«, sagte sie feierlich.
»Natürlich brauchen wir eine Haushälterin«, sagte nun auch Catharine, an den Diener gewandt. »Die Arbeit wird Ihnen sonst zuviel. Ich möchte doch nicht, daß Sie sich unseretwegen völlig verausgaben.«
»Wie Sie meinen, Madam«, erwiderte Kermin, schon ein wenig besänftigt. »Ich werde die Koffer von Mrs. Blenchem in eines der beiden freien Zimmer unter dem Dach bringen.«
»Warten Sie, ich helfe Ihnen selbstverständlich«, meldete sich die Haushälterin zu Wort.
»Beeilen Sie sich bitte, Mrs. Blenchem«, sagte Catharine. »Wir haben nicht viel Zeit, und ich möchte gerne, daß Sie noch heute ein Kleid für mich ändern.«
Catharine hatte unter den Kleidern der Schwiegermutter auch ein langärmeliges Abendkleid aus schwerer cremefarbener Seide ent-

deckt. Das Oberteil war hochgeschlossen und über und über mit kleinen Perlen bestickt. Es war in der Taille eng geschnitten und hatte einen schweren, breit gefütterten Rock mit angesetzter Schleppe. Natürlich waren in den letzten Jahren hochgezogene Taillen in Mode gekommen. Und doch sah man in den französischen Modezeitschriften, die sie sich aus Paris nach La Falaise hatte kommen lassen, bereits vereinzelt Kleider wieder mit engem Mieder. Sicher war diese Mode auch im *Lady's Journal* zu finden. Und wenn nicht, würde Catharine eben Vorreiterin einer neuen Mode sein. Die Kleider waren viel zu schön, um im Schrank zu vermodern. Sie würden ihr gute Dienste leisten. Und das cremefarbene erschien ihr für die Hochzeit geradezu ideal. Sie war eben dabei, es anzuprobieren, als Mrs. Blenchem ihr Schlafzimmer betrat. »Sind alle Räume so spärlich möbliert, Miss Catharine, ich meine Mylady?« erkundigte sie sich.
Catharine nickte. »Alle.«
»Und die Vorhänge scheinen doch sehr ausgebleicht. Und Teppiche auf den Böden könnten nicht schaden.«
»Wenn es die Vorhänge und Teppiche sind, die für Sie das Leben ausmachen, können Sie gerne in das Haus meines Bruders zurückkehren«, antwortete Catharine trocken und fragte sich selbst verwundert, warum sie keine Kritik am Hause ihres künftigen Ehemannes vertrug.
»Aber nein, Mylady«, rief Mrs. Blenchem erschrocken. »Ich dachte nur, für Sie als Tochter eines Herzogs ist diese Umgebung nicht standesgemäß.«
Catharine seufzte. Sie wußte, daß Dienstboten meist viel kritischer in der Beurteilung waren, was ihrer Herrschaft angemessen war, als diese selbst. »Mrs. Blenchem, bitte nehmen Sie Platz. Ich habe Ihnen etwas zu sagen.« Sie wartete, bis sich die Haushälterin gesetzt hatte. »Hier im Haus weiß niemand, daß ich die Schwester des Herzogs von Milwoke bin, und dabei soll es auch bleiben.«
»Ja, aber…«, wollte die fassungslose Dienerin einwenden.
Catharine machte eine energische Handbewegung. »Ich habe meine Gründe«, sagte sie streng. »Und ich erwarte, daß Sie meinen Wunsch respektieren.«
»Auch Ihr Zukünftiger weiß nicht, wer Sie sind, Mylady?« Mrs. Blenchem konnte es nicht glauben.
»Auch mein Zukünftiger weiß es nicht. Und da dieser ein Mr. Wil-

lowby ist, können Sie sich bereits daran gewöhnen mich Madam zu nennen. Mylady bin ich erst wieder, wenn Mr. Willowby von seinem Vater die Würde eines Viscount geerbt hat. Aber das wird noch einige Zeit auf sich warten lassen. Und nun will ich Ihnen mein Brautkleid zeigen. Ich hoffe, es gefällt Ihnen und Sie sind in der Lage, es nach meinen Maßen abzuändern.«

Catharine hatte Glück. Die verstorbene Lady Willowby war, wie sie, eine schlanke, hochgewachsene Dame gewesen. Lediglich an der Oberweite hatte Mrs. Blenchem das Kleid einzunähen. Drei der vier Unterröcke wurden entfernt, denn der aufgebauschte Rock hätte verraten, daß das Kleid aus einer früheren Epoche stammte.

Als die schwere Seide schließlich in leichtem Schwung zu Boden fiel, war Catharine mehr als zufrieden. Sie würde keine unattraktive Braut sein.

»Mit meinen Haaren sollte etwas geschehen«, bemerkte sie, nachdem sie das Kleid von allen Seiten bewundert hatte. »Können Sie mit Kamm und Schere ebenso gut umgehen wie mit Nadel und Faden?«

»Bedaure, nein, Mylady«, schüttelte die Haushälterin den Kopf. »Wenn Sie mir das Kleid nun geben würden. Ich möchte mich sofort an die Arbeit machen.«

Während Catharine aus dem Brautgewand schlüpfte, betrat Rosie das Zimmer. »Brian, der Stallbursche, ist unten, Madam«, verkündete sie, »er läßt anfragen, um wieviel Uhr Sie den Wagen benötigen.«

Catharine fuhr herum. »Wie spät ist es denn? Oh, schon drei Uhr vorbei. Ich muß mich beeilen. Sage Brian, er möge in einer Viertelstunde vorfahren. Ach, und Rosie…«, rief sie dem Mädchen nach, das davoneilen wollte, um den Auftrag auszuführen. »Kennst du jemanden, der gut frisieren kann? Meine Haare brauchen dringend einen neuen Schnitt, und sie sollten lockerer aufgesteckt werden. Jetzt, da ich meinen schwarzen Schleier ablegen kann, will ich meine Frisur wieder zur Geltung bringen.«

Rosies Wangen erröteten leicht. »Ich bin recht geschickt, wenn ich das sagen darf, Madam. Ich habe immer Mrs. Gillmen, die Dame, bei der ich in Diensten war, bevor ich hierher kam, frisiert, und ihre Tochter auch…«

»Aber Mädchen«, fuhr Mrs. Blenchem dazwischen, »deine Künste in Ehren. Aber für Mylady…«

»...genau das Richtige«, vollendete Catharine den Satz. »Wenn du dir zutraust, das zu schaffen, dann wollen wir es heute abend versuchen. Aber nun laufe und sage dem Burschen Bescheid.«

»Ich glaube nicht, daß das das Richtige ist«, sagte Mrs. Blenchem skeptisch, als Rosie den Raum verlassen hatte. »Wer weiß, was das Kind anrichtet...«

Catharine war nicht bereit, ihre Entscheidung rückgängig zu machen. »Wo wollen Sie in der Eile einen Friseur hernehmen? Und überhaupt, ich möchte es versuchen...«

Sie wurde unterbrochen, als es klopfte und Hetty ihren blonden Kopf zur Tür hereinsteckte: »Du fährst aus?« fragte sie. »Nimmst du mich mit? Ich langweile mich fürchterlich. Ich bin froh, wenn diese dumme Hochzeit endlich vorüber ist. Dann können wir abends ausgehen, Bälle besuchen ...«

»Dazu müssen wir erst einmal eingeladen werden«, bemerkte Catharine trocken, während sie wieder in ihr schwarzes Kleid schlüpfte.

»Aber natürlich werden wir eingeladen. Wir sind ja schließlich Willowbys. Mein Vater ist ein Viscount. Natürlich muß auch ich einen Ball veranstalten. Das weißt du sicherlich, Catharine. Bitte versprich mir, daß wir bald einen Ball geben werden.«

Catharine überdachte die hohen Kosten, die mit so einem Ereignis verbunden waren. Sie dachte an die spärlich möblierten Räume und die kaum vorhandene Dienerschaft. Es war Wahnsinn, auch nur daran zu denken, hier einen Ball veranstalten zu wollen. Aber es war auch typisch Hetty, Unmögliches zu fordern. »Wir werden sehen, was dein Bruder dazu sagt«, antwortete sie. Sollte doch ihr zukünftiger Gatte sehen, wie er Hetty diesen absurden Wunsch ausreden konnte. »Um auf deine Frage zurückzukommen: Ich fahre zu Lady Christlemaine.«

»Zu Sophia! Das ist eine gute Idee. Kennst du sie denn? Ich habe sie schon als Kind gekannt. Der Grundbesitz der Matthews grenzt direkt an Wild Rose Manor. Als sie Max heiratete, war ich gerade mit Onkel Jonathan und Tante Mable bei euch in Frankreich. Ich habe Sophia daher seit Jahren nicht mehr gesehen. Welch eine gute Idee, sie zu besuchen. Du hast doch sicher nichts dagegen, wenn ich mitkomme?«

Catharine hatte sehr wohl etwas dagegen. Zuerst einmal war sie sich nicht sicher, ob ihre Freundin zu Hause war. Und dann war sie sich nicht sicher, ob Sophia sie überhaupt empfing. Schließlich war sie nun die Frau eines der reichsten und tonangebendsten Earls des Landes. Obwohl sich Catharine nicht ernstlich Sorgen darüber machte, daß ihre Freundin sie nicht empfangen würde. Sie war immer ein kluges, freundliches Mädchen gewesen. Während ihrer gemeinsamen Schulzeit waren sie ein Herz und eine Seele gewesen. Aber wenn es stimmte, was Richard angedeutet hatte, waren die Christlemaines wegen dieser Erbangelegenheit nicht gut auf die Willowbys zu sprechen. Catharine wußte, mit welcher Verbissenheit der Kampf um ein Erbe geführt werden konnte. Vielleicht wollte Sophia Hetty nicht vorlassen? Und überhaupt: Sie hätte viel lieber alleine mit der Freundin gesprochen, die sie nach so vielen Jahren das erste Mal traf. Aber hatte es einen Sinn, Hetty die Bitte abzuschlagen? Sie würde doch nicht lockerlassen, bis sie ihren Willen durchsetzte. Vermutlich hatte Tante Mable deshalb immer zu Herzflattern Zuflucht gesucht, wenn sie ihrer Nichte einen Wunsch abschlagen wollte. Herzflattern schien eines der wenigen Argumente zu sein, gegen die Hetty machtlos war.

Nun, Catharine erfreute sich bester Gesundheit und sie hatte auch nicht vor, irgendein Leiden zu erfinden, nur um sich ihre zukünftige Schwägerin vom Leibe zu halten.

»Natürlich kannst du mitfahren«, sagte sie daher. »Aber bitte beeile dich, der Wagen wird in Kürze vorgefahren.«

Als sie schließlich kaum eine halbe Stunde später vor dem eleganten georgianischen Stadtpalais des Earl of Christlemaine den Türklopfer betätigten, erwies sich Hettys Begleitung für Catharine von entscheidendem Vorteil. Hätte der in Ehren ergraute Butler vielleicht gezögert, eine tief verschleierte, schwarz gekleidete Dame ohne Begleitung bei seiner Herrin anzumelden, so wirkte der Name Willowby ein wahres Wunder. Der Diener erkannte umgehend, daß es sich bei Hetty um die Cousine seines Herrn handeln mußte. Er öffnete bereitwillig die Tür und sagte, Mylady sei zu Hause und er wäre sicher, sie würde die beiden Besucherinnen gerne empfangen. Während Catharine und Hetty ihre Garderobe einem Lakaien übergaben, verschwand der Butler hinter einer der hohen Flügeltüren. Catharine blickte sich um. Sie hatte selten so ein prachtvolles und gleichzeitig so geschmackvoll eingerichtetes Haus gesehen. Die Wände der Halle waren mit chinesischen Mustern tapeziert, die der Prinzregent in Mode ge-

bracht hatte. Die Decke war im Farbton dazu passend in zartem Lichtgrün gestrichen. Ein Kristallüster von enormen Ausmaßen hing in der Mitte über dem sternförmig angeordneten Parkettboden.
Es dauerte nicht lange, und der Butler erschien wieder, um die beiden Damen zu bitten, ihm zu folgen. »Madame de la Falaise, Miss Willowby, Mylady«, kündigte er sie an.
Die Hausherrin, eine zierliche, dunkelhaarige Dame in Catharines Alter, nach der neuesten Mode in ein azurblaues Nachmittagskleid gehüllt, blickte den beiden Besucherinnen interessiert entgegen. Am Arm hielt sie einen dunkelblonden Knaben von ungefähr anderthalb Jahren, der ihnen mit großen Augen neugierig entgegensah. Die Rassel, die er in seiner kleinen Hand hielt, steckte er dabei genüßlich in den Mund. Nun hatte die Hausherrin eine der Besucherinnen erkannt. »Hetty!« rief sie aus, »du bist es wirklich! Natürlich, ich habe dich sofort erkannt. Du hast dich kaum verändert, seit ich dich das letzte Mal sah.«
»Aber Sophia!« rief die so Angesprochene empört, »damals war ich dreizehn. Natürlich habe ich mich verändert. Ich bin eine junge Dame geworden!«
»Aber sicher bist du das, meine Liebe«, bestätigte die Gastgeberin mit einem vergnügten Blinzeln, »und eine sehr attraktive dazu. Was ich meinte, war, daß sich deine Gesichtszüge kaum verändert haben. Weißt du, ich habe deine Schwägerin Henrietta einmal mit dir verwechselt. Damals war ich verwundert, wie wenig sie dem Mädchen glich, das ich in Erinnerung hatte.« Sie wandte sich an Catharine: »Oh, entschuldigen Sie, Madam. Ich habe vor lauter Freude, die Cousine meines Mannes wiederzusehen, beinahe meine Manieren vergessen. Ich freue mich, Sie in meinem Haus begrüßen zu dürfen.« Sie reichte Catharine die Hand und blickte ihr dabei erstmals voll ins Gesicht. »Aber, aber… aber das ist doch nicht die Möglichkeit!« rief sie verblüfft. »Verzeihen Sie, Madam, wenn ich mich irre, aber, aber das ist doch, bist du es wirklich, Catharine…?«
Als Catharine nickte, fiel ihr Sophia vor Freude um den Hals. »Catharine, wie schön, dich wiederzusehen!« rief sie aus. »Ich war ganz verzweifelt, als du auf einmal verschwunden warst. Deine Schwägerin sagte, du seist in Frankreich und hättest den Onkel des hübschen Roger geheiratet. Bist du auf Besuch in London?«
Der kleine Junge, den seine Mutter auf den Boden gestellt hatte, be-

vor sie ihre Freundin umarmte, fing zu weinen an. Er stand noch etwas wackelig auf seinen Beinen und hielt sich krampfhaft an der Sitzfläche eines Stuhls fest. Sein Mund war in kindlicher Verzweiflung verzogen. Aus seinen dunklen Augen rannen die Tränen in Strömen. Sofort nahm ihn seine Mutter wieder hoch. »Das ist Max, mein Sohn. Ich habe vergessen, ihn euch vorzustellen. Und nun ist er beleidigt. Weine nicht, Schätzchen, jetzt wissen die beiden, wer du bist.« Sie bückte sich, um die Rassel aufzuheben, die das Kind fallengelassen hatte. Doch nicht einmal dieses heiß geliebte Spielzeug trug dazu bei, den kleinen Mann zu beruhigen. »Wahrscheinlich hat er Hunger«, meinte seine Mutter und zog energisch an der Klingelschnur. »Master Max möchte etwas zu essen«, erklärte sie, als der Butler erschienen war.

»Ich bringe ihn zu Miss Hedgeboard«, versprach der alte Herr, nahm das Kind auf den Arm und verließ das Zimmer. Ein seltsames Verhalten für einen Butler, dachte Catharine. Normalerweise waren diese Diener viel zu erhaben, um sich mit einem Kleinkind abzugeben.

»Merpenth ist ganz vernarrt in Max«, erklärte Sophia, die die erstaunten Blicke ihrer Besucherinnen wahrgenommen hatte. »Aber jetzt nehmt doch bitte Platz. Darf ich euch etwas anbieten? Limonade vielleicht, oder wäre euch eine schöne Tasse Tee lieber?« Die Besucherinnen entschieden sich für Tee, und Sophia betätigte abermals den Glockenstrang, um den Butler das Gewünschte mitzuteilen. Dann nahm sie ebenfalls Platz und sah Catharine erwartungsvoll an.

»Wie lange wirst du in London bleiben?« nahm sie den Faden wieder auf.

»Ich bin nicht nur zu Besuch hier. Ich bin nach England zurückgekehrt«, erklärte Catharine.

Sophia klatschte in die Hände. »Das ist wirklich eine gute Nachricht. Dein Bruder wird sich freuen. Er war ganz traurig, als du nach Frankreich gingst, hatte ich den Eindruck. Bist du zu ihm gezogen? Ich stelle mir das Leben in der ständigen Gegenwart deiner Schwägerin nicht sehr angenehm vor. Entschuldige bitte meine Offenheit, aber ich habe Esther nie leiden können.«

»Catharine hat einen Bruder in der Stadt?« rief Hetty überrascht aus. »Davon hat sie mir kein Wort erzählt.«

»Aber natürlich hat sie einen Bruder«, wandte Sophia verwundert ein. »Das ist doch…«

Catharine fiel ihr ins Wort: »... nicht von Bedeutung.« Sophias Verwunderung wuchs. Doch sie sagte kein Wort mehr. Was war wohl der Grund, daß ihre Freundin Hetty nichts von ihrer Familie erzählen wollte?

»Wir sind hier, um dich zu meiner Hochzeit einzuladen«, fuhr Catharine nun fort.

»Hochzeit?« wiederholte Mylady und kam aus dem Staunen nicht heraus. »Dann ist dein Mann also tot?«

Catharine nickte: »Seit einem Jahr. Heute ist der letzte Tag des Trauerjahres, und dann darf ich die schwarze Kleidung endlich ablegen.«

Sophia hätte gerne gefragt, ob sie den Franzosen geliebt hatte, als sie ihn heiratete, und wie sie ihn überhaupt kennengelernt hatte. Denn damals hatte sie Roger de la Falaise nie in Begleitung seines Onkels gesehen. Doch irgendwie schien Catharine nicht gewillt, in Begleitung von Hetty Willowby aus ihrem Leben zu erzählen. Sophia beschloß, sich zu gedulden. Sicher würde sich bald eine Möglichkeit ergeben, mit ihrer Freundin ungestört zu plaudern. »Wann soll die Hochzeit stattfinden?« fragte sie statt dessen.

»Morgen«, erklärte Catharine. »Wir haben uns überraschend kurzfristig entschieden«, fügte sie hinzu, als sie Sophias entgeisterten Blick auffing.

»Sie kennt Richard erst seit gestern«, setzte Hetty hinzu, in der Hoffnung, ihre Gastgeberin damit zufriedenzustellen.

Natürlich war das Gegenteil der Fall. »Richard?« fragte sie. »Seit gestern?«

Der Butler kam und unterbrach das Gespräch, indem er das Teeservice auftrug. Lady Christlemaine übernahm es selbst, die Tassen einzuschenken und an ihre Gäste weiterzureichen.

»Ich meine Richard, meinen Bruder«, erklärte Hetty. »Du kennst doch Richard?«

Sophias Miene zeigte wenig Begeisterung. »Sicher«, sagte sie schließlich.

»Und du magst ihn nicht«, folgerte Catharine.

»Das kann man nicht sagen«, wandte Sophia ehrlich ein. »Ich kenne ihn nicht sehr gut, aber ...«, sie stockte, als sie sich erinnerte, wen sie vor sich hatte.

»Aber?« fragte Catharine nach.

»Ich halte ihn für einen leichtfertigen, nicht sonderlich pflichtbewußten Mann, und ein Spieler ist er obendrein.«
Catharine erwog diese Beschreibung. »Da dürftest du nicht unrecht haben«, erklärte sie schließlich leidenschaftslos. »Ich habe mir so etwas Ähnliches bereits selbst gedacht.«
»Aber George ist doch mindestens ebenso leichtfertig«, wandte Hetty ein, »und dennoch warst du mit ihm verlobt.«
Sophia errötete. »Wir waren nicht richtig verlobt«, erklärte sie. »Dein lieber Bruder hat mich lediglich als seine Verlobte ausgegeben, um eure Großmutter dazu zu bewegen, ihm ihr ganzes Vermögen zu vermachen. Er dachte, wenn er ihr eingesteht, daß er bereits ohne ihre Einwilligung geheiratet hatte, noch dazu eine Angehörige des niederen Adels, dann würde seine Großmutter ihr Erbe an Max übergehen lassen. Natürlich wurde der Schwindel entlarvt. Zum Glück hat eure Großmutter George dennoch zu ihrem Erben gemacht.«
»Zum Glück?« wiederholte Hetty skeptisch. »Wie kannst du von Glück sprechen? Du bist doch mit Max verheiratet. Sicherlich war er wütend, als er von Großmutters Entscheidung erfuhr.«
»Ja, dieser Meinung ist Richard Willowby auch«, meldete sich Catharine zu Wort.
»Mein Mann war aber nicht wütend«, widersprach Sophia. »Er ist selbst sehr begütert. Das Erbe seiner Großmutter hätte ihm zusätzliche Lasten und Verpflichtungen aufgebürdet. Für George bedeutete es aber den Beginn einer neuen Existenz. Ihr wißt doch beide, daß er von seinem Vater nichts zu erwarten hatte. Das Erbe seiner Großmutter war für ihn ein wirklicher Segen. Und wie man hört, genießt er es in vollen Zügen.«
»Du meinst, er verschleudert es?« erkundigte sich Catharine.
»Nein, das glaube ich nicht«, antwortete Sophia nachdenklich. »Die Willowbys sind zwar alle nicht gerade verantwortungsbewußt; verzeih Hetty, ich will dich nicht kränken. Dennoch glaube ich, daß es vor allem Hetty, ich meine Georges Frau Hetty, ist, die das Erbe zusammenhalten wird. So klein und unscheinbar sie auch sein mag. Ich glaube, in ihr steckt eine enorme Kraft. Sie wird ihren George schon auf dem rechten Weg halten.«
Catharine lachte: »Und das traust du mir bei seinem Bruder nicht zu?«
Sophia blickte skeptisch. »Heiratet ihr denn aus Liebe?« fragte sie.

»Da ich ihn erst seit gestern kenne, wohl kaum«, antwortete Catharine trocken.

»Aber warum tut ihr es dann?« wollte Sophia wissen.

»Mr. Willowby steckt in Schwierigkeiten, die ich hier nicht erörtern möchte«, erklärte Catharine vage.

»Das dachte ich mir«, entfuhr es Sophia.

»Du brauchst nicht zu glauben, ich heirate ihn nur, um ihm zu helfen. Er hat keinerlei Druck auf mich ausgeübt. Nein, diese Ehe kommt auch mir zugute. Bei meinem Bruder kann ich nicht wohnen. Du weißt, wie wenig ich mich mit meiner Schwägerin verstehe. Also gab es nur die Möglichkeit, meinen Freunden auf der Tasche zu liegen. Ich sehe dir an, daß du mir eben diesen Vorschlag machen wolltest. Danke, Sophia, aber das würde ich nie annehmen. Oder ich hätte mir eine Stelle als Gesellschafterin oder Gouvernante suchen müssen. Und da ist mir eine Ehe bei weitem lieber. Ich werde mich hier in den ersten Kreisen bewegen, Bälle besuchen ...«

»Du hast ja recht«, stimmte Sophia zu. »Aber muß es ausgerechnet Willowby sein?«

»Es war kein anderer da«, erklärte Catharine mit vergnügtem Grinsen. Sophia stimmte in dieses Lachen ein. Dann wurde sie wieder ernst: »Glaubst du, daß das gute Voraussetzungen für eine Ehe sind?«

Catharine zuckte die Schultern. »Wir werden sehen. Ich habe keine andere Wahl.«

»Und ich dachte, du heiratest meinen Bruder, damit du mich in die Gesellschaft einführen kannst«, meldete sich Hetty zu Wort.

»Das ist sicherlich auch eine Motivation für eine Ehe«, stimmte Sophia mit spöttischem Lächeln zu. »Du bist wirklich eine typische Willowby, meine Gute. Wie kannst du annehmen, jemand könnte allein aus dem Grund heiraten, um dir einen Gefallen zu erweisen.«

»Natürlich werde ich dich in die Gesellschaft einführen«, beeilte sich Catharine, Hetty zu beruhigen, als sie deren beleidigte Miene wahrgenommen hatte.

»Und wir werden einen großen Ball geben!« trumpfte Hetty auf.

»In der Mount Street?« fragte Sophia skeptisch. »Habt ihr denn dort die Räumlichkeiten?«

Catharine rollte vielsagend mit den Augen, sagte jedoch nichts.

Sophia verstand sie auch so. »Nein, ich denke, ein Ball in der Mount Street ist nicht das Wahre für dein Debüt. Mein Mann ist immerhin dein Cousin. Ich werde ihn fragen, ob er etwas dagegen hat, den Ball hier stattfinden zu lassen. Na, Hetty was hältst du von diesem Vorschlag?«

Ein Ball im Haus des Earl of Christlemaine? Natürlich war das junge Mädchen begeistert. Und Catharine war es auch. Mit einem Anflug von schlechtem Gewissen dachte sie daran, daß sie diese Last nun ihrer Freundin aufgebürdet hatte.

Doch diese schien das gar nicht als Last zu empfinden.

»Ich liebe es, große Bälle zu arrangieren«, sagte sie. »Als ich noch mit meinem Bruder auf Matthew's Manor lebte, haben wir so viele schöne Feste gefeiert. Und natürlich auch seitdem ich mit Christlemaine verheiratet bin. Nicht zu vergessen den fulminanten Maskenball, den wir bei Hettys Großmutter auf Rampstade Palace veranstaltet haben. Schade, daß deine Hochzeit kein rauschendes Fest wird, Catharine. Ich hätte es so gerne für dich ausgerichtet. Wo, sagtest du, wird die Trauung stattfinden? Max und ich werden sicher dabeisein.«

VIII.

»Catharine Leonora Susanna, ich frage nun auch dich: bist du gewillt, den hier anwesenden Richard Bernard Paul zu deinem rechtmäßigen Gatten zu nehmen, ihn zu lieben, zu achten und zu ehren, ihm zu gehorchen und ihm beizustehen in guten und in schlechten Tagen, in Gesundheit und Krankheit, so antworte: Ich will.«

»Ich will«, sagte die Braut

Ihre Stimme klang ebenso laut und bestimmt durch das leere Kirchenschiff wie die Stimme ihres Gemahls vor ihr. Ihres Gemahls! Nun war sie also wieder verheiratet. Schon einmal war sie die Braut bei einer Trauung in dieser Kirche gewesen. Wie damals war nur ein kleiner Kreis von Gästen anwesend. Statt ihrer Schwägerin Esther war es diesmal der Earl of Aberfield, der mit verbissener Miene in der ersten Reihe saß. Wieder stand sie an der Seite eines gutaussehenden Mannes vor dem Altar. Und doch unterschied sich diese Eheschließung entscheidend von ihrer ersten. Hier wußte sie, was auf sie zukommen würde. Sie ging diese Vernunftehe mit vollem Bewußtsein ein. Und sie würde sich ihrem Mann nicht auf Gedeih und Verderb ausliefern, wie sie das bei Roger getan hatte.

Der Pfarrer hatte inzwischen die Trauungsformel zu Ende gesprochen, und Richard hatte ihr einen schmalen Goldreif an den Finger gesteckt.

»Sie dürfen die Braut küssen«, hörte sie den Pfarrer sagen. Sein gemütliches, rundes Gesicht war durch die Anstrengungen der Zeremonie leicht gerötet. Auf der Stirn standen ein paar Schweißperlen, die er mit weit ausholender Handbewegung in sein zusammengefaltetes Taschentuch wischte. Als das Brautpaar zögerte, seiner Aufforderung nachzukommen, hielt er in der Bewegung inne, warf ihnen einen überraschten Blick zu und verzog seinen Mund zu einem aufmunternden Lächeln.

Richard wandte sich seiner Braut zu. Er hatte ihr versprochen, ihr nicht zu nahe zu kommen. Doch bestand wohl kaum die Gefahr, daß sie schreiend aus der Kirche lief, wenn er sie jetzt küßte. Und überdies sah sie heute recht nett aus in diesem cremefarbenen Kleid. Kein Vergleich zu dem Eindruck, den sie auf ihn gemacht hatte, als sie diese niederdrückenden schwarzen Gewänder getragen hatte. Vielleicht würde es gar nicht so unangenehm sein, sie jeden Tag sehen zu müssen.

Lord Aberfield räusperte sich laut und vernehmlich. Catharine entdeckte ein kaum merkliches, vergnügtes Blinzeln in Richards Augen, bevor er sich zu ihr niederbeugte, um ihr einen Kuß auf die Lippen zu drücken.

Ganz leicht und nicht unangenehm, wie sie erleichtert feststellte.

Die Trauungszeremonie war beendet. Das Brautpaar, Lady Christlemaine sowie Richards bester Freund, Hugh Deverell, hatten sich als Trauzeugen ins Kirchenbuch einzutragen.

»Ich wünsche dir von Herzen viel Glück«, sagte Sophia, die als erste zu ihrer Freundin herangetreten war, um zu gratulieren. »Und dir auch, Vetter«, meinte sie, an Richard gewandt. »Wehe, du machst Catharine unglücklich! Dann bekommst du es mit mir zu tun.« Das Lächeln in ihrem Gesicht nahm den Worten die Schärfe. Und dennoch ließ sie keinen Zweifel daran, daß sie den Ausspruch ernst meinte.

»Wie könnte ich«, entgegnete Richard auch schon, »wenn diese Drohung im Raum steht.« Er zwinkerte ihr gutgelaunt zu und küßte die dargebotene Hand. Der Earl of Christlemaine war der nächste Gratulant. Er war vom Aussehen her ein ganz anderer Typ als sein Vetter Willowby. Kleiner als Richard, mit braunen Haaren, die er in lockerem Schwung aus der Stirn gekämmt hatte. Sein Gesicht war fein geschnitten mit auffallenden großen, dunklen Augen. Wie das Baby gestern, stellte Catharine amüsiert fest. Sie hatte noch nie eine derart verblüffende Ähnlichkeit zwischen einem Vater und seinem kleinen Sohn gesehen. Nun schenkte er seiner neuen Cousine ein so warmes Lächeln, als er sie in seiner Familie willkommen hieß, daß Catharine nicht anders konnte, als ihm mit ebenso strahlendem Lächeln zu danken. Sie waren sich auf Anhieb sympathisch. Sophia hat großes Glück, dachte sie, die beiden passen gut zusammen.

»Ich habe eine kleine Hochzeitsfeier arrangiert«, hörte sie den Earl sagen. »Wir würden euch gerne in unser Haus einladen, wenn ihr nichts anderes geplant habt.«

»Aber das ist doch nicht notwendig«, wandte Richard ein. »Wozu eine Feier? Ich habe mir ein Pferd im Tattersall angesehen, und das möchte ich…«

Christlemaine ließ ihn nicht ausreden. »Natürlich ist eine Feier nötig, du unverbesserlicher Egoist. Deine Frau ist eine Freundin von Sophia. Damit auch von mir. Und ich weiß, was ich meinen Freunden schuldig bin.« Er wandte sich um. »Die Einladung gilt selbstverständlich auch für Sie, Mylord«, sagte er zu Hugh, der etwas zurückgezogen im Schatten einer Säule auf die Gelegenheit gewartet hatte, dem Brautpaar zu gratulieren. Nun verbeugte er sich zum Zeichen dafür, daß er die Einladung gerne annahm. Christlemaine wandte sich an Aberfield, der noch immer regungslos in der vordersten Reihe saß: »Und natürlich auch für Sie, Mylord.«

Aberfield stand auf und ergriff seinen flachen Hut, den er neben sich auf die Kirchenbank gelegt hatte. »Das ist nicht nötig, Christlemaine. Vielen Dank. Ich habe gesehen, was ich sehen wollte. Ich gehe jetzt.« Mit diesen Worten machte er kehrt und verließ eilig die Kirche. Jeder seiner schweren Schritte hallte laut durch die erhabene Halle.

»Möchte wissen, warum der Earl überhaupt anwesend war«, stellte Christlemaine verwundert fest. »Ein Verwandter von Ihnen, Catharine?«

Catharine schüttelte den Kopf. »Richard hat ihn eingeladen«, konnte sie sich nicht verkneifen zu sagen. Christlemaine wandte sich überrascht an seinen Cousin, um sich zu erkundigen, seit wann ihn eine Freundschaft mit dem unleidlichen Herrn verband. Doch dieser war damit beschäftigt, die stürmischen Glückwünsche seiner Schwester entgegenzunehmen. Und dann trat auch noch Lord Deverell vor, um dem Brautpaar seine Wünsche mit auf den gemeinsamen Lebensweg zu geben. Die Kirchentür wurde abermals geöffnet, und Jem, Christlemaines Bursche, erschien, um seinem Herrn ein Zeichen zu geben.

»Die Kutschen sind vorgefahren«, sagte dieser nun, an die kleine Hochzeitsgesellschaft gewandt. Die Gelegenheit, Richard nach seiner Bekanntschaft mit Lord Aberfield zu fragen, war vorüber.

Die Speisen, die im eleganten Eßzimmer des Stadtpalais von Lord Christlemaine serviert wurden, waren erlesen. Der Earl saß an der Stirnseite der Tafel, die Braut an der Längsseite zu seiner Rechten, daneben der Bräutigam, Sophia zu seiner Linken. Neben Sophia saß Lord Deverell, Hetty Willowby dem Earl an der Stirnseite des Tisches gegenüber.

»Nun, wie gefällt es Ihnen in London, Miss Willowby?« erkundigte sich Hugh Deverell zwischen zwei Gängen. Das Brautpaar und die Gastgeber waren in vergnügte Mutmaßungen über den momentanen Aufenthaltsort von George Willowby vertieft und in Geschichten und Gerüchte, die sich rund um seine Person rankten. Hetty, die ihren Bruder seit langer Zeit nicht mehr gesehen hatte und deren Interesse an ihm eher oberflächlich war, hatte sich nicht an der Unterhaltung beteiligt. Nun sah sie von ihrem Teller auf und lächelte ihrem Tischnachbarn freundlich zu: »Oh, bitte nennen Sie mich nicht Miss Willowby. Sie sind doch ein Freund von Richard. Sie sollten Hetty zu mir sagen.«

Er verbeugte sich ein wenig, mit einem leichten Lächeln in seinen grauen Augen. Sehr charmant, die Kleine, dachte er. »Es ist mir ein Vergnügen«, sagte er und hob das Glas. »Also dann: Hetty.«

Gut gelaunt prostete sie ihm zu. »Darf ich Hugh zu Ihnen sagen?« Sie blickte so freimütig zu ihm hinüber, daß er nicht anders konnte, als zuzustimmen. Er war gut fünfzehn Jahre älter als sie, noch dazu Junggeselle. Was die Leute wohl munkeln werden, wenn sie sich mit den Vornamen ansprachen?

»Mir hat London schon immer gut gefallen«, beantwortete sie nun seine frühere Frage. »Hier pulsiert das Leben, hier ist wirklich etwas los. Sie wissen gar nicht, wie ich mich danach sehne, zu tanzen, mich zu unterhalten, viele Leute kennenzulernen...«

Hugh fand an ihrer Begeisterung und an ihrem Enthusiasmus Gefallen. Hoffentlich hatte der gute Ric die Mittel, um die Träume seiner Schwester zu verwirklichen. So ein Debüt war nicht billig.

»Lady Christlemaine hat versprochen, für mich einen Ball zu geben. Ist das nicht reizend von ihr? Ich möchte Sie heute schon dazu einladen, auch wenn ich noch gar nicht weiß, wann er stattfinden wird. Sie werden doch kommen?«

Hugh lachte. »Wann auch immer dieses Ereignis über die Bühne geht, ich werde mit Vergnügen dabeisein.«

»Fein!« meinte Hetty. »Sie werden sich sicher nicht langweilen. Ich werde auch Cousin Alfred einladen. Sie kennen ihn doch, Alfred Willowby. Und auch seinen Freund Lord Bridgegate.«

»Du bist mit Bridge bekannt?« fragte ihr Bruder zu ihrer Linken, der ihre letzten Worte aufgeschnappt hatte. »Du kannst mir doch nicht weißmachen, daß ein Mann wie der Beau zu den Bekannten von Tante Mable zählt.«

»Natürlich nicht. Catharine und ich lernten ihn auf unserer Reise nach London kennen. Er war in Alfreds Begleitung, und dieser hat uns bekannt gemacht. Wir haben gemeinsam diniert. Es war sehr amüsant, nicht wahr, Catharine?«

»Ihr habt Alfred und Bridge auf eurer Fahrt getroffen? Das nenne ich einen Zufall. Die beiden waren auf dem Weg zu Bridges Vater. Der alte Herr hat wieder einmal gedroht, seinen mißratenen Sohn zu enterben.« Richard lachte hell auf.

»Also ich würde meinen Sohn auch enterben, wenn er so wäre wie der Beau«, wandte der Earl of Christlemaine trocken ein.

»Baby Max wird nicht wie Lord Bridgegate«, sagte Sophia bestimmt.

»Beruhige dich, meine Liebe.« Ihr Mann legte seine Hand auf die ihre. »Ich habe noch keinerlei Ähnlichkeiten zwischen den beiden festgestellt.«

Den Vergleich zwischen dem Schönling und dem Baby fanden alle so komisch, daß sie in einmütiges Gelächter ausbrachen.

»Lord Bridgegate hat behauptet, unser Vater würde den seinen über das Leben Seiner Lordschaft auf dem laufenden halten«, erzählte Hetty. »Glaubst du das auch, Richard?«

»Es sieht ganz danach aus«, bestätigte ihr Bruder. »Es scheint, als habe unser alter Herr eine geheime Informationsquelle in der Stadt. Diese berichtet ihm ständig über mein Leben und über das von Bridge. Und Papa hat nichts Besseres zu tun, als dem alten Herzog über jeden von Beaus Schritten zu berichten.«

»Warum sollte dein Vater so etwas tun? Ist er mit dem Vater von Lord Bridgegate eng befreundet?« wollte Catharine wissen.

»Das glaube ich nicht. Ich nehme an, es gibt niemanden, mit dem Vater wirklich eng befreundet ist. Aber er hat einen Haß auf Bridge. Frag mich bitte nicht, woher dieser rührt, das ist eine alte, lange Geschichte. Tatsache ist, daß mein Vater die ersten fünfzig Jahre seines Daseins ein Lebemann war. Er hat all das Vermögen verspielt, das er von Großvater geerbt hatte. Er hat den Alkohol geliebt und die teuersten Mätressen ausgehalten. Und er hat Mama damit ins Grab gebracht«, fügte er bitter hinzu. Keiner widersprach ihm. Der Lebenswandel seines Vaters schien wirklich zu Myladys frühem Tod beigetragen zu haben. Catharine warf ihm einen mitleidigen Blick zu. Armer Richard. Sie konnte nachfühlen, wie sehr er und seine jüngeren Geschwister unter dem Verlust der Mutter gelitten haben mußten. Ihre eigene war auch viel zu früh gestorben.

»Vor ungefähr vier Jahren hat sich mein Vater schlagartig verwandelt«, fuhr Richard fort. »Er spielt nicht mehr, er trinkt nicht mehr, er lebt zurückgezogen auf Wild Rose Manor. Ich weiß nicht, warum er sich verwandelte, aber ich weiß, daß er sich seitdem als Richter über Sitte und Anstand aufspielt. Gerade er! Das ist doch grotesk.«

»Ich habe Papa seit fünf Jahren nicht mehr gesehen. Damals hat er mich einmal in Brighton besucht. Fährst du oft nach Wild Rose Manor?« wollte seine Schwester wissen.

»Ich war seit Jahren nicht mehr dort. Es sind seine ständigen Briefe mit Ermahnungen, die ihn mir immer in Erinnerung rufen.«

»Mein Bruder James hat mir geschrieben. Er hat euren Vater kürzlich aufgesucht, um mit ihm eine Grundstücksangelegenheit zu besprechen«, meldete sich Sophia zu Wort. James Matthews und der Viscount of Willowby waren Nachbarn. »Er schreibt, daß er Wild Rose Manor kaum wiedererkannt hätte. Alles sei in Ordnung gebracht und blitze vor Sauberkeit.«

Das erstaunte die Geschwister. »Wie ist denn das möglich? Die Dienstboten, die es bei Vater aushielten und für den geringen Lohn arbeiteten, den er ihnen bot, taten nie mehr als das Nötigste«, wandte Richard ein.
»Es scheint, als ob eine neue Haushälterin am Werk sei. James hat eine junge Frau gesehen. Dein Vater meinte, sie wäre bereits seit Jahren auf Wild Rose Manor.«
»Möglich«, sagte Richard und zuckte mit den Achseln. »Haben Alfred und Bridge gesagt, wann sie zurück in London sein werden?« fragte er, an seine Braut gewandt.
»Sie wollten nicht lange bleiben«, meinte Catharine.
»Lord Bridgegate sagte, er wolle keinesfalls meinen Debütantenball versäumen«, verkündete Hetty stolz.
»Das ist sehr nett von ihm«, meinte Sophia. »Es ist immer gut, wenn man bereits ein paar Herren kennt, bevor man sich in die Ereignisse der ersten Saison stürzt.«
»Und für mich ist es gut, weil ich den Beau dringend brauche«, sagte Richard. »Er will ein Pferd beim nächsten Rennen laufen lassen. Und ich will auf seinen Sieg setzen. Und dann haben wir auch noch vor, einige Tage nach Tunbridge Wells zu fahren, wo ein gigantischer Hahnenkampf stattfinden soll.«
»Aber Vetter!« warf die Gastgeberin ein. »Doch nicht während der Saison.«
»Weißt du, Cousine«, entgegnete dieser. »Ich mache mir nicht sehr viel aus der Saison. Ich besuche kaum Bälle, vielleicht ein oder zwei Maskeraden. Ich gehe nicht gerne zu Konzerten oder ins Theater. Da gibt es andere Vergnügungen, die mir mehr liegen. Und diese sind nicht an die Saison gebunden.«
»Hast du bereits bemerkt, daß du seit kurzem verheiratet bist, mein Guter?« erkundigte sich der Earl mit spöttischem Lächeln. »Ich denke, deine Frau hat auch ein Wörtchen mitzureden bei deiner Programmgestaltung.«
»Und deine Schwester auch!« rief Hetty empört. »Schließlich ist das mein Debüt. Und wenn du schon einen Haufen Geld dafür ausgibst, dann mußt du auch dabeisein und zusehen, wie ich ein Erfolg werde.«
Dem wußte Mr. Willowby nichts entgegenzusetzen.

IX.

Die nächsten Tage und Wochen vergingen wie im Fluge. Catharine und Hetty erkundeten gemeinsam das ganze Haus. Zimmer um Zimmer wurde besichtigt. Hetty bedauerte den Verlust der vertrauten Möbel und Kleinigkeiten, die sie aus den Kindertagen in Erinnerung hatte. Catharine überlegte, welche der fadenscheinigen Vorhänge ersetzt werden mußten. Und welche Möbel und Bilder dringend beschafft werden mußten, um den Eindruck eines leergeräumten Hauses eines verarmten Adeligen zu beseitigen. Der Speicher war voll von Gerümpel, das weder dem Hausherrn noch seinem ältesten Sohn so wertvoll erschienen war, daß sie versucht hätten, es zu verkaufen. Für die beiden Damen bot er jedoch willkommene Schätze. Zwei Porträts, in Öl gemalt, standen mit dem Gesicht zur Wand in einem der breiten, wackeligen Schränke. Sie zeigten ein Ehepaar in der Kleidung des vergangenen Jahrhunderts. Mit den Jahren waren die Farben dunkler geworden, und doch schienen beide Bilder gut erhalten. Wen die beiden darstellten, wußte Hetty nicht, vermutlich Urgroßeltern der Willowbys oder auch Verwandte mütterlicherseits. In passenden Rahmen würden sie die karge Eingangshalle schmükken.

Edward Steanton hatte das Geld vorbeigebracht, das er Mr. Willowby schuldete und das nun zu seinem Erstaunen dessen Gattin in Empfang nahm, von deren Existenz er bislang noch nichts geahnt hatte. Der Herzog von Milwoke hatte sein Versprechen wahr gemacht und einen Wagen mit zwei Pferden bereitgestellt. Der Kennerblick des Stallburschen Brian erkannte ohne Zögern die Qualität der beiden Tiere, und er konnte sein Glück kaum fassen, nun zwei prächtige Gespanne unter seiner Obhut zu wissen. Auch Catharines Aussteuer war angekommen. Eine zierliche Sitzgruppe aus Kirschholz, mit zartgrün gestreiftem Stoff bespannt, ein dazu passender Tisch und zwei Kommoden. Allerhand Vasen und Porzellanfiguren befanden sich in den Kisten sowie ein komplettes Speiseservice für zwölf Personen und ein dazu passendes Silberbesteck, in das die Initialen »CF« eingraviert waren. Nun, es würde auch im Hause Willowby gute Dienste tun.

Als letztes schleppten die Diener die drei Teppiche herein, die Tante Mable Catharine geschenkt hatte. Der größte von ihnen, ein schwe-

res, dunkelrot-blau gemustertes Stück, wurde im Eingangsbereich entrollt. Die beiden kleineren im Empfangssalon und im Frühstückszimmer, das von Catharine in ein allgemeines Speisezimmer umfunktioniert worden war.
Mit den Möbeln erschien auch Mr. Burley, der ehemalige Butler des Herzogs. Der alte Herr, von Lady Milwoke frühzeitig in Pension geschickt, war außer sich vor Freude, wieder in sein Metier zurückkehren zu dürfen. Er sah großzügig darüber hinweg, daß er nur mehr das Haus eines künftigen Viscount leiten sollte und daß dieses nicht einmal ein Drittel so groß war wie das seines früheren Herrn. Umgehend übernahm er das Kommando über die kleine Dienstbotengruppe.
So kam es, daß Mr. Willowby, als er das erste Mal seit drei Wochen nach seiner Hochzeit den Abend zu Hause verbringen wollte, unerwartet seinem neuen Diener gegenüberstand. Er war in die Küche hinabgestiegen, um, wie es seine langjährige Gewohnheit war, mit seinem Diener Kermin ein gemeinsames Abendessen einzunehmen. Da empfing ihn Burley, der eben ins Erdgeschoß hinaufsteigen wollte, am Kucheneingang.
Der Butler nahm sofort Haltung an. »Guten Abend, Sir«, grüßte er förmlich. »Kann ich Ihnen behilflich sein?«
»Ob Sie mir… wer zum Teufel sind Sie? Wie kommen Sie in meine Küche? Wo ist Kermin?« erkundigte sich Richard, sichtlich aus der Fassung gebracht.
Der Gesuchte erschien aus einer der Speisekammern und wischte sich die Hände an seiner Schürze ab. Grinsend blieb er stehen, als er das ratlose Gesicht seines Herrn sah. »Guten Abend, Master Richard. Ist das nicht eine Wucht? Das ist Mr. Burley, unser Butler. Mrs. Willowby hat ihn heute eingestellt.«
Richard war völlig überrumpelt. Unter dem gestrengen Blick seines neuen Dieners beschloß er jedoch, eine Diskussion über die Notwendigkeit eines Butlers in der Mount Street auf eine spätere Gelegenheit zu verschieben.
»Sie sind also unser neuer Butler«, sagte er statt dessen. »Wie war der Name?«
»Burley, Sir, William Joseph Burley. Mylady kennt meine Reverenzen Sir. Ich…«
»Schon gut«, unterbrach ihn Willowby. »Sie werden sich sicher bei

uns zurechtfinden. Und wenn Sie sich nicht auskennen, fragen Sie Kermin. Nun will ich zu Abend essen.«

Der Butler schluckte. Nur im äußersten Notfall würde er sich so weit herablassen, einen Diener zu fragen. Noch dazu einen, der sich einer äußerst lockeren Sprechweise befleißigte. Und bei dem man nicht genau wußte, welchen Rang er im Haushalt einnahm. War er Kammerdiener und rangierte somit unmittelbar unter dem Butler? Oder war er Koch und stand unter dem Kammerdiener? Nun, er würde das zu gegebener Zeit herausfinden.

»Wenn ich Sie in den blauen Salon führen dürfte, Sir. Das Abendessen wird in wenigen Minuten serviert«, sagte er.

»In welchen blauen Salon? Hier gibt es so etwas nicht, mein Guter. Ich werde in der Küche essen, wie immer.«

Der Butler verbeugte sich. »Natürlich, Sir«, sagte er. »Wie Sie wünschen, Sir. Ich würde an Ihrer Stelle jedoch dennoch den blauen Salon vorziehen. Er bildet den geeigneten Rahmen für den Hausherrn.«

Darauf wußte Mr. Willowby keine Antwort. Er machte kehrt und beeilte sich, dem Butler in das obere Geschoß zu folgen. Dann blieb er stehen und rief über die Schulter zurück: »Kermin! Komm nach oben. Ich habe mit dir zu sprechen.«

Der blaue Salon entpuppte sich als das ehemalige Frühstückszimmer. Catharine hatte neue, dunkelblaue Vorhänge anbringen lassen, die genau zu dem Blau-Beige-Gold des Perserteppichs ihrer Aussteuer paßten. Mit geübtem Blick schätzte Richard den Wert des Teppichs und der Porzellanfiguren auf dem Kaminsims. Sie hatten sicher eine hübsche Stange Geld gekostet. Hoffentlich würde er sie auch wieder zu einem guten Preis verkaufen können, wenn Edward Steantons Geld aufgebraucht war. Der Butler rückte ihm den Stuhl am Kopfende der Tafel zurecht und begann, als sich sein Herr gesetzt hatte, das Gedeck für eine Person aufzulegen.

»Woher haben wir dieses Geschirr?« fragte Mr. Willowby verwundert.

»Es stammt aus Myladys Aussteuer, Sir. Wie auch das Besteck und die Porzellanfiguren.«

»Und auch der Teppich?«

»Und auch der Teppich, Sir«, bestätigte Burley. »Was darf ich Ihnen zu trinken bringen, Sir? Mr. Kermin hat Roastbeef mit Yorkshirepud-

ding, Gravey und Gemüse als Hauptgericht zubereitet. Ich würde daher einen Burgunder empfehlen. Es sei denn, Sie wünschen zum ersten Gedeck einen Weißwein, da…«
»Burgunder ist in Ordnung«, unterbrach Willowby. Wenn er überhaupt einen Burgunder fand. Seit wann haben wir einen derart edlen Wein im Haus? Der Butler verließ mit einer Verbeugung den Raum. Willowby lehnte sich in seinem Stuhl zurück und betrachtete nachdenklich seine Gabel. Aus Myladys Aussteuer stammten diese Sachen, hatte der Butler gesagt. Seltsam. Er hatte nie damit gerechnet, daß Catharine eine Aussteuer mit in die Ehe brachte. Hatte sie nicht gesagt, sie sei mittellos und hatte sich eine Stelle als Gouvernante suchen wollen? Von wem sollte sie wohl diese Mitgift bekommen haben? Er wußte sehr wenig über die Frau, die er geheiratet hatte. Richard blickte sich um. Durch den Teppich und die neuen Vorhänge war der Raum wie verwandelt. Er strahlte eine lang vermißte Behaglichkeit aus. Plötzlich fühlte er sich zurückversetzt in die Zeit, als seine Mutter noch lebte. Damals war dieser Raum in satten Rottönen gehalten gewesen. Doch die Farbe machte keinen Unterschied. Richard war sich nicht genau bewußt, was ihn wirklich an die glücklichen Tage seiner Jugend erinnerte. Doch er fühlte sich wohl und behaglich in seinem Haus wie seit Jahren nicht mehr. Der Butler kam zurück und schenkte ihm mit gekonnter Geste dunkelroten Wein in das geschliffene Glas.
Richard probierte einen Schluck. Er schmeckte vollmundig und köstlich. Diese Neuerung ließ er sich gefallen. Und eigentlich, wenn er es sich genau überlegte, gefiel ihm auch der Butler. Er schien ein Meister seines Faches zu sein. Und warum sollte er keinen Butler haben? Schließlich war er irgendwann, in nicht allzu ferner Zukunft, ein Viscount. Höchste Zeit, daß er begann, standesgemäß zu leben.
»Meine Frau und meine Schwester sind nicht zu Hause?« erkundigte er sich.
»Bedaure, nein, Sir«, antwortete der Butler, der damit begann, die Vorspeise seines neuen Herrn anzurichten.
»Sie wissen nicht, wo sich die beiden aufhalten?«
Der Butler bedauerte abermals. Davon hatte er leider keine Kenntnis. Aber Kermin, der nach dem Essen erschienen war, wie es ihm Mr. Willowby aufgetragen hatte, wußte Bescheid. »Die beiden Ladies besuchen den Ball von Lord und Lady MacAlister, Sir«, sagte er.

»MacAlister?« entfuhr es seinem Herrn. »Ich bin doch mit dem Earl kaum bekannt. Seine Bälle sind das Exklusivste, was die Stadt zu bieten hat. Wie kommen denn die beiden zu einer Einladung?«

Kermin zuckte die Schultern. »Was weiß ich, Master Richard«, sagte er. »Aber warum sollten die Damen nicht zu diesem exklusiven Ball eingeladen werden? Wir sind doch jetzt auch ein vornehmer Haushalt. Haben Sie schon das Empfangszimmer gesehen? Dort stehen neue Möbel. Vom Feinsten sag' ich Ihnen. Und dann Burley. Haben Sie jemals einen so vornehmen Mann gesehen? Soll bei einem Herzog in Diensten gewesen sein, sagt Mrs. Willowby. Ich kann das kaum glauben. Warum sollte er denn zu uns kommen...«

»Wann haben die Damen das Haus verlassen?« unterbrach ihn Willowby.

Kermin überlegte: »So gegen neunzehn Uhr, würde ich sagen. Die beiden sind zum Dinner vor dem Ball eingeladen, habe ich gehört.«

Willowby konnte es kaum fassen. »Zum Dinner auch?« rief er aus. »Wie kommt es, daß der Earl of MacAlister zwei Willowbys zum Dinner empfängt? Und warum nur die Damen? Erstreckte sich die Einladung nicht auch auf mich?«

»Natürlich«, bestätigte Kermin. »Hab's selbst gesehen. Die Karte lag nämlich schon seit Tagen auf dem Silbertablett in der Halle. Sie müßten sie eigentlich bemerkt haben.«

»Habe ich aber nicht«, entgegnete sein Herr schroff. »Ich bin es nicht gewöhnt, daß Einladungen in der Halle liegen. Man hätte es mir sagen können.«

»Sie sind ja so selten zu Hause, Master Richard. Vermutlich hat Mrs. Willowby gedacht, Sie würden für den heutigen Abend etwas Besseres vorhaben.«

»Etwas Besseres als einen Ball bei MacAlister?« rief Richard ungehalten aus. »Zu so einem Ereignis eingeladen zu werden, ist wie ein gesellschaftlicher Aufstieg. Die MacAlisters haben die Willowbys nicht mehr beachtet, seit meine Mutter starb. Rasch, Kermin, lege meinen besten Anzug zurecht. Der Earl of MacAlister wartet.«

Hettys Debüt versprach ein voller Erfolg zu werden. Mrs. Blenchem hatte die Kleider der verstorbenen Lady Willowby in meisterhafter Arbeit für ihre Herrin geändert. Und auch Hetty konnte davon überzeugt werden, drei Roben aus dem reichhaltigen Erbe für sich umarbeiten zu lassen. Catharine hatte ihr dafür versprochen, passende Umhänge, Stiefelchen, Handschuhe und Hüte sowie zwei Tageskleider und das Abendkleid für den von Hetty heiß herbeigesehnten Debütantenball von einer Schneiderin anfertigen zu lassen. Mr. Steantons Geld trug erheblich dazu bei, die Pläne der beiden Damen in die Tat umzusetzen. Auch wenn Catharine beschlossen hatte, die Mittel sparsam auszugeben. Bis sie das Erbe ihres ersten Mannes antreten konnte, würde sicher noch geraume Zeit vergehen. Und wer wußte, ob Richard Willowby in dieser Zeit erneut zu Geld kommen würde? Wahrscheinlicher war, dachte Catharine im stillen, daß er den Großteil seines Anteils am Gewinn wieder auf dem einen oder anderen Spieltisch lassen würde.
An dem Tag, an dem Mr. Steanton das Geld vorbeigebracht hatte, war es zu erheblichen Meinungsverschiedenheiten zwischen den beiden Schwägerinnen gekommen. Hetty war bei Catharines Unterredung mit Mr. Steanton nicht anwesend, da sie mit Cousin Alfred, der am Vortag in die Hauptstadt zurückgekehrt war, einen Ausritt in den Hyde Park unternommen hatte. Zu mondäner Stunde zwischen sechzehn und siebzehn Uhr war es üblich, daß sich die vornehme Gesellschaft in schnittigen Kutschen oder hoch zu Roß auf der Rotten Row zeigte. Man hielt dann oft an, plauderte von Fahrzeug zu Fahrzeug oder stieg aus, um kurze Spaziergänge auf den Wegen, zwischen mit Blumen geschmückten Rasenflächen, zu unternehmen. Hetty liebte diese Ausritte. Ihr Bekanntenkreis wurde von Abend zu Abend größer, und sie genoß es, wenn sich ihre anwachsende Schar von Bewunderern um sie sammelte, um ihr Komplimente zu machen oder sie um einen Tanz bei der bevorstehenden Abendunterhaltung zu bitten. An diesem Nachmittag hatte sie jedoch keine Augen für all diese jungen Männer. Lord Bridgegate war ebenfalls nach London zurückgekehrt.
Sicher hätte sie Cousin Alfreds Einladung, mit ihm auszureiten, auch dann angenommen, wenn er nicht der Freund des Beau gewesen wäre. Schließlich war er immer freundlich zu ihr gewesen, und er hatte sie sogar einmal in Brighton besucht, was ihren Brüdern nie in

den Sinn gekommen wäre. Der Grund jedoch, warum sie die Einladung noch für denselben Nachmittag angenommen hatte, an dem sie ausgesprochen worden war, und damit einen der anderen jungen Herren auf einen späteren Zeitpunkt vertrösten mußte, war der, daß sie Lord Bridgegate im Hyde Park zu begegnen hoffte.

Und ihre Hoffnungen wurden nicht enttäuscht: Hoch zu Roß, in einem azurblauen Reitrock, das Halstuch zu einem makellosen »Wasserfall« gelegt, einen hoch aufragenden Reithut auf den glänzenden schwarzen Locken, saß er auf einem feurigen, ebenfalls schwarzen Rappen und wartete regungslos, bis Hetty und Alfred näher kamen.

Er wartet auf mich, durchfuhr es Hetty, und ihr Herz begann wie wild zu klopfen. Beau Bridgegate wartete auf sie. Während sie langsam auf ihn zuritten, hatte sie ausgiebig Gelegenheit, seinen Anblick in sich aufzusaugen. Ob es wohl einen schöneren Mann gab als ihn? Einen, der formvollendeter im Sattel saß? Einen, der sich geschmackvoller kleidete? Einen, dessen spöttisches Lächeln auf den wohlgeformten Lippen aufregender war als dieses Lächeln, mit dem der Beau sie nun empfing? Mit aufrichtiger Freude und ihrem strahlendsten Blick hielt sie ihr Pferd an, um Seine Lordschaft zu begrüßen.

Dieser war nicht allerbester Laune. Wenn es jemanden gab, den er in den letzten Wochen mit tiefster Intensität verwünschte, so war das der Viscount Willowby. Denn nur ihm war es zu verdanken, daß er seine Zeit damit vergeuden mußte, sich die geharnischten Strafpredigten seines Papas anzuhören. Und nun stand er der Tochter des Viscount gegenüber. Einem jungen Mädchen, das mit unverhohlener Bewunderung zu ihm aufsah.

Beau Bridge war ein Kenner der Frauen. Und daß dieses Mädchen ihn anhimmelte, daran bestand kein Zweifel. Sie versuchte gar nicht, ihre Bewunderung zu überspielen. Ihre Freude, ihn zu sehen, war echt und aufrichtig. Welch grotesker Zufall, dachte er, nun doch amüsiert.

Er beschloß, das Beste aus der Situation zu machen. Hetty Willowby war eine reizende junge Dame. Das olivgrüne Reitkostüm betonte die kleine zierliche Figur. Sie machte im Sattel einen tadellosen Eindruck, und für blonde Locken hatte er schon immer ein Faible. Natürlich, sie war zu jung und zu ungestüm für seinen Geschmack. Er liebte das Geheimnisvolle, das unterschwellig Erotische. Der mädchenhafte Charme von Miss Willowby war nicht das, was er von einer Frau erwartete, der er besondere Beachtung schenkte. Und doch beschloß er, ihr den Hof zu machen. Wer wußte, wofür das gut war. Er verbeugte sich also elegant und sagte mit seiner gewohnt nasalen Stimme: »Miss Willowby! Die lieblichste Blume in einem Park voll lieblicher Blumen. Es ist mir eine Freude, Sie wiederzusehen.«

Hetty war nicht der Typ, der über derart schmeichelhafte Komplimente errötete. Doch das Strahlen in ihren Augen vertiefte sich.

»Und da ist auch der gute Alfred«, wandte sich der Beau an ihren Begleiter. »Wie immer mit unverschämten Glück in der holden Damenwelt. In anderen Fällen darf ich davon ausgehen, ihm um nichts nachzustehen. Doch bei Ihnen, Miss Willowby, ist Alfred schändlich im Vorteil. Ich kann mich nicht rühmen, Ihr Vetter zu sein.«

»Die Freunde meines Vetters sind auch meine Freunde«, versicherte ihm Hetty.

Na, das läuft ja wie geschmiert«, dachte der Beau. Viscount Willowby war bereits alles andere als glücklich darüber, daß sich sein Sohn Richard zu seinen, Beaus Freunden zählte. Und wieviel mehr würde er etwas gegen eine allzu nahe Bekanntschaft zwischen ihm und seiner einzigen Tochter einwenden. Mit Grandezza hob er die rechte Hand zum Herzen und verbeugte sich leicht. »Ihr Angebot ist mir eine große Ehre, Miss Willowby. Ich hoffe, ich werde mich Ihrer Freundschaft würdig erweisen.«

Überwältigt von ihrem Erfolg, betrat Hetty wenig später das Haus in der Mount Street. Sie hatte Beau Bridge, den aufregendsten Mann der Londoner Gesellschaft, als Freund gewonnen. Sie sah sich an seiner Seite über das Tanzparkett schweben, Konzerte besuchen, sicher hatte er eine Loge in der Oper. Dorthin konnte sie unmöglich in den alten Gewändern ihrer Mutter gehen. Catharine mußte ihr einfach noch ein paar neue Kleider erlauben. Sicher würde sie sie verstehen, wenn sie erfuhr, daß ihre junge Schwägerin drauf und dran war, das Herz des bestaussehenden Mannes des ganzen Königreiches zu erobern.

Sie fand ihre Schwägerin im neuen Empfangszimmer. Mr. Steanton hatte sich soeben verabschiedet, und Catharine hielt Hetty gut gelaunt den Scheck entgegen, den er ihr übergeben hatte. »Sieh mal, was ich heute bekommen habe. Unser Unterhalt für die nächsten Monate ist gesichert. Und nun kann ich auch die Umhänge und das Ballkleid bezahlen, die ich dir versprochen habe.«

»Umhänge, ein Ballkleid!« rief Hetty alles andere als begeistert aus. »Denk dir nur, wen ich heute getroffen habe. Lord Bridgegate! Er ist wieder in der Stadt. Sicher werden wir uns jeden Abend auf Veranstaltungen begegnen. Da kann ich unmöglich mit einem einzigen Ballkleid auskommen.«

»Du vergißt die Roben deiner Mutter«, warf Catharine ein. »Blenchem ist eben mit dem ersten Kleid fertig geworden. Das Zartblaue mit den aufgestickten Röschen am Dekolleté. Es hat mir bei der Anprobe besonders gut an dir gefallen.«

Hetty verzog angewidert ihr hübsches Gesicht und machte eine abfällige Handbewegung: »Ach, die alten Fetzen! Die kann ich doch nicht tragen, wenn ich an Lord Bridgegates Seite Aufsehen erregen möchte. Nein, ich brauche eine vollständig neue Garderobe. Und dann noch einen Wagen mit hellblauen Samtpolstern. Und zwei Apfelschimmel, die ihn ziehen. Ich werde wunderbar darin aussehen, wenn ich meine täglichen Ausfahrten in den Park unternehme. Und Lord Bridgegate wird denken...«

»Was Lord Bridgegate denkt, ist mir völlig egal!« unterbrach Catharine die Schwärmereien ihrer Schwägerin ungehalten. »Du kannst dir meinen Wagen ausleihen, wenn du ausfahren möchtest. Das Geld von Mr. Steanton ist nicht dazu da, verschleudert zu werden.«

Hetty stampfte undamenhaft mit dem Fuß auf. Ihre Wangen waren vor Zorn gerötet. Mit erhobener Stimme fuhr sie auf: »Ich bin eine richtige Willowby! Daher habe ich zu bestimmen, was mit dem Geld geschieht. Und mir ist nicht egal, was Lord Bridgegate denkt. Er ist der aufregendste Mann, den ich bisher kennengelernt habe. Er ist tonangebend in der Stadt. Und er hat ein Auge auf mich geworfen. Du willst mir bloß keine neuen Kleider gönnen, weil du eifersüchtig bist, weil ich es bin, die die Aufmerksamkeit des Beau erregt hat...«

»Du vergißt dich, Miss«, entgegnete Catharine in scharfem Ton. »Ich bin die Frau deines Bruders.«

Hetty schluckte und war für einen kurzen Augenblick zum Schweigen gebracht. »Und ich fahre doch nicht mit deiner Kutsche«, sagte sie schließlich in ruhigerem, wenn auch deutlich beleidigtem Tonfall. »Sie ist wirklich nicht der neueste Schrei, viel zu solide. Keine hohen Räder, keine...«

»Wie du wünschst«, sagte Catharine kalt. »Mein Angebot, dir das Fahrzeug zur Verfügung zu stellen, halte ich nicht länger aufrecht. Wenn du mich jetzt entschuldigen würdest. Ich möchte den Scheck in sichere Verwahrung geben, bevor ich ihn morgen zur Bank bringe.«

Sie wandte sich zum Gehen und hatte bereits die Türklinke in der Hand, als ihr noch etwas einfiel: »Ich bitte dich, deine schlechte Laune nicht an Mrs. Blenchem auszulassen. Sie wartet in deinem Zimmer auf dich, um dir das gelbe Kleid noch einmal anzuprobieren. Sie hat sich so viel Mühe gegeben und erwartet deinen Dank.«

»Ach, sag mir nicht, wie ich mich zu benehmen habe!« fuhr Hetty auf. »Ich bin schließlich kein Kind mehr. Und du bist nicht mein Vormund. Wie kommt es überhaupt, daß du Mr. Steantons Scheck in Empfang nahmst. Schuldete er das Geld nicht Richard?«

»Doch«, bestätigte Catharine knapp.

Hettys Augen leuchteten auf. »Ich werde mit Richard sprechen. Sicher hat er nichts dagegen, mir ein paar neue Kleider zu kaufen. Du hast kein Recht, über das Geld zu bestimmen. Sicher weiß Richard gar nicht...«

»Er weiß es, und er hat es mir ausdrücklich zu meiner Verfügung überlassen«, antwortete Catharine kühl.

»Ich gehe jetzt nach oben. Wenn du wieder zur Besinnung gekommen bist, kannst du mir folgen und dich entschuldigen.«

Sie verließ das Zimmer, und die Tür fiel mit lautem Schnappen ins Schloß. Hetty blieb zurück, alles andere als reumütig.

Als sie kurz darauf ihren Bruder hörte, der nach Hause gekommen war, um sich für das Dinner umzuziehen, das er mit seinen Freunden in einem neu eröffneten Restaurant in der St. James Street einzunehmen gedachte, eilte sie in die Halle, um ihn zu begrüßen.

»Hallo, Hetty«, antwortete dieser kurz angebunden. »Ich hoffe, du hattest einen schönen Tag. Ich muß mich leider beeilen. Hugh wartet auf mich.« Er wollte an ihr vorübereilen, doch seine Schwester stellte sich ihm in den Weg. »Mr. Steanton hat heute den Scheck gebracht. Du weißt, das Geld, das er dir schuldete.«

»Natürlich weiß ich das. Gut, daß er ihn gebracht hat. Ich habe nie ernsthaft daran gezweifelt. Er ist ein ehrlicher Mann. Langweilig, aber ehrlich.«

»Catharine hat den Scheck. Stell dir vor, sie möchte ihn morgen zur Bank bringen.«

»In Ordnung«, nickte Richard. »Darf ich jetzt in mein Zimmer...«

»In Ordnung?!« fuhr Hetty auf. »Ist das alles, was du zu sagen hast? Es ist doch dein Geld, Richard. Oder etwa nicht? Du hast es gewonnen. Willst du wirklich, daß eine fremde Frau bestimmt, wofür es ausgegeben wird?«

Richard zog die Augenbrauen zusammen. »Eine fremde Frau?« erkundigte er sich verwundert.

»Na, Catharine. Sie ist schließlich keine Willowby. Sie ist...«

»Meine Frau, falls du das vergessen hast. Also du bist wirklich gut«, unterbrach sie ihr Bruder kopfschüttelnd.

»Aber doch nur dem Trauschein nach. In Wirklichkeit ist sie doch gar nicht deine Frau. Ihr habt getrennte Zimmer, ihr...«

Richards Miene verfinsterte sich zusehends. Zum einen hatte er es eilig und eine Abneigung dagegen, gegen seinen Willen aufgehalten zu werden. Zum anderen hatte er nicht die geringste Lust, ernsthaft über seine Ehe nachzudenken, geschweige denn mit irgend jemandem sein Eheleben zu besprechen. »Kümmere dich um deine eigenen Angelegenheiten!« sagte er daher schroff. »Und jetzt entschuldige mich bitte.«

Hetty sah ihre letzten Felle davonschwimmen. Reue überkam sie. Vielleicht hatte sie sich doch zu ungestüm verhalten. Sie wollte doch nur so viel von dem Geld, daß sie einen hübschen Eindruck machte. War das denn zuviel verlangt? Das Selbstmitleid trieb ihr Tränen in die Augen, die in dicken Tropfen über ihre Wangen kullerten. Richard blieb aufseufzend stehen und legte seiner kleinen Schwester den Arm um die Schulter. Er konnte Frauen nicht weinen sehen. Sofort regte sich sein Mitgefühl. »Also gut, Hetty. Was ist dein Kummer?« wollte er wissen.

Catharine, die Stimmen gehört hatte, war auf den Flur hinausgetreten, um festzustellen, woher sie kamen. Als sie die beiden in brüderlich-schwesterlicher Einigkeit in der Eingangshalle stehen sah, verharrte sie und blickte gespannt die Treppe hinunter. War es Hetty gelungen, ihren Bruder davon zu überzeugen, ihr den Scheck zu überlassen? Catharine straffte die Schultern. Nun, sie würde sich zur Wehr zu setzen wissen. Sie hatte ein Anrecht auf das Geld. War es nicht Bedingung dafür gewesen, daß sie der Heirat zugestimmt hatte?

»Ich wünsche mir so sehr ein paar neue hübsche Kleider, und Hüte und Umhänge...«, hörte sie Hetty unter Tränen stammeln.
Richard lachte befreit auf. »Wenn es weiter nichts ist. Catharine wird doch sicher dafür sorgen, daß du eine angemessene Garderobe bekommst.«
Seine Frau atmete im stillen auf. Es sah danach aus, als würde sich ihr Gemahl an ihre Absprache halten und nicht bedingungslos die Partei seiner Schwester ergreifen.
»Catharine will, daß ich Mamas Kleider trage. Sie will mir nur für den Debütantenball ein neues Kleid gönnen. Sonst lediglich Umhänge und Hüte.«
»Das erscheint mir recht vernünftig«, stellte Richard zu Hettys Empörung fest. »Und Catharine selbst? Kauft sie sich lauter neue Sachen?«
»Nein, das nicht«, mußte Hetty zugeben. »Sie läßt sich sogar die altmodischen Umhänge auf ihre Größe abändern. Aber darum geht es nicht. Keinen interessiert, wie Catharine aussieht. Es geht darum...«
Mit einem Ruck ließ Richard den Arm von Hettys Schulter fallen. »Mich interessiert sehr wohl, wie Catharine aussieht. Ich bin immerhin mit ihr verheiratet. Du bist wirklich ein selbstsüchtiges Ding, Hetty. Genau wie unser Bruder George...«
»Und wie du!« fuhr Hetty auf.
Richard zuckte mit den Achseln. »Möglich. Aber hier geht es immerhin um mein Geld, nicht wahr? Ich bin froh, daß Catharine sich weigert, es für nutzlosen Tand auszugeben. Schließlich habe ich es schwer verdient. Und nun muß ich mich endgültig umziehen. Hugh wird sich schon fragen, was aus mir geworden ist.«
Er ließ seine Schwester in der Halle stehen und erklomm, immer zwei Stufen auf einmal nehmend, die steile Treppe. Catharina hatte gerade noch Zeit, in ihr Zimmer zu schlüpfen, bevor ihr Mann bemerken konnte, daß sie dem Gespräch zwischen den Geschwistern gelauscht hatte.
Hetty schmollte nicht lange. Das zartblaue Kleid, das Mrs. Blenchem geändert hatte, stand ihr tatsächlich allerliebst. Lord Bridgegate hatte einen Strauß Vergißmeinnicht abgeben lassen. »Als Erinnerung an Ihre Augen«, stand in schwungvollen Lettern auf der beigelegten Karte. Rosie drehte Hettys blonde Locken mit geschickten Händen

zu einer Frisur, die das *Ladies Journal* in seiner neuesten Ausgabe als den letzten Schrei empfohlen hatte. Über all diesen erfreulichen Begebenheiten war der Streit mit ihrer Schwägerin rasch vergessen.
In ihrer neuen Toilette eilte sie zu Catharine, um nach kurzem Anklopfen in ihr Zimmer zu stürzen. »Wie gefalle ich dir?« rief sie aus. »Ist das Kleid nicht wunderhübsch geworden? Stell dir vor, Lord Bridgegate hat mir Blumen geschickt! Ob wir ihn wohl heute abend auf der Soiree bei Lady Linham sehen werden? Ach Catharine, ich bin so schrecklich aufgeregt.«
Catharine, die im Unterkleid vor dem großen Spiegel saß, um sich für den bevorstehenden Abend zurechtzumachen, meinte ebenfalls, daß das Kleid Hetty ausgezeichnet stand. Sie hatte schon des öftern Meinungsverschiedenheiten mit ihrer Schwägerin gehabt, und jedesmal war diese zuerst zutiefst gekränkt oder beleidigt und äußerte, ohne zu zögern, die bösesten Unterstellungen und Beschuldigungen. Nach kürzester Zeit jedoch war sie wieder allerbester Laune und sprach mit Catharine, als wäre nichts geschehen. Diese war dann immer wieder von neuem überrascht über Hettys Sprunghaftigkeit. Und ebenso regelmäßig beschloß sie, den Streit auf sich beruhen zu lassen. Das Leben in der Mount Street war einfacher ohne einen Dauerstreit mit Hetty. Sie brauchte ihre Kräfte für wichtigere Dinge.

Wie sich herausstellen sollte, wurden Catharines Kräfte in den nächsten Wochen in verstärktem Maß in Anspruch genommen. Da war einmal das Haus, in dem alles von unten nach oben gekehrt werden mußte. Natürlich machte es Spaß, eine leergeräumte, kahle Wohnung in ein gemütliches, standesgemäßes Zuhause zu verwandeln. Nur schwer konnte sie der Versuchung widerstehen, allzuviel von dem Geld, das ihr zur Verfügung stand, für diesen Zweck auszugeben. Wie gut, daß sie in Frankreich und auch davor schon in ihrem Vaterhaus gelernt hatte, mit wenig Mitteln das Bestmögliche zu erreichen. Da es an Dienstboten mangelte, mußte Catharine bei vielen Arbeiten selbst mithelfen. Dazu kamen die gesellschaftlichen Pflichten, die zunehmend wahrgenommen werden mußten. Sophia Christlemaine hatte ganze Arbeit geleistet. Sie hatte beschlossen, Catharine und Hetty unter ihre Fittiche zu nehmen. Sie stellte die beiden allen wichtigen Mitgliedern der Gesellschaft vor. Sie erzählte, daß sie einen Ball für die Cousine ihres Mannes zu geben beabsichtigte, und erreichte so, daß beiden Damen Türen geöffnet wurden, die ihnen sonst sicher verschlossen geblieben wären. In der Hoffnung, zum Ball der Christlemaines eingeladen zu werden, wurden zahlreiche Einladungen in der Mount Street abgegeben. Die besten Freunde von Lord und Lady Christlemaine, wie die MacAlisters oder der Herzog und die Herzogin von Wellbrooks, schlossen die beiden Damen wie selbstverständlich in ihre Freundschaft ein. Richard Willowby hatten sie nie die geringste Beachtung geschenkt. Er gehörte, obwohl er ein zukünftiger Viscount war, nicht zu ihren Kreisen.

Sein lockerer Lebenswandel, sein Leichtsinn und die Tatsache, daß er seinen Lebensunterhalt mit Spiel und Wetten verdiente, ließ in den ersten Familien nicht den Wunsch reifen, den Mann näher kennenzulernen. Seine Frau und seine Schwester jedoch gefielen nicht nur durch ihr hübsches Äußeres, sondern auch durch ihre freimütige, charmante Art. Hetty meisterte ihre Launen in der Öffentlichkeit und gab Catharine nie Anlaß, sich für sie zu genieren oder sie zur Ordnung rufen zu müssen. Sicher hätte Catharine auch gesellschaftlichen Erfolg gehabt, wenn bekannt geworden wäre, daß sie die Schwester des gegenwärtigen Herzogs von Milwoke war. Und doch war sie froh, daß es nicht nötig war, sich auf dieses Verwandtschaftsverhältnis zu berufen.

Sie hatte ihrem Mann ihre wahre Herkunft nicht verraten, und sie wollte es auch in Gesellschaft nicht tun. Es war schwierig genug, Ausreden auf die neugierigen Fragen zu finden, warum ihr Ehemann nie in Gesellschaft seiner frisch angetrauten Gemahlin zu sehen war. Was würde man sie alles fragen, wenn bekannt würde, wer sie war. Man würde wissen wollen, wie es zur Trauung mit Gervais gekommen war, ob sie denn nicht Roger geheiratet hatte. Und warum sie nicht in das Haus ihres Bruders zurückgekehrt war.

Nein, Catharine wollte lieber nicht Rede und Antwort stehen müssen. Zum Glück schienen Henry und Esther ein sehr zurückgezogenes Leben am Hanover Square zu führen. Catharine war ihnen noch nie auf einer Veranstaltung begegnet. Nur einmal hatte sie ihre Schwägerin von weitem beim Einkaufen in der Bond Street entdeckt. Ohne zu zögern, hatte sie die Gegenrichtung eingeschlagen, um der Frau ihres Bruders nicht zu begegnen.

Ihren Mann sah Catharine in den ersten Wochen der Ehe selten.

Wenn sie morgens aufstand, um mit Hetty zu frühstücken, schlief Richard noch. Er erhob sich meist, während sie in der Stadt war, um Besorgungen zu machen, oder bei der Schneiderin, um neue Kleidungsstücke anzuprobieren. Kam sie mit Hetty zurück, so hatte Richard das Haus bereits verlassen, um im Club mit Freunden den Lunch einzunehmen. Auch am Abend gingen sie getrennte Wege. Die Damen besuchten Bälle, Konzerte und Soireen. Richard Willowby führte das gewohnte Leben in seinem Freundeskreis fort, als wäre er weiterhin Junggeselle. Wenn sich die Eheleute überhaupt am Tag sahen, so war das am späten Nachmittag, wenn Richard nach Hause kam, um sich für den Abend umzukleiden. Dann wechselten sie einige Worte miteinander. Richard fragte sie, wie sie mit Hetty zurechtkäme, oder machte lobende Bemerkungen über die zahlreichen Veränderungen, die sie in seinem Haus durchgeführt hatte. Catharine erzählte ihm von kleinen amüsanten Erlebnissen bei Einkäufen oder fragte ihn, ob die eine oder andere Idee, die sie in seinem Haus verwirklichen wollte, seine Zustimmung fand. Sie begegneten einander mit Respekt und freundlicher Zuvorkommenheit. Und doch blieben sie flüchtige Bekannte, die sich nicht bemühten, einander kennenzulernen.

Um so überraschender war es für Catharine daher, als sie auf dem Ball der MacAlisters zufällig zur Tür blickte und ihren Gemahl quer durch den Saal auf sich zukommen sah. Sein Anblick war so unerwartet, daß Catharine regelrecht zusammenzuckte. Sie stand eben mit ihrer Gastgeberin, einer kleinen reizenden Dame mit dunklen Locken und einem hochmodischen rauchblauen Abendkleid, am Rande der Tanzfläche, um ein paar Worte über die Opernaufführung zu wechseln, die sie am Vorabend besucht hatten, als ihr Blick auf Richard fiel. Was mochte wohl geschehen sein, daß er so überraschend erschien? Sie hatte die Einladungskarte absichtlich an auffälliger Stelle in der Halle deponiert, damit er sie nicht übersehen konnte. Und doch hatte er kein Wort darüber verloren, daß er sie an diesem Abend begleiten wollte. Und nun war er hier. Es mußte etwas passiert sein, war ihr erster Gedanke. Ob er sich in vornehmer Gesellschaft überhaupt zu bewegen wußte, ihr zweiter. Er war es doch gewohnt, mit seinen Freunden in lockerer Atmosphäre seine Abende zu verbringen. Würde sie sich für ihn genieren müssen?

Konnte er tanzen? Würde er damit auffallen, daß er an den Spieltischen, die in den angrenzenden Räumen aufgestellt worden waren, um unverschämte und für private Abende unverhältnismäßig hohe Einsätze spielte? Würden sich seine Gastgeber überhaupt darüber freuen, ihn unter ihren Gästen zu haben? Immerhin hatte sich die Einladung auch auf ihn erstreckt. Allerdings gebot es schon die Höflichkeit, ein Ehepaar gemeinsam einzuladen.
Catharine wandte sich an ihre Gastgeberin, um festzustellen, ob diese mit abweisendem Blick die Ankunft ihres Mannes beobachtete. Mylady schien zwar nicht abweisend, aber deutlich ratlos zu sein. Sie kennt Richard gar nicht, durchfuhr es Catharine. Sie lebten beide schon lange in derselben Stadt und waren noch nie miteinander bekannt gemacht worden. Es gelang ihr meisterhaft, ihre Überraschung zu verbergen, als sie ihrem Gatten freundlich zulächelte.
»Darf ich Ihnen meinen Mann vorstellen, Mylady«, sagte sie. »Mr. Richard Willowby. Unsere liebe Gastgeberin Lady MacAlister.«
Richard beugte sich formvollendet über die dargebotene Hand und sagte mit seinem strahlendsten Lächeln, daß es ihm eine große Freude sei, Mylady kennenzulernen. Catharine beobachtete interessiert, wie der Charme ihres Gatten seine Wirkung nicht verfehlte. Ein Charme, der alle drei Willowby-Geschwister auszeichnete. Er ließ sie all die Herzen gewinnen, die sie zu gewinnen suchten. Ihre Leichtfertigkeit und ihr angeborener Egoismus waren es, die sie in Gefahr brachten, die rasch gewonnenen Sympathien ebenso rasch wieder zu verlieren.
»Sie sind also Richard Willowby«, stellte Lady MacAlister fest, und ihr Ton klang nicht unfreundlich. »Ich habe schon viel von Ihnen gehört.«
Richard zwinkerte ihr zu. »Glauben Sie kein Wort davon, Mylady.«
Während Catharine amüsiert dieser Unterhaltung folgte, hatte sie Muße, ihren Mann näher zu beobachten. Ihre Sorgen waren unbegründet gewesen. Er fühlte sich auf dem gesellschaftlichen Parkett sicher. Die festliche Abendkleidung stand ihm ausgezeichnet.
Bestimmt hatte er die tiefblaue Jacke erst kürzlich anfertigen lassen, denn sie entsprach der letzten Mode. Der Herzog von Wellbrooks trat an die kleine Gruppe, um die Gastgeberin zum Tanz zu führen. Er nickte den Willowbys flüchtig zu, verbeugte sich vor Lady Mac-

Alister und sagte: »Du hast versprochen, den nächsten Walzer mit mir zu tanzen, Maria. Voilà, hier bin ich.« Er reichte ihr den Arm und führte sie auf die Tanzfläche.

Richard verbeugte sich vor Catharine. »Nun, liebes Eheweib«, sagte er, »darf ich dich zu diesem Tanz entführen?«

Catharine schüttelte den Kopf: »Ich habe den Walzer bereits Mr. Finch-Bottom versprochen. Die Polka können wir zusammen tanzen, wenn du möchtest.«

Richard beugte sich zu ihr und sagte mit gedämpfter Stimme und verschwörerischer Miene: »Ich habe keine Ahnung, wie man eine Polka tanzt, meine Teuerste. Das einzige, was ich halbwegs zuwege bringe, ist ein Walzer. Wenn du also den Eindruck erwecken möchtest, wir seien ein liebendes Ehepaar, dann müssen wir diese Chance nützen.«

Catharine blieb nichts anderes übrig, als in sein Lächeln einzustimmen. Wenn langjährige Ehepaare nicht miteinander tanzten, so würde sich darüber niemand den Kopf zerbrechen. Sie aber waren erst drei Wochen verheiratet und hatten bereits ausreichend für Gerüchte gesorgt. Vielleicht gelang es, einige davon zum Verstummen zu bringen, wenn man das Ehepaar gemeinsam auf dem Tanzparkett sah. Also schenkte sie ihrem Gatten einen warmherzigen Blick und erklärte sich einverstanden. Es fiel Richard nicht schwer, Mr. Finch-Bottom seine Partnerin abspenstig zu machen. »Sie gestatten doch, daß ich meine Frau zu diesem Walzer führe«, sagte er zu dem blassen, blonden Mann, dessen wasserblaue Augen aus dem schmalen Gesicht zu quellen drohten. »Wir haben seit unserer Hochzeit noch keinen Walzer zusammen getanzt. Sie können sie anschließend zur Polka führen«, bot er ihm großmütig an. Mr. Finch-Bottom murmelte, es sei ihm eine Ehre, und schritt von dannen. Die ersten Takte der Musik erklangen, und die Paare nahmen Aufstellung.

Für Richard Willowby hatte dieser Ballabend mit einer Überraschung begonnen. Als er von einem der vornehmen Lakaien der MacAlisters eingelassen worden war und eben dabei war, sich in der prunkvollen Eingangshalle umzusehen, legte sich eine Hand freundschaftlich auf seine Schulter. Richard fuhr herum und blickte in das lachende Gesicht von George Romsey. »Abend, Willowby«, grüßte dieser ihn. »Wie ich sehe, ist auch für dich ein neues Zeitalter angebrochen. Kann mich nicht erinnern, dich jemals in diesen vornehmen Hallen gesehen zu haben. Du siehst, was die Ehe aus uns macht. Seriöse Mitglieder der Gesellschaft.«

»George!« rief Richard aus, »dich habe ich schon lange nicht gesehen. Was treibst du denn die ganze Zeit? Sämtliche Spielhöllen von St. James halten sehnsüchtig nach dir Ausschau. So viel wie du dort verloren hast...«

»Erinnere mich nicht daran!« grinste sein Gegenüber und machte eine abwehrende Handbewegung. »Vorbei, mein Freund. Vorbei. Seit ich Lizzy geheiratet habe, ist Schluß mit dem lasterhaften Leben. Und ob du es mir glaubst oder nicht, mir fehlen weder die Spielhöllen von St. James noch die diversen anderen Etablissements in dieser Gegend.« Er unterbrach sich. »Aber natürlich wirst du mir glauben. Du bist doch jetzt auch verheiratet. Eine reizende Frau. Du bist wirklich ein Glückspilz. Gratuliere, mein Freund!«

Richard nahm die Glückwünsche mit nie gekannter Verlegenheit entgegen. George Romsey galt als Frauenkenner. Catharine schien ihm zu gefallen. Das überraschte ihn einigermaßen. Am Eingang zum Ballsaal traf er auf den Gastgeber, den Earl of MacAlister. Seine Lordschaft war ein Mann Mitte dreißig, freundlich und allseits beliebt. Zahlreiche Fältchen um seine blauen Augen zeugten von ausgeprägtem Humor und davon, daß Seine Lordschaft gern und viel lachte. Er hatte Richard Willowby nie geschnitten, wie es andere Mitglieder der ersten Gesellschaft zu tun pflegten. Aber der freundliche Empfang, der ihm nun zuteil wurde, verwunderte Richard doch. »Willkommen in unserem Haus, Willowby«, begrüßte ihn der Earl. »Mrs. Willowby hat uns erzählt, daß Sie heftige Kopfschmerzen daran hindern, an unserem Ball teilzunehmen. Ich hoffe, Sie fühlen sich nun besser?«

»Ja durchaus, Mylord. Danke«, stammelte Richard. Es war ihm noch gar nicht in den Sinn gekommen, daß seine Frau immer wieder glaubhafte Ausreden finden mußte, um seine Abwesenheit an ihrer Seite zu entschuldigen.

»Das freut mich für Sie. Sicher haben Sie Ihre Frau nur ungern allein hierherkommen lassen. Kaum eine Dame wird so umschwärmt wie sie. Sie haben außerordentliches Glück, Mr. Willowby. Ich möchte Ihnen nachträglich herzlich zu Ihrer Vermählung gratulieren.«

Richard bedankte sich und machte sich auf die Suche nach seiner Angetrauten. Er hatte Catharine nie für außergewöhnlich hübsch gehalten. Sie war doch so blaß und mager. Er mußte sich allerdings eingestehen, daß er sie seit dem ersten Abend ihres Kennenlernens nie richtig betrachtet hatte. Ihr Anblick in dem unförmigen schwarzen Kleid mit dem monströsen Schleier, den sie an jenem Abend geboten hatte, hatte sich tief in ihm eingegraben. Und nun sangen George Romsey und der Earl wahre Lobeshymnen. Doch es sollte noch ärger kommen. Seine Gnaden, der Herzog von Wellbrooks, der Willowby bisher nie zu bemerken geruhte, ließ es sich diesmal nicht nehmen, das Wort an ihn zu richten, als Richard mit höflichem Gruß an ihm vorbeigehen wollte.

»Ich hatte noch gar keine Gelegenheit, Ihnen zur Verehelichung zu gratulieren«, sagte Seine Gnaden und ging sogar so weit, Richard Willowby die Hand zu schütteln. »Das möchte ich heute nachholen. Sie müssen sich glücklich schätzen, Willowby. Eine reizende Frau, schön und klug.«

Richard war überwältigt. Niemand zweifelte daran, daß der Herzog von Wellbrooks sich bei Frauen auskannte und ein äußerst kritischer Beobachter war. Die gesamte Damenwelt der Stadt war ihm zu Füßen gelegen, bevor er vor einigen Jahren Miss Olivia Redbridge zum Traualtar geführt hatte. Wie hatte er Catharine genannt: schön und klug? Richard bedankte sich und machte sich weiter auf die Suche nach seiner Frau. Er fand sie an der Stirnseite des Saals in die Unterhaltung mit Lady MacAlister vertieft.

Ihm war, als sehe er seine Frau zum erstenmal. Das olivgrüne Seidenkleid stand ihr ausgezeichnet. Ihre schlanke Taille wurde vom eng anliegenden Oberteil betont, eine doppelreihige Perlenkette schmückte das tiefe Dekolleté. Das dunkelblonde, lange Haar war locker im Nacken aufgesteckt. Ärmellange Seidenhandschuhe in der Farbe des Kleides vervollkommneten die Erscheinung. Eben beugte sie sich vor, um ihrer Gesprächspartnerin zuzuhören. Es schien etwas Amüsantes gewesen zu sein, denn Catharine ließ ein leises Lachen hören, und ihr Gesicht erstrahlte in einem Lächeln. Die anderen haben recht, durchfuhr es Richard, meine Frau ist wirklich schön.

Seine Frau. Das klang gut. Und es erfüllte ihn mit einem Gefühl des Stolzes, das er nie gekannt hatte. In seinem bisherigen Leben hatte er kaum Gelegenheit gehabt, auf irgend etwas stolz zu sein. In diesem Augenblick sah Catharine auf, und das Lächeln erlosch und machte einer unverkennbar erschrockenen Miene Platz. Warum sie wohl erschrak, wenn sie ihn erblickte? Gab es etwa einen anderen, mit dem sie derartige Abendveranstaltungen besuchte?

Richard wäre kein richtiger Willowby gewesen, wenn er sich ernstlich Gedanken darüber gemacht hätte. Wem auch immer Catharine ihre Aufmerksamkeit schenkte, er würde sie ohne Schwierigkeiten zurückerobern, wenn er wollte. Er wußte nicht, ob er wollte. Allerdings hatte er nichts dagegen, sie in seinen Armen zu halten.

Die Musiker begannen den Walzer zu spielen, und er legte seinen Arm um ihre Taille und wirbelte mit ihr über das Parkett.

Richard blickte auf sie hinunter, und Catharine blickte mit geröteten Wangen zu ihm empor.

»Sie sind sehr hübsch heute abend, Mrs. Willowby«, flüsterte er ihr zu.

»Sie sehen auch sehr gut aus heute abend, Mr. Willowby«, gab sie sein Kompliment ohne Zögern zurück.

Richard lachte. »Dann sind wir ohne Zweifel das schönste Paar dieser Ballnacht.«

Catharine lachte auch. »Du vergißt Hetty und den Beau«, wandte sie ein.

»Hetty und den Beau?« wiederholte er verwundert. »Sag bloß, Bridge ist hier.«

Catharine nickte. »Er tanzt gerade mit deiner Schwester. Siehst du die beiden dort drüben? Hetty trägt ein sonnengelbes Kleid. Seine Lordschaft kehrt uns den Rücken zu. Er trägt eine weinrote Jacke und …«

»Ja, jetzt sehe ich sie.«

»Sie tanzen schon den zweiten Tanz miteinander.«

Richard zog die Augenbrauen zusammen. »Das gefällt mir nicht. Ich denke, ich muß mit Hetty ein ernstes Wort reden.«

»Aber warum nur?« Catharine war verwundert. »Der Beau ist doch eine gute Partie. Eines Tages wird er Herzog sein und ein erhebliches Vermögen sein eigen nennen. Er sieht gut aus, er hat angenehme Umgangsformen. Sicher, er ist arrogant und manchmal unangenehm blasiert. Aber das scheint Hetty nicht zu stören. Was hast du gegen ihn einzuwenden? Ist er nicht dein Freund?«

»Eben«, erklärte Mr. Willowby trocken. »Ich kenne ihn gut genug. Nicht der richtige Umgang für ein junges Mädchen.«

»Er scheint ernste Absichten zu haben«, meinte Catharine.
Richard lachte kurz auf. »Vergiß das«, sagte er bestimmt. »Bridge hat keinerlei ernste Absichten, was die Ehe betrifft. Er hat höchstens die feste Absicht, meine Schwester in sein Bett zu bekommen.«
Catharine ließ einen erschrockenen Laut hören: »Warum sollte er so etwas Schändliches vorhaben?«
Richard zuckte mit den Schultern. »Er haßt meinen Vater«, sagte er. »Es sähe Beau ähnlich, Hetty für seine Rachepläne zu mißbrauchen. Bridge hat keinerlei Moral.«
Wenn Catharine daran dachte, was für Geschichten und Gerüchte ihr in den letzten Tagen und Wochen zu Ohren gekommen waren, dann fragte sie sich im stillen, wie es um die Moralvorstellungen ihres Gemahls wohl bestellt war. Doch sie beschloß, daß dies nicht der geeignete Zeitpunkt war, ihn danach zu fragen.

Von diesem Abend an veränderte sich das Leben in der Mount Street langsam, aber stetig. Es begann damit, daß Richard sich dafür zu interessieren anfing, wie die Damen ihre Abende zu verbringen gedachten. Stand eine Unterhaltung auf dem Programm, die ihm zusagte, so beschloß er, sie zu begleiten. Dabei handelte es sich vor allem um Einladungen in Häuser, zu denen er früher keinen Zutritt hatte. Auf Bällen genoß er es, mit seiner Frau Walzer zu tanzen und sich umzusehen, was geboten wurde, bevor er sich frühzeitig verabschiedete, um seinen gewohnten Vergnügungen nachzugehen. Er war weder ein Opernliebhaber, noch konnte er Konzerten viel abgewinnen. Manchmal besuchte er neuerdings sogar diese Veranstaltungen. Allerdings nur, wenn sicher war, daß Lord Bridgegate seine Schwester begleitete. Es war das erste Mal seit dem Tod seiner Mutter, daß er sich um einen anderen Menschen Sorgen machte, daß er Verantwortung spürte und seine Pflichten ernst nahm.
Der Umstand, daß Hetty wie alle Willowbys eigensinnig, risikofreudig, abenteuerlustig und leichtfertig war, machte ihm seine ungewohnte Aufgabe nicht leichter. Er hatte die Idee verworfen, seine Schwester zur Rede zu stellen und ihr den Umgang mit seinem Freund zu verbieten. Sicher hätte ein derartiges Verbot nur ihren Widerstand herausgefordert. Nichts wäre gewonnen, wenn sie sich heimlich mit dem Beau traf. Und überhaupt: Lord Bridgegate war ein Mann der ersten Gesellschaft. Man würde ihn auf den meisten Ver-

anstaltungen ohnehin treffen. Es war geradezu unmöglich, ihm aus dem Weg zu gehen. Da war es besser, er erwähnte seiner Schwester gegenüber nichts von seinen Bedenken und behielt sie im Auge. Welche Absichten der Beau verfolgte, war für seinen besorgten Freund nicht zu durchschauen. Daß er an eine Heirat dachte, wie Catharine vermutete, konnte ausgeschlossen werden.
Bridge machte zwar Hetty vor allen Leuten den Hof, lud sie zu Ausfahrten in den Park ein und schickte beinahe täglich ein geschmackvoll arrangiertes Blumenbukett. Genauso intensiv warb er jedoch auch um die Gunst von Chou-Chou Meloni, dem neuen Star des Covent-Garden-Balletts. Und auch die Damen des diskreten Etablissements von Madame Luise schienen sich keine Sorgen machen zu müssen, einen ihrer spendabelsten Gäste zu verlieren. Wäre der Beau in Hetty verliebt, würde er sich keine neue Mätresse anlachen, schloß Richard Willowby messerscharf. Daß er seiner Schwester die Ehe aus Vernunftgründen anbieten würde, war ebenso ausgeschlossen. Bridge war der Erbe eines Herzogtitels und eines beträchtlichen Vermögens. Welche Vernunft sollte da wohl die Heirat mit der mittellosen Tochter eines bloßen Viscount gebieten? Wenn Richard nicht wußte, was Bridges tatsächliche Absichten waren, so war er sich doch sicher, daß diese nur unehrenhaft sein konnten.
So kam es also, daß sich Richard Willowby in der ungewohnten Rolle als Opern- und Konzertbesucher wiederfand. Ja, einmal besuchte er sogar einen Liederabend, obwohl er den Koloratursopran der italienischen Sängerin auf das tiefste verabscheute. Hetty und Catharine freuten sich über seine Begleitung. Beau Bridge, der seinen Freund nun seinerseits durchschaute, bedachte ihn unter schweren Lidern mit manch spöttischem Lächeln. Und Richard, der gedacht hatte, daß er sich bei diesen Veranstaltungen zu Tode langweilen würde, war überrascht, daß dem nicht so war. Zwar hatte er für die Musik auch weiterhin nichts übrig, doch er genoß das Gefühl, sich um seine Schwester zu kümmern. Die Abende wurden ihm zudem durch Catharines Gegenwart erheblich erleichtert. Es freute ihn in zunehmendem Maße, sich mit ihr zu unterhalten. Sie hatte ein scharfes Auge und machte ihn auf so manche gewagte Kreation im Publikum aufmerksam, sie lachten beide über kleine Episoden, die sie bei Einkäufen oder Veranstaltungen erlebt hatten, und sie stellten gemeinsame Überlegungen an, was im Haus in der Mount Street noch

fehlte, um es wirklich zu einem herrschaftlichen Palais zu machen. Und wie man Fehlendes auf möglichst kostengünstige Weise beschaffen könnte. So legte Richards Besorgnis um seine Schwester die Basis für die aufkeimende Freundschaft mit der Frau, die er so überstürzt geheiratet hatte.

Mit von der Partie bei diesen abendlichen Unterhaltungen war außer dem Ehepaar Willowby, Hetty und dem Beau meist auch Lord Deverell. Mit seiner ruhigen, überlegten Art war er in allen Häusern ein gern gesehener Gast. Natürlich, er war weder so schön wie der Beau, noch hatte er Aussicht auf einen Herzogtitel und das damit verbundene Vermögen. Darum war er in der Damenwelt bei weitem nicht so umschwärmt wie sein gutaussehender Freund. Er war zu still, um im Mittelpunkt zu stehen. Jede Art von Sich-zur-Schau-Stellen, eine Kunst, die der Beau perfekt beherrschte, war ihm aus tiefstem Herzen zuwider. So waren es weniger die jungen Mädchen, deren Aufmerksamkeit er erregte. Es waren vielmehr die Mütter, die den Ehrgeiz hatten, einen wohlhabenden Baron für ihre Tochter zu sichern. Hugh Deverell war auch ein gesuchter Ratgeber in allen Einrichtungsfragen, und es war gang und gäbe, daß Damen der Gesellschaft, die ihren Salon neu einrichten wollten, zu ihrer Freundin sagten: »Ich würde gerne das Speisezimmer völlig umgestalten. Mein Mann ist für Grüntöne und Jagdmotive an den Wänden. Ich selbst bevorzuge diese entzückenden Chinatapeten, die unser verehrter Prinzregent in Mode gebracht hat. Ich muß unbedingt Deverell um Rat fragen.«

Bei Männern war er ein gern gesehener Jagdgast und aufgrund seiner umfassenden Bildung ein beliebter Gesprächspartner. Daß so manche verheiratete Lady seine Gesellschaft im intimen Rahmen besonders schätzte, konnte auch von den neugierigsten Klatschbasen nie bewiesen werden. Diskretion war Hugh Deverell heilig. Über die seltsame Freundschaft zwischen dem arroganten, skrupellosen Lord Bridgegate, dem leichtfertigen, lebenslustigen Richard Willowby und dem ernsten, belesenen Hugh Deverell war schon in der Vergangenheit viel gerätselt worden. Ihr ungewohnt einmütiges Auftreten abseits der Spieltische gab den Spekulationen neue Nahrung. Hätte Richard etwas davon geahnt, so hätte er jede Vermutung mit energischer Handbewegung von sich gewiesen. Warum sollte Hugh sie nicht begleiten? Er war ihr Freund, sicher war es ihm langweilig, alleine andere Veranstaltungen zu besuchen. Der Gedanke, daß sie auch früher oft tagelang getrennte Wege gegangen waren, ohne daß bei Lord Deverell irgendwelche Anzeichen von Langeweile erkennbar gewesen wären, kam ihm nicht. Catharine schätzte Deverell als Freund, auf den man sich bedingungslos verlassen konnte. Er gab ihr so manchen Tip, wenn aus Hinterlassenschaften Einrichtungsgegenstände günstig zu erwerben waren, und da er zudem ein ausgezeichneter Tänzer war, konnte sie seine Begleitung nur freudig gutheißen. Sie verstanden sich so gut, daß böse Zungen bereits zu munkeln begannen, es wäre nicht nur Freundschaft, was die beiden verband. Kein Wunder, dachten diese, daß Willowby völlig ungewohnt den Spieltischen fernblieb und seine Frau kaum aus den Augen ließ.

Besonders eng war jedoch die Freundschaft zwischen Hugh Deverell und Hetty Willowby geworden. Was bei der Hochzeitsfeier von Catharine und Richard im Hause Christlemaine seinen Anfang gefunden hatte, wurde rasch zu einer tiefen Vertrautheit. Während Hetty an Beau Bridges Lippen hing und seine Worte in sich einsog, als wären sie die Offenbarung, führte sie mit ihrem neugewonnenen Freund lebhafte Diskussionen. Er lehrte sie, ihre eigene Meinung zu behaupten, mit Tatsachen zu untermauern und zu vertreten, ohne daß es vorlaut und undamenhaft wirkte. War der Beau von begnadeter Schönheit und einem perfekten Äußeren, an dem nicht der kleinste Makel zu beanstanden war, so fand sie Deverell zwar gutaussehend, wenn auch nicht unbedingt hübsch. Kleidete er sich in düsteres Braun, so fand sie das einfach schauderhaft. Und sie sagte es ihm auch. Hugh lud Hetty zu Ausritten ein und stellte ihr dabei »Frühlingswind« zur Verfügung, eine Apfelschimmelstute, an die Hetty bereits beim ersten Ausritt ihr ganzes Herz verschenkt hatte. Hugh schien es nichts auszumachen, wenn Beau Bridge oftmals das Hauptthema ihrer Gespräche war. War es nicht reizend, daß Seine Lordschaft ihr einen Strauß gelber Rosen geschickt hatte? Woher er wohl wußte, daß Gelb ihre Lieblingsfarbe war? Ob sie der Beau im blauen oder rosa Kleid hübscher finden würde? Ob Hugh meinte, daß Bridge sie bei ihrem Debütantenball zum Souper führen würde? Ob Beau …

Hugh hörte ihr geduldig zu, antwortete nach bestem Wissen und Gewissen und gab Ratschläge, so gut er es vermochte. Doch sobald sich eine Gelegenheit bot, lenkte er die Unterhaltung in eine andere Richtung. Er fragte sie nach ihrer Zeit in Brighton, über ihre Kindheit auf Wild Rose Manor und nach ihrer Reise auf den Kontinent. Sie antwortete bereitwillig, froh darüber, jemanden gefunden zu haben, der sich dafür interessierte. Sie unterhielten sich über die Ereignisse der laufenden Saison, und Hugh fragte sie nach ihrer Meinung zu all den Theaterstücken oder Opernaufführungen, die sie gemeinsam besucht hatten.

Der Beau bekam nur Hettys Sonntagsgesicht zu sehen, und es war zu bezweifeln, daß er sich für etwas anderes interessierte. Lord Deverell jedoch lernte Hetty kennen, wie sie wirklich war. Oftmals fröhlich, selten verzagt, außer wenn sie meinte, Lord Bridgegates Aufmerksamkeit hätte nachgelassen, manchmal kindlich und verspielt, dann wieder erstaunlich reif und klug. Und auch ihre Launen bekam Hugh zu spüren und ihren Zorn, wenn etwas nicht nach ihrem Willen geschah. Er hatte schnell gelernt, sie zu besänftigen und ihre Stimmung mit irgendwelchen phantasievoll ausgeschmückten Geschichtchen zu heben und sie von ihrem Verdruß abzulenken.

Es war an einem strahlenden Mainachmittag, da machten Hetty und Deverell eine Ausfahrt in den Hyde Park. Der Debütantenball im Hause Christlemaine sollte in fünf Tagen stattfinden, und Hetty erzählte mit vor Begeisterung glühenden Wangen von den abschließenden Vorbereitungen.

»Wir haben mehr als hundertfünfzig Einladungskarten verschickt. Und stellen Sie sich vor, Hugh, bisher sind bereits mehr als hundert Zusagen eingetroffen. Alles, was Rang und Namen hat, wird kommen: Lord Bridgegate, der Herzog von Wellbrooks, der Herzog von Cumberfield...«

Natürlich steht Bridge bei ihr an erster Stelle, dachte ihr Gesprächspartner und verzog kaum merklich die Lippen.

»Sophia hat sogar Seine Königliche Hoheit, den Prinzregenten, eingeladen. Glauben Sie, daß er kommen wird? Das wäre natürlich die Krönung des Festes. Obwohl er schon ziemlich alt ist und ungewöhnlich dick, wenn man den Gerüchten Glauben schenken darf. Aber immerhin ist er der zukünftige König. Haben Sie ihn schon einmal persönlich gesehen?«

Hugh nickte. »Aber sicher habe ich das. Ich darf mich zwar nicht zu seinem engsten Freundeskreis zählen, dafür bin ich um etwa dreißig

Jahre zu jung. Mein Vater gehörte zu seinem Kreis. Mich fragt Seine Königliche Hoheit höchstens um Rat, wenn es um Einrichtungsfragen geht. Und ab und zu wünscht er, mich im Carleton House zu sehen.«

»Oh, Carleton House! Ich habe schon so viel von den Bällen und opulenten Festmahlen gehört. Ich würde so gern einmal dorthin eingeladen werden. Man sagt, die Räumlichkeiten seien imposant, fast so schön wie der Pavillon in Brighton, den ich leider nie von innen gesehen habe.«

Hugh lächelte über ihre unverhohlene Begeisterung. »Falls Seine Hoheit Ihren Ball besucht, wird eine Gegeneinladung ins Carleton House nicht auf sich warten lassen. Und wenn nicht, werde ich sicher eine Möglichkeit finden, Einladungskarten zu besorgen.«

Hettys Augen strahlten, als sie sich ihm zuwandte. »Oh, vielen, vielen Dank, das wäre mir eine große Freude. Ach, Hugh, Sie sind so ein guter Freund. Sie sind so lieb und zuvorkommend. Wie kommt es, daß Sie noch immer unverheiratet sind?«

Die Frage traf ihren Begleiter so unerwartet, daß er die Zügel straffer spannte und die Pferde zum Stillstand kamen. Er gab vor, daß er dem Gespann seine volle Aufmerksamkeit widmen mußte, und lenkte das Fahrzeug gekonnt zwischen dem entgegenkommenden Wagen und den blühenden Rosenbüschen des Parks hindurch.

»Es hat sich nicht ergeben«, sagte er schließlich vage.

»Waren Sie denn nie verliebt?« Hetty ließ nicht locker.

Deverell deutete mit dem Kopf auf ein Gefährt, das sich auf einem der Seitenwege näherte. »Da kommt Mrs. Kirgate. Sie wissen, die Dame mit der beißenden Zunge und der unfreundlichen Seele. Wollen wir stehenbleiben, um ein bißchen mit ihr zu plaudern?«

Hetty ließ sich nicht ablenken. »Hugh, das ist nicht fair. Sie weichen mir aus. Wir sind doch Freunde, nicht wahr? Und Freunde sind verpflichtet, sich die Wahrheit zu sagen.«

Hugh nickte aufseufzend. »Also gut: Ja. Ich war einmal verliebt.«

»Ist das schon lange her? Warum haben Sie die Dame nicht geheiratet? Hat sie …«

»Nein, es ist nicht lange her«, unterbrach sie Deverell beinahe schroff. »Um genau zu sein: Ich bin jetzt gerade ziemlich verliebt. Zufrieden?«

Hetty war ganz und gar nicht zufrieden. Zum einen war ihr der Gedanke nicht recht, daß sich ihr Freund verliebt hatte. Sie war es so gewöhnt, seine volle Aufmerksamkeit zu genießen. Zum anderen war ihre Neugierde endgültig geweckt. »Wer ist sie, Hugh? Kenne ich sie? Habe ich Sie schon zusammen gesehen? Ist es Elsa Blembourough?«

»Es ist nicht Elsa Blembourough. Wie kommen Sie denn auf diese absurde Idee?«

»Aber wer ist es dann? Hugh, nun machen Sie es doch nicht so spannend? Wer ist sie? Werden Sie sie heiraten? Nun, sagen Sie doch schon! Ah…«

»Meine Liebe, manchmal sind Sie wirklich unerträglich. Man fragt einen Gentleman nicht nach seinen Damenbekanntschaften. Das ist absolut nicht *comme il faut*«, entgegnete Seine Lordschaft streng.

Hetty wagte einen letzten Vorstoß. »Aber ich muß es wissen, Hugh. Schließlich möchte ich Ihnen eine Freude machen und die Dame zu meinem Ball einladen.«

Ihr Begleiter lächelte. »Machen Sie sich keine Sorgen, Hetty. Sie wird anwesend sein. Da bin ich ganz sicher.«

X.

Nur mehr drei Tage bis zum großen Ereignis. Im Hause des Earl of Christlemaine am Berkeley Square herrschte hektische Betriebsamkeit. Lady Christlemaine war bekannt dafür, große Bälle auszurichten. Aus diesem Grund war die Dienerschaft ein eingespieltes Team, wenn es darum ging, den Ballsaal vorzubereiten, Spieltische in den angrenzenden Zimmern aufzustellen und Garderobenräume, den Bedürfnissen der Gäste entsprechend, einzurichten. Im Speisezimmer, das durch eine breite Flügeltür mit dem angrenzenden Salon verbunden war, wurde damit begonnen, die Tische aufzustellen. Die Tafel zum Mitternachtsbuffet würde mehr als zweihundert Gästen Platz bieten. Die Vorbereitungen in der Küche liefen auf Hochtouren. Und doch hatte Sophia Christlemaine entschieden, den Koch dadurch zu entlasten, daß zusätzlich kalte Platten bei »Gunther's« in Auftrag gegeben wurden.

Mylady war immer der Mittelpunkt des Geschehens. Sie gab Anweisungen und Ratschläge und packte an, wo Not am Mann war. Da es, neben den Vorbereitungen für das Buffet, kaum möglich war, die gewohnte Qualität für die Mahlzeiten der Vortage zu gewährleisten, hatte Mylady ihren Mann gebeten, mittags im Club den Lunch einzunehmen. Zum Dinner speiste man gewöhnlich auswärts. Daher gingen die Vorbereitungen rasch vonstatten. Jeden Morgen gegen zehn Uhr waren zudem die beiden Damen Willowby erschienen, um sich nach dem Fortschritt zu erkundigen und ihre Hilfe anzubieten. Heute blickte Sophia auf die Wanduhr an der Stirnseite der Eingangshalle. Es war bereits kurz nach halb elf, und noch immer keine Spur von ihren Freundinnen.

»Ein Brief ist abgegeben worden, Mylady«, meldete der Butler von der Tür zum Küchentrakt her. »Der Bote wartet auf Antwort.« Er reichte seiner Herrin ein kleines Tablett, auf dem ein blütenweißer Briefumschlag lag. Mylady öffnete ihn, las und lächelte. *Liebe Sophia!* stand da geschrieben. *Wie wir eben mit Entsetzen festgestellt haben, kann mein lieber Bruder Richard keine Quadrille tanzen. Wenn ich also den Eröffnungstanz mit ihm absolvieren soll, dann ist es an der Zeit, sie ihm beizubringen. Catharine gibt uns heute Tanzunterricht. Ich hoffe, Du verzeihst, wenn wir die nächsten Tage nicht kommen können, um bei den Vorbereitungen zu helfen. Falls Du uns dringend benötigst, bitten wir um Nachricht. Notfalls tanze ich den Eröffnungstanz mit Lord Bridgegate. Was ich ohnehin vorziehen würde. Aber Catharine und Richard wollen es mir nicht gestatten. Vielen Dank, liebe Cousine. Deine Hetty Willowby.*

»Sag dem Boten, Mrs. und Miss Willowby sollen sich keine Sorgen machen. Unsere Ballvorbereitungen klappen wie am Schnürchen. Und er soll ausrichten, daß ich hoffe, daß sie bei ihren Bemühungen ebenso erfolgreich sind.«

Als Brian mit der Nachricht von Lady Christlemaine in die Mount Street zurückkam, hatten sich seine Herrschaften bereits geschlossen in das Musikzimmer zurückgezogen. Das Zimmer war, wie so viele andere im Haus, ein leergeräumter Raum. Als einziges Möbelstück fand sich ein schwarzer Konzertflügel in der hinteren Ecke.

»Warum hast du denn das Instrument nicht verkauft?« wollte Hetty wissen. »Das hätte dir doch eine Menge Geld eingebracht.«

Ihr Bruder grinste. »Es ist bereits verkauft«, gestand er. »Schon seit zwei Jahren, an Cousin Jasper. Du erinnerst dich an ihn, Hetty. Der Sohn von Papas jüngstem Bruder. Ein unangenehmer Kerl. Ich mochte ihn nie leiden. Er bildete sich eines Tages ein, er bräuchte so ein Klavier. Kam und kaufte. Ich war damals so knapp bei Kasse, daß ich an jeden verkaufte. Sogar an Leute, die ich nicht mochte. Jasper hat das Ding bis heute nicht abgeholt.«

»Das ist wirklich ein Glück«, meinte Catharine, die ihre Finger über die Tasten gleiten ließ. »Es wird uns gute Dienste leisten. Scheint nicht einmal arg verstimmt zu sein.«

»Und du kannst wirklich keine Quadrille?« vergewisserte sich Hetty bei ihrem Bruder, während die Töne, die Catharine anschlug, an den leeren Wänden widerhallten.

Richard schüttelte den Kopf und grinste. »War bisher nicht nötig. Bin erst durch eure Anwesenheit in die Verlegenheit geraten, solche Tänze tanzen zu müssen. Kannst du nicht etwas anderes spielen, Catharine, meine Teuerste? Was du da klimperst, bringt ja einen Hund zum Weinen.«

Mrs. Willowby begann daraufhin ein altes Volkslied anzustimmen.

»Bist du sicher, daß du die Quadrille lernen kannst? In der kurzen Zeit, die uns zur Verfügung steht?« erkundigte sich Hetty mit scheinheiliger Besorgnis. »Sicher möchtest du etwas anderes unternehmen...«

»Hetty!« unterbrach Catharine ihre Schwägerin drohend.

Doch diese ließ sich nicht beirren. »Ich bin sicher, Lord Bridgegate wird dich gerne vertreten. Du mußt dich also nicht verpflichtet fühlen...«

»Hetty!« mahnte Catharine abermals.

»Ich nehme meine Aufgabe als älterer Bruder sehr ernst, wie du bemerkt hast«, entgegnete Richard vergnügt. »Was könnte es daher für mich Schöneres geben, als mit meiner Schwester ihren Debütantenball zu eröffnen?«

Catharine schenkte ihm ein dankbares Lächeln. Ihrer beider Blicke trafen sich. Grüne Augen zu dunkelblondem Haar. Sie ist wirklich sehr hübsch, meine Catharine. Ein zärtlicher Ausdruck trat in Richards Züge. Catharine bemerkte es und hielt überrascht im Spiel inne.

»So laßt uns keine Zeit verlieren!« unterbrach Hetty ungeduldig die plötzliche Stille. »Bitte, Catharine, die ersten Takte.«

»Ich dachte, du spielst auf dem Klavier. Ich kann nur ein paar Kinderlieder spielen. Und nicht einmal die sehr gut, wie man an der Reaktion deines Bruders erkennen konnte.«

»Du kannst nicht Klavier spielen?« rief Hetty aus.

»Verzeihen Sie, Madam«, war nun die Stimme des Stallburschen Brian zu vernehmen. »Sie, also Lady Christlemaine wollte ich sagen, sagt, sie käme schon allein zurecht. Sie sollten sich keine Sorgen machen.« Er hob grüßend die Hand. »Also, ich geh' dann wieder. Will mein Pferd nicht zu lange warten lassen...«

»Einen Augenblick!« rief Richard. »Du kannst wirklich nicht spielen, Catharine?«

Seine Frau schüttelte den Kopf. »Und du, Hetty?«

»Aber nein. Wie hätte ich es denn lernen sollen? Im Institut für höhere Töchter gab es nur Harfen und Violinen. Und Tante Mable bekam jedesmal Kopfschmerzen, wenn ich den Wunsch äußerte, Klavier spielen zu lernen. Dabei hätte ich es so gerne gelernt.«

»Reite zu Lord Deverell«, befahl Richard dem Burschen. »Bitte ihn sofort hierher. Sage ihm, es sei ein Notfall. Beeile dich!«

»Was für ein Notfall?« fragte Hetty entgeistert, nachdem sich Brian mit großen Schritten davongemacht hatte.

»Hugh kann Klavier spielen«, erklärte ihr Bruder leichthin.

»Hugh kann Klavier spielen?« wiederholte Hetty begeistert. »Glaubst du, Richard, er ist bereit, es mich zu lehren?«

Richard zuckte die Schultern. »Keine Ahnung«, sagte er. »Ich kann mir zwar vorstellen, daß Hugh etwas Besseres vorhat, als kleinen Mädchen Unterricht zu erteilen, aber bei ihm weiß man nie.«

»Kleinen Mädchen!« begehrte Hetty entrüstet auf. »Ich bin eine heiratsfähige...«

»Natürlich bist du das«, unterbrach Catharine das Gespräch, das auf dem besten Wege war, in einen Streit zwischen den Geschwistern auszuarten. »Und nun bitte ich euch, Aufstellung zu nehmen. Wir können die ersten Schritte auch ohne Klavierbegleitung üben.«

Als Lord Deverell eine gute Stunde später in der Mount Street eintraf, hatten die beiden Damen Richard bereits eine ganze Reihe von Schrittkombinationen beigebracht. Mr. Willowby erwies sich als gelehriger Schüler.

»Lord Deverell«, verkündete der Butler mit stolz geschwellter Brust am Eingang des Musikzimmers. Bei den Willowbys kam selten

jemand zu Besuch. Endlich ein Mitglied des höheren Adels, das angekündigt werden konnte.
»Herein mit dir, Hugh«, rief der Herr des Hauses, der sich noch immer nicht so recht mit der steifen Art seines neuen Bediensteten anfreunden konnte. »Und Sie, Burley, sagen bitte Kermin Bescheid. Wir lunchen heute zu Hause. Du ißt doch mit uns, Hugh, nicht wahr?«
Der so Angesprochene blickte erstaunt von einem zum anderen. »Dein Bursche sprach von einem Notfall, Ric. Würdest du mich bitte aufklären, worum es sich handelt.«
»Aber sicher werde ich das«, antwortete sein Freund grinsend. »Wir brauchen dringend einen Klavierspieler. Und da habe ich natürlich sofort an dich gedacht.«
»Einen Klavierspieler! Bedaure, mein Freund, aber dein Scherz kommt mir völlig ungelegen. Ich hatte eine Verabredung, die ich deinetwegen abgesagt habe...«
»Mit Elsa Blembourough?« erkundigte sich Hetty neugierig.
Hugh fuhr herum. »Nein, Miss, nicht mit Elsa Blembourough«, sagte er ungehalten. »Wenn ihr mich nun entschuldigen wollt...«
Catharine beeilte sich, die Wogen zu glätten. »Aber lieber Lord Deverell!« rief sie aus und legte Seiner Lordschaft, der eben das Zimmer verlassen wollte, freundschaftlich die Hand auf den Oberarm. »Sie dürfen uns nicht im Stich lassen. Wir brauchen dringend Ihre Hilfe. Natürlich war es nicht recht von Richard, die Situation als einen Notfall zu bezeichnen. Aber, wenn ich es mir recht überlege, handelt es sich doch um einen Notfall. Es geht um Hettys Debüt.«
Lord Deverell seufzte auf und kam widerstrebend in das Zimmer zurück. Hetty beobachtete die Szene mit kritischem Blick. Die beiden schienen auf sehr vertrautem Fuß miteinander zu stehen.
»Bitte, Burley, richten Sie Kermin aus: Lunch für vier Personen in einer Stunde«, wandte sich Catharine nun an den Butler, der mit einer Verbeugung den Raum verließ. Diese Unterbrechung nützte nun Hetty ihrerseits, ihre Hand auf den Arm des Freundes zu legen und bittend zu ihm aufzublicken. »Es geht um den Eröffnungstanz bei meinem Ball. Catharine und Richard sind der Meinung, daß ich mit meinem Bruder eröffnen soll. Und der kann keine Quadrille. Wir sind eben dabei, mit ihm zu üben. Hugh, bitte bleiben Sie hier und unterstützen Sie uns auf dem Klavier, bitte!«
Lord Deverell sah in ihr flehendes Gesicht und gab sich geschlagen.

»Keine Sorge, liebste Hetty. Wie könnte ich Sie je enttäuschen.« Dann wandte er sich seinem Freund zu: »Du willst wirklich Quadrille lernen, Ric?« fragte er fasziniert. »Daß ich das erleben darf!«
»Spotte nur!« entgegnete sein Freund keineswegs beleidigt. »Hauptsache, du bleibst und setzt dich ans Klavier. Ich möchte die Angelegenheit hinter mich bringen.«
»Also dann!« Hugh nahm auf dem Klavierhocker Platz und begann, die Tonleiter hinauf und hinunter zu spielen. »Verstimmt«, sagte er mit kritischer Miene. »Du solltest einen Stimmer holen, Ric.«
»Tue ich, tue ich«, versprach sein Freund. »Sobald Burley zurückkommt, werde ich ihn beauftragen, Brian zu einem Stimmer zu schicken. Und heute nachmittag, spätestens morgen hast du ein gestimmtes Instrument. Doch jetzt muß es auch ein verstimmtes tun.«
»Morgen?« fragte Seine Lordschaft überrascht.
»Ja sicher!« rief Richard aus. »Ich bin zwar ein lernfreudiges Wesen. Aber in einem Tag schaffe ich das nie. Wenn wir jetzt nicht anfangen, beginnt Hettys Ball mit einer denkwürdigen Blamage. Hetty, komm zu mir. Wir wollen anfangen.«
Doch Hetty konnte sich nicht von Hugh losreißen. Sie stand am Klavier, die Ellbogen aufgestützt, den Kopf in beide Hände gelegt und sagte mit sehnsuchtsvollem Blick: »Ich würde so gerne Klavier spielen lernen. Seit ich denken kann, war dies mein größter Wunsch.«
»Möchten Sie, daß ich Ihnen Stunden gebe, Hetty?« erkundigte sich Seine Lordschaft, und ein leichtes Lächeln huschte über seine Lippen.
»Würden Sie das tun?« rief Hetty aus, und es hatte den Anschein, als wäre sie Seiner Lordschaft am liebsten um den Hals gefallen.
»O danke, vielen Dank.«
»Hetty, du fällst lästig«, warf ihr Bruder ungerührt dazwischen.
»Aber er hat es mir doch selbst angeboten. Nicht wahr, Hugh? Sie finden es nicht beschwerlich, mir Unterricht zu geben?« verteidigte sich seine Schwester und wandte sich hilfesuchend an ihren Freund.
»Im Gegenteil. Es ist mir eine Freude«, entgegnete dieser galant.
»Du mußt wissen, was du tust«, war Richards abschließender Kommentar. »Und nun komm endlich, Hetty! Wie gehen die Anfangsschritte, Catharine? Bist du bereit, Hugh?«

So verging dieser Tag und der darauffolgende. Der von Richard versprochene Stimmer brachte das Klavier in Ordnung, und die von Hugh angeschlagenen Quadrilleklänge erfüllten das ganze Haus. Richard machte erstaunliche Fortschritte. Unter Catharines fachkundiger Anleitung und mit seiner Schwester als geübter Partnerin reiften seine Tanzkünste binnen kürzester Zeit der Vollendung entgegen. Die vier hatten großen Spaß zusammen, es wurde viel gelacht und gescherzt. Und so nahmen sie am ersten Tag nicht nur den Lunch, sondern auch das Dinner miteinander ein. Und weil es so gemütlich war und sie sich so hervorragend verstanden, beschlossen sie, ohne zu zögern, all die Abendveranstaltungen abzusagen, für die sie Einladungen erhalten hatten, um auch den Abend gemeinsam zu verbringen.
Richard hatte seinen für gewöhnlich recht ernsten Freund Hugh noch nie so ausgelassen erlebt, Hugh den unruhigen Richard noch nie so zufrieden und gelöst. Hetty und Catharine überboten sich gegenseitig an Charme und Esprit. Es hätte nichts gegeben, was diesen Abend noch vollkommener hätte machen können. Und als er, lange nach Mitternacht, zu Ende ging, als sich Hugh verabschiedet hatte und sich die drei in ihre Zimmer zurückgezogen hatten, da stellte Richard Willowby zu seiner eigenen Überraschung fest, daß er sich verliebt hatte. Verliebt in Catharine, seine eigene Frau. Diese Erkenntnis traf ihn wie ein Keulenschlag, und er sank auf der Bettkante nieder, die Hände im Schoß gefaltet.
Ob er sie je dazu bringen könnte, ihn auch zu lieben? Was sie wohl von ihm hielt?
Seit Catharine in sein Leben getreten war, schien er von einer völlig neuen Situation in die nächste zu geraten. Wobei die Lage, die er jetzt zu überdenken hatte, wohl die bisher schwierigste war. Auf neue Gegebenheiten konnte man sich ebenso einstellen wie darauf, plötzlich in die vornehmsten Häuser eingeladen zu werden. Höfliche Konversation zu machen war nicht weiter schwierig, tanzen konnte man lernen. Wie jedoch lernte man, das Herz einer Dame für sich zu gewinnen?
Richard mußte über sich selbst lachen. Das war ihm doch bisher nicht schwergefallen. Und doch wußte er, daß sein Gefühl für Catharine sich von all dem, was er bisher für eine Frau empfunden hatte, gravierend unterschied. Die anderen Damen wollte er für vergnügte

Stunden gewinnen und dazu, daß sie ihr Lager mit ihm teilten. Das wollte er bei Catharine natürlich auch. Doch er wollte noch mehr, er wollte...

»Na, das habe ich ja überhaupt noch nicht erlebt, daß Sie einen Abend zu Hause verbringen, Master Richard«, meldete sich Kermins Stimme von der Tür her. »Mrs. Willowby hat ganz schön viel Veränderungen ins Haus gebracht, nicht wahr, Master Richard? Und bis auf den alten Burley hat sich alles zum Positiven ausgewirkt. Ich werde Ihnen sofort warmes Wasser heraufbringen.«

Als Richard wenig später in die weichen Daunen glitt, schloß er die Augen mit der sicheren Zuversicht, daß es nur mehr eine Frage von Tagen war, bis er Catharines Herz erobert hatte. Er war schließlich ein Willowby. Selbstzweifel und Grübeleien waren in seiner Familie nicht üblich.

Kermins scharfe Worte gegen Burley, die er am Abend seinem Herrn gegenüber geäußert hatte, kamen nicht von ungefähr. Seine anfängliche Begeisterung über den neuen Butler hatte sich schnell gelegt. Er war es gewöhnt, im Haus frei schalten und walten zu können, und dachte nicht daran, sich der Dienstboten-Hierarchie zu beugen, die Burley im Haushalt seines neuen Herrn einführen wollte. Dieser hingegen, von klein auf an die strengen Regeln gewöhnt, die der Dienerschaft in hochadeligen Häusern auferlegt waren, nahm es als persönlichen Affront, wenn Kermin in den Aufgabenbereich eingriff, der ihm »zustand«. Daß dieser Zusammenstoß zweier Welten ständiger Anlaß zu Meinungsverschiedenheiten war, bekam Catharine bald zu spüren. Beinahe täglich wurde sie von einem der beiden als Schiedsrichter angerufen, und nur mit viel Geduld und Geschick gelang es ihr, die stets neu aufbrechenden Streitereien zu schlichten. So war es auch am darauffolgenden Nachmittag, als Kermin ins Musikzimmer trat und mit wutverzerrter Miene ausrief: »Jetzt habe ich genug! Entweder geht dieser aufgeblasene Kerl, oder ich nehme den Hut. Master Richard, so geht es nicht weiter!«

Lord Deverell hielt erschrocken in seinem Spiel auf dem Klavier inne. Seine Dienerschaft war bestens geschult. Nie hätte sich einer von ihnen erlaubt, derart aus der Rolle zu fallen. Sicher, er war vom Diener seines Freundes allerhand gewöhnt. Aber doch nicht, daß dieser unaufgefordert in die Unterhaltung seines Herrn platzte. Dieses Ver-

halten schien auch Richard selbst zu verwirren, der noch immer in Tanzstellung, ein Bein vor das andere gestellt, entgeistert und ohne ein Wort hervorzubringen, seinen Diener anstarrte.
Catharine faßte sich als erste. »Ich kümmere mich darum«, sagte sie. »Hugh, darf ich Sie bitten, wieder zu spielen. Ihr könnt ohne mich weiterüben. Bitte, Kermin, kommen Sie mit mir und erzählen Sie mir, was vorgefallen ist.«
Sie schob den Diener aus dem Zimmer und schloß energisch die Tür. Wie sich herausstellte, bestand das Vergehen, das Burley begangen hatte, darin, daß er Kermin beim Mittagessen ermahnt hatte, den Mund beim Kauen geschlossen zu halten. »Und das vor versammelter Dienerschaft, Mrs. Willowby! Selbst Mrs. Blenchem war fassungslos, und Rosie ist in Tränen ausgebrochen. Brian, der Lümmel, hat es gewagt zu grinsen! Na, dem hab' ich aber gleich zwei hinter die Ohren gegeben!«
Daß er sich gegenüber dem Butler auch nicht gerade freundlich verteidigt hatte, merkte Catharine spätestens, als sie den Küchentrakt betrat und Mr. Burley auf der Ofenbank liegend vorfand, ein feuchtes Tuch auf der Stirn, die Augen geschlossen. Diesmal brauchte sie besonders viel Zeit, bis sie die beiden Streithähne einigermaßen beruhigt hatte. Sie erklärte Kermin nicht zum erstenmal, daß es der Butler gewohnt war, in einem großen Haus für eine Anzahl von Dienern verantwortlich zu sein. Er sei auch für die Schulung und ihr gutes Benehmen verantwortlich gewesen. Sicher war er unabsichtlich in seine alte Rolle zurückgefallen und keineswegs um Mr. Kermin zu belehren, geschweige denn ihn vor den anderen bloßzustellen. Mr. Kermin wiederum habe den Mund wahrscheinlich allein deshalb geöffnet, um etwas besonderes Wichtiges zur Unterhaltung beizutragen. Denn natürlich wisse er als Kammerdiener seines Herrn sehr wohl, wie man sich zu benehmen hatte. Beide Diener waren weiterhin sichtlich verstimmt, wagten jedoch nicht, Mrs. Willowbys energischer Rede zu widersprechen. So waren die Wogen also wieder einmal geglättet.
Doch Catharine wußte, es würde nur vorübergehend sein. Sie mußte unbedingt eine Lösung finden, damit sich die beiden Männer nicht ständig begegneten. Sonst bestand die Gefahr, daß Kermin seine Drohung wahr machte und sich eine andere Stelle suchte. Und das würde ihr Richard nie verzeihen. Andererseits brachte sie es auch

nicht übers Herz, den Butler wieder dorthin zu schicken, wo er vor ihrem Angebot, das er so freudig angenommen hatte, unglücklich und mit sich und der Welt hadernd, gelebt hatte.
In diese Überlegungen klang laut und deutlich ein Klopfen an der Haustür. Burley straffte seinen Rücken und machte sich daran, die Stufen in das Erdgeschoß zu erklimmen, um nachzusehen, wer Einlaß begehrte. Catharine nickte Kermin aufmunternd zu und folgte dem Butler nach oben. Kurz darauf hätte sie viel darum gegeben, wenn sie nicht neugierig in der Halle stehengeblieben wäre, um zu sehen, wer sie besuchte. Dann hätte sie Gelegenheit gehabt, sich umzuziehen, die Haare in Ordnung zu bringen und gefaßt ihrer Besucherin entgegenzutreten. So jedoch war sie ihr von Anfang an ausgeliefert.
Burley hatte die Tür geöffnet und war mit sichtbarem Erschrecken zurückgewichen. Esther, die Herzogin von Milwoke, rauschte an ihm vorbei in die Halle.
»Es ist also wirklich wahr!« rief sie anstelle einer Begrüßung. »Du hast tatsächlich diesen Willowby geheiratet. Und du hast mir Burley abspenstig gemacht.«
Sie ist noch ganz die alte, dachte Catharine bitter. Nun gut, wenn sich auch Ihre Gnaden nicht geändert hatte, Catharine hatte sich geändert. Und das würde Mylady bald zu spüren bekommen. »Guten Tag, liebe Esther!« sagte sie daher mit honigsüßem Lächeln auf ihren Lippen. »Wie nett, daß du mich einmal besuchst. Möchtest du nicht ablegen?«
Burley eilte herbei, um Umhang und Handschuhe in Empfang zu nehmen, die ihm äußerst gnädig gereicht wurden.
»Wir wollen ins Empfangszimmer gehen. Burley, bringe uns bitte Tee. Oder möchtest du etwas anderes, Esther?«
»Nein, nein, Tee ist in Ordnung. Wer weiß schon, was man in diesem Haus sonst noch bekommt«, antwortete Mylady unfreundlich. Sie war ungehalten darüber, daß ihre Schwägerin nicht mehr vor ihr zusammenzuckte, und zeigte dies, indem sie ihren Launen freien Lauf ließ.
Catharine fragte sich, wie lange Esther wohl vorhatte zu bleiben. Und was der Grund für ihren überraschenden Besuch war.
»Da steht also die Garnitur«, bemerkte Esther als erstes, nachdem ihr der Butler die Tür aufgehalten hatte. »Ich bin froh, daß sie endlich

vom Speicher geholt wurde. Ich hätte die Sachen längst weggegeben, aber Henry war dagegen. Wirklich einfache Möbel. Nicht mein Geschmack.«

»Nicht jeder und nicht alles ist jedermanns Geschmack«, erwiderte Catharine vage. »Möchtest du nicht Platz nehmen? Wie geht es dir? Wie geht es Henry? Man sieht euch ja gar nicht in Gesellschaft.«

»Das hast du sicher sehr bedauert«, antwortete ihre Schwägerin sarkastisch.

Catharine zog es vor, nicht auf diesen streitsüchtigen Tonfall einzugehen. Was konnten ihr die schneidenden Worte ihrer Schwägerin anhaben? Sie war nicht mehr von ihrem Wohlwollen und ihrer finanziellen Unterstützung abhängig. Sie war eine verheiratete Frau, hatte ihr eigenes Heim, ihre eigene Familie, gute Freunde. Sie brauchte Esther nicht mehr. Und damit hatte ihre Schwägerin jeden Schrecken für sie verloren. Richard sei Dank. Ein warmes Gefühl der Dankbarkeit durchströmte sie. Die Hochzeit war ein Sprung ins Ungewisse gewesen. Wie es schien, hatte sie großes Glück gehabt. Sehr großes Glück.

Lady Milwoke hatte sich umgesehen, und an ihrem kritischen Blick war zu erkennen, daß die schlichte Eleganz des Raumes nicht ihre Zustimmung fand. Und doch verlor sie kein Wort darüber.

»Deinem Bruder geht es nicht gut«, fuhr sie fort. »Die Gicht hat beide Beine befallen. Er steht fast nicht mehr auf. Die Tage verbringt er in seinem Lehnstuhl in der Bibliothek und starrt aus dem Fenster.« Die beiden hatten sich auseinandergelebt, Henry ist alt geworden, dachte Catharine. Sie hatte ihren Bruder gesehen und erinnerte sich voll Mitleid an die leidende Kreatur mit den in die Wolldecke gehüllten Beinen. Doch auch Esther schien um Jahre gealtert. Ihre kühle Eleganz war verschwunden. Die Gesichtszüge hatten einen verhärmten, verkniffenen Ausdruck angenommen. Die Mundwinkel waren nach unten verzogen. Tiefe Falten hatten sich um die Lippen und in die Stirn eingegraben. Dabei konnte Esther kaum über Mitte dreißig sein.

Burley trat ein und brachte das Teetablett. Er hatte sich von dem Schock, seiner ehemaligen Herrin so unvermutet gegenüberzustehen, erholt und strahlte wieder die hochherrschaftliche Noblesse aus, die man von ihm gewöhnt war. Kermin hatte den Tee in die einzige Silberkanne des Hauses gefüllt. Catharine hatte sie erst kürzlich auf Hughs Anraten hin günstig erstanden. Daneben lag das kleine Silbertablett, das Burley auch dazu benutzte, seiner Herrschaft die Post zu bringen oder um Visitenkarten in den Empfangssalon zu tragen. Nun hatte Kermin darauf kleine Kuchen und Brioches angerichtet. Catharine konnte sich nicht erklären, woher er die Süßigkeiten in der Eile beschafft hatte. Es schien, als wollten die Diener in ungewohnter Einigkeit den Haushalt in bestem Licht erscheinen lassen. Ihre Herrin sollte sich vor der vornehmen Lady nicht genieren müssen.

Catharine dankte Burley mit warmem Lächeln und machte sich daran, den Tee einzugießen. »Wie man hört, wird morgen der Ball deiner Schwägerin Hetty gegeben«, sagte ihre Besucherin, als sie die Tasse entgegennahm.

Catharine nickte. »Ja, es ist der Ball anläßlich ihres Debüts. Wir sind alle sehr aufgeregt. Bitte, Esther, greif zu.« Sie stellte Teller und Gabel vor ihre Schwägerin und rückte den Kuchen in Reichweite.

»Du hast uns nicht eingeladen«, fuhr Mylady vorwurfsvoll fort.

Aha, dachte Catharine, das ist also der Grund ihres Besuches. Neben der Neugierde, zu sehen, wie ihre junge Schwägerin lebte, natürlich.

Eine Spur von schlechtem Gewissen regte sich bei Catharine. Hätte sie dem Herzog und der Herzogin von Milwoke nicht doch eine Einladung zukommen lassen sollen? Henry war schließlich ihr Bruder. Aber erstens wußte das kaum jemand, und zweitens hatte sie nicht wirklich schwesterliche Pflichten, wenn sie daran dachte, wie übel man ihr mitgespielt hatte.

»O entschuldige, Esther«, sagte sie daher, und es klang nicht sehr aufrichtig. »Ich dachte nicht, daß ihr kommen wolltet. Zudem findet der Ball, wie du sicher weißt, im Haus des Earl of Christlemaine statt. Daher obliegt Lady Christlemaine das letzte Wort bei der Auswahl der Gäste.«

»Schluß mit dem Geschwätz. Sicher hättest du uns einladen können, wenn du gewollt hättest«, sagte Mylady streng. »Die ganze vornehme Welt ist morgen zugegen. Sogar der Prinzregent hat sein Kommen zugesagt, wie man hört. Ich kann es nicht zulassen, daß man uns öffentlich schneidet.«

»Es war nicht meine Absicht, euch zu schneiden, glaube mir, Esther«, versicherte Catharine reumütig. Ob sie ihrer Schwägerin jetzt noch eine Einladung überreichen sollte? Sie hatte zufällig eine Karte im kleinen Sekretär in der Bibliothek. Warum sollte sie nicht den ersten

Schritt tun, um den langgehegten Streit zu bereinigen? Doch die nächsten Worte ihrer Schwägerin ließen sie alle guten Vorsätze mit einem Schlag vergessen. »Ich wünsche, daß du mir sofort eine Einladung gibst!« befahl sie. »Ich werde sie annehmen und den Affront vergessen.«

»Ich hatte recht, dich nicht einzuladen«, entgegnete Catharine mit vor Zorn zusammengekniffenen Lippen. Wie kam diese Frau dazu, mit ihr zu sprechen, als wäre sie ein unfolgsames Schulmädchen!

»Du bist unausstehlich, meine liebe Schwägerin. Henry kann einem nur leid tun.«

Esthers Wangen waren tiefrot angelaufen. »So, leid tut er dir! Ich werde dir etwas sagen, du undankbares Ding: Mir habt ihr es zu verdanken, daß das Haus am Hanover Square noch im Besitz der Milwokes ist. Und Berdington Hall. Und all euer anderes Hab und Gut. Im Schuldturm währet ihr gelandet! Ich habe euch gerettet! Ich, ich, und ich allein. Ihr lebt von meinem Geld...«

»Du vergißt, daß ich verheiratet bin. Ich brauche dein Geld nicht«, wandte Catharine ein.

»Natürlich, du bist verheiratet!« rief Ihre Gnaden aus, und ihre Stimme triefte vor Hohn. »Und was für einen tollen Fang du da gemacht hast. Richard Willowby, fürwahr eine Zierde der Gesellschaft!«

»Darf ich dich daran erinnern, daß du von meinem Mann sprichst. Ich werde es nicht zulassen, daß du ihn beleidigst. Du bist in seinem Haus. Wenn er dir nicht paßt, steht es dir frei zu gehen.«

»Richard Willowby ist ein Spieler. Er hat das Erbe seiner Väter verschleudert und wird auch das wenige, das du mit in die Ehe gebracht hast, verschleudern!«

In diesem Augenblick erschien der so heftig Kritisierte im Türrahmen. Er hatte sich gefragt, wo Catharine so lange blieb, und sich auf die Suche nach ihr gemacht. »Sie ist im Empfangssalon mit einer mächtig vornehmen Dame, wie es scheint«, hatte ihm Kermin in der Küche anvertraut, der gerade dabei war, das Dinner vorzubereiten. So war Richard wieder in das Erdgeschoß hinaufgestiegen, um nachzusehen, wer die Dame war, die seine Frau besuchte. Das Bild, das sich ihm jetzt so unerwartet bot, ließ ihn auf der Schwelle verharren und die Luft anhalten.

Seine Frau saß aufrecht in ihrem Sessel, das Gesicht weiß wie die

Wand, die Miene kalt wie Eis. Ihr gegenüber saß eine hagere Dame in einem überladenen braun-gelb gestreiften Nachmittagskleid, die Federn auf dem ausladenden Hut wippten auf und ab, während sie sich mit hochrotem Kopf vorbeugte. Die beiden Kontrahentinnen hatten sein Kommen noch nicht bemerkt.

»Ich nehme an, du möchtest gehen, Esther«, sagte Catharine soeben mit kalter Stimme.

»Ja, ja, nimm deinen Mann nur in Schutz. Ihr paßt großartig zusammen. Beide seid ihr leichtsinnig und verschwenderisch. Ihr wißt gar nicht...«

Richard hielt es an der Zeit, einzugreifen. Wie kam diese Frau dazu, Catharine zu beleidigen? Wer war sie überhaupt? Natürlich, er hatte sie schon manchmal in der Gesellschaft gesehen. Aber an ihren Namen konnte er sich beim besten Willen nicht erinnern. Doch egal, wer sie war, es machte ihm nichts aus, wenn man ihn leichtfertig und verschwenderisch nannte. Aber Catharine derart zu beschuldigen...

»Und wir wollen es auch nicht wissen«, setzte er Esthers Satz mit scharfer Stimme fort.

Die beiden Damen fuhren auf. Richard zog energisch an der Klingelschnur. »Du sagtest doch, Mylady möchte gehen, nicht wahr, meine Liebe? Ich läute nach Burley, er wird die Dame hinausbegleiten. Darf ich Ihnen aus dem Stuhl helfen, Madam?« Er war auf Esther zugetreten und machte Anstalten, ihren Arm zu ergreifen.

»Das kann ich alleine«, entgegnete diese mißmutig und erhob sich. »Sie werden Ihrem Ruf gerecht, Mr. Willowby«, setzte sie in bösem Ton hinzu.

Richard verbeugte sich leicht. »Vielen Dank«, sagte er. »Man tut, was man kann. Ach, da sind Sie ja, Burley, bitte begleiten Sie die Dame hinaus.«

Esther verließ grußlos den Raum. Die Tür schloß sich hinter den beiden.

»Zum ersten Mal bin ich froh, so einen hochnäsigen Butler zu haben«, meinte Richard. »Es erleichterte, die Dame loszuwerden. Wie kam sie dazu, so mit dir zu sprechen?«

»Sie mag mich nicht«, erklärte Catharine schlicht. »Danke, daß du mir zu Hilfe gekommen bist. Vielleicht hättest du es nicht tun sollen. Du hast dir eine unbarmherzige Feindin geschaffen.«

»Ich werde es überleben«, versicherte ihr Richard, schon wieder gut gelaunt. Er hatte sich neben seine Frau auf das kleine Sofa gesetzt und ihr den Arm um die Schulter gelegt. Sie war so aufgeregt, daß sie ihn gerne gewähren ließ. Seine Nähe wirkte beruhigend.
»Wer war die Dame? Ich habe sie zwar schon des öfteren gesehen. Aber ihr Name ist mir nicht geläufig.«
»Du weißt wirklich nicht, wer sie ist?« vergewisserte sich Catharine verwundert. »Die Herzogin von Milwoke.«
»Die Herzogin von Milwoke?« wiederholte ihr Mann ungläubig.
Bereut er es schon, sich auf meine Seite gestellt zu haben? dachte Catharine bitter. Schließlich war Milwoke ein Mitglied der höchsten Gesellschaft, und ein gutes Verhältnis zu Ihrer Gnaden brachte mehr Vorteile als ein gutes Verhältnis zu ihr, Catharine.
Doch Richard enttäuschte sie nicht. »Die Herzogin von Milwoke!« rief er aus. »Unglaublich, wie schlecht die Manieren des Hochadels geworden sind. Warum hat sie dich überhaupt aufgesucht?«
»Ihre Gnaden wollte eine Einladung zu Hettys Ball«, erklärte Catharine.
»Tatsächlich?« fragte Richard überrascht. »Das ist aber eine tolle Neuerung, meine Liebe. Herzöge kämpfen darum, bei Willowbys eingeladen zu werden. Wir haben unseren Weg gemacht, Catharine. Wir sind angesehen und vornehm.«
Seine leichte Art, die Dinge zu sehen, wirkte ansteckend. »Und wir haben die Herzogin abgewiesen«, stellte sie mit Genugtuung fest.
»Noch angesehener und vornehmer!« lachte Richard und drückte seiner Frau einen raschen Kuß auf die Wange.
Catharine drehte sich um und blickte ihm direkt ins Gesicht. Richard war so anders als die Männer, die sie bisher gekannt hatte. Es war so schön, mit ihm zu lachen, hier zu sitzen, seine Nähe zu spüren...
»Hier seid ihr also!« rief Hetty auf einmal von der Tür her. »Hugh muß gehen. Er ist heute abend eingeladen. Kommt ihr bitte, er möchte sich verabschieden.«
Das Ehepaar Willowby erhob sich seufzend. Sie wären gerne noch eine Weile allein geblieben.

XI.

»Seine Lordschaft, der Earl of Catwell, Seine Lordschaft, der Earl of MacAlister, Lady MacAlister...« Die Stimme des Butlers klang eindrucksvoll in den sich stetig füllenden Ballsaal. Ein umfangreiches Empfangskomitee begrüßte die Gäste. Lady Sophia Christlemaine trug eine mitternachtsblaue Robe. Das Oberteil war mit Goldfäden durchwirkt und funkelte im Schein der zahllosen Kerzen. Ihren Hals schmückten die Christlemaine-Diamanten. Das dazu passende Diadem hielt die braunen Locken aus der Stirn.

Neben ihr, in elegantem Dunkelgrün, der Earl selbst. Ihm zur Seite Catharine Willowby. Ihr Kleid, das einzige, das nicht aus dem reichhaltigen Erbe ihrer verstorbenen Schwiegermutter stammte, war in einem warmen Orangerot gehalten und unterstrich geschmackvoll das makellose Weiß ihrer Haut. Eine dreireihige Perlenkette, die aus der Schmuckschatulle von Lady Christlemaine stammte, lag um ihren schmalen Hals. Die blonden Locken waren kunstvoll à l'Aphrodite frisiert. Neben ihr, nicht weniger eindrucksvoll, ihr Gatte. Die breiten Schultern in einer glänzenden eisblauen Jacke, die der Schneider erst am selben Tag fertiggestellt hatte. Und schließlich die Debütantin selbst, in einem weißen Kleid, der Ausschnitt mit einem glänzenden, weißen Satinband eingefaßt. Eine weiße Satinschärpe betonte die zierliche Taille. Hugh hatte einen Strauß Maiglöckchen geschickt, die Rosie mit kundiger Hand an dem Band gefestigt hatte, das die Haare im Nacken zusammenhielt. Die Aufregung hatte ihre Wangen zart gerötet, und die Anzahl der jungen Männer, die ihr bewundernde Blicke zuwarfen, schien von Minute zu Minute anzuwachsen.

»Eine reizende junge Dame, diese Miss Willowby«, bemerkte Lord Charles Linham, der die Szene von der gegenüberliegenden Seite des Ballsaals betrachtete, zu Lord Bridgegate und Mr. Alfred Willowby, die sich durch Zufall neben ihn gestellt hatten. »Ich habe nie viel von Richard Willowby gehalten. Sie verzeihen meine offene Sprache, meine Herren. Viel zu leichtfertig, viel zu wankelmütig. Die Heirat scheint sein Temperament in geordnete Bahnen gelenkt zu haben. Und sie hat auch die Aussöhnung mit Christlemaine gebracht, wie man sieht. Dadurch wird Miss Willowby zu einer höchst achtbaren Partie. Sie haben großes Glück, Mylord.«

Der Beau, der eben Lord Linham gelangweilt den Rücken zukehren wollte, verharrte in der Bewegung. »Inwiefern habe ich Glück?« näselte er.
»Nun, man munkelt, daß die Verlobung Eurer Lordschaft mit Hetty Willowby nur mehr eine Frage der Zeit ist«, erklärte Lord Linham.
»Tatsächlich?« Der Beau tat gelangweilt. »Man munkelt viel, nicht wahr?« Mit diesen Worten tippte er Alfred kurz auf die Schulter, um ihn aufzufordern, ihm zu folgen, und schritt quer durch den Tanzsaal in eines der angrenzenden Spielzimmer.
»Du hast nicht die Absicht, Hetty einen Antrag zu machen?« erkundigte sich Alfred, der sich bemühte, mit dem Beau Schritt zu halten.
»Nein!« sagte dieser knapp, ohne sich umzublicken.
Alfred seufzte. »Aber ich habe doch...« Er hielt im Satz inne.
»Du hast was?« Seine Lordschaft war stehengeblieben und sah seinen Freund fragend an.
»Ich habe doch... Ich habe angenommen, daß du wirklich mit dem Gedanken spielst, dich mit Hetty zu verloben. Das ist alles.«
»Dann hast du dich geirrt. Hör nur, sie spielen die ersten Takte der Eröffnungsquadrille. Höchste Zeit, daß wir uns unter die Tanzenden mischen. Wenn das nicht Constance Ridley ist! Warum sie wohl eingeladen wurde? Ich bin sicher, sie hat irgend etwas mit der überstürzten Eheschließung unseres Freundes Richard zu tun. Ich werde sie zur Quadrille auffordern. Wer weiß, was sie ausplaudert.«
Die Tanzpaare hatten schon Aufstellung genommen. Die Debütantin an der Hand ihres Bruders in der ersten Reihe. Ihnen folgte Catharine mit dem Hausherrn. Es blieb Lady Christlemaine überlassen, die spät kommenden Gäste alleine zu begrüßen.
Die Paare führten die Quadrille mit Anmut und Eleganz aus. Wenn auch so manches Augenpaar Richard Willowby dabei beobachtete, wie er völlig entgegen seiner Gewohnheit komplizierte Schrittfolgen aufs Parkett legte, so bot er keinen Anlaß zu der Vermutung, daß er sich diese erst in den letzten Tagen im Schnellverfahren angeeignet hatte. Als nächstes stand ein Walzer auf dem Programm. Der Hausherr bat Hetty um den Tanz, Richard reichte seiner Gattin den Arm.
»Zufrieden?« fragte er mit einem Blick in die Runde. »Es scheint, als wäre Gott und die Welt unserer Einladung gefolgt.«
»Zufrieden?« wiederholte Catharine, während die Kapelle die ersten Töne im Dreivierteltakt anstimmte. »Mehr als das! Der Abend ist ein

voller Erfolg. Hetty wird sich vor Bewerbern kaum retten können. Sicher werden morgen die ersten von ihnen in der Mount Street erscheinen, um dich zu bitten, um sie werben zu dürfen.«

»Meinst du?« fragte ihr Gatte erschrocken. Fast wäre er aus dem Takt geraten. »Ich werde alle zu Vater nach Wild Rose Manor schicken. Er ist schließlich Hettys Vormund. Dieser Verantwortung fühle ich mich keineswegs gewachsen.«

Catharine lachte zu ihm auf. »Dir gefällt der Ball also?«

»Ja, ich finde ihn großartig. Ich hätte nie gedacht, daß ein derartiges Ereignis einmal zugunsten einer Willowby stattfinden würde. Und ich hätte nie gedacht, daß ich mich auf einem Ball so gut amüsieren könnte.« Richard blickte Catharine direkt in die Augen und sagte mit einem warmen Lächeln: »Du hast mein Leben ganz schön verändert, weißt du das?«

Catharines Herz begann unter seinem Blick wild zu klopfen. Mit einem unsicheren Lächeln schlug sie ihre Lider nieder und richtete ihren Blick auf seine linke Schulter, bis der Tanz zu Ende war. Während Lord MacAlister näher trat, um Catharine zur ländlichen Tanzfolge zu bitten, verzog sich Richard in Richtung Spielzimmer. Er ließ sich jedoch nicht an einem der Tische, die allesamt gut besetzt waren, nieder, sondern gesellte sich zu Lord Bridgegate und Cousin Alfred, um ein paar Worte mit ihnen zu wechseln. Dann ging er weiter von einer Gruppe, die plaudernd beisammen stand, zur nächsten, übte sich in Konversation und war stolz auf sich, weil er sich so benahm, wie es seiner Rolle als respektabler, älterer Bruder einer Debütantin geziemte.

Er wollte eben auf einen jungen Mann zugehen, der etwas verloren in einer der Fensternischen stand und zu schüchtern zu sein schien, am allgemeinen Treiben teilzunehmen. Da verstummte die Musik im Ballsaal mit einem Schlag. Ein Raunen ging durch die anwesenden Gäste. Richard beeilte sich, in den Saal zurückzukehren. Dort fand er seine Vermutung bestätigt: Seine Königliche Hoheit, der Prinzregent, war mit Begleitung erschienen. Die Gäste bildeten eine Gasse, um Seine Hoheit zu begrüßen. Die Lakaien stellten, wie zu solchen Anlässen üblich, eine Bank und einige Stühle an der Stirnseite der Tanzfläche auf, um es dem Prinzen zu ermöglichen, das Treiben im Ballsaal im Sitzen zu verfolgen.

Prinz George war bereits Mitte fünfzig. Er hatte vor Jahren die Re-

gentschaft für seinen Vater übernommen, der, geistig verwirrt, zurückgezogen auf Windsor Castle lebte. Einst war der Prinz ein hübscher junger Mann gewesen, doch die Jahre waren nicht spurlos an ihm vorübergegangen. Seine Vorliebe für gutes Essen zeigte sich deutlich in seiner massigen Gestalt. Auch das enge Fischbeinmieder und die nach eigenen Entwürfen mit Epauletten und zahlreichen Orden reich verzierte Jacke konnten über seine Fülle nicht hinwegtäuschen. Er war ein freundlicher, wenn auch launenhafter Mann, dessen Vorliebe für schöne Frauen ebenso bekannt war wie seine nicht einzudämmende Sehnsucht nach Luxus und Prunk. Im Volk gab es viele, die nichts übrig hatten für den dicken Prinzen. Sie verstanden nicht, daß das Parlament zwar widerwillig, aber doch immer wieder Mittel zur Verfügung stellte, die der Prinzregent mit beiden Händen ausgab. Fast keine Ausgabe einer Zeitung, die nicht mit einer Karikatur erschien, in der Seine Hoheit auf das unfeinste verspottet wurde.
Und doch war er bei seinen Untertanen nicht wirklich unbeliebt. Auch nicht in den adeligen Kreisen, die von seiner Verschwendungssucht am meisten profitierten. Vor allem, wenn man zu jenem erlauchten Personenkreis gehörte, der zu Einladungen im Carleton House oder in den Pavilion in Brighton gebeten wurde. Die glanzvollen Feste waren weit über das Königreich hinaus berühmt. Eine Schar von Köchen war für die bis zu einundzwanzig Gänge umfassenden Diners zuständig. Doch war Seine Hoheit nicht nur der geborene Gastgeber, sondern auch ein begehrter Gast. Ihn unter den Besuchern im eigenen Haus zu wissen machte einen gelungenen Abend erst vollends zu einem Ereignis.
Es gelang Richard, sich durch die Menge zu drängen und an der Seite seiner Frau und seiner Schwester Aufstellung zu nehmen. Lord und Lady Christlemaine hatten den hohen Gast soeben begrüßt und ihn auf die Debütantin aufmerksam gemacht, der zu Ehren dieser Ball gegeben wurde. Seine Hoheit musterte Hetty mit Kennerblick und beglückwünschte Ihre Ladyschaft zu ihrem reizenden Schützling. Er ergriff Hettys Hand, während diese in einen tiefen Knicks versank, und tätschelte sie onkelhaft. »Wirklich hübsch«, sagte er freundlich. »Habe noch deine Mutter gekannt, mein liebes Kind. Eine schöne Frau. Du siehst ihr ähnlich.« Während Hetty über dieses Kompliment aus höchstem Munde zutiefst errötete, wandte sich Seine Hoheit an

Richard, um ihm kurz zuzunicken. Mr. Willowby gehörte nicht zu den Kreisen, in denen der Prinz gewöhnlich verkehrte. Da er aber neben der Debütantin stand, nahm Seine Hoheit zu Recht an, daß es sich um ihren älteren Bruder handeln müsse. Er hatte schon einiges von ihm gehört. Nichts Erfreuliches allerdings. Kein Grund, daß er sich näher mit diesem Mann befaßte. Etwas anderes war es mit der jungen Dame an dessen Seite.

»Sieh an, Catharine!« rief er aus, während die so Angesprochene einen tiefen Hofknicks ausführte. »Henry erzählte mir, daß du wieder im Lande bist. Warum hast du mir noch keinen Besuch abgestattet, du schlimmes Mädchen?« Hocherfreut, daß sich Seine Hoheit so gut an sie erinnerte, antwortete sie, daß sie seine kostbare Zeit nicht habe in Anspruch nehmen wollen. »Und nun hast du also Willowby geheiratet«, fuhr Seine Hoheit fort. »Du hättest wirklich früher zu mir kommen sollen. Möchtest du tanzen, meine Teure? Es ist an der Zeit, daß wir uns ein wenig unterhalten.«

Er gab der Musik ein Zeichen. Das Publikum trat zurück, die ersten Takte einer Quadrille erklangen. Während der Prinzregent mit Catharine Aufstellung nahm, ließ er die umstehende Menge erstaunt zurück. Am meisten erstaunt von allen war Richard Willowby. Wie kam es, daß Catharine mit dem Prinzregenten auf so vertrautem Fuß stand? Sie war doch jahrelang in Frankreich gewesen. Woher kannte er sie also? Wer war Henry? Wieder einmal wurde ihm bewußt, wie schlecht er seine Frau kannte. Er nahm sich vor, die nächstbeste Gelegenheit zu nützen, um mit Catharine darüber zu sprechen. Diese Gelegenheit bot sich weder an diesem Abend noch in den nächsten Tagen. Und so sollte es noch lange Zeit dauern, bis Richard Willowby erfuhr, daß Seine Königliche Hoheit ein Freund ihres Vaters gewesen war und Catharine schon auf den Knien geschaukelt hatte, kaum daß diese das Laufen gelernt hatte.

Eine halbe Stunde später verabschiedete sich der Prinzregent wieder, und die Gastgeberin bat zum Souper. Catharine hatte den letzten Tanz mit Hugh getanzt, und sie stimmte gerne zu, als er sie fragte, ob er sie zu Tisch führen dürfe. Richard, der aus dem Spielzimmer erschienen war, um seine Frau zu suchen, sah sie am Arm seines Freundes in Richtung Speisesaal promenieren. Hetty folgte ihnen am Arm von Alfred Willowby. Aus ihrer Miene war zu schließen, daß sie sich lieber einen anderen Tischherrn gewählt hätte. Es scheint, als wäre die Verehrung des Beau abgekühlt, dachte Richard zufrieden. Er hatte Bridge den ganzen Abend nicht in Hettys Nähe gesehen. Daß Hugh ihm bei Catharine zuvorgekommen war, war wirklich Pech. Nun hieß es, eine Partnerin zu finden, bevor sich alle in Richtung Souper davongemacht hatten. Er brauchte nicht lange zu überlegen, denn soeben eilte Constance Ridley durch den Saal auf ihn zu. Sie schien ihm vergeben zu haben, daß er abgelehnt hatte, sie zu heiraten. »Einen besonders schönen Abend, mein Lieber«, murmelte sie mit rauher Stimme. »Was für ein fulminanter Ball. Deine Schwester sieht entzückend aus.«

»Wo ist Tremaine, dein Verlobter?« wollte Richard ungerührt wissen.

»Er ist nicht mein Verlobter. Papa besteht nicht mehr darauf, daß ich ihn heirate. Ich bin jetzt frei und ungebunden. Willst du dich nicht ein wenig um mich kümmern und mich zu Tisch führen? In aller Freundschaft natürlich.«

Widerwillig reichte Richard ihr den Arm. Unerklärlich, wie er sie einmal attraktiv gefunden haben konnte.

Der Tag, der dem glanzvollen Ball folgte, brachte eine Reihe von Briefen in die Mount Street und einen handfesten Krach unter den Willowbys, den sie am Vorabend nicht einmal im Traum für möglich gehalten hätten. Die Unstimmigkeiten begannen im Morgengrauen, als die drei bester Laune, aber auch todmüde nach Hause zurückkamen. Catharine und Richard überboten sich in der Aufzählung dessen, was an diesem Abend besonders gelungen war, schwärmten von Lady Christlemaines Organisationstalent und über die Erlesenheit des mitternächtlichen Buffets. Hetty war ungewohnt schweigsam. Irgendeine Laus war ihr über die Leber gelaufen, doch sie weigerte sich nachdrücklich zu sagen, was sie bedrückte. »Was soll mich denn bedrücken?« fuhr sie ihre Schwägerin an, die sich danach erkundigt hatte. »Es war ein großartiger Ball. Wirklich großartig. Ich gehe jetzt zu Bett, ich bin müde.« Mit diesen Worten eilte sie, noch den Umhang auf ihren Schultern, ins obere Geschoß und schloß geräuschvoll ihre Zimmertür hinter sich.

»Irgend etwas muß ihr die gute Laune verdorben haben«, sagte Catharine ratlos. »Ich habe keine Ahnung, was das sein könnte.«

»Mach dir nicht zu viele Gedanken«, beruhigte ihr Gatte sie leicht-

hin. »Es ist eine der besonders charakteristischen Eigenschaften der Willowbys, daß sie wankelmütig sind.«
Catharine blickte prüfend zu ihm auf. »Aller Willowbys?« wollte sie wissen.
»Aller Willowbys«, bestätigte Richard mit liebevollem Lächeln. »Doch nicht in allen Dingen. Wenn Willowbys lieben, dann lieben sie aus ganzem Herzen.« Er beugte sich vor und hauchte ihr einen kleinen Kuß auf die Lippen. Catharine konnte nichts erwidern. Sie war fasziniert von dem Gefühl, das der Kuß in ihr ausgelöst hatte. Nicht einmal Roger war es je gelungen, ein so tiefes Gefühl in ihr zu bewirken. Der Gedanke an den Franzosen brachte die Ernüchterung. Richard war ein Spieler wie Roger. Er würde sie ebenso ins Unglück stürzen, wie der Franzose es getan hatte. Richard, der von diesen Gedanken nichts ahnte, fand ihr Schweigen ermutigend. Zärtlich legte er den Arm um ihre Taille und wollte sie eben an sich ziehen, als sich seine Frau abrupt losmachte. »Rühr mich nicht an!« rief sie aus. »Wir haben eine Abmachung. Hast du das vergessen?«
Die Enttäuschung war Richard deutlich ins Gesicht geschrieben. »Ist ja gut«, sagte er. »Du brauchst mich nicht anzubrüllen. Ich gehe jetzt schlafen. Gute Nacht.«
Catharine lag noch lange wach. Richard war nicht wie Roger. Es war unfair, die beiden zu vergleichen. Hatte sich Richard nicht in letzter Zeit rührend um Hetty gekümmert? Hatte er sie nicht bei sich aufgenommen, ohne eine Gegenleistung zu verlangen? Hatte er sich nicht untadelig verhalten in all den Wochen? Es war nicht recht von ihr, ihm falsches Spiel zu unterstellen. Sie war viel zu gerne in seiner Nähe, es war angenehm, von ihm im Arm gehalten zu werden. Wie dumm von ihr, ihn zurückzuweisen. Gleich morgen beim Frühstück würde sie sich bei ihm entschuldigen. Sicher würde er ihr vergeben und sie wieder in seine Arme nehmen. Mit einem glücklichen Lächeln und einem wohligen Gefühl schlief sie schließlich ein.

Als Catharine wieder erwachte, war Mittag bereits vorüber. Helles Sonnenlicht drang durch die duftigen Vorhänge ihres Bettes. Höchste Zeit, aufzustehen. Energisch läutete sie nach Rosie.
Hetty und Richard befanden sich bereits im Speisezimmer. Sie waren beide verschlafen und nicht allerbester Laune. Außer einem mürrischen »Guten Morgen« hatten sie noch nicht viel gesprochen. Hetty

stand am Buffet und begutachtete mit kritischer Miene die Speisen, die Kermin über Rechauds warm gehalten hatte. Schließlich entschied sie sich für Rührei und gefüllte Tomaten und begann ihren Teller zu füllen. Richard mißbrauchte in der Zwischenzeit sein Messer als Brieföffner. Unter den zahlreichen Karten, die als Dank für den vergangenen Abend abgegeben worden waren, und den Einladungen für künftige Festivitäten hatten sich auch drei Briefe befunden. Zwei davon waren an Catharine adressiert, der eine kam aus Italien, der zweite von einer Rechtsanwaltskanzlei aus Frankreich. Der dritte Brief war an ihn gerichtet und trug die wohlbekannte Handschrift des Viscount of Willowby, seines Vaters. Richard brauchte das Schreiben nicht zu lesen, um zu wissen, daß es Unangenehmes enthielt. Sein Vater pflegte nur dann zu schreiben, wenn er seinem Sohn Ermahnungen erteilen wollte oder ihm zum wiederholten Male die Enterbung androhte.

Diesmal war es die Eheschließung mit Catharine, die sein Mißfallen erregt hatte. Und die Tatsache, daß er, ohne um Erlaubnis zu fragen, Hetty bei sich aufgenommen und in die Gesellschaft eingeführt hatte. »Hör dir das an!« forderte er seine Schwester auf, und es war offensichtlich, daß er über die Worte seines Vaters ungehalten war. »Papa schreibt: ›Wie konntest Du nur Deine kleine Schwester, dieses unschuldige Kind, den Fittichen Deiner von mir hoch geschätzten Tante entreißen, um sie in der Hauptstadt den Verlockungen des Lasters und den Gefahren der Unmoral auszusetzen?‹ Wie das klingt! Ich hätte mir denken können, daß Vater an deinem Aufenthalt in London etwas auszusetzen hat. Aber ich hätte dich doch nicht nach Brighton zurückschicken können, nicht wahr, Hetty? Und überdies bist du alt genug für eine Saison. Es wird Zeit, daß wir einen Mann für dich finden.«

Hetty war aufgesprungen und hatte ihren Bruder mit liebevoller Geste die Hände von hinten auf die Schultern gelegt. »Natürlich konntest du mich nicht zurückschicken. Die Fittiche meiner Tante! Ich habe mich bei Tante Mable doch fast zu Tode gelangweilt. Hier bin ich glücklich. Hier gefällt es mir. Und ich danke dir, Richard, daß ich bei dir wohnen darf. Wir leben doch kein Leben des Lasters und der Unmoral, nicht wahr?«

»Natürlich nicht«, bestätigte ihr Bruder. »Nur Vater kann so etwas denken. Sein Leben in London war mit Ausschweifungen und Gelagen angefüllt. Aus diesem Grunde muß er die Hauptstadt mit Laster und Unmoral in Verbindung bringen. Doch höre, was er über Catharine schreibt: ›Die Frau, die Du so überraschend zu ehelichen beliebtest, ist keine Französin, wie ich anfangs Grund hatte anzunehmen. Nein, schlimmer noch, sie ist eine Engländerin, die sich nicht scheute, einen Feind zu heiraten, als unser geliebtes Vaterland sich mit Frankreich im Kriegszustand befand. Schande über Napoleon! Warum diese Heimlichkeit bei der Hochzeit? Hast Du doch noch einen Funken Anstand in Deinem Leibe, daß Du Dich ihrer schämtest?‹ Wenn das nicht der Gipfel der Unverschämtheit ist!« rief Richard aus. »Als ob ich mich Catharines wegen je schämen müßte. Sie ist eine wahre Lady. Sie ist außergewöhnlich schön und tugendhaft, und die beste Gesellschaft akzeptiert sie als ihresgleichen...«

Hetty, die wieder auf ihrem Stuhl Platz genommen hatte, sah von ihrem Teller auf. »Du brauchst Catharine mir gegenüber nicht zu verteidigen«, unterbrach sie ihn. »Obwohl es mich wundert, daß du es tust, nachdem sie dich so schändlich hintergeht.«

»›Diese Hochzeit hat das Faß endgültig zum Überlaufen gebracht‹«, las Richard weiter. »›Ich habe lange gezögert, doch nun fühle ich mich verpflichtet, mein Erbe in würdigere Hände zu legen, als die Deinen es je sein können. Solltest Du etwas zu Deiner Verteidigung vorzubringen haben, erwarte ich Deinen umgehenden Besuch. Vater.‹« Erst als er dies zu Ende gelesen hatte, drangen die Worte in Richards Bewußtsein, die Hetty gerade zu ihm gesagt hatte. Catharine würde ihn schändlich hintergehen? Das konnte nicht sein. Sicher hatte er sich verhört. »Was meinst du?« fragte er daher.

»Ich sagte, daß Catharine dich hintergeht!« wiederholte Hetty. »Hast du denn nicht bemerkt, wie vertraulich sie und Hugh Deverell miteinander umgehen? Deine Frau und dein bester Freund! Sie wirft sich ihm ja geradezu an den Hals!«

»Unsinn!« entgegnete Richard scharf. Das klang ja, als sei Hetty eifersüchtig. Warum jedoch sollte sie eifersüchtig auf Hugh sein? Sie schwärmte doch für Lord Bridgegate. Und überhaupt: Warum hatte Hugh, ohne zu murren, beim Tanzunterricht Klavier gespielt? Er hätte diese Stunden doch viel amüsanter verbringen können. Und doch hatte er sich mit keinem Ton beschwert. War es, weil Catharine ständig anwesend war? Und gestern auf dem Ball: Warum hatte sich Catharine von Hugh zum Souper führen lassen? Wäre die Ehre nicht ihm, Catharines Ehemann, zugestanden? Und warum ließ sie sich nicht von ihm küssen? Sie war schließlich keine zimperliche Jungfrau mehr. Sie war einmal verheiratet gewesen und wußte, was sich zwischen Frau und Mann abspielte. Konnte es tatsächlich sein, daß sie sich in einen anderen Mann verliebt hatte? In Hugh, in seinen Freund Hugh? Richard sagte keinen Ton, doch der Stachel saß tief.

»Ich sehe schon, du willst mir nicht glauben!« fuhr Hetty auf. »Aber hast du die Blicke gesehen, die die beiden tauschten? Dauernd stekken sie ihre Köpfe zusammen. Hugh führte Catharine zum Souper, Hugh begleitete Catharine bei Ausfahrten. Catharine braucht Hugh nur einmal anzusehen, und er liest ihr jeden Wunsch von den Augen ab. Ich sage dir...«

»Du brauchst kein Wort mehr zu sagen!« unterbrach sie Catharines Stimme von der Tür her. Sie war eben eingetreten und hatte die letzten Worte ihrer Schwägerin mit fassungslosem Erstaunen gehört. Ihre gute Laune war wie weggeblasen. »Was soll das heißen, Hetty?« fragte sie. »Unterstellst du mir vielleicht, ich hätte ein Tendre für den besten Freund deines Bruders?«

»Hast du denn keines?« entgegnete Hetty aufgebracht. »Ständig sieht man euch zusammen. Er hat nur Augen für dich...«

»Du undankbares kleines Ding!« rief Catharine aus. »Wage nicht noch einmal, deine bösartigen Unterstellungen auch nur andeutungsweise auszusprechen! Jetzt hast du den Bogen überspannt. Ich habe deine Launen wochenlang stillschweigend ertragen. Aber was zuviel ist, ist zuviel. Geh auf dein Zimmer! Ich spreche erst wieder mit dir, wenn du dich entschuldigt hast.«

Hetty dachte nicht daran, diesem Befehl Folge zu leisten.

»Richard!« wandte sich Catharine hilfesuchend an ihren Gatten. »So sag doch du etwas!«

Doch dieser warf ihr nur einen prüfenden Blick zu und schwieg.

»Richard!« Nun war Catharine endgültig fassungslos. »Du wirst doch den Unsinn nicht glauben, den Hetty von sich gibt.«

»Warum hast du dich dann von Hugh zum Souper führen lassen? Und Ausfahrten in den Park unternommen, von denen ich nichts wußte.«

»Aber Hugh ist dein Freund«, verteidigte sich Catharine.

»Das ist es ja gerade. Von mir wolltest du dich nicht umarmen lassen. Vielleicht küßt du ihn?«

»Du bist ungerecht!« rief Catharine aus. »Abscheulich und gemein. Habe ich vielleicht ein Wort darüber verloren, daß du Constance Ridley zu Tisch führtest? Ausgerechnet Constance Ridley. Du hast mich zum Gespött der Leute gemacht.«
»Wie könnte ich dich je zum Gespött der Leute machen!« rief Richard aus, getroffen von ihrem berechtigten Vorwurf. »Wer bist du denn schon, daß du zum Gespött der Leute werden könntest? Eine Frau, die keiner kannte, bevor ich sie heiratete. Die nur durch meine Hilfe und die meiner Verwandten überhaupt in die Gesellschaft aufgenommen wurde.«
»Ach, so ist das«, sagte Catharine kalt. Sie nahm auf ihrem Stuhl zur Rechten ihres Mannes Platz und begann die an sie gerichteten Briefe zu öffnen. Nur das Zittern ihrer Finger verriet die Erregung, in der sie sich befand. Ihre scheinbare Gelassenheit brachte Richard nun vollends in Wut. »Wer bist du denn schon, daß du mir Vorwürfe machen kannst? Eine Frau, die sich nicht zu gut war, einen Franzosen zu heiraten, als wir mit den verdammten Franzmännern im Krieg lagen. Das bist du!«
Nun war es sogar Hetty zuviel. »Richard!« rief sie erschrocken aus. Doch ihr Bruder hörte sie nicht. »Mein Vater droht, mich deshalb zu enterben. Du bist schuld, wenn alles in den Besitz meines Bruders George fällt. Oh, ich könnte meinen Vater umbringen dafür, daß er mir Vorwürfe deswegen macht. Und mich, weil ich dich geheiratet habe.«
Catharine ließ das Blatt Papier, das sie eben gelesen hatte, sinken. »Mein Anwalt schreibt, daß ich den Prozeß gewonnen habe. Das Vermögen meines verstorbenen Mannes steht mir zur Verfügung. Kein Grund, diese Farce von einer Ehe aufrechtzuerhalten. Du kannst die Scheidung einleiten.«
»Aber gerne!« rief Richard aus. »Nichts lieber als das. Sobald ich von Wild Rose Manor zurück bin, werde ich Bristley, meinen Anwalt, aufsuchen. Nun entschuldige mich, ich habe zu packen.« Er knallte seine Serviette auf den Tisch und verließ mit großen Schritten den Raum.
»Scheiden lassen!« murmelte Hetty ungläubig. »Ihr könnt euch doch jetzt nicht scheiden lassen! Mitten in der Saison. Wer soll mich denn dann zu den Veranstaltungen begleiten, wenn du nicht mehr da bist?«

»Das hättest du dir früher überlegen müssen, meine Gute«, antwortete Catharine ungerührt. »Und nun ist es Zeit, dich umzuziehen. Wir haben Sophia versprochen, sie nach dem Lunch aufzusuchen, um gemeinsam die Nachmittagsbesucher zu empfangen, die sicher vorsprechen werden, um sich für den Ball zu bedanken. Also beeile dich und bemühe dich um ein freundliches Gesicht.«

XII.

Der Besucherstrom schien nicht abzureißen. Lady Christlemaine hieß alle herzlich willkommen, nahm die zahllosen Blumensträuße mit Ausrufen des Entzückens entgegen, servierte Sherry und Limonade, rückte die bereitgestellten kleinen Kuchen zurecht und führte unaufhörlich Konversation. Ständig bemüht, keinen der Gäste zu vernachlässigen. Hetty saß in der hinteren Ecke des Empfangszimmers und schmollte. Catharine bemühte sich redlich, die Hausherrin bei ihren Aufgaben zu unterstützen. Doch mit ihren Gedanken war sie nicht bei der Sache. Warum hatte sie bloß von Scheidung gesprochen? Sie wollte sich gar nicht scheiden lassen. Sie war gerne mit Richard verheiratet. Und er auch mit ihr. Hätte er sonst am Vorabend versucht, sie zu küssen? Hetty mit ihrem dummen Geschwätz über Hugh und sie. Richard konnte das unmöglich ernst genommen haben. Und doch schien er es zu glauben. Wie sonst war es zu erklären, daß er ihr derartige Beschuldigungen an den Kopf geworfen hatte?

»War das nicht ein traumhafter Abend?« drang die Stimme von Lady Linham in ihre Gedanken.

»Sogar Seine Königliche Hoheit hat sich gut amüsiert«, meldete sich ihre Freundin Lady Darlington zu Wort.

»Ja, es war ganz reizend«, bestätigte Catharine abwesend.

Hoffentlich hatte sich Richards Zorn inzwischen gelegt. Wenn er nur das Fahrzeug nicht in den Graben lenkte! Kermin begleitete ihn. Und Brian ritt zu Pferd neben der Kutsche her.

»Woher sind Sie denn mit Seiner Königlichen Hoheit so gut bekannt, meine Liebe?« fragte Lady Linham neugierig. »Er schien Sie noch von früher zu kennen. Wie ist das möglich?«

Catharine fuhr aus ihren Gedanken auf. Was sollte sie den Damen antworten? Die Wahrheit? Warum eigentlich nicht?

»Ich weiß es, ich weiß es!« rief Lady Darlington erfreut aus und klatschte in ihre Hände. »Ich habe mir die ganze Zeit den Kopf zerbrochen, woher mir Ihr hübsches Gesicht denn so bekannt vorkam. Sie sind die Tochter, ich meine die Schwester des jetzigen Herzogs von Milwoke, nicht wahr? Ich habe Ihre Mutter gut gekannt, meine Liebe. Sie war eine reizende Dame.«
»Wirklich? Sie sind die kleine Milwoke?« rief Lady Linham aus.
Catharine nickte. Bevor sie jedoch antworten konnte, wurde ein neuer Gast gemeldet: »Lord Deverell.«
Hugh trat ein, wie immer tadellos gekleidet, mit einem geschmackvollen Blumenbukett für jede der drei Damen. Während sich Sophia und Catharine mit strahlendem Lächeln für die Blumen bedankten, warf Hetty ihm einen feindseligen Blick zu. Eine steile Falte erschien auf Hughs Stirn. Hetty schien böse auf ihn zu sein. Er war sich keiner Schuld bewußt. Catharine hatte den Blick, der zwischen den beiden hin- und hergeworfen wurde, aufgefangen. Hetty ist eine alberne Gans, dachte sie mit bangem Herzen. Hoffentlich hat sie Anstand genug und erwähnt ihren dummen Verdacht Hugh gegenüber nicht. Noch dazu in Gegenwart von Sophia und den Besucherinnen.
»Haben Sie schon gewußt, daß die liebe Mrs. Willowby die Tochter des Herzogs von Milwoke ist? Die Schwester des jetzigen Herzogs, meine ich natürlich, Lord Deverell«, erkundigte sich Lady Linham, sichtlich stolz darauf, Seine Lordschaft in eine derart interessante Neuigkeit einweihen zu können.
»Ich muß gestehen, das wußte ich bereits, Mylady«, antwortete Hugh und nahm Catharine gegenüber auf einem zierlichen Sofa Platz.
»Das hätte ich mir denken können«, sagte Hetty spitz. Zum Glück beachteten die beiden Damen sie nicht.
»Uns hat sie ihre hohe Geburt verschwiegen«, sagte Lady Darlington mit freundlichem Tadel. »Nicht, daß es etwas ausgemacht hätte, wenn wir es gewußt hätten. Wir haben Sie auch so immer geschätzt, meine Liebe.«
»Danke, Mylady«, antwortete Catharine. »Das freut mich. Woher haben Sie es gewußt, Hugh?« fragte sie, an Seine Lordschaft gewandt. »Hat Sophia es Ihnen erzählt?«
»Habe ich nicht!« warf ihre Gastgeberin ein. »Du hast mich gebeten, zu schweigen, ich habe dir mein Versprechen gegeben.«

»Lady Christlemaine ist unschuldig«, beteuerte nun auch Seine Lordschaft. »Die Sache ist ganz einfach. Ich kenne Henry ziemlich gut. Wenn man Sie genau ansieht, dann haben Sie eine gewisse Ähnlichkeit mit Ihrem Bruder.«

»Wenn man genau hinsieht«, wiederholte Hetty bitter.

Die beiden Damen erhoben sich. »Wir müssen gehen. Vielen Dank für den Sherry und nochmals Gratulation zu dem gelungenen Fest«, sagte Lady Linham und reichte ihrer Gastgeberin die Hand. »Ich muß Olivia, der Herzogin von Wellbrooks – sie ist meine Nichte, wissen Sie – umgehend die umwerfende Neuigkeit berichten«, sagte Lady Darlington. »Sie haben doch nichts dagegen, Mrs. Willowby, nicht wahr?«

»Aber natürlich nicht«, entgegnete Catharine mit gezwungenem Lächeln.

Warum sollte sie ihre Herkunft länger verschweigen? Sie konnte sicher sein, daß es sich wie ein Lauffeuer in der Stadt verbreiten würde, daß sie, die Schwester des Herzogs von Milwoke, aus Frankreich zurück war und, ohne sich zu erkennen zu geben, unter ihrem Stand Mr. Willowby geheiratet hatte. Der weder über den besten Ruf verfügte noch einen höheren Titel als den eines Viscount zu erwarten hatte.

Sophia begleitete die beiden Damen aus dem Raum. Die Tür schloß sich, und Hetty, Catharine und Hugh waren alleine.

»Du bist also die Schwester eines Herzogs!« rief Hetty aus. »Ich finde, daß du mir das hättest sagen können. Weiß Richard davon?«

Catharine schüttelte den Kopf.

»Aber Hugh weiß es. Wenn das nicht ein weiteres Zeichen dafür ist...«, sie unterbrach sich und begann nervös im Zimmer auf und ab zu gehen.

Hugh wurde aus ihrer temperamentvollen Rede nicht klug. »Ein weiteres Zeichen wofür?« fragte er verwundert.

»Ach, nichts!« zischte Hetty.

»Hetty meint, Sie und ich hätten ein Verhältnis«, erklärte Catharine, wobei ihr vor Peinlichkeit die Röte ins Gesicht stieg. »Sie hatte sogar die Freundlichkeit, Richard heute morgen ihren Verdacht zur Kenntnis zu bringen.«

Hugh war fassungslos. »Um Himmels willen!« rief er aus. »Bist du verrückt geworden, Mädchen? Manchmal benimmst du dich wie ein dummes Schulkind.«

»Ach, tut sie das?« fragte eine näselnde Stimme von der Tür her. Lord Bridgegate stand im Türrahmen. Catharine fragte sich, wie lange er dort wohl schon gestanden war und wieviel er von der Unterhaltung mitgehört hatte. Sie sah zu Hetty hinüber, diese starrte haßerfüllt auf Hugh. Sie würde ihm wohl nie verzeihen, daß er sie vor ihrem großen Schwarm derartig bloßgestellt hatte.

Richard fuhr an diesem Tag bis Aldershot, einer Ortschaft auf halber Strecke nach Winchester gelegen. Er übernachtete in einer kleinen, aber sauberen Herberge und trat am nächsten Tag in besserer Laune seine Weiterreise nach Winchester an. Der Schlaf hatte seine bösen Gedanken vertrieben. Sein Verdacht schien ihm ebenso lächerlich wie die Vorwürfe, die er Catharine an den Kopf geworfen hatte. Er mußte sich unbedingt bei ihr entschuldigen. Sicher war sie ihm von ganzem Herzen böse. Und er mußte alles daran setzen, sie von dem Gedanken abzubringen, sich von ihm scheiden zu lassen. Aber zuallererst mußte er nach Wild Rose Manor, um mit seinem Vater zu sprechen und die Gefahr, enterbt zu werden, abzuwenden. Schweren Herzens machte er sich auf den Weg. Er übergab Kermin die Zügel und befahl Brian, neben ihm auf dem Kutschbock Platz zu nehmen. Er selbst stieg in den Sattel. Der flotte Ritt trug dazu bei, daß er sich gut gelaunt und in ausgeglichener Stimmung Winchester näherte. Sicher würde das Gespräch mit seinem Vater nicht ganz so schlimm verlaufen, wie er es jetzt befürchtete. Es war ihm auch in früheren Jahren oft gelungen, den alten Herrn umzustimmen. Vielleicht war die Angelegenheit rasch erledigt, und er würde noch Zeit finden, im kleinen Waldsee zu fischen, bevor er sich am nächsten oder übernächsten Tag auf den Rückweg nach London machte.
Er erreichte das Haus seiner Väter gegen siebzehn Uhr. Die Tage waren nun schon länger hell, die Sonne stand tief über der vertrauten Landschaft. Wild Rose Manor war ein nicht allzu großer Backsteinbau, der aus einem Hauptflügel und zwei etwas zurückversetzten kurzen Seitenflügeln bestand. Auffallend war die große Anzahl der Kamine, die in unterschiedlicher Höhe und verschiedenen Farben in den Spätnachmittagshimmel ragten.
Richard zügelte sein Pferd und betrachtete mit großen Augen die Fassade. Sophias Bruder James hatte recht: Es schien tatsächlich, als wären alle Fenster geputzt. Die weißen Rahmen hatten wohl erst

kürzlich einen neuen Anstrich bekommen. Die Kletterrosen, die dem Landsitz ihren Namen gaben, standen in voller Blüte. Das runde Gartenbeet vor der Einfahrt war mit bunten Frühlingsblumen bepflanzt. Auch der griechische Gott, der in der Mitte des Beetes stand, war neu. Richard rümpfte die Nase. Er hätte die Statue dort nicht aufgestellt. Er ritt am Haus vorbei zu den Stallungen. Auch dort schien alles renoviert und repariert worden zu sein. Verschwunden war der verwahrloste Eindruck, den Wild Rose Manor jahrzehntelang geboten hatte und der sich auch in Richards Gedächtnis eingeprägt hatte. Er winkte dem Burschen, der mit einer Fuhre Heu eben aus dem breiten Stalltor trat. »He, du, kümmerst du dich um mein Pferd? Es hat einen weiten Weg hinter sich und gehört ordentlich trocken gerieben.«

»Aye, Aye, Sir. Übernachten Sie hier, Sir? Sind Sie ein Gast vom Viscount?« Der Bursche ließ die Schubkarre stehen und kam neugierig näher.

»Sein Sohn«, erklärte Richard, während er aus dem Sattel stieg.

»Sein Sohn!« rief der Bursche überrascht. »Der reiche?«

Richard mußte grinsen. »Nein, Bursche. Der arme.«

Der Bursche ergriff die Zügel. »Schade«, sagte er. »Na, sei's drum. Willkommen zu Hause, Sir.«

Richard warf ihm lachend eine Münze zu. »Du bist wirklich ein lustiger Kerl«, sagte er. »Im Gegensatz zu Willy. Das ist ein fauler Bursche. Wo steckt Willy überhaupt, und wie heißt du?«

»Ich bin Steven, zu Ihren Diensten, Sir. Willy haben wir hier nicht mehr. Mrs. Mellvin hat ihn rausgeschmissen. Hat zuviel was mit die Weiber gehabt, hab' ich gehört.«

»Mrs. Mellvin? Ist das die Haushälterin?«

»Aye, aye, Sir. So ist es. Führt ein verdammt strenges Regiment. Aber sonst nicht übel.«

Die Kutsche rollte über die Auffahrt. »Gehört das Fahrzeug auch Ihnen, Sir? Letzter Schrei aus London, sieht man gleich. Werd' mich um alles kümmern, Sir. Keine Sorge.«

Richard dankte ihm und machte sich auf den Weg ins Haus.

Ein Hausmädchen im adretten schwarzen Kleid, mit weißer Schürze, ein weißes Häubchen auf den Locken, öffnete ihm. Auch dieses Mädchen hatte Richard nie zuvor gesehen. Ebenso wie die mannshohe griechische Statue, die die Mitte der hohen, sonst kargen Eingangshalle schmückte. Richard betrachtete sie fasziniert.

»Sie wünschen, Sir?« fragte das Mädchen.
»Oh, ich bin Richard Willowby. Meine Diener stehen draußen mit dem Gepäck. Ist mein Vater zu Hause?«
»Bitte, treten Sie ein. Ihr Vater ruht und möchte nicht gestört werden. Ich werde Mrs. Mellvin holen.« Sie knickste und eilte durch die Tür zum Küchentrakt davon. Richard blieb in der Halle stehen und betrachtete die Bilder, die an den hohen Wänden angebracht worden waren. Alles Szenen aus der griechischen Mythologie. Wie seltsam, daß sein Vater plötzlich eine Vorliebe für das Altertum entdeckt hatte. Es dauerte nicht lange, und die Tür öffnete sich wieder. Heraus trat eine Frau etwa in Richards Alter. Ihre etwas zur Fülligkeit neigende Figur war in ein modisches, hellgrünes Kleid gehüllt. Die roten Haare zu einem ordentlichen Knoten zusammengebunden. Sie machte ganz und gar nicht den Eindruck einer Haushälterin. Und doch mußte es sich um Mrs. Mellvin handeln.
»Wie schön, daß ich Sie endlich kennenlerne, Sir«, rief sie aus und ging mit energischen Schritten und einem strahlenden Lächeln auf ihn zu. »Wie oft habe ich mich schon gefragt, wie der älteste Sohn und Erbe unseres Viscount wohl aussehen mochte. Und nun stehen Sie leibhaftig vor mir. Welche Freude, welche Freude.« Sie reichte Richard die Hand, ganz so, als sei sie die Gastgeberin und nicht eine der Dienstboten seines Vaters. »Ich bin Mrs. Mellvin. Ich sehe, Sie sind dabei, unsere neuen Bilder zu bewundern. Sind Sie nicht beeindruckend? Ach, ich liebe die griechische Mythologie. Sie nicht auch? Oh, ich stehe herum und rede und rede. Sie werden sicher müde sein nach der langen Reise. Am besten, Sie gehen hinauf. Ich werde sofort das Bett in Ihrem angestammten Zimmer richten lassen. Und frisches Wasser und eine kleine Erfrischung bringen. Wir essen in einer Stunde.«
»Das wäre mir sehr recht, Mrs. Mellvin. Vielen Dank«, entgegnete Richard. »Wie ordentlich es hier überall aussieht. Ich bin sicher, das ist Ihr Verdienst.«
Mrs. Mellvin lächelte geschmeichelt. »Daß Ihnen das aufgefallen ist, Sir«, flötete sie. »Mr. George war letzten Herbst zu Besuch und hat kein Wort darüber verloren. Na ja, er ist wohl Besseres gewöhnt. Wenn man bedenkt, welchen Reichtum er jetzt sein eigen nennt. Was für ein glücklicher Mann. So reich und dabei so fröhlich und stets gut gelaunt...«
»George war hier?« unterbrach sie Richard. Wie seltsam. Das Verhält-

nis seines Bruders zu seinem Vater war mindestens ebenso schlecht wie Richards Verhältnis zu ihm. »Was konnte wohl der Grund für seinen Besuch sein?«

»Er hat... hat es mir nicht gesagt«, antwortete Mrs. Mellvin. »Ach, da bist du ja, Heather«, wandte sie sich an das Hausmädchen, das eben erschienen war. »Rasch, richte das Bett für Mr. Willowby. Und wenn die Diener das Gepäck hinaufgebracht haben, dann kümmere dich ums Auspacken. Und anschließend richte das Zimmer für den Kammerdiener von Mr. Willowby. Ich werde in die Küche eilen und heißes Wasser schicken.«

Richard sah seinen Vater etwa eine Stunde später beim Abendessen. Er hatte ausreichend Zeit gehabt, sich frisch zu machen und in korrekte Abendkleidung zu schlüpfen, auf die sein Vater größten Wert legte. Er war gerade fertig geworden, als Heather anklopfte, um ihn zum Abendessen zu bitten. Seine insgeheime Frage, ob Mrs. Mellvin am Dinner teilnehmen würde, beantwortete sich von selbst, als er das Eßzimmer betrat. Der Tisch war nur für zwei Personen gedeckt. Sein Vater ließ nicht lange auf sich warten.

Richard war eben dabei, das Bildnis über dem Buffet zu studieren, das Zeus und Hera im Olymp darstellte, umringt von Göttern und Halbgöttern, als ein deutliches Hüsteln an der Tür die Anwesenheit des Hausherrn verkündete. Richard drehte sich um.

»Guten Abend, Papa...«, begann er. Er stockte, als er seinen Vater sah. Wie war er gealtert in den letzten Jahren. Seine einst dichten Locken waren schütter geworden, und die blonden Haare waren weiß geworden. Die hagere Gestalt stand aufrecht wie ehedem, die Wangen waren eingefallen. Die faltigen Hände hingen schlaff herunter.

»Wie geht es dir?« erkundigte sich Richard.

»Es könnte besser sein. Willkommen zu Hause, Richard.«

»Danke, Vater«, antwortete dieser, ehrlich gerührt über den freundlichen Empfang. »Du bist neuerdings ein Anhänger der griechischen Mythologie?« Er nahm eine kleine Marmorstatue vom Kaminsims, die wohl den Gott Apoll darstellen sollte.

»Mrs. Mellvin ist davon begeistert. Ich lasse sie gewähren. Sie hat... sie hat so viel Gutes für mich und Wild Rose Manor getan.«

Ein Diener trat ein, um die ersten Speisen aufzutragen. Ein weiteres

Gesicht, das Richard noch nie zuvor gesehen hatte. Es schien, als habe Mrs. Mellvin die gesamte Dienerschaft erneuert. Das Essen war schmackhaft, wenn auch einfach und ohne jegliche Raffinesse.
»Ich muß auf meine Gesundheit achten. Rumpley hat mir geraten, mich zu mäßigen. Du kennst doch Rumpley, den alten Doktor aus Winchester? Er ist sich sicher, daß ich ein schwaches Herz habe. Es tut mir gut, daß nach den Jahren der Völlerei Bescheidenheit und Mäßigung eingetreten sind. Keine fetten Speisen mehr, nichts Süßes, kein Alkohol.«
»Nicht einmal Wein?« fragte Richard fassungslos und blickte skeptisch auf die dunkelrote Flüssigkeit vor ihm im Glase.
»Auch keinen Wein. Nur Fruchtsäfte. Mrs. Mellvin stellt sie selbst her. Dies ist Johannisbeersaft. Trinke, und er wird dir guttun.«
Vorsichtig nippte Richard an seinem Glas. Es schmeckte nicht einmal so schlecht. Und doch hätte er viel für ein Glas vollmundigen spanischen Rotwein gegeben.
Als das Dinner beendet war und sich der Diener zurückgezogen hatte, konnte Richard seine Neugierde nicht mehr länger bezähmen.
»Das Haus scheint wieder in tadellosem Zustand zu sein«, sagte er. »Ebenso die Gärten und die Stallungen. Woher kommen die Mittel? Hat George dazu beigetragen?«
»So weit kommt es noch, daß ich von meinem eigenen Sohn Geld annehme«, entrüstete sich sein Vater. »Wie kommst du dazu, mir so etwas zu unterstellen! Nein, ich habe das Land jenseits des Baches an James Matthews verkauft.«
Richard traute seinen Ohren nicht. »Du hast was getan?« rief er erschüttert. »Du hast das Land an Sophias Bruder verkauft? Dazu hattest du kein Recht! Das Land war Erbland. Es gehörte mir ...!«
»Dir gehört gar nichts!« brüllte sein Vater ebenso aufgebracht zurück. »Noch bin ich nicht tot. Noch liege ich nicht unter der Erde. Noch bin ich der, der über Wild Rose Manor und das dazugehörende Land verfügt! Und noch ist gar nicht gesagt, daß du das alles einmal erben wirst.«
»Ich bin dein ältester Sohn. Ich bin dein Erbe, und ich habe mir nichts zuschulden kommen lassen, das eine Enterbung rechtfertigen würde«, verteidigte sich Richard lautstark.
»So? Und was ist mit dieser halbfranzösischen Frau, die du da bei Nacht und Nebel geheiratet hast?«

»Sie ist keine Halbfranzösin. Sie ist eine Engländerin. Und unsere Hochzeit war bei Tage. Im Beisein von Cousin Max und Sophia. Sag mir, was kann seriöser sein?«
Der Umstand, daß der Earl of Christlemaine bei der Eheschließung anwesend war, schien den aufgebrachten Viscount zu beruhigen.
»Aber warum so überstürzt?« fragte er, nun wieder in ruhigerem Ton.
»Aberfield zwang mich dazu. Er wollte, daß ich seine Tochter heirate. Also mußte ich rasch handeln.« Richard grinste.
»Die Tochter von Aberfield heiraten? Dieses verkommene Wesen? Sie hat sich jedem an den Hals geworfen, den sie erwischen konnte, bevor Ridley den Fehler machte, sie zur Frau zu nehmen. Wie konnte Aberfield nur denken, ein Willowby wäre bereit, sie zu heiraten?«
»Er wollte mich erpressen. Er war der Meinung, ich hätte seine Tochter verführt.«
»Und hast du?«
»Aber Papa!« rief Richard scheinbar entrüstet. »Ich habe nicht.«
»Dann bestand auch keine Veranlassung, diese Halbfranzösin zu heiraten.«
»Sag nicht immer Halbfranzösin. Das kann ich nicht hören. Sie heißt Catharine. Und es gab doch eine Veranlassung, denn Aberfield hat mich mit seiner Tochter im Bett überrascht, wenn du es genau wissen willst.«
»Und wie wirst du die Person nun wieder los?«
»Catharine? Die will ich gar nicht loswerden. Ich liebe sie nämlich, Vater. Und ich hoffe, daß sie bei mir bleibt.«
Der Viscount hob überrascht eine Augenbraue. Es schien seinem flatterhaften Sohn tatsächlich ernst zu sein. »Na ja, diese Frau scheint einen guten Einfluß auf dich auszuüben. Wie man hörte, treibst du dich viel weniger an Spieltischen herum als früher. Du besuchst die Bälle der ersten Gesellschaft und hast sogar gelernt, Quadrille zu tanzen.«
»Du bist erstaunlich gut informiert«, bemerkte sein Sohn nicht gerade erfreut. »Wie kommt das? Du hast dich seit Jahren nicht mehr von Wild Rose Manor fortbewegt. Und dennoch scheinst du über alle meine Schritte auf dem laufenden zu sein. Und über die von Lord Bridgegate ebenfalls, wenn man ihm Glauben schenken darf.«
»Bridgegate ist ein aufgeblasener, hinterhältiger Tunichtgut. Nicht

der Umgang, den ich mir für meinen ältesten Sohn wünsche«, entgegnete der Viscount streng.
»Du vergißt, daß Bridge in nicht allzu langer Zeit Herzog sein wird«, wandte Richard ein.
»Das ist mir egal. Er ist kein Mann nach meinem Geschmack. Und daher ist es mir auch nicht recht, daß du ihm gestattest, ständig um Hetty herumzuscharwenzeln. Ich hatte gehofft, du würdest dir mehr Gedanken um deine Schwester machen. Aber natürlich, du bist selbst ein Windhund, wie sollte es dir da auffallen…«
»Es ist mir aber aufgefallen«, verteidigte sich Richard entrüstet über den ungerechtfertigten Vorwurf. »Und ich habe ein Auge auf Hetty, das kannst du mir glauben. Ich bin sogar zu Konzerten und Musikabenden gegangen, nur damit die beiden nicht unbeaufsichtigt waren.«
»Es war ein großer Fehler, sie überhaupt nach London zu holen«, warf ihm sein Vater vor.
»Wenn du so gut informiert wärst, wie du zu sein vorgibst, dann wüßtest du auch, daß ich sie nicht geholt habe. Sie ist von selbst gekommen. Mit Catharine als ihrer Begleiterin. Tante Mable hatte sie Catharines Obhut anvertraut.«
»Deine Tante kennt diese Halb…? Deine Frau? Das ist beruhigend. Aber empörend ist, daß sie Hetty gestattete, nach London zu gehen. Ich hatte ihr ausdrücklich aufgetragen, sich um sie zu kümmern…«
»Hetty hat sich in Brighton zu Tode gelangweilt. Sie war dort nicht glücklich«, wandte Richard ein.
»Seit wann liegt dir denn das Glück deiner Schwester am Herzen?« erkundigte sich der Viscount mit unüberhörbarem Spott. »Du hast dich doch all die Jahre nicht um sie gekümmert.«
»Aber jetzt tue ich es eben. Und du solltest froh darüber sein. Und dankbar.«
»Dankbar!« rief sein Vater aus. »Ich sehe keinen Grund, dir dankbar zu sein.«
»Ich nehme dir schließlich die Aufgabe ab, für Hetty einen passenden Ehemann zu suchen. Es wäre deine Pflicht, dich um sie zu kümmern!«
»Sieh an, sieh an, mein Herr Sohn erklärt mir meine Pflichten. Vielen Dank für die Belehrungen. Hetty kann jederzeit nach Wild Rose Ma-

nor kommen, damit es mir möglich ist, meine Pflichten zu erfüllen.«
Richard lachte unmutig auf. »Du weißt genau, daß sie das niemals will.«
Der Viscount schwieg kurze Zeit und sagte dann mit unangenehmem Lächeln auf seinen schmalen Lippen: »Vielleicht sollte ich sie dazu zwingen.«
»Vater, du bist wirklich zu arg«, rief Richard entrüstet. »Hetty bleibt in London. Und ich passe auf sie auf. Allerdings kostet ihr Debüt eine enorme Summe Geld. Es wäre mir sehr geholfen, wenn du mir finanziell ein wenig aushelfen könntest.«
»Dir finanziell aushelfen?« rief sein Vater. »Aber ich denke gar nicht daran! Wie komme ich dazu, dir deine Laster und deinen Müßiggang zu finanzieren?«
»Es ist für Hetty!« wandte Richard ungehalten ein.
»Auch Hetty bekommt kein Geld. Ich habe keines, nicht einmal, wenn ich wollte.«
»Aber der Verkauf des Grundstücks. Er muß doch eine erkleckliche Summe eingebracht haben. Mehr als diese verdammten Bilder und Statuen da gekostet haben können.«
»Du sprichst von der griechischen Historie!« unterbrach ihn sein Vater streng.
»Ich spreche von der Vergeudung meines Erbes!« berichtigte ihn sein Sohn scharf. Er erwartete den Widerspruch seines Vaters, daß Wild Rose Manor noch lange nicht sein Erbe war. Doch der Widerspruch blieb aus. »Ich habe das Geld Mrs. Mellvin gegeben. Sie verwaltet es für mich«, erklärte er statt dessen.
»Du hast... du hast ihr den gesamten Erlös des Grundstücksverkaufes gegeben?« erkundigte sich Richard fassungslos. »Aber warum denn nur?«
»Mrs. Mellvin meint, sie könne besser damit umgehen. Und sie hat recht. Ist das Haus jetzt nicht fabelhaft instand gesetzt, und sind die Diener nicht viel fleißiger als die alten, die wir hatten?«
Dagegen konnte Richard nichts einwenden. »Du solltest diese Mrs. Mellvin heiraten«, sagte er spöttisch.
Sein Vater sah ihn mit großen Augen an. »Wärest du denn damit einverstanden?« wollte er wissen.
»Ich habe doch nur einen Scherz gemacht«, lachte Richard. »Aber

wenn du möchtest, dann kannst du heiraten, wen du willst. Gehst du morgen mit mir zum Fischen?«
So endete dieser Abend überraschend harmonisch, und als Richard gegen elf Uhr unter die dicken Decken seines Bettes schlüpfte, tat er dies in der Zuversicht, daß er alle Mißverständnisse mit seinem Vater aus der Welt geschafft hatte.

XIII.

Richard erwachte am nächsten Morgen, als Kermin ihn unsanft an der Schulter rüttelte. Er versuchte im Halbschlaf den festen Griff seines Dieners abzuschütteln. »Laß mich schlafen!« murmelte er unwirsch.
»Würde ich ja gerne, Master Richard. Aber es geht nicht. Sie müssen aufstehen. Ihr Vater, der Viscount, hatte einen Unfall.«
»Was denn für einen Unfall?« erkundigte sich sein Herr nicht übermäßig interessiert.
»Ihr Vater ist tot«, erklärte Kermin.
Mit einem Ruck saß Richard aufrecht im Bett. »Tot!« entfuhr es ihm. »Das ist unmöglich! Ich habe ihn doch gestern noch gesehen. Wir haben zusammen zu Abend gegessen.«
Kermin nickte. »Ich weiß«, sagte er. »Das ist ja das Fatale. Wollen Sie, daß ich Ihnen Reitkleidung herauslege?«
»Was ist daran fatal, daß ich mit Vater zu Abend gegessen habe?« wollte Richard wissen.
»Ich werde Ihnen eine schwarze Jacke bringen, das macht einen besseren Eindruck«, entschied Kermin. Es klopfte an der Tür, und der Diener, der am Vorabend bei Tisch serviert hatte, trat ein und stellte einen Krug heißes Wasser auf den Waschtisch.
»Danke, Charles!« sagte Kermin freundlich, bevor sich die Tür wieder hinter dem Diener schloß. »Die Herren werden bald da sein. Ich habe daher das Wasser bringen lassen. Würden Sie jetzt aufstehen…«
»Kermin!« unterbrach ihn Richard ungehalten. »Wovon sprichst du die ganze Zeit? Was ist passiert?« Er kletterte aus dem Bett und zog die Schlafmütze von seinen blonden Locken.
»Sie haben den Viscount heute morgen tot aufgefunden. Er saß auf

seinem Stuhl im Eßzimmer, den Kopf auf der Tischplatte, und rührte sich nicht mehr. Ich habe ihn mir angesehen. Eine Blutspur führt von seinem Hinterkopf den Kragen hinunter. Mr. Willowby meint, Ihr Vater sei erschlagen worden. Das kann ich natürlich nicht glauben. Obwohl es verdammt danach aussieht.«

»Erschlagen!« rief Richard aus. »Du mußt dich irren. Wer sollte ihn denn erschlagen haben? Was für ein Mr. Willowby war es, der diese dumme Aussage machte? Doch nicht etwa George?«

Kermin schüttelte den Kopf. »Nein, Alfred, Ihr Cousin Alfred. Er hat Ihren Vater heute entdeckt. Diese neue Haushälterin hatte ihn ins Eßzimmer geschickt. Er sollte dort warten, sie wollte den Viscount von seinem Kommen in Kenntnis setzen.«

»Alfred ist hier!« rief Richard ungläubig aus. »Was will denn der von meinem Vater? Soviel ich weiß, hatten die beiden in den letzten Jahren überhaupt keinen Kontakt. Rasch, Kermin, meine Kleider. Ich muß sehen, was hier vorgeht.«

Als er die breite Treppe in die Halle hinabschritt, war Mrs. Mellvin eben dabei, zwei uniformierte Männer einzulassen. »Ah, da sind Sie ja, meine Herren. Ich bin Ihnen so dankbar, daß Sie so rasch gekommen sind. Es ist ja alles so schrecklich, so schrecklich. Der arme Viscount. Bitte treten Sie ein. Ich werde Sie ins Eßzimmer geleiten.«

»Was ist hier los?« fragte Richard von der untersten Stufe der Treppe her.

Mrs. Mellvin fuhr herum. »Ach, Sie sind das, Mr. Willowby. Wie haben Sie mich erschreckt.« Sie kam auf ihn zu und streckte ihm die Hand entgegen. »Mein herzlichstes Beileid, Mr. Willowby. Sie haben es schon gehört. Eine traurige Geschichte. Eine tragische Geschichte. Ihr armer, armer Papa. Ich habe die Herren rufen lassen und auch den Honorable Sir Thomas Streighton verständigt. Er ist der zuständige Friedensrichter, müssen Sie wissen.«

»So, haben Sie das?« fragte Richard sichtlich ungehalten. »In Zukunft wäre ich Ihnen dankbar, wenn Sie derartige Schritte nicht ohne meine Zustimmung unternehmen würden.«

»Heißt das, daß Sie uns nicht verständigt hätten?« fragte einer der Uniformierten lauernd.

»Nein, das heißt es nicht«, entgegnete Richard scharf. »Wenn ich nun wissen dürfte, wer diese Herren sind. Ich bin Richard Willowby.«

»Inspektor Sandright.« Der Kleinere der beiden, mit schütterem blonden Haar und einer schmalen Nickelbrille, verbeugte sich höflich. Er deutete auf seinen hochgewachsenen Begleiter. »Und das ist mein Assistent Jason MacWindell. Wir kommen aus Winchester. Die Kollegen aus der Bow Street in London werden wir verständigen, sobald Sie es wünschen oder die Umstände es für nötig erachten lassen.«

»Wir werden sehen«, sagte Richard vage. »Gehen wir jetzt zu meinem Vater?«

»Wenn ich vorausgehen darf?« fragte Mrs. Mellvin beflissen. »Er liegt noch genauso dort, wie Mr. Alfred Willowby ihn gefunden hat. Wir haben gar nichts verändert. Wenn Sie mir bitte folgen wollen.« Sie schritt den Gang entlang und bat die Umstehenden mit einer weitausholenden Handbewegung ihr zu folgen.

»Kommt Alfred oft hierher?« wollte Richard wissen.

Für einen Moment schien es, als habe ihn Mrs. Mellvin nicht verstanden. Doch dann blieb sie stehen und blickte sich zu Richard um. »Alfred? Meinen Sie Ihren Cousin Alfred Willowby?«

»Wen denn sonst!?« fragte Richard ungeduldig.

Mrs. Mellvin schüttelte den Kopf. »Er war vielleicht einmal da, seitdem ich hier im Hause bin, und hat seinen Onkel besucht. Bitte, meine Herren. Das ist unser Speisezimmer.« Sie hielt die Tür auf und ließ Richard und die Uniformierten eintreten. Der tote Viscount befand sich auf seinem Platz, den Kopf auf dem Tisch, wie Kermin es beschrieben hatte. Richard zog scharf die Luft ein. Kein Zweifel, daß sein Vater nicht eines natürlichen Todes gestorben war. Er spürte, wie eine Gänsehaut über seinen Nacken kroch. Sicher, sein Vater hatte sich in früheren Zeiten viele Gegner gemacht. Doch nun lebte er seit fünf Jahren in Ruhe und Abgeschiedenheit. Wer also sollte ein Motiv für diese schreckliche Tat haben? Wer kam als Mörder in Frage? Sicher war der bereits über alle Berge. Er bemerkte Alfred erst, als dieser sich von dem Fenster, aus dem er reglos gestarrt hatte, abwandte und auf ihn zukam. Sein Gesicht war bleich, seine Lippen zitterten, als er Richard die Hand reichte. »Oh, Richard. Ich bin völlig aus der Fassung. Mein tiefstes Beileid. Was für eine schreckliche Sache.« Der Tod des Viscount schien ihm sehr nahe zu gehen. Eigenartig, dachte Richard, ich wußte gar nicht, daß sich die beiden so nahe gestanden waren. Laut sagte er: »Guten Morgen, Alfred. Ja, du hast recht, es ist schrecklich. Du hast Vater gefunden, sagte Kermin. Was bringt dich nach Wild Rose Manor?«

Inspektor Sandright, der begonnen hatte, den Viscount nach weiteren Verletzungen zu untersuchen, blickte gespannt auf Alfred. Als wäre er an dessen Antwort mindestens ebenso interessiert wie Richard.

»Oh, ich kam zufällig vorbei. Ich war auf dem Weg zu meiner Tante Callerhan, weißt du. Der alten Dame geht es nicht gut. Und da beschloß ich... beschloß ich, ähm, äh... auch meinen Onkel zu besuchen. Ach, Richard...«

»Ich wußte gar nicht, daß du auf so vertrautem Fuß mit meinem Vater standest«, wandte Richard ein.

»Stand ich ja gar nicht«, beeilte sich sein Cousin zu versichern. »Aber schließlich ist er mein Onkel, und da dachte ich, besuchst du ihn einmal. Das ist doch nichts Schlimmes, nicht wahr? Und jetzt, ich ahnte ja nicht...«

»Sie erlauben, daß wir Ihnen einige Fragen stellen, meine Herrschaften«, meldete sich Inspektor Sandright zu Wort. »Ich würde gerne mit Mr. Richard Willowby den Anfang machen. Mein Assistent sollte mit Ihnen, Mrs. Mellvin, sprechen. Anschließend würde ich mich gerne mit Ihnen unterhalten«, sagte er an Alfred gewandt.

Die Vernehmungen zogen sich bis zum Mittag hin. Richard berichtete wahrheitsgemäß, daß er sich mit seinem Vater nicht allzugut verstanden hatte. Daß dieser den Wunsch geäußert hatte, ihn zu sehen und daß er nur deshalb nach Hause gereist war. Inspektor Sandright stellte seine Fragen mit sachlicher Stimme und notierte Richards Aussagen fein säuberlich, ohne einen Kommentar abzugeben.

Am Nachmittag begann Richard die Vorkehrungen für die Beerdigung seines Vaters zu treffen. Der Leichnam sollte in der Kapelle von Wild Rose Manor aufgebahrt werden, um den Pächtern und Nachbarn die Gelegenheit zu geben, von ihm Abschied zu nehmen. Auch die Verwandten mußten verständigt werden. Richard war alles andere als begeistert über diese ungewohnten Aufgaben. Aber schließlich war er jetzt der Herr des Hauses und der neue Viscount – auch wenn er bis zum Begräbnis seines Vaters nicht so genannt werden wollte. Also fielen ihm diese Aufgaben von selbst zu. Es sei denn, er hätte sie Mrs. Mellvin überlassen. Doch das wollte er nicht. Diese fremde Frau bestimmte für seinen Geschmack ohnehin schon zu viel auf Wild Rose Manor. Sicher, sie hatte das Haus wieder in tadellosen Zustand versetzt. Sie hatte Diener engagiert, die ihre Arbeit ordentlich verrichteten. Und sie hatte verhindert, daß Vater das Geld verschleuderte, das er durch den unrechtmäßigen Grundstücksverkauf erhalten hatte. Eigentlich sollte er ihr dankbar sein. Und er war es in gewisser Weise auch. Wäre da nicht das Gefühl gewesen, sie sähe ihn auch nur als eine Figur im Hause an, über die sie nach ihrem Willen verfügen konnte. Höchste Zeit, daß er zeigte, wer in Zukunft das Kommando übernahm.

Energisch zog er an der Klingelschnur, die neben dem breiten Schreibtisch seines Vaters hing, an dem er saß, um die nötigen Schreiben zu verfassen. Den Diener, der kurz darauf eintrat, um nach seinen Wünschen zu fragen, forderte er auf, Mrs. Mellvin zu holen. Es dauerte nicht lange, und die Haushälterin trat ein. Ihr helles Kleid, das sie noch am Morgen getragen hatte, hatte sie mit einer tiefschwarzen Toilette vertauscht. Auf den roten, aus der Stirn gekämmten Locken saß ein Häubchen aus schwarzer Spitze.

Richard registrierte es mit einem Stirnrunzeln. »Ihre Trauer um meinen Vater in Ehren, Mrs. Mellvin«, sagte er, »aber gehen Sie da nicht ein bißchen zu weit? Man könnte Sie ja glatt für die trauernde Witwe halten, nicht für die Haushälterin. Bitte nehmen Sie Platz.«

Mrs. Mellvin leistete dieser Aufforderung Folge und entgegnete in beleidigtem Tonfall: »Ich habe das Recht, um Ihren Vater zu trauern, Mr. Willowby. Er war mein Herr und immer gut zu mir. Er hat mir ein Heim gegeben, als ich es am dringendsten brauchte. Ich habe meine ganze Kraft dafür eingesetzt...« Es hatte den Anschein, als würde sie im nächsten Augenblick in Tränen ausbrechen.

Richard bereute seine harten Worte. »Es ist gut, Mrs. Mellvin. Natürlich können Sie um meinen Vater trauern, soviel Sie wollen. Ich habe Sie hergebeten, weil ich einiges mit Ihnen zu besprechen habe. Ich bin eben dabei, die nötigen Vorkehrungen für das Begräbnis zu treffen. Wo ist das Geld, das mein Vater für den Grundstücksverkauf erhalten hat? Er sagte, er hätte es Ihnen zur Verwaltung übergeben. Es gehört nun mir. Ich ziehe es vor, es selbst zu verwalten.«

Mrs. Mellvin fuhr aus dem Sessel auf. »Nein, das gebe ich nicht aus der Hand! Sie werden es in kurzer Zeit durchgebracht haben! Nein, nein, das können Sie nicht von mir verlangen.«

»Mrs. Mellvin«, erwiderte Richard streng, »Sie vergessen sich. Ich habe Sie nicht um Ihre Erlaubnis gebeten, ich habe Sie angewiesen, mir das Geld zu übergeben. Also …«

Nun brach Mrs. Mellvin endgültig in Tränen aus. »Oh, entschuldigen Sie, Mr. Willowby, ich bin ganz durcheinander. Natürlich bekommen Sie das Geld. Ich werde es sofort holen. Ich habe genau Buch geführt, wie Sie sehen werden. Ihr Vater hat mir im Monat einen gewissen Betrag für meine persönlichen Bedürfnisse genehmigt. Darf ich darauf hoffen, daß Sie ebenso großzügig verfahren werden?«

Richard nickte. »Soweit die Mittel reichen, dürfen Sie das sicherlich«, sagte er, zufrieden, daß das Gespräch eine so erfreuliche Wendung genommen hatte. Mrs. Mellvin schien Vernunft angenommen zu haben und bereit zu sein, sich seinen Wünschen zu fügen.

Während die Haushälterin verschwand, um das Geld zu holen, lehnte sich Richard grinsend in dem breiten Stuhl zurück. Er war tatsächlich dabei, so etwas wie Autorität zu entwickeln, dachte er vergnügt. Wenn ihn Catharine nur so sehen könnte! Er wurde schlagartig ernst: Catharine! Mit schmerzhaftem Ziehen in seiner Brust überlegte er, ob sie wohl eben dabei war, ihre Koffer zu packen und ihre Reise nach Frankreich vorzubereiten. Sie war jetzt eine reiche Frau, wie er ihren wenigen Worten hatte entnehmen können. Nichts hielt sie mehr in England. Sicher würde sie in Frankreich einen Palast besitzen. Zu dumm, daß er sich niemals erkundigt hatte, woraus das Erbe bestand. Aber war das nicht auch völlig gleichgültig? Catharine würde nach Frankreich zurückkehren, denn dort wartete nicht nur der Besitz und das Vermögen auf sie, sondern auch dieser Mann, von dem sie gesagt hatte, daß sie ihn liebte. Roger hieß der Mann, das wußte er noch genau. Sein Gesicht verfinsterte sich. Nein, er würde seine Frau diesem Roger nicht kampflos überlassen. Er mußte dringend nach London zurück. Sollte doch diese Mrs. Mellvin alles Nötige hier organisieren. Er hatte Wichtigeres zu tun. Alfred konnte ihr zur Seite stehen. Und Kermin würde hierbleiben, um den beiden auf die Finger zu sehen.

Die Tür ging auf, und Mrs. Mellvin trat ein, eine kleine, schwarze Truhe in Händen, die allem Anschein nach von erheblichem Gewicht war. Sie stellte sie vor ihn auf den Schreibtisch. »Hier ist das Geld, Sir. Und die Bücher. Wenn Sie bitte kontrollieren wollen …«

Richard sprang von seinem Sitz auf. »Nicht nötig«, sagte er. »Ich habe mich anders entschieden. Behalten Sie das Geld vorläufig noch. Ich fahre morgen früh nach London zurück. Ich lege die Verwaltung von Wild Rose Manor bis auf weiteres in Ihre kundigen Hände.«

»Nach London, Sir?« rief Mrs. Mellvin entgeistert. »Aber das wird nicht gehen. Der Inspektor hat uns doch aufgetragen, uns hier zur Verfügung zu halten. Es wird ihm sicher nicht recht sein...«

»Ich habe nicht vor, ihn zu fragen«, unterbrach Richard sie, »und außerdem habe ich ihm schon alles gesagt, was ich weiß. Schicken Sie jetzt Kermin zu mir. Er wird Ihnen hier zur Seite stehen, bis ich wieder zurückkomme. Und suchen Sie Mr. Willowby. Ich habe ihn seit Stunden nicht mehr gesehen.«

Als Mrs. Mellvin davoneilte, um seine Anweisungen an die Dienerschaft weiterzugeben, öffnete Richard die Truhe. Überrascht hielt er die Luft an: Das war mehr, als er zu träumen gewagt hatte. Er würde einen größeren Betrag für seine Reise nach London mitnehmen. Und einen größeren Betrag würde er Kermin zur Verwahrung übergeben. Vielleicht wollte er in den Tagen, da er selbst nicht hier war, Geld ausgeben, von dem Mrs. Mellvin nichts wissen mußte. Als Kermin erschien, übergab er ihm einige Geldscheine zu treuen Händen und legte ein Blatt Papier in die Kasse, wieviel Geld er entnommen hatte. Dann bat er seinen Diener, Kleidung für einen Tag und eine Nacht in seine Satteltaschen zu packen.

Nun mußte nur noch ein Bote nach Rampstade Palace in Yorkshire gesandt werden, um George Willowby vom Ableben seines Vaters in Kenntnis zu setzen. Ob sich sein jüngerer Bruder bereits wieder in England aufhielt, wußte Richard nicht. Aber sicher würde man in Rampstade wissen, wo ihr Herr zu finden war. Dann erschien Alfred, und die beiden jungen Männer setzten sich zu einem frühen Abendessen nieder. Mrs. Mellvin hatte den Tisch aus Pietätsgründen im Frühstückszimmer decken lassen. Das Speisezimmer sollte nicht mehr benützt werden, bis der Viscount begraben war.

Es war wenig später, gegen sechs Uhr abends, als der Türklopfer energisch betätigt wurde und sich kurz darauf eilige Schritte dem Frühstückszimmer näherten. Die Tür wurde geöffnet, und Inspektor Sandright trat ein, gefolgt von zwei weiteren Uniformierten, die Richard noch nicht kennengelernt hatte.

»Im Namen des Königs«, verkündete der Inspektor den fassungslosen Männern, »und im Auftrag des Friedensrichters, des Honourable Sir Thomas Streighton, verhafte ich Sie, Richard Willowby, wegen Verdachts des Mordes an Viscount Willowby. Wenn Sie bitte mitkommen, Sir.«

XIV.

Noch nie, seitdem Catharine nach London gekommen war, waren ihr die Tage so lang erschienen wie jetzt, da Richard die Stadt verlassen hatte. Sie vermißte sein Lachen beim gemeinsamen Frühstück, das ihr zur lieben Gewohnheit geworden war. Sie sehnte sich nach vertrauten Gesprächen, nach den zärtlichen Blicken in seinen Augen. Und als sie sich beim ersten Ball, den sie nach langer Zeit wieder mit Hetty allein besuchte, mit Mr. Finch-Bottom im Walzertakt drehte, wäre sie vor Sehnsucht am liebsten in Tränen ausgebrochen. Sie war erstaunt, daß Richard einen so großen Raum in ihrem Leben und in ihren Gefühlen einnahm. Jetzt, da ihr eigenes Gefühlsleben aus den Fugen geraten war, waren Hettys Launen noch viel schwerer zu ertragen als sonst.

Und Hettys Launen waren in diesen Tagen besonders starken Schwankungen unterzogen. Einmal war sie fröhlich, und es gelang ihr, Catharine aus ihren Träumen zu reißen und in gut gelaunte Gespräche zu verwickeln. Dann wieder war sie wegen jeder Kleinigkeit beleidigt, saß schmollend in einer Ecke oder schrie Rosie an, bis diese mit Tränen in den Augen in die Küche verschwand.

Von Catharine daraufhin zur Rede gestellt, gab sie freche Antworten oder erklärte, sie sei im Haus die einzige wahre Willowby. Daher sei es ihr gutes Recht, den Dienstboten Befehle zu erteilen.

Catharine mußte sich sehr zusammennehmen, um ihr für diese Bemerkung keine Ohrfeige zu verabreichen. Strafte sie ihre Schwägerin jedoch mit kühler Nichtachtung, so rächte sich Hetty dadurch, daß sie auf Bällen ungeniert mit völlig unpassenden jungen Männern flirtete und die Unschicklichkeit besaß, mit einem Verehrer zwei Tänze hintereinander zu tanzen. Lord Bridgegate hatte seine Galanterien längst anderen Damen zugewandt. Es war ihm gelungen, die Gerüchte, er wolle sich mit Hetty Willowby verloben, im Keim zu ersticken. Catharine vermutete, daß das Verhalten des Beau Hettys

schlechte Laune verursacht hatte. Und sie wußte keinen Rat, wie sie ihrer Schwägerin helfen konnte.
Richard, mit dem sie die Angelegenheit hätte besprechen können, war nicht da. Leider war auch Hugh für einige Tage zu seiner Tante nach Rochester gefahren.
»Tante Abigail will mich bereits seit Jahren verkuppeln«, hatte er Catharine und Hetty vor seiner Abreise augenzwinkernd erzählt. »Bis jetzt habe ich mich erfolgreich zur Wehr gesetzt. Obwohl sie recht hat, und ich tatsächlich heiraten sollte. Nun hat sie die Cousine ihres verstorbenen Gatten eingeladen, die wiederum ihre Nichte mitbringt. Tante Abigail schrieb, sie möchte mich den Verwandten vorstellen. Sicher geht es ihr nicht darum, daß ich die Cousine kennenlerne. Vielmehr wird die Nichte ein hübsches junges Mädchen sein und genau aus dem Holz geschnitzt, aus dem sich Tante Abby meine Zukünftige vorstellt. Ich werde drei oder vier Tage von London fort sein. Es sei denn, ich verliebe mich in die Nichte. Dann dauert es länger.«
Nun war er bereits vier Tage fort, und Catharine sehnte seine Rückkehr herbei. Er war der einzige, dem es gelang, Hetty zu beruhigen, wenn sie sich schlecht benahm und eher einem Schulmädchen glich als einer Dame der Gesellschaft.
Gerade als Catharine dachte, sie würde keinen Tag länger in Hettys Gesellschaft aushalten, kam ein Bote und überreichte eine blütenweiße Einladungskarte. Lady Willborough organisierte für ihre Tochter ein Picknick im Grünen, und Hetty war herzlich dazu eingeladen. Da das Wetter gerade so vielversprechend war, schlug Mylady vor, am nächsten Morgen aufzubrechen. Für Fahrgelegenheiten, Speis und Trank sei gesorgt. Man würde auf ihrem Landsitz nahe der Stadt übernachten und am nächsten Mittag zurückkehren. Catharine überredete ihre mißmutige Schwägerin, an dem Landausflug teilzunehmen, den diese als kindisch und völlig unter ihrer Würde eingestuft hatte.
Als am nächsten Morgen, nach dem Frühstück, der von Lady Willborough geschickte Wagen vorfuhr und die Tür hinter Hetty ins Schloß fiel, sank Catharine aufatmend in ihren Stuhl zurück. Endlich Ruhe. Endlich Zeit, sich mit sich und ihren Plänen für die Zukunft zu befassen. Dank Richards Cousin Max, dem Earl of Christlemaine, kümmerte sich eines der besten Bankhäuser der Stadt darum, das Barvermögen ihres verstorbenen ersten Mannes nach London zu

transferieren. Trotzdem würde es unabdingbar sein, daß sie in naher Zukunft selbst nach La Falaise reiste. Zahlreiche Wertgegenstände waren abzuholen, die Reitpferde und Kutschen, die ihr zugefallen waren, mußten verkauft werden. Den Witwensitz mit seinen Wiesen und Wäldern würde sie Jeanette de la Falaise überschreiben. Diese hatte ihr aus Italien geschrieben. Der Aufenthalt bei ihrer Schwester schien sich doch nicht so erfreulich zu gestalten, wie sie gehofft hatte. Obwohl sich Jeanette nicht direkt beklagte, war doch zwischen den Zeilen zu lesen, daß sie unglücklich war. Vermutlich war sie als mittellose Verwandte im Haus ihres Schwagers eher geduldet als erwünscht. Nun, sie, Catharine, würde dafür sorgen, daß ihre Freundin keine mittellose Verwandte mehr war. Sie dachte an die Abende auf La Falaise zurück, an die Tage in trostloser Einsamkeit an der Seite ihres ungeliebten, so viel älteren Mannes. Wenn Jeanette damals nicht gewesen wäre, mit ihrer feinen, ausgleichenden Art, wäre alles noch viel schlimmer gewesen. Keine Frage: Sie würde Jeanette helfen. Das Problem war nur, wie es ihr gelingen sollte, den Witwensitz an ihre Freundin zu verschenken, ohne daß er automatisch in Rogers Hände fiel, deren rechtmäßige Ehefrau Jeanette war. Sie würde ihre französischen Rechtsanwälte um Rat fragen. Roger. Wie lange sie schon nicht mehr an ihn gedacht hatte. Wo er wohl war, und wie es ihm ging?

Ein lautes Klopfen war von der Haustür her zu vernehmen.

Catharine atmete tief durch und erhob sich aus ihrem Stuhl. Wie gut, daß sie an Roger denken konnte, ohne zu frösteln. Dieses Thema gehörte endgültig der Vergangenheit an.

Hätte Catharine wohl ebenso gedacht, wenn sie gewußt hätte, daß eben zur gleichen Stunde ein gutaussehender schwarzhaariger Gentleman Mitte dreißig in Frankreich das Schiff in Richtung Dover bestieg? Der Name, den er mit großen, kantigen Buchstaben in die Passagierliste eintrug: Roger Marquis de la Falaise.

Burley öffnete die Tür zum Speisezimmer. »Mr. Kermin, Madam.«

Der so Angekündigte drängte den Butler mit ungeduldiger Handbewegung zur Seite. »Aus dem Weg, Burley! Ich habe keine Zeit zu verlieren! Gut, daß Sie zu Hause sind, Mrs. Willowby.«

Catharine deutete Burley mit der Hand an, daß er sich zurückziehen konnte, und wandte sich dann ihrem anderen Diener zu: »Was ist passiert, Kermin? Sie sehen völlig erschöpft aus. Warum sind Sie nach London zurückgekehrt?«

»Ich bin die ganze Strecke in einem durchgeritten, Madam. Man hat Master Richard verhaftet.«
»Man hat was?« rief Catharine entsetzt.
»Vorgestern abend haben sie ihn abgeholt, Madam, auf meine Ehre. Man wirft ihm vor, er habe den Viscount umgebracht.«
»Den Viscount?« fragte Catharine verständnislos. »Richards Vater? Ist er tot?«
Kermin nickte. »Erschlagen worden. Hab' selbst die Blutspur gesehen, vom Kopf in den Kragen. Es war grauenhaft.«
Catharine ließ sich auf den nächstbesten Stuhl fallen. Mit großen Augen blickte sie auf Kermin, der sich vor Erschöpfung kaum auf den Beinen halten konnte. Es konnte einfach nicht wahr sein, was sie da soeben gehört hatte. »Und man sagt, daß mein Mann der Mörder ist?« vergewisserte sie sich fassungslos. »Der Mörder seines eigenen Vaters? War er es denn, Kermin? Sagen Sie mir die Wahrheit: Hat er es getan? Das kann doch nicht sein! Nein, das kann ich nicht glauben.«
»Beruhigen Sie sich, Madam. Er war es nicht. Dafür lege ich meine Hand ins Feuer.«
Catharine atmete auf. »Gott sei Dank«, stöhnte sie.
»Ja, aber jetzt haben sie ihn eingesperrt. Und wenn uns nicht bald etwas einfällt, werden sie ihn hängen. Hat keinen guten Ruf, unser Master Richard. Jeder weiß, daß er den Viscount nicht leiden konnte.«
»Um Himmels willen! Natürlich muß uns etwas einfallen! Los, Kermin, setz dich hin und erzähle mir alles, was du weißt.«
Dieser Aufforderung kam der Diener gerne nach. Es war nicht viel, was er zu erzählen wußte. Daß sein Herr mit dem Viscount zu Abend gegessen hatte. Die beiden mußten bald nach Beginn des Wiedersehens Streit gehabt haben, denn herbe Worte, in lautem Ton geäußert, drangen durch die Tür des Speisezimmers. Er war mit Mrs. Mellvin, der Haushälterin, die »den Laden ordentlich in Schuß hielt«, wie Kermin anerkennend bemerkte, an der Tür vorübergegangen. Sie hatten einige Wortfetzen aufgeschnappt. Worum sich das Gespräch gehandelt hatte, konnte er jedoch nicht angeben. Vater und Sohn hätten sich relativ früh zurückgezogen, da der Viscount gesundheitlich »nicht eben auf der Höhe« sei. Und Master Richard war von der langen Reise müde gewesen. Sie hatten gemeinsam das

Eßzimmer verlassen, darauf schwor Richard Stein und Bein. Und sie mußten beim »gute Nacht Sagen« in keinem schlechten Einvernehmen gestanden haben, da sie sogar überlegten, am nächsten Tag zusammen fischen zu gehen. Wie der Viscount wieder ins Eßzimmer zurückgekommen war und wer ihn erschlagen hatte, wußte niemand. Tatsache war, daß Richard gegen elf Uhr nachts zu Bett gegangen war. Kermin selbst hatte ihm beim Entkleiden geholfen. Am nächsten Tag hatte Mr. Willowby den Toten entdeckt. Ja, Alfred Willowby war völlig überraschend vorbeigekommen, um seinem Onkel einen Besuch abzustatten. Mrs. Mellvin hatte den Friedensrichter verständigt und der hatte einen Inspektor mit Begleitung geschickt. Zuerst hätten die Herren alle einzeln vernommen und wären wieder gegangen. Am Abend dann, als es dunkelte, seien die Uniformierten wiedergekommen und hätten Master Richard verhaftet. So sei auch aus der geplanten Reise nach London nichts geworden.
»Nach London?« erkundigte sich Catharine verwundert, noch ganz im Bann des Gehörten. »Was wollte mein Mann denn in London? Sicherlich gibt es auf Wild Rose Manor jetzt genügend für ihn zu tun.«
Kermin nickte. »Ja, das sollte man glauben, Madam. Aber Sie wissen ja, wie Master Richard ist. Wenn er sich etwas in den Kopf gesetzt hat, fragt er keinen um Erlaubnis. Und ausreden läßt er sich schon gar nichts.«
»Trotzdem seltsam«, meinte Catharine nachdenklich.
»Ja, das ist er eben. Der Inspektor muß irgendwie Wind davon bekommen haben, was Master Richard vorhat, und denkt jetzt, er wollte fliehen. Weil ihm doch aufgetragen worden war, sich nicht von Wild Rose Manor wegzubewegen und sich für weitere Befragungen zur Verfügung zu halten.«
»Aber wie kann der Inspektor davon erfahren haben?«
Kermin zuckte die Schultern. »Weiß ich nicht. Was mir Mr. Willowby, also Alfred Willowby, erzählte, der mit dem Inspektor gesprochen hat, so hat dieser ein anonymes Schreiben bekommen. Da sei das drinnen gestanden. Und auch Beweise, die Master Richard überführen sollen. Wie das gehen soll, weiß ich nicht, weil er's ja nicht gewesen ist.« Er gähnte, und seine kleinen Augen waren rot vor Müdigkeit.
»Wissen Sie was, Kermin, Sie legen sich jetzt für zwei oder drei Stun-

den nieder. Länger haben wir leider nicht Zeit, denn wir müssen umgehend nach Winchester. Sie sind geritten, sagten Sie? Dann werden wir jetzt meinen Wagen nehmen. Ich werde Mrs. Blenchem anweisen zu packen. Und Rosie wird mich begleiten. Zu dumm, daß Hetty nicht da ist. Jetzt, nach dem Tod ihres Vaters, ist es völlig ausgeschlossen, daß sie weiter an Veranstaltungen der Saison teilnimmt. Am besten ist, sie kommt auch nach Wild Rose Manor. Also rasch, Kermin, auf Ihr Zimmer!«
Kermin hatte sich aufgerappelt und streckte Catharine mit dankbarem Lächeln die Hand hin. »Danke, Madam«, sagte er. »Ich wußte, daß Sie Master Richard nicht im Stich lassen. Natürlich fahre ich mit Ihnen. Wissen Sie schon, wie Sie ihn freibekommen?«
Diese Frage traf den Nagel auf den Kopf. Ihr erster Gedanke war gewesen, sich hilfesuchend an den Earl of Christlemaine zu wenden. Doch Max war am Vortag nach York gefahren, um auf seinem weitläufigen Landsitz nach dem Rechten zu sehen. Vielleicht sollte sie Sophia aufsuchen, damit diese ihr ein Schreiben für James Matthews mitgab. Dessen Besitzungen grenzten unmittelbar an Wild Rose Manor...
»Es ist nämlich unbedingt wichtig, daß Sie sich etwas einfallen lassen. Sir Thomas Streighton soll ein äußerst strenger Mann sein. Von festen Grundsätzen und hohem Standesdünkel. Es dürfte nicht leicht sein, ihn davon zu überzeugen, Master Richard freizulassen und nach dem wirklichen Mörder zu suchen«, unterbrach Kermin ihre Gedanken.
»Sir Thomas Streighton?« fragte Catharine zerstreut.
»Na, Streighton, der Friedensrichter«, erklärte Kermin. »Das Schicksal von Master Richard liegt in seiner Hand.«
»Streighton?« murmelte Catharine. »Sir Thomas Streighton?« Wo hatte sie diesen Namen nur schon einmal gehört? Henry! Henry war mit Sir Thomas Steighton befreundet! »Kermin, ich glaube, ich habe die Lösung!« rief sie aus. »Gehen Sie schlafen. Ich werde Sie wecken lassen, wenn ich reisefertig bin.«

Während sich Catharine für den Besuch bei ihrem Bruder umkleidete, gab sie Rosie genaue Anweisungen, was sie in die Koffer zu packen hatte. Ihre Kutsche war nicht für allzuviel Gepäck geeignet, und daher mußten die Kleidungsstücke mit Bedacht gewählt werden.
Was ich vergessen habe, werde ich mir in Winchester kaufen,

dachte sie mit einem Anflug von Übermut. Bald würde das Geld aus Frankreich kommen, und dann war sie eine reiche Frau. Hoffentlich gelang es ihr, Richard freizubekommen, damit auch er sich darauf freuen konnte. Richard! Wenn sie an ihn dachte, hatte sie ein klammes Gefühl. Wie sah das Gefängnis wohl aus, in das sie ihn gesteckt hatten? Bekam er ordentlich zu essen? War er allein oder mußte er mit zwielichtigem Gesindel seine Tage verbringen? Energisch verbat sie sich jeden Gedanken daran. Es nützte nichts zu grübeln, sie mußte handeln.

»Ach, Mrs. Blenchem«, sagte sie, sich an die Haushälterin wendend, die soeben erschienen war, um einen Stapel frischer Wäsche in die Kommode zu schichten. Und wohl auch, um nachzusehen, in welch ungewöhnliche Vorgänge sie da nicht eingeweiht war. »Ich habe eine große Bitte, und ich weiß, ich kann mich auf Sie verlassen.« Die Haushälterin sah Catharine gespannt an. Diese kannte ihre Abneigung gegen öffentliche Verkehrsmittel und hoffte inständig, daß nicht allzuviel Zeit verlorenging, um mit Mrs. Blenchem die Pläne zu diskutieren, die sie für den kommenden Tag gefaßt hatte. »Ich würde es nicht von Ihnen verlangen, wenn ich eine andere Wahl hätte...«

»Aber, Mylady. Sie wissen doch, daß ich alles für Sie tue. Worum handelt es sich?«

Catharine mußte trotz ihrer Aufregung lächeln. »Oh, vielen Dank, Mrs. Blenchem. Ich wußte, daß ich mich auf Sie verlassen kann. Ich werde heute mit Kermin nach Wild Rose Manor fahren, da... da ein... da ein wichtiges Ereignis meine Anwesenheit dort notwendig macht. Wie Sie wissen, kommt meine Schwägerin, Miss Hetty, erst morgen vom Ausflug von Lady Willborough zurück.«

»Soll ich mich um Miss Hetty kümmern, solange Sie nicht da sind, Mylady?« erkundigte sich Mrs. Blenchem.

Catharine schüttelte den Kopf: »Nein, Miss Hetty muß auch nach Wild Rose Manor kommen. Und Sie, liebe Mrs. Blenchem, werden sie begleiten. Ich weiß, eine Postkutsche ist nicht sehr komfortabel. Aber es ist ja keine weite Strecke. Nur zwei Tage, und Sie sind in Winchester. Ich werde dafür sorgen, daß Sie dort von der Poststation abgeholt werden.«

»Zwei Tage!« rief Mrs. Blenchem aus. »Das überlebe ich nicht. Nein, wirklich, Mylady...«

»Sie wollen mich also im Stich lassen?« fragte Catharine nicht gerade freundlich.
Mrs. Blenchem seufzte. »Nein, natürlich nicht, Mylady«, sagte sie mit zusammengekniffenen Lippen.
»Das ist fein.« Catharine lächelte ihr dankbar zu. »Ich werde einen Stallburschen von Lord Yester bitten, zwei Plätze in der Postkutsche übermorgen zu buchen. Sie wissen, Lord Yester hat seine Pferde im selben Stall stehen, in dem wir unsere eingestellt haben. Ich werde selbst meinen Wagen holen, da wir keinen Mann im Hause haben außer Mr. Kermin, dem ich diese Aufgabe nicht zumuten will. Da kann ich persönlich mit einem Burschen sprechen. Er wird alles für Sie organisieren. Nehmen Sie nur das Nötigste mit. Ich werde Ihnen genug Geld mitgeben, damit Sie und Miss Hetty sich die besten Zimmer in der Poststation für die Übernachtung mieten können.«
Auch die weiteren Hürden, die Catharine vor ihrer Abreise zu überwinden hatte, waren ohne größere Schwierigkeiten zu meistern. Tim, der Stallbursche, der vom Stallmeister den Auftrag bekommen hatte, sich um Catharines Pferde zu kümmern, solange Brian in Winchester war, spannte die Pferde vor den Wagen und erklärte sich auch bereit, Catharine zum Haus des Herzogs von Milwoke zu kutschieren. Er wollte die Zeit, die sie bei ihrem Bruder verbrachte, dazu nützen, die beiden Plätze in der Postkutsche zu reservieren, und nach einer Stunde Catharine am Hanover Square wieder abholen.
Einem weiteren glücklichen Umstand hatte sie es zu verdanken, daß Henry zu Hause war, ihre Schwägerin Esther jedoch Einkäufe in der Bond Street erledigte. Ihr Bruder war nicht gerade begeistert von der Idee, seine Bekanntschaft mit Sir Thomas Streighton dafür zu verwenden, ein gutes Wort für seinen Schwager einzulegen. Er kannte Richard Willowby kaum. Und das, was er von ihm gehört hatte, ließ ihn nicht als den Mann erscheinen, den er gerne zu seiner Familie zählte. Gut, er war früher selbst ein flotter Bursche gewesen, wie er nicht ohne Stolz zugab, aber die Ehe mit der gestrengen Miss Esther Linchford hatte einen ernsten Mann aus ihm gemacht. Was war, wenn Richard Willowby seinen Vater tatsächlich umgebracht hatte? Wenn man seinem Ruf glauben konnte, war ihm das sehr wohl zuzutrauen. Dann verwendete er seinen guten Namen am Ende darauf, einen Mörder der gerechten Strafe zu entziehen. Allerdings waren da Catharines Beteuerungen, denen er sich nicht verschließen konnte.

Dazu kam das ständig schlechte Gewissen, das er seiner Schwester gegenüber empfand. Und die natürliche Abneigung dagegen, in einen Skandal verwickelt zu werden, der seine Familie und somit auch ihn und seine Gattin betraf. Welcher dieser Beweggründe letztendlich auch den Ausschlag gab, der Herzog griff zur Feder und schrieb Lord Streighton den gewünschten Brief.
Tim stand wie vereinbart vor der Haustür des herzoglichen Stadtpalais, und genau drei Stunden nachdem er zu Bett geschickt worden war, wurde Kermin geweckt, um die Reise zurück nach Winchester anzutreten.

XV.

Catharine erreichte Wild Rose Manor am übernächsten Nachmittag. Es war ein warmer Spätfrühlingstag, und das Elternhaus ihres Gatten zeigte sich von seiner besten Seite. Die Rosensträucher standen in voller Blüte und verbreiteten einen lieblichen Duft. Da das Haus nach Süden ausgerichtet war, blühten bereits die ersten blauen Trauben der sich emporrankenden Glyzinien, und die Blumen im Beet rund um die Statue des Apoll leuchteten in bunten Farben.
Kermin hatte Catharine auf ihren eigenen Wunsch an der Vordertür aussteigen lassen. Dann hatte er die Koffer aus dem Wageninneren und vom Dach geholt und sie zu den Stufen getragen, bevor er in Rosies Begleitung den Wagen in die Remise fuhr und die Pferde dem Stallburschen übergab, damit sie nach der langen Reise ihre wohlverdiente Ruhe fanden.
Catharine stand allein vor dem Haus und blickte sich um. Sie hatte sich Wild Rose Manor nicht so gepflegt vorgestellt, so freundlich und einladend.
»Suchen Sie etwas, Madam?« fragte eine Stimme hinter ihr.
Catharine fuhr herum und sah eine kleine, rothaarige Dame auf sich zukommen. Ihrem tiefschwarzen Kleid nach zu schließen, war sie eine nahe Verwandte des verstorbenen Viscount. »Wir sind nicht auf Besuch eingerichtet, wissen Sie. Wir haben einen Trauerfall.« Die Stimme der Rothaarigen klang eindeutig abweisend.
Seltsam, dachte Catharine. Wer die Dame wohl war, und warum sie versuchte, sie von hier zu vertreiben? Nach ihrem Benehmen könnte

man sie fast für die Herrin des Hauses halten. Nun gut, sie würde ihr zeigen, wer die wirkliche neue Herrin des Hauses war.

»Wir sind uns noch nicht vorgestellt worden«, sagte sie, und ihr Tonfall ließ ihre herzogliche Geburt unschwer erkennen. »Ich bin Catharine Willowby, Mr. Richard Willowbys Frau.«

»O mein Gott!« rief die Rothaarige aus. »Ich bitte vielmals um Entschuldigung, Madam. Nein, Mylady, da Sie ja jetzt die Frau des neuen Viscount sind. Obwohl, Sie haben es doch sicher schon gehört… Ach, ich bin ganz aus der Fassung. Wir haben den Viscount, den Vater ihres Gatten, Mylady, heute beerdigt, wissen Sie. Mein Name ist Mellvin, Mrs. Mellvin. Ich bin die Haushälterin.«

»Ach, wirklich?« antwortete Catharine erstaunt und warf einen skeptischen Blick auf das vornehme Kleid ihres Gegenübers. »Dann würden Sie bitte dafür sorgen, daß ein Zimmer für mich und meine Zofe bereitet wird. Und daß das Gepäck dorthin gebracht wird. Wann wird hier gewöhnlich gegessen, Mrs. Mellvin?«

»Um halb sechs, Mylady.«

»Gut, dann möchte ich mein Dinner um halb sechs. Und kommen Sie bitte nachher zu mir, wir haben so manches zu besprechen, denke ich.«

Mrs. Mellvin knickste beeindruckt und öffnete die Haustür, um Catharine einzulassen. Dann bat sie sie, im Salon Platz zu nehmen, und eilte von dannen, um die Anweisungen auszuführen. Catharine sah sich in dem Zimmer um. Es war gemütlich eingerichtet, zwei mächtige Lehnstühle standen nahe an den Kamin gerückt. Die weinroten Bezüge Ton in Ton mit der Farbe der Vorhänge. Neben einer zierlichen Sitzgarnitur stand auf einem Beistelltisch eine Flasche Whisky und geschliffene Gläser für Gäste bereit. Ein großer Blumenstrauß auf der Kommode leuchtete in den Farben des beginnenden Sommers. Catharine war eben dabei, die seltsamen Bilder in Augenschein zu nehmen, die an den Wänden hingen. Der griechische Gott Zeus war auf dem einen Bild zu sehen, das zweite zeigte Aphrodite, Athene und Hera, die Paris den Apfel anboten, ein drittes Atlas mit der Erdkugel auf den muskulösen Schultern.

Seltsame Gemälde für ein Landhaus, dachte sie, als ein Windhauch anzeigte, daß die Tür einen Spalt breit geöffnet worden sein mußte. Catharine fuhr herum. Zuerst sah sie nur die geöffnete Tür, dann entdeckte sie das Kind, das im Türspalt stand und sie mit großen

Augen anstarrte. Es war ein Junge mit dichten blonden Locken, die Hände in den Taschen seiner kurzen Hosen vergraben. Er konnte höchstens vier Jahre alt sein.
»Na, junger Mann, wer bist denn du?« fragte Catharine ihn freundlich.
»Hermes«, antwortete der Junge und kam neugierig näher. Catharine glaubte nicht richtig gehört zu haben. »Wie heißt du?« erkundigte sie sich darum nochmals.
»Ich heiße Hermes«, sagte der Junge. »Und wie heißt du?«
»Ich bin Catharine«, erklärte sie ihm. »Du bist wohl auf Besuch auf Wild Rose Manor, nicht wahr? Wo sind denn deine Mama und dein Papa? Oder bist du deiner Nanny davongelaufen?«
Sicher war er der Sohn eines der Trauergäste. Seltsam, daß es so still war. Wo sich die anderen Gäste wohl aufhielten?
»Mein Papa ist tot«, sagte der Junge. »Aber Mami ist nicht tot. Sie ist oben. Ich sollte auch oben sein. Aber ich will nicht immer oben sein.«
»Oben? Du meinst im Gästezimmer?«
»Im Kinderzimmer«, erklärte Hermes. »Immer wenn Besuch da ist, muß ich ins Kinderzimmer. Ich will aber nicht. Mama sagt, man darf mich nicht sehen, damit ich einmal ein großer Mann werde. Ich will aber kein großer Mann werden. Ich will in den Garten und zu den Pferden. Hast du auch ein Pferd?«
»Ich habe sogar zwei«, sagte Catharine, die sich auf die Worte des Jungen keinen Reim machen konnte. »Sie stehen im Stall und sind sehr, sehr müde, weil sie meine Kutsche eine lange Strecke gezogen haben. Morgen kann ich sie dir zeigen, wenn du möchtest.«
»Fein!« rief Hermes begeistert. »Ich mag dich. Bleibst du lange hier?«
Die Tür wurde aufgerissen, und Mrs. Mellvin erschien. »Hier bist du, Fratz! Aber nun rasch nach oben mit dir.« Sie packte den Jungen am Arm und wollte den schreienden kleinen Kerl hinter sich aus dem Zimmer ziehen, wenn Catharine nicht eingegriffen hätte. »Einen Augenblick«, sagte sie in scharfem Ton. »Wer ist dieses Kind?«
»Er ist mein Neffe, Mylady«, sagte Mrs. Mellvin. »Ich wollte nicht, daß er Sie belästigt. Es wird auch nie wieder vorkommen, das verspreche ich Ihnen. Und wenn ich Hermes in sein Zimmer einsperren muß! Der Viscount, Ihr verehrter Herr Schwiegervater, Mylady, er-

laubte, daß der Junge hier wohnt. Sie haben doch nichts dagegen, nicht wahr, Mylady?«
»Nein, natürlich nicht«, antwortete Catharine. In Mrs. Mellvin steckte ein besseres Herz, als sie anfangs gedacht hatte. Es war nett von ihr, ihrem Neffen ein Zuhause zu bieten. »Und Hermes braucht nicht eingesperrt zu werden. Im Gegenteil, ich möchte, daß er sich frei bewegen darf und in den Garten gehen kann, sooft er möchte. Wir haben ausgemacht, daß ich ihm morgen meine Pferde zeige, nicht wahr, Hermes?«
»Au ja!« rief der Junge aus und trocknete rasch seine Tränen. »Ich darf doch, Mami, nicht wahr?«
»Er nennt mich Mami, weil seine Mutter...« Mrs. Mellvin unterbrach sich und blickte verlegen zu Boden.
»Ist schon gut, Mrs. Mellvin«, sagte Catharine beruhigend. »Sie brauchen sich nicht zu rechtfertigen. Bis morgen, Hermes. Schlaf gut.«

Am nächsten Morgen kleidete sich Catharine mit besonderer Sorgfalt an. Sie wollte auf Sir Streighton einen vornehmen und seriösen Eindruck machen. Beim Frühstück begrußte sie Richards Cousin Alfred, den sie am Vorabend nicht angetroffen hatte. Er schien der einzige Gast im Haus zu sein.
»Richard hat allen Verwandten geschrieben, soviel ich weiß«, beantwortete er Catharines entsprechende Frage. »Und es sind auch schon eine Reihe von Beileidsschreiben eingetroffen, wie ich festgestellt habe. Mrs. Mellvin, eine überaus tüchtige Dame übrigens, hat die Post auf den Kamin in der Bibliothek gelegt. George, du weißt, mein Cousin, Richards jüngerer Bruder, hat sich noch nicht gemeldet. Allerdings liegt Rampstade auch eine Reise von fünf bis sechs Tagen von hier entfernt. Oben in York, mußt du wissen.«
»Hast du Hermes schon kennengelernt?« fragte Catharine unvermittelt.
Alfred war sichtlich verwirrt. »Hermes, den Götterboten?« erkundigte er sich.
Catharine mußte wider Willen lachen. »Ja, eben den«, sagte sie. »Er ist, schätze ich, vier Jahre alt und sehr lieb. Der Neffe von Mrs. Mellvin. Er wohnt hier im Hause.«
»Seit wann?« erkundigte sich Alfred. »Ich meine, ein Kind hier im Haus? Mir ist noch keines aufgefallen.«

»Könntest du dich heute ein bißchen um ihm kümmern, während ich fort bin? Er schien ziemlich einsam zu sein.«
»Mache ich gern«, erwiderte Alfred rasch. »Ich komme im allgemeinen gut mit Kindern zurecht.«
»Und jetzt bitte ich dich, mir die Daumen zu halten. Ich fahre zu Sir Streighton, den Friedensrichter. Ich hoffe, daß er Richard noch heute freiläßt«, antwortete Catharine und spürte, wie ihr bei diesen Worten vor Aufregung ein Schauer über den Rücken kroch. Wie würde das bevorstehende Gespräch wohl verlaufen?
»Ich wünsche dir, daß du Erfolg hast«, sagte Alfred in inbrünstigem Ton. »Armer Richard. Nie und nimmer glaube ich, daß er seinen Vater… Eine schlimme Sache. Eine schlimme Sache.«
Das Palais von Sir Thomas Streighton war ein behäbiger, mattweißer Prachtbau. Obwohl er kaum älter als hundertfünfzig Jahre sein konnte, schmückten Zinnen den breiten Turm in der Mitte des Gebäudes. Der ausgedehnte Vorplatz war mit weißem Kies bestreut, die Hecken, die den Platz säumten, in französischen Stil zu Kegeln geschnitten. Auf den weiten Rasenflächen war keine einzige Blume zu sehen. Streighton Palace präsentierte sich in reinem Grün-Weiß.
Catharine war viel zu aufgeregt, um diese beeindruckende architektonische Meisterleistung entsprechend zu würdigen. Wenn nur alles gut ging. Hoffentlich würde sie erreichen, daß man Richard noch am selben Tag freiließ. Ein rascher Blick in das Retikül. Henrys Brief gab ihr die nötige Zuversicht. Während Kermin die Pferde im Zaum hielt, ging sie mit energischen Schritten zur hohen, weißen Eingangstür des Palastes.
Rosie folgte in gebührendem Abstand, wie es ihr aufgetragen worden war.
Auf das Klopfen öffnete ein hochgewachsener Butler mit graumelierten Schläfen und strengem Blick. Seine arrogante Miene stand der von Burley zu Hause um nichts nach.
»Wie kann ich Ihnen helfen, Madam?«
Catharine straffte die Schultern. Nur jetzt keine Unsicherheit verraten. »Ich bin Lady Willowby«, sagte sie. »Würden Sie mich bitte Seiner Lordschaft melden.«
»Seine Lordschaft erwartet Ihr Kommen?« fragte der Butler.
»Nein, das tut er nicht. Aber…«

»Seine Lordschaft ist bedauerlicherweise nicht zu Hause«, sagte der Butler ohne jede Emotion in seiner Stimme. »Wenn Sie vielleicht Ihre Karte hinterlassen möchten.«
»Nein, das möchte ich nicht«, entgegnete Catharine schroff. »Teilen Sie Ihrem Herrn mit, die Schwester Seiner Gnaden, des Herzogs von Milwoke, möchte ihn sprechen. Und geben Sie dieses Schreiben Seiner Gnaden. Umgehend, wenn ich bitten darf. Es handelt sich um eine wichtige Angelegenheit.« Sie öffnete ihr Retikül und überreichte dem Butler das goldgeränderte Kuvert, das unverkennbar das Siegel eines Herzogs trug. Der erhabene Diener trat zur Seite und ließ Catharine und ihre Zofe eintreten. »Wenn Sie bitte in der Halle warten wollen. Ich werde Seine Lordschaft fragen, ob er Sie empfängt.«
Mit diesen Worten schloß er das Portal und schritt würdevoll in das obere Stockwerk. Die Halle war von ebenso ungeheuerlichen Ausmaßen, wie das Äußere des Hauses es hatte vermuten lassen. An den Wänden ragten in regelmäßigen Abständen glatte, schmucklose, weiße Säulen zu einer mit Stuck verzierten Decke. Die Mauern dazwischen waren mit grünem Satin ausgeschlagen, Vorhänge in demselben Stoff säumten die breiten, hohen Fenster, die zur Einfahrt hinausgingen. Ein überdimensionaler offener Kamin füllte die Stirnseite aus, die Feuerstelle war sicher zwei Mann hoch.
»Das ist aber vielleicht eine vornehme Burg!« entfuhr es der beeindruckten Rosie. Sie war noch nie in einem so riesenhaften Gebäude gewesen.
»Sicherlich«, antwortete Catharine zerstreut. Sie hatte begonnen auf den dicken, vorwiegend in Grün gehaltenen Teppichen, die auf dem weißen Marmorboden ausgelegt waren, auf und ab zu gehen. »Am besten, du setzt dich auf einen der grünen Stühle dort und wartest, während ich bei Seiner Lordschaft bin«, schlug sie vor. Wenn man mich überhaupt vorsprechen läßt, dachte sie insgeheim.
»Seine Lordschaft lassen bitten. Wenn Sie mir folgen wollen, Mylady.« Der Butler war auf leisen Sohlen zurückgekehrt, stand nun neben Catharine und verbeugte sich angemessen. Sein Verhalten hatte sich grundlegend geändert. Er legte nun die ehrerbietige Höflichkeit an den Tag, die der Schwester eines Herzogs zukam.
Catharine vergewisserte sich, daß Rosie auf einem der Stühle Platz genommen hatte, und folgte dem Diener über die ausladende weiße

Marmortreppe in das obere Geschoß. Daß die hohen Bücherregale der Bibliothek, in die Catharine geführt wurde, ebenfalls in Weiß gehalten und von grünen Seidenvorhängen begrenzt waren, überraschte nicht. Die rotbraune Jacke des Hausherrn, der hinter seinem weißen Schreibtisch saß, wirkte wie ein verirrter Farbtupfer in der monotonen Harmonie. Als dieser Catharine erblickte, erhob er sich und kam ihr mit ausgestreckter Hand entgegen. »Meine liebe Lady Willowby. Ich freue mich über Ihren Besuch. Was darf ich Ihnen anbieten?« Der freundliche Empfang war ermutigend.
»Ich danke Ihnen, daß Sie Zeit gefunden haben, mich zu empfangen«, sagte Catharine höflich. »Tee wäre angenehm.«
Sir Streigthon gab diesen Wunsch an den Butler weiter, der sich verbeugte und zurückzog.
»Bitte, nehmen Sie Platz, Mylady, dann wollen wir sehen, was ich für Sie tun kann.«
Catharine setzte sich auf die zierliche Bank, die mit feinem, glänzend grünem Satin überzogen war, und wartete, bis sich ihr Gastgeber ihr gegenüber niedergelassen hatte. Sir Streighton war kein schöner Mann. Sein schmales Gesicht war blaß und von Sommersprossen übersät. Breite Backenknochen betonten die eingefallenen Wangen. Die Augen, grüne Augen, wie Catharine trotz ihrer Aufregung amüsiert feststellte, schienen unnatürlich hervorzutreten. Das schüttere, rötlich-blonde Haar war ordentlich gescheitelt, in dem sichtlichen Bemühen, die beginnende Glatze zu überdecken. In seinen schmalen, spitzen Händen mit schmal zulaufenden Nägeln hielt er Henrys Schreiben.
»Sie haben den Brief meines Bruders bereits gelesen?« erkundigte sich Catharine.
Ihr Gegenüber nickte. »Ja, eine schlimme Angelegenheit. Ich hatte in meiner langjährigen Tätigkeit als Friedensrichter, und ich bin jetzt bereits seit siebzehn Jahren in dieser Position, wie ich nicht ohne Stolz hinzufügen möchte, noch nie einen Fall, der eine adlige Familie der Gegend betraf. Sie haben mein tiefstes Mitgefühl, liebe Lady Willowby. Bitte, sagen Sie mir, wie ich Ihnen helfen kann.« Er hatte die schlanken Beine übereinandergeschlagen und blickte Catharine erwartungsvoll an.
Diese nahm all ihren Mut zusammen: »Bitte lassen Sie meinen Mann frei.«

Eine der blassen Augenbrauen ihres Gegenübers schnellte in die Höhe. »Aber liebe Lady Willowby! Wie stellen Sie sich das vor? Ihr Gatte wird des Mordes verdächtigt. Sie werden doch nicht im Ernst von mir verlangen, einen Mörder seiner gerechten Strafe zu entziehen?« Der Tadel in seiner sonoren Stimme war unüberhörbar.

»Natürlich nicht«, beeilte sich Catharine zu versichern. »Aber Richard ist kein Mörder. Er ist sicherlich völlig zu Unrecht in Verdacht geraten.«

Sir Streighton warf ihr einen skeptischen Blick zu, enthielt sich jedoch jeder Äußerung, da in diesem Augenblick der Butler mit dem schweren Teetablett zurückkehrte. Er goß die dampfende Flüssigkeit aus einer Silberkanne in zwei zierliche weiße Porzellantassen, auf die feines, sich nach oben rankendes Efeu gemalt war. Dann rückte er Milch und Zucker bereit und stellte das weiße Tablett mit den verschiedenen kleinen Kuchen bereit.

»Bitte greifen Sie zu«, forderte der Gastgeber Catharine auf, als der Butler den Raum verlassen hatte. »Und dann erzählen Sie mir, warum Sie der Ansicht sind, daß Ihr Gatte nicht der Mörder seines Vaters ist. Richard Willowby hat nicht den allerbesten Ruf, wenn Sie mir gestatten, diese offene Bemerkung zu machen.«

»Aber sein Ruf rechtfertigt noch lange nicht, ihn eines Mordes zu verdächtigen«, fuhr Catharine auf. »Und überdies ist auch der schlechte Ruf ungerechtfertigt. Zumindest seit wir verheiratet sind«, schränkte sie ein. »Richard ist ein guter Mensch, hilfsbereit und freundlich. Er wäre gar nicht fähig, so eine grauenhafte Tat zu begehen. Und abgesehen davon, welches Motiv sollte er dafür gehabt haben?«

»Geld vielleicht?« schlug ihr Gastgeber vor. »Wie man hört, befindet sich Richard Willowby in ständiger Geldverlegenheit.«

»Und aus der sollte ihn gerade der Tod seines Vaters heraushelfen?« entgegnete Catharine spöttisch. »Der war doch selbst stets knapp. In unserem Haus in London steht kaum mehr ein Möbelstück, da der Viscount alles verkaufte, um sein aufwendiges Leben zu finanzieren.«

»Das ist richtig«, gab der Hausherr zu. »In den letzten Jahren hat Ihr Schwiegervater jedoch zurückgezogen auf Wild Rose Manor gelebt, wie mir berichtet wurde. Und er hatte Geld durch den Verkauf eines Teiles seines Grundbesitzes. Man sagt, darüber sei er mit sei-

nem Sohn beim letzten gemeinsamen Abendessen in Streit geraten.«
»Er hat Landbesitz verkauft?« rief Catharine erstaunt. »Doch nicht einen Teil des Erbbesitzes? Das ist eine Ungeheuerlichkeit! Ich dachte, so etwas sei nicht gestattet.«
»Das ist es auch nicht«, meinte Sir Streighton. »Es war nicht recht von Ihrem Schwiegervater, so etwas zu tun. Aber keine Rechtfertigung für Ihren Mann, ihn zu töten.«
»Richard war auf das Geld seines Vaters nicht angewiesen«, erklärte Catharine anstelle einer direkten Antwort. »Ich habe von meinem ersten Mann ein Vermögen geerbt.« Sie holte ein weiteres Schreiben aus der Tasche und reichte es Sir Streighton. »Wenn Sie bitte lesen wollen, es ist ein Schreiben meiner Anwälte. Es ist zwar auf französisch gehalten, ich übersetze Ihnen gerne ...«
»Nicht nötig, ich bin der französischen Sprache mächtig«, sagte der Friedensrichter, als er die Zeilen überflog. »Wußte Richard Willowby von diesem Brief?«
»Aber sicher«, antwortete Catharine. »Ich erhielt ihn an dem Tag, an dem mein Mann nach Wild Rose Manor abreiste.«
»Welchen Grund hatte der Besuch Ihres Gatten bei seinem Vater? Wie man hört, hatte er sein Elternhaus in den letzten Jahren konstant gemieden.«
»Der Viscount war gegen die Hochzeit seines Sohnes mit einer Frau, die bereits einmal verheiratet gewesen war. Noch dazu mit einem Franzosen. Und dazu war es ihm nicht recht, daß wir Henrietta, Richards jüngere Schwester, in die Gesellschaft einführten.«
»Wie alt ist das Mädchen?«
»Neunzehn«, antwortete Catharine.
»Dann ist es doch an der Zeit, sie in die Gesellschaft einzuführen«, entgegnete Sir Streighton verwundert.
»Das dachten wir auch«, stimmte Catharine zu. »Richard war sicher, daß es ihm gelingen würde, seinen Vater von der Richtigkeit seiner Vorgehensweise zu überzeugen. Und das war ihm auch gelungen, wie mir der langjährige Kammerdiener meines Mannes –, er war bereits im Hause, als Richard ein Knabe war – mitteilte. Die beiden Herren haben gemeinsam das Speisezimmer verlassen, um sich gegen elf Uhr zur Ruhe zu begeben. Sie hatten geplant, am nächsten Morgen zusammen fischen zu gehen.«

»Das ist ja höchst interessant. Wie es scheint, haben meine tatkräftigen Inspektoren verabsäumt, den Diener zu befragen. Es ist nicht auszuschließen, daß das eine unverzeihliche Nachlässigkeit war. Ich werde anordnen, daß das umgehend nachgeholt wird. Bis jetzt gingen wir von der Annahme aus, daß der Viscount das Speisezimmer nach dem Abendessen nicht mehr lebend verlassen hat. Bleibt noch der Fluchtversuch Ihres Gatten. Warum sollte er seine Flucht geplant haben, da er doch unschuldig ist?«
»Er wollte nicht flüchten!« sagte Catharine heftig. »Er wollte nach London fahren, das ist alles.«
Wieder schnellte die Augenbraue ihres Gegenübers in die Höhe. »Was mochte wohl der Grund dafür gewesen sein? Wie konnte er in die Hauptstadt zurückkehren wollen, obwohl seine Anwesenheit auf Wild Rose Manor nach dem Tod des Viscount nicht nur vonnöten, sondern auch durch die Inspektoren ausdrücklich gewünscht worden war?«
Catharine hatte sich das selbst schon gefragt. »Wir sind jung verheiratet, Mylord«, sagte sie errötend und hoffte, Seine Lordschaft würde diese Lüge nicht durchschauen. Sir Streighton hörte die Worte, sah die junge Frau mit den niedergeschlagenen Augen und den zart geröteten Wangen, und ein milder Ausdruck trat in seine Züge. »Ich werde die Inspektoren beauftragen, Ihren Gatten und den Diener, den Sie vorhin erwähnten, zu befragen. Es scheint, als sei der Verdacht gegen Richard Willowby doch nicht so zwingend, wie es bis zu unserem Gespräch den Anschein hatte. Auch Ihr Bruder, der von mir hoch geschätzte Herzog, bescheinigt Ihrem Gatten Seriosität und noble Gesinnung. Ich werde noch heute entscheiden, ob Richard Willowby weiter gefangengehalten werden muß. Falls nicht, kann er spätestens morgen nach Wild Rose Manor zurückkehren. Das heißt allerdings nicht...«, fuhr er mit einer abwehrenden Handbewegung fort, als Catharine bereits zu einer überschwenglichen Dankesrede ansetzen wollte, »daß Ihr Gatte von jedem Verdacht befreit ist. Ich verlasse mich auf Ihr Wort, daß er Wild Rose Manor nicht verläßt, bis er hierzu meine Erlaubnis erhalten hat. Und ich erwarte, daß er zur Aufklärung des grauenhaften Verbrechens nach besten Kräften beiträgt.«
»Aber natürlich wird er das tun«, bestätigte Catharine. »Vielen, vielen Dank. Wir werden uns Ihres Vertrauens würdig erweisen, das verspreche ich Ihnen.«

Der Friedensrichter erhob sich und reichte Catharine die Hand. »Auf Wiedersehen, Lady Willowby. Der neue Viscount kann stolz sein auf seine tapfere Ehefrau.« Er läutete nach dem Butler, der verdächtig rasch erschien, geradeso, als habe er an der Tür dem Gespräch gelauscht. Als Catharine über die breite weiße Treppe dem Ausgang zustrebte, hätte sie vor Freude tanzen können.
Richard war so gut wie frei.

XVI.

»Nein, nein! Und ich sage, ich werde nicht fahren! Ich denke gar nicht daran, nach Winchester zu fahren.« Hetty war eben von ihrem Ausflug zurückgekehrt, als ihr Mrs. Blenchem die unerfreuliche Neuigkeit mitgeteilt hatte. Ihre gute Laune war ungehaltenem Trotz gewichen. Dabei war sie so gut aufgelegt gewesen heute morgen. Das Picknick war ein voller Erfolg, lauter fröhliche junge Mädchen. Vor allem mit Theresa Ashforth hatte sie sich angefreundet. Eine lustige Brünette, die so viele amüsante Geschichten über die Mitglieder der besten Gesellschaft zu erzählen wußte. Sie hatte mit Theresa vereinbart, am nächsten Nachmittag auszufahren. Und nun sollte sie diese amüsante Verabredung absagen? Nur weil sich Catharine in den Kopf gesetzt hatte, nach Winchester zu reisen? Was sollte denn schon Großartiges geschehen sein, daß sie London Hals über Kopf verlassen mußte? Noch dazu jetzt, da die Saison zu Ende ging und einige ganz verheißungsvolle Bälle auf dem Programm standen? Hetty seufzte. Ohne Anstandsdame konnte sie die Bälle nicht besuchen. Und Catharine war bereits abgereist. Unerhört, daß sie nicht einmal den einen Tag hatte abwarten können, um Hetty auf der Reise zu begleiten, wenn sie schon nach Winchester mußte! Ob sie Cousine Sophia fragen sollte, ob sie während Catharines Abwesenheit bei ihr wohnen durfte? Dann hätte sie wieder eine Anstandsdame und dem Besuch der Veranstaltungen stünde nichts im Wege. Eine gute Idee. Leider ohne Aussicht auf Verwirklichung. Sophia würde sich nie gegen Catharines Wünsche stellen.
»Ich habe bereits die Taschen gepackt. Wir werden nicht viel mitnehmen, da wir ja mit der Postkutsche reisen«, hörte sie Mrs. Blenchem sagen, die sich nun abwandte, um in das obere Geschoß zu steigen.

»Mit der Postkutsche!« rief Hetty, als könnte sie ihren Ohren nicht trauen. »Nie und nimmer fahre ich mit der Postkutsche. Dieses Gestoße, das Geschiebe, eingepfercht zwischen fremden, übelriechenden Menschen. Zudem sollen die meisten Kutscher betrunken sein, wie man hört. Man wird uns in den Graben fahren, die Kutsche wird umgeworfen werden...«
»Hören Sie doch auf, Miss Hetty!« rief Mrs. Blenchem erschrocken, »denken Sie denn, mir macht es Freude, in einer Postkutsche zu reisen? Es steht uns kein anderes Fahrzeug zur Verfügung, also habe ich mich damit abgefunden.«
»Ja, Sie sind ein Dienstbote. Ihnen macht das Gerüttel nicht soviel aus«, erklärte Hetty patzig. »Ich dagegen bin eine Dame.«
Mrs. Blenchem war ehrlich empört. »Was man nicht glauben kann, wenn man Ihre letzten Worte gehört hat«, sagte sie scharf und würdigte Hetty keines Blickes mehr, als sie die Treppen nach oben stieg.
»Und ich fahre doch nicht!« rief ihr Hetty nach.
Ein deutlich vernehmbares Klopfen an der Tür durchbrach ihr Geschrei. »Wer ist denn das schon wieder?« wollte sie ungehalten wissen. Sie war viel zu aufgewühlt, um die Konventionen zu beachten und darauf zu warten, bis Burley in die Halle kam, um zu öffnen. Sie schob selbst den Riegel zurück und riß die Tür auf. Als sie sah, wem sie da geöffnet hatte, hätte sie sie vor Schreck beinahe wieder ins Schloß geworfen. Doch ein glänzend geputzter Stiefel mit weißen Stulpen, blitzschnell in den Türrahmen gestellt, verhinderte dies.
»Geht es Richard bereits so schlecht, daß er sich keinen Butler mehr leisten kann?« erkundigte sich Lord Bridgegate mit seiner wohlbekannten schleppenden Stimme. »Meine Verehrung, Miss Willowby. Wären Sie so freundlich, mich einzulassen?« Hetty trat errötend beiseite.
Nun kam auch Burley angerannt. »Aber Miss Hetty!« rief er ungläubig aus. »Guten Morgen, Eure Lordschaft. Mr. Willowby ist leider nicht zu Hause.«
»Das ist schade«, stellte der Beau fest. »Ich hätte etwas Wichtiges mit ihm zu besprechen. Nun, vielleicht kann mir Miss Willowby weiterhelfen?«
»Ich?« fragte Hetty, nicht gerade damenhaft leise.
»Ja, Sie, liebe Miss Willowby. Wollen Sie mich nicht weiterbitten?

Wir können natürlich auch in dieser spärlich möblierten Halle plaudern, falls Sie dies vorziehen...«
Hetty beeilte sich, den Besucher in das Empfangszimmer zu führen.
Burley ließ die Tür einen Spalt breit offen. Es gehörte sich nicht, daß sich ein unverheiratetes Mädchen bei geschlossenen Türen allein mit einem Mann in einem Zimmer aufhielt. Er, Burley, kannte sich bei den Regeln des Anstands aus.
»Sie scheinen aufgebracht zu sein«, begann der Beau, nachdem er Platz genommen und seine makellosen, in zartes Biskuitgelb gehüllten Beine von sich gestreckt hatte.
»Ich habe mich geärgert, nicht weiter wichtig«, erklärte ihm Hetty, mit um Gelassenheit bemühter Stimme. »Sie wollten mit Richard sprechen?«
»Worüber geärgert?« Der Beau ließ nicht locker.
Hetty vergaß, daß sie sich vorgenommen hatte, sich in der Gegenwart Seiner Lordschaft stets von ihrer besten Seite zu zeigen. Sicher liebte er ruhige, wohlerzogene Frauen, keine aufbrausenden Geschöpfe, die sich nicht scheuten, ihre Meinung nachhaltig kundzutun. Und dennoch, es tat gut, ihrer Empörung Luft zu machen.
»Catharine wünscht, daß ich nach Winchester fahre«, erklärte sie. »Richard ist bereits seit Tagen auf Wild Rose Manor, und seine Frau ist ihm gestern nachgereist. Nun will sie, daß auch ich...«
»Der gute Richard ist zu Besuch bei seinem Vater?« erkundigte sich Lord Bridgegate ungläubig. »Welch seltenes Ereignis. Ich frage mich... Nein, da kann es schon allein aus zeitlichen Gründen keinen Zusammenhang geben. Mein Vater hat mir nämlich neulich einen Brief geschrieben, der auf Informationen Ihres geschätzten Herrn Papa beruht. Ich verdächtigte Richard kurz, seine Hände im Spiel zu haben. Aber nein, der Verdacht war grundlos. Ihr Vater mußte bereits vor, na sagen wir zehn Tagen seinen mit Bosheiten und Verleumdungen gespickten Brief nach Hastings geschickt haben. Sonst hätte mich Papas Brief nicht schon heute erreicht. Catharine ist auch auf Wild Rose Manor, sagten Sie? Und nun sollen Sie nachreisen. Welch ein nettes Familientreffen. Warum also die Verärgerung?« Nur ein leichter Spott in seiner Stimme verriet, was er in Wahrheit von einem derartigen Treffen hielt.
»Die Saison ist noch nicht zu Ende!« rief Hetty, die den ironischen

Unterton nicht bemerkt hatte. »Und überdies will Catharine, daß ich mit der Postkutsche reise!«
»Tatsächlich?« fragte Seine Lordschaft interessiert. »Warum denn das? Als Strafe, weil Sie ungezogen waren?«
»Unsinn!« fuhr Hetty auf. »Ich bin nie ungezogen. Schließlich bin ich kein Schulkind mehr. Ich weiß auch nicht, warum Catharine es so eilig hatte. Jedenfalls ist sie bereits gestern abgereist und hat dazu ihren Wagen genommen. Da Richard mit seinem Fahrzeug unterwegs ist, bleibt mir keine andere Wahl, als auf das öffentliche Verkehrsmittel zurückzugreifen. Obwohl es ganz schrecklich sein wird. Die vielen fremden Menschen, das Gerüttel und Geschüttel, die Gefahren...«
»Sie haben recht«, unterbrach Lord Bridgegate den dramatischen Monolog. »Ich werde Sie nach Winchester bringen.«
»Mit Ihrer Kutsche?« rief Hetty überrascht.
»Womit sonst?« antwortete Seine Lordschaft mit einem gelangweilten Zug um die Mundwinkel. »Dachten Sie, wir gingen zu Fuß?«
»Oh, vielen, vielen Dank«, rief Hetty aus. Während sie sich bei Seiner Lordschaft mit den überschwenglichsten Worten bedankte, überlegte dieser, was er mit seiner spontanen Idee wohl erreichen würde. Daß der Viscount of Willowby nicht erfreut sein dürfte, seine einzige Tochter in seiner Begleitung zu sehen, war sicher. Würde er annehmen, er habe Hetty verführt? Schließlich würden sie auf der Reise einmal in einem Gasthof übernachten müssen. Nun, er hatte nicht vor, Hetty zu verführen, denn sie war nichts weiter als ein verwöhntes kleines, kaum dem Schulzimmer entwachsenes Mädchen. Er würde auch sicherstellen, daß er Hetty nicht kompromittierte. Schließlich wollte er sie nicht heiraten, auch wenn sie sich ihm manchmal beinahe an den Hals warf. Er wollte einzig und allein dem Viscount einen Denkzettel verpassen. Vielleicht würde er dann die unerwünschten Briefe an seinen Vater, den Herzog, einstellen.
»Wir werden nicht viel Gepäck mitnehmen«, hörte er Hetty sagen. Er hatte, ganz in Gedanken, ihrem Wortschwall keine Beachtung geschenkt. »Wer ist wir?« erkundigte er sich daher.
»Na, Mrs. Blenchem, die mich als Anstandsdame begleitet, und ich«, erwiderte Hetty.
Anstandsdame ist gut, dachte der Beau. Damit war die Gefahr, Hetty heiraten zu müssen, gebannt. »Fein«, sagte er schlicht und erhob sich.

»Ich werde jetzt Reisevorbereitungen treffen. Morgen um acht Uhr steht meine Kutsche vor Ihrem Haus bereit. Bitte seien Sie pünktlich. Wir haben einen weiten Weg vor uns.«

So kam es, daß Hetty am nächsten Tag zeitig am Morgen in der gut gefederten, eleganten Kutsche von Lord Bridgegate, in Begleitung des Schwarms aller Damen der Hauptstadt zwischen zwanzig und vierzig Jahren, die Reise nach Wild Rose Manor antrat. Auf dem Dach stapelte sich das Gespäck. Ein kleiner drahtiger Kutscher in goldbetreßter Uniform lenkte das Vierergespann. Mrs. Blenchem war im siebten Himmel. Nein, so eine schöne Kutsche, so vornehm und geschmackvoll ausgekleidet! Und dann noch dieser gutaussehende Herr. Diese Ausstrahlung! Man merkte sofort, daß es sich bei ihm um ein Mitglied des Hochadels handelte. Natürlich sagte sie das alles nicht laut.

Denn ihr Gastgeber, der mit arrogantem Blick gelangweilt durch das makellos geputzte Kutschenfenster die Häuser der Stadt an sich vorüberziehen ließ, schien keine Konversation zu wünschen. Nicht, daß er sie nicht höflich behandelt hätte. Nein, im Gegenteil. Aber schließlich war sie nur ein Dienstbote, Miss Hetty hatte ihr das nicht zu Unrecht vorgeworfen. Und deshalb saß sie auch gegen die Fahrtrichtung auf einer schmäleren Bank. Aber das machte ihr nichts aus. Besser als in der Postkutsche war es allemal.

Hetty saß neben dem Beau und blickte ebenfalls aus dem Kutschenfenster. In ihrem himmelblauen Reisekleid aus feinem Musselin sah sie bildhübsch aus, und sie war sehr zufrieden mit ihrem Anblick, der sich im Kutschenfenster spiegelte. Weniger zufrieden war sie mit dem Verhalten ihres Reisegefährten. Wie konnte er nur so ungehobelt sein, in Gegenwart einer Dame mit halbgeschlossenen Augenlidern vor sich hin zu dösen? Es wäre doch seine Pflicht gewesen, sich mit ihr zu unterhalten und ihr die Reise so angenehm wie möglich zu machen. Wenn er sich schon nicht so um sie kümmerte, als betrachte er sie als aufregende, begehrenswerte junge Dame, deren Herz er zu gewinnen suchte. Hetty seufzte insgeheim. Sie hatte schon länger den Verdacht gehabt, daß Seine Lordschaft ihr nicht wirklich den Hof machte. Die zahlreichen Blumenbuketts, die romantischen Karten, die er ihr zu Beginn der Saison hatte zukommen lassen, waren wohl nur eine Laune gewesen. In Wahrheit kümmerte sich Seine

Lordschaft nur um sich selbst und seine eigenen Vorlieben. Was ihn wohl dazu veranlaßt hatte, ihr anzubieten, sie nach Winchester zu begleiten? Verliebtheit konnte es nicht gewesen sein. Ganz in Gedanken, das Gesicht an die Scheibe der Kutsche gedrückt, sah Hetty den Mann hoch zu Roß nicht, der mit regungslosem Blick auf die Kutsche starrte, so als könne er seinen Augen nicht trauen.

Lord Hugh Deverell war eben von seiner Reise aufs Land zurück in die Hauptstadt gekommen. Die Tage bei seiner Tante waren amüsant und abwechslungsreich gewesen, so daß es ihm schwergefallen wäre, Rochester wieder zu verlassen, wenn da nicht eine unbestimmte Sehnsucht gewesen wäre, die ihn wieder in die Hauptstadt zurücktrieb. Die Tatsache, daß es ihm auf dem Landsitz seiner Tante so gut gefallen hatte, hatte weniger mit jenem Mädchen zu tun, das ihm als passende Braut präsentiert worden war. Heather Stainsford war eine großgewachsene, dunkelhaarige Schönheit. Sie war äußerst wohlerzogen, sprach nur, wenn das Wort an sie gerichtet wurde, dann jedoch mit klarer, kultivierter Stimme. Sie wußte wenig über Politik oder Geschichte, dafür konnte sie kunstreiche Stickarbeiten ausführen, oder sie nützte die Nachmittage, um mit ihrem Zeichenblock im Schatten eines Baumes zu sitzen und die Landschaft in zarten Bildern festzuhalten. Am Abend spielte sie den Gästen oft ein Musikstück auf der Harfe vor. Manchmal begleitete Hugh sie auf dem Klavier. Dann bekamen die Tanten ganz feuchte Augen und bestätigten sich gegenseitig, was für ein schönes Paar die beiden doch wären.
Hugh konnte diese Ansicht nicht teilen. Natürlich war Miss Stainsford eine vollkommene Lady. Und doch begann er sich nach fünf Minuten in ihrer Gesellschaft nach einer Gesprächspartnerin zu sehnen, die ihm nicht in allem und jedem recht gab, die weniger gedrechselte Sätze sprach und die ihn nicht so entsetzlich langweilte. Er hatte Harfenklänge noch nie leiden können. Und da er selbst ernst, still und vernünftig war, wünschte er sich eine lebhaftere Frau an seiner Seite, fröhlich und voller Überraschungen. Es gab keinen Zweifel, daß Miss Stainsford eine gutaussehende junge Dame war, aber Hugh war, als würde diese Makellosigkeit verblassen gegen ein kleingewachsenes Geschöpf mit blonden Locken und strahlend blauen Augen. Kurz, er begann sich ernsthaft Gedanken darüber zu

machen, ob er sich etwa in Hetty Willowby, die Schwester seines besten Freundes, verliebt hatte.

Je länger er in Rochester blieb, desto größer wurde das Verlangen, nach London zu reisen, um Hetty Willowby aufzusuchen und ihr einen Heiratsantrag zu machen. Und nun kam er also in die Hauptstadt, gerade rechtzeitig, um mitansehen zu müssen, wie seine Auserwählte mit Lord Bridgegate durchbrannte. Denn daran, daß die glänzend schwarz lackierte Reisekutsche, die, von vier feurigen Rappen gezogen, in rasantem Tempo Richtung Süden fuhr, der Wagen des Beau war, gab es keinen Zweifel. Außerdem hatte Hugh den Kutscher erkannt, der bereits seit Jahrzehnten im Dienste des Vaters Seiner Lordschaft gestanden hatte. Was mochte die beiden wohl zu der unüberlegten, ja skandalösen Handlung veranlaßt haben?

Hatte der Beau bei Richard um die Hand seiner Schwester angehalten und war zurückgewiesen worden? Das war zwar kaum vorstellbar, denn Bridgegate war eine der gefragtesten Partien auf dem Heiratsmarkt. Er war bildschön und hatte die Aussicht auf die Herzogswürde und ein enormes Vermögen. Das war fürwahr eine seltene Kombination. Doch bei Richard konnte man nie wissen. Er kannte den Beau zu gut und wußte, daß dieser niemals ein angenehmer und schon gar kein treuer Ehemann sein würde. Vielleicht wollte er seine Schwester vor einer unglücklichen Zukunft bewahren? Damit hätte er Hettys Trotz geweckt und die Eitelkeit des Beau verletzt. Und deshalb hatten die beiden beschlossen, ihren Willen mit Gewalt durchzusetzen. So mußte es gewesen sein! Hugh spornte sein Pferd zu einer rascheren Gangart an. Er mußte sofort in die Mount Street und Richard in Kenntnis setzen. Vielleicht hatte dieser Hettys Verschwinden noch gar nicht bemerkt. Warum die beiden wohl in Richtung Süden fuhren? Soviel ihm bekannt war, konnte eine Heirat ohne die Zustimmung der Eltern nur in Gretna Green, bei einem Schmied jenseits der Grenze zu Schottland, geschlossen werden. Also hätten sie doch nach Norden reisen müssen. Ob Bridge Hetty etwa zu seinem Vater brachte? Der Herzog kannte sicher einen Geistlichen, der bereit war, die beiden zu trauen. Natürlich konnte der Viscount Willowby anschließend die Ehe für ungültig erklären lassen. Doch er würde sich hüten, dies zu tun, wenn er nicht einen nie wiedergutzumachenden Skandal heraufbeschwören wollte. In der Mount Street angekommen, sprang Lord Deverell aus dem Sattel

und betätigte energisch den Türklopfer. »Melden Sie mich Mr. Willowby«, befahl er Burley, der ihm geöffnet hatte.
»Bedaure, Eure Lordschaft, Mr. Willowby ist verreist.«
Hugh runzelte die Stirn. »Immer noch?« fragte er erstaunt. »Gut, dann melden Sie mich Mrs. Willowby.«
Der Butler bedauerte abermals.
»Ebenfalls verreist?« rief Hugh aus. »Das erklärt vieles.« Zum Beispiel, warum Hetty und der Beau sich nicht heimlich, bei Nacht und Nebel, treffen mußten. Wie konnten die beiden nur die Stadt verlassen und das junge Mädchen allein zurücklassen! Ohne Anstandsdame! Es war unbeschreiblich. Hugh wollte sich eben zum Gehen wenden, als er beschloß, den Butler zu fragen, ob er wisse, wo sich Miss Willowby aufhalte.
»Aber sicher, Eure Lordschaft. Miss Willowby ist heute nach Winchester gereist.«
»Nach Winchester?« wiederholte Hugh, der seinen Ohren nicht traute. »Etwa nach Wild Rose Manor?« Burley nickte.
Nachdenklich machte sich Hugh auf den Weg zu seinem Stadthaus. Es war Bridge also wirklich ernst. Er wagte sich in die Höhle des Löwen, in das Haus seines größten Widersachers, des Mannes, der alles daran setzte, um ihn bei seinem Vater anzuschwärzen. Und das noch dazu, um ihn um die Hand seiner Tochter zu bitten. War seine Liebe zu Hetty so groß, daß er es in Kauf nahm, vom Viscount abgewiesen und in Stolz und Ehre gekränkt zu werden? Er mußte doch wissen, daß es den Viscount bis aufs Blut ärgern wird, wenn er sieht, wer seine Tochter da nach Winchester begleitete. Noch dazu in einer geschlossenen Reisekutsche ohne Anstandsdame! Und dann erst die Übernachtung in einer Poststation!
Der Viscount würde schaumen vor Wut. Hugh stockte in seinen Überlegungen. War es am Ende das, was der Beau erreichen wollte? War es gar nicht die Liebe, die ihn zu einer Heirat mit Hetty Willowby trieb, sondern einzig und allein das Verlangen, ihren Vater dadurch in Weißglut zu versetzen? War Hetty, die liebe, kleine, vertrauensvolle Hetty, nur Mittel zum Zweck? Eine Figur in einem skrupellosen Spiel? Nun, er, Hugh, würde die Pläne Seiner Lordschaft durchkreuzen! Er würde weder zulassen, daß Hetty gekränkt und bloßgestellt würde, noch daß sie durch die Nacht im Gasthaus, allein mit dem Beau, kompromittiert wurde.

»Lassen Sie das Pferd in den Stall bringen und ›Stormwind‹ satteln«, befahl er seinem Butler, der ihn ins Haus gelassen hatte.
Mit zwei Schritten auf einmal nahm er die Treppe ins obere Geschoß. »Rasch, Trevis, packe die Satteltaschen. Nur das Nötigste für ein bis zwei Nächte. Wenn ich bis morgen abend nicht zurück bin, dann packe meine Koffer und reise mir nach Winchester nach. Du findest mich auf Wild Rose Manor, dem Landsitz des Viscount of Willowby. Und nun rasch einen frischen Reitanzug.«
Mit diesen Worten zog er an der Klingelschnur, um den Lakaien anzuweisen, ihm eine Erfrischung und Sandwiches zu bringen.
Als Hugh Deverell eine gute halbe Stunde später auf dem frischen Pferd Richtung Süden ritt, waren seine Gedanken bei Hetty. Er wollte nicht glauben, daß sie den Beau wirklich liebte. War sie nicht nur geblendet von seinem, zugegebenermaßen, eindrucksvollen Äußeren? Wie würde sie sein Kommen aufnehmen? Würde sie böse sein, weil er das Tête-à-tête unterbrach? Daß er die beiden finden würde, stand für ihn außer Zweifel. Sicher, die Kutsche hatte einen erheblichen Vorsprung, aber er war zu Pferde und daher in der Lage, ein höheres Tempo anzuschlagen. Dazu kam, daß er querfeldein reiten konnte, während der Beau auf die Landstraßen angewiesen war. Es gab nur wenige Poststationen auf der Strecke, die gut genug waren, um den ältesten Sohn eines Herzogs zu ihren Gästen zählen zu dürfen. Er würde daher nicht lange suchen müssen. Wahrscheinlich würden sie den »Schwan« in Aldershot für ihre Übernachtung wählen.
Hugh sollte recht behalten. Etwa eine Stunde später, bevor der Abend noch gänzlich über die blühende Landschaft von Sussex niedersank, fuhr die schwarze Kutsche Seiner Lordschaft über das holprige Pflaster in den Vorhof des Gasthauses ein. Ein Diener öffnete den Schlag, und der Wirt persönlich kam unter Verbeugungen herbei, um die Herrschaften nach ihren Wünschen zu fragen. Es dauerte nicht lange, da wurden die vornehmen Gäste in drei der besten Zimmer des Hauses geführt, wobei die Räume von Hetty und Mrs. Blenchem durch eine Tür miteinander verbunden waren. Der Beau ordnete an, daß man in einer Stunde in einem Privatsalon zu speisen wünschte. Dann zog man sich zurück, um sich nach den Strapazen des ersten Reisetages frisch zu machen.
Das Dinner verlief in gelöster Atmosphäre. Das Essen, das von der Wirtin selbst zubereitet worden war, schmeckte ausgezeichnet.

Der Wein aus dem gut sortierten Keller war nach Lord Bridgegates Geschmack. Er hatte seine gute Laune wiedergefunden, die ihm während der langen, monotonen Stunden der Reise abhanden gekommen war. Nun unterhielt er die Dame damit, kleine Anekdoten von seiner Reise auf den Kontinent zu erzählen, die er im Jahr zuvor unternommen hatte. Mrs. Blenchem, nicht gewohnt, in so vornehmer Gesellschaft zu speisen, hörte ihm andachtsvoll zu, jedes Wort förmlich in sich aufsaugend. Auch Hetty hing an seinen Lippen, ohne ihn auch nur ein einziges Mal zu unterbrechen. Und doch schenkte sie seinen Erzählungen nicht ihre ungeteilte Aufmerksamkeit. Er hat so wundervolle Lippen, schoß es ihr durch den Kopf, weich und wohlgeformt. Wie es wohl sein mochte, wenn dieser Mund sie küßte?

Bisher hatte erst einmal ein Mann versucht, sie zu küssen. Ein Landadliger aus der Nähe von Brighton. So uninteressant, daß sie sogar seinen Namen vergessen hatte. Es war kein berauschendes Erlebnis gewesen. Doch diese Lippen Seiner Lordschaft, dieses kleine spöttische Lächeln, forderten geradezu heraus, geküßt zu werden. Ein leichtes Erröten überzog ihre Wangen bei diesen Gedanken. Seine Lordschaft bemerkte es und stutzte; seine Worte konnten dieses rasche Erröten nicht ausgelöst haben. Denn an der Geschichte, wie zwei Pferde bei einem Rennen lange Zeit Kopf an Kopf lagen, um dann doch von einem Außenseiter geschlagen zu werden, gab es nichts zu erröten.

Was es wohl dachte, dieses kleine Biest? fragte er sich amüsiert. Das sollte er bald erfahren. Denn in diesem Augenblick erhob sich Mrs. Blenchem und erklärte, sie wolle sich frisch machen, bevor das Dessert serviert wurde. Ihr Gesicht war blaß, mit einem Stich ins Grünliche. Das ungewohnte Essen, der schwere Wein zeigten Wirkung.

Hetty erhob sich sofort. »Soll ich Sie begleiten, Mrs. Blenchem?« erkundigte sie sich, über diese Unterbrechung nicht gerade erfreut.

Mrs. Blenchem winkte ab. »Nein danke, liebe Miss Willowby, sehr freundlich von Ihnen. Ich habe Tropfen in meinem Zimmer, die wahre Wunder wirken. Ich bin gleich wieder zurück. Entschuldigen Sie mich bitte.« Mit diesen Worten verließ sie den Privatsalon, nicht ohne die Tür einen Spalt geöffnet zu lassen. So schlecht konnte es ihr gar nicht gehen, daß sie nicht auf Anstand und Sitte achtete.

Hetty, die mit dem Rücken zur Tür saß, bemerkte nicht, daß diese offenstand. Und sie achtete auch nicht auf die raschen Schritte, die sich dem Privatsalon näherten. Sie dachte nur an den Beau, die Lippen, die günstige Gelegenheit, die sich nie wieder bieten würde, und sagte ohne weitere Umschweife: »Würden Sie mich bitte küssen, Mylord?«

Es blieb dem Beau, der zum ersten Mal in seinem Leben über die Worte einer Frau völlig entgeistert war, erspart, eine Antwort zu finden. Denn in diesem Moment rief eine wohlbekannte Stimme von der Tür her in vorwurfsvollem Ton: »Hetty Willowby! Wie kannst du nur einen Gentleman so etwas fragen?«

Die so Angesprochene fuhr herum. »Hugh!« rief sie erfreut. »Bist du es wirklich? Das ist aber eine freudige Überraschung.« Sie schien ihre Worte ernst zu meinen, was Hugh zugleich erstaunte, aber auch erfreute. »Das ist keine Antwort auf meine Frage«, sagte er streng.

Hetty war aufgesprungen und hatte seine Hand ergriffen. »So sei doch nicht ungehalten«, bat sie mit einschmeichelnder Stimme. »Ich bin bloß noch nie geküßt worden. Nicht richtig zumindest. Und da dachte ich, die Gelegenheit sei günstig, um Lord Bridgegate zu fragen.«

»Aber so etwas schickt sich nicht«, erklärte Hugh, überrascht von so viel Ehrlichkeit. »Und überdies: warum gerade Bridge?«

»Es war doch kein anderer da«, erklärte Hetty. »Und immerhin hat er außerordentlich hübsche Lippen. Du hast allerdings auch...«

»Hetty!« rief Hugh zwischen Empörung und Amüsement hin- und hergerissen. »Du wirst doch jetzt nicht mich fragen wollen, ob ich dich küssen will?«

»Willst du denn nicht?« erkundigte sich Hetty mit sichtlicher Enttäuschung.

»Natürlich will ich«, beeilte er sich, ihr zu versichern, »allerdings nur dann, wenn du mich heiraten willst.«

Hetty ließ seinen Arm los und schaute mit großen Augen zu ihm auf: »Heiraten?« wiederholte sie.

»Ja, Hetty Willowby, willst du mir die Ehre erweisen, meine Frau zu werden?« sagte Seine Lordschaft mit feierlichem Tonfall.

»Natürlich will ich!« rief Hetty und fiel Hugh um den Hals. »Ach, Hugh, ich bin ja so...« Weiter kam sie nicht, denn ein Kuß Seiner Lordschaft verhinderte bis auf weiteres jedes Wort.

Ein langsames, deutliches Applaudieren ließ die beiden zusammenzucken. »Bravo! Bravo!« näselte der Beau von seinem Platz am Kopfende des Tisches her. »Welch ergreifendes Schauspiel. Wer hätte gedacht, was man in einem Privatsalon einer einfachen Poststation so alles geboten bekommt.«
Hugh machte sich von Hetty los. »Du sei ganz ruhig!« befahl er dem Beau, »wie kommst du dazu, ein junges Mädchen für deine skrupellosen Winkelzüge zu mißbrauchen? Sie zu kompromittieren, nur um ihrem Vater eins auszuwischen, sie aus Haß auf den Viscount...«
»So, da bin ich wieder«, meldete sich Mrs. Blenchem, noch etwas blaß, aber doch deutlich erholt, von der Tür her. »Ah, Lord Deverell, welche Überraschung. Reisen Sie auch nach Wild Rose Manor?«
Hugh starrte sie entgeistert an. »Wer sind denn Sie?« wollte er wissen.
»Das ist Mrs. Blenchem«, erklärte Hetty.
»Richards Haushälterin. Sie begleitet uns als Anstandsperson«, erklärte der Beau.
Hugh wandte sich reumütig an seinen Freund: »Tut mir leid, was ich gesagt habe, Bridge. Es waren also keine unlauteren Motive, die dich Hetty nach Winchester bringen ließen. Ich hoffe, du verzeihst, daß ich dich skrupellos genannt habe und dir zutraute, Hetty zu kompromittieren...«
»Du kannst dir deine Entschuldigung ersparen«, unterbrach ihn der Beau ungerührt. »Mein Freund, du kennst mich viel besser, als mir lieb sein kann.«

XVII.

Es war am Tag darauf, am frühen Nachmittag, als im vornehmen Palais des Herzogs von Milwoke ein Besucher gemeldet wurde. Ihre Gnaden, die Herzogin, befand sich alleine im Empfangszimmer. Sie saß an ihrem zierlichen Sekretär, eben dabei, mit ihrer großen, steilen Schrift einen Brief an ihre Eltern zu schreiben, die zur Kur in Bath weilten. Ihr neuer Butler trat ein und reichte ihr das Silbertablett, auf dem die Karte des Besuchers lag. MARQUIS DE LA FALAISE stand darauf zu lesen.

»Das ist doch nicht möglich!« rief die Herzogin aus. »Ich lasse bitten.«

Der alte Marquis war tot, wenn man Catharines Worten glauben konnte. Es schien also Roger de la Falaise zu sein, der sie besuchte. Sie warf einen kritischen Blick in den Spiegel, der in einem schweren, vergoldeten Rahmen über einem zum Sekretär passenden Blumentischchen prangte. Wie gut, daß sie sich entschlossen hatte, das neue lachsrote Nachmittagskleid zu tragen. Es stand ihr wahrhaft fabelhaft. Roger liebte schöne Frauen, wie sie nur zu genau wußte. Die Frisur war vielleicht etwas streng. Mit raschem Griff entfernte sie die Spangen an den Schläfen und zupfte einige Löckchen an der Stirn zurecht.

»Der Marquis de la Falaise«, kündigte der Butler an. Hätte Lady Milwoke nicht gewußt, wer ihr da einen Besuch abstattete, sie hätte den Namen in der englischen Sprechweise ihres Butlers nie und nimmer erkannt. Wen sie jedoch sofort wiedererkannte, war ihr Gast selbst. Noch immer die lässige Haltung, das schwarze Haar mit keiner grauen Strähne durchzogen.

»*Madame, quelle plaisir de vous revoir!*« rief er aus und beugte sich galant über die dargebotene Hand.

»Was verschafft mir die Ehre Ihres überraschenden Besuches?« erkundigte sich Mylady und bat ihn, Platz zu nehmen. Sie schenkte ihm einen Whisky ein, da sie wußte, daß er ihn gerne trank.

Er nahm ihn mit einer eleganten Handbewegung entgegen.

»Aber Madame«, antwortete er. »Meine Gemahlin ist vor längerer Zeit nach England abgereist. Ich nahm an, sie lebe im Hause ihres einzigen Bruders. Ist es da verwunderlich, daß ich die lange, beschwerliche Reise auf mich nahm, um sie wiederzusehen?«

»Sie sprechen doch nicht von Catharine?«

»Aber natürlich!« rief Roger aus. »Hat ihr verehrter Gemahl denn noch eine weitere Schwester?«

»Aber Catharine ist doch nicht Ihre Gattin«, wandte Lady Milwoke ein.

Roger kniff die Augen zu schmalen Schlitzen zusammen. »Ist sie das nicht, verehrte Freundin? Ist sie das nicht?« fragte er. »Erinnern Sie sich doch. Die stolze Kirche von St. George, die Blumen, die Kerzen, Catharine, die liebliche Braut. Sie selbst saßen in der ersten Reihe, *ma chère amie.* Sie erinnern sich jetzt?«

»Natürlich erinnere ich mich«, erklärte Mylady ungehalten. »Aber damals hat Catharine doch nicht Sie geheiratet, sondern Ihren Onkel.«
In Rogers Augen blitzte es auf. »Haben Sie damals meinen Onkel irgendwo gesehen, Madame? Na, sehen Sie. Aber mich haben Sie gesehen. Mich, Roger de la Falaise, den stolzen Bräutigam. Wer anderes sollte unsere liebe, unsere verehrte Catharine also geheiratet haben als ich?«
Mylady ließ ein böses Auflachen vernehmen. »Langsam verstehe ich, worauf Sie hinauswollen. Mein Gatte sagte mir, es gäbe einen Streit um das Erbe des verstorbenen Marquis zwischen Ihnen und Catharine. Darf ich annehmen, daß Catharine diesen Streit gewonnen hat?«
Roger griff sich mit einer theatralischen Geste an sein Herz. »Meine Liebe, *ma chère*!« rief er aus. »Welch niederträchtige Unterstellung!« Als er den Blick seiner Gastgeberin wahrnahm, änderte er die Taktik und brach in schallendes Lachen aus. »Sie sind wirklich die scharfsinnigste Lady, die ich kenne«, sagte er. »*Enfin,* Sie haben mich durchschaut, Madame, ich und meine Pläne sind voll in Ihrer Hand.«
Dieser Tonfall schien Ihrer Gnaden bei weitem besser zu gefallen. »Sie waren schon immer ein gerissener Kerl, Monsieur«, rief sie aus und beugte sich dann neugierig vor. »Was planen Sie?«
Ihr Gast lächelte zufrieden in sich hinein. Es war nicht schwer gewesen, Esther wieder zur Verbündeten zu gewinnen. Obwohl sie einen so strengen und vornehmen Eindruck auf ihn gemacht hatte, als er das Zimmer betrat. Er hatte mit ernsthaften Schwierigkeiten gerechnet. Sie war stark gealtert in den letzten Jahren, die Gute. Seltsam auch, daß sie den langweiligen Henry nicht gerufen hatte, um dem Gespräch beizuwohnen. Nun, ihm sollte es recht sein. »Was ich vorhabe?« wiederholte er. »Nichts weiter, als meine Gemahlin wieder mit nach Hause zu nehmen und dafür zu sorgen, daß das Geld nicht für die falschen Dinge ausgegeben wird.«
Mylady ließ wieder ihr bellendes Lachen hören. »Sie meinen, Sie brauchen das Vermögen für den Spieltisch, Dirnen und zur Bezahlung Ihrer Schulden.«
»Aber, Madame!« entgegnete Roger scheinbar entrüstet. »Doch nicht zur Bezahlung meiner Schulden. Welche Verschwendung!«

Nun lachten sie beide. Mylady griff zur Karaffe, um ihrem Gast erneut einzuschenken.

»Wo ist also die liebe Catharine, damit ich sie in meine Arme schließen kann?« fragte Roger schließlich.

»Da gibt es noch ein Problem«, sagte Mylady, während sie jedes Wort genüßlich auf der Zunge zergehen ließ. »Die liebe Catharine ist verheiratet.«

»Sagte ich doch, mit mir…«

»Nein, mit Richard Willowby.«

»Mit Richard Willowby? Kann mich nicht erinnern, diesen Namen je gehört zu haben. Catharine hat also wieder geheiratet. So kurz nach dem Tod meines lieben Onkels. Wie geschmacklos. Wer ist dieser Willowby?«

»Ein schrecklicher Kerl!« erklärte Mylady. »Ungehobelt und grob. Er ist der älteste Sohn eines Viscount. Nein, wenn ich recht überlege: Inzwischen selbst der Viscount. Allerdings sitzt er im Gefängnis. Man sagt, er habe seinen Vater umgebracht.«

Nun war es an Roger, tatsächlich fassungslos zu sein: »*Un meurtrier!*« rief er aus. »Catharine hat einen Mörder geheiratet, *mon Dieu!* Wie lange sind die beiden denn schon verheiratet?«

»Die Hochzeit fand einen Tag nach Ablauf des Trauerjahres statt.« erklärte Mylady.

»Das ist doch nicht möglich!« rief Roger. »Catharine hat Frankreich doch erst kurz vor Ablauf des Trauerjahres verlassen. Kannten sich die beiden schon von früher?«

Lady Milwoke erwog diesen Gedanken. »Wohl kaum«, sagte sie schließlich.

»Dann hat Catharine also aus Vernunftgründen geheiratet. So schnell verliebt sie sich nicht. Nicht Catharine. Sie hat geheiratet, weil sie nicht hier, unter einem Dach mit Ihnen…« Er begegnete dem wütenden Blick seiner Gastgeberin und unterbrach sich. »Oh, *pardon!*« murmelte er und legte erschrocken die rechte Handfläche auf seinen Mund.

»Sie irren sich«, entgegnete Mylady böse. »Catharine scheint sogar sehr verliebt zu sein.«

»So?« fragte der Franzose, nicht gerade überzeugt. »Sie meinen die beiden, Catharine und dieser Mörder, die beiden vollziehen die Ehe?«

»Aber, mein Herr!« rief Ihre Ladyschaft entrüstet. »Wie sprechen Sie in meiner Gegenwart?! Sie vergessen, wen Sie vor sich haben.«

»Aber, meine Teuerste«, entgegnete Roger mit spöttischem Grinsen, »wie könnte ich das vergessen? Wir beide haben doch auch etwas vollzogen, erinnern Sie sich? Und das war keine Ehe.«

Esther wurde rot und begann zu kichern. »Aber das ist doch schon so lange her!« meinte sie verlegen.

»So etwas Schönes vergesse ich niemals«, versicherte ihr Roger galant und hoffte, sie würde seine wahren Gedanken nicht durchschauen. Um Zeit zu gewinnen, hielt er ihr abermals sein Glas entgegen. Sie schenkte ihm bereitwillig nach. Er war so ein hübscher Mann und so charmant. Ach, hätte sie Henry damals verlassen, als sich die Gelegenheit bot, und wäre mit Roger durchgebrannt! Jetzt war es dazu wohl zu spät. »Catharine ist nach Winchester gereist, um ihren Mann, diesen Willowby, aus dem Gefängnis zu holen. Zweifelhaft ist, ob es ihr gelingt.«

»Laß uns hoffen, daß es ihr nicht gelingt. Um so lieber wird sie mit mir zurückkehren. Doch auch wenn es ihr gelingt, werden wir es schaffen, sie zur Reise nach Frankreich zu bewegen.«

Mylady horchte auf. »Was heißt wir?« fragte sie lauernd.

»Nun, wenn Catharine nach Winchester gereist ist, bleibt mir nichts anderes übrig, als ihr zu folgen. Und Sie, liebe Freundin, werden mich begleiten.«

»Aber ich denke nicht daran!« rief Lady Milwoke entrüstet. »Mir steht weder der Sinn nach einer beschwerlichen Reise noch danach, Catharine oder schon gar nicht diesen Willowby wiederzusehen.«

»Aber Sie müssen, Teuerste!« wandte Roger ein. »Zum einen fehlen mir die Mittel...«

»Geld können Sie haben«, versprach Mylady schnell. »Als Darlehen«, fügte sie hinzu, als sie sein zufriedenes Grinsen wahrnahm. »Sie zahlen es mir zurück, sobald Sie die Erbschaft Ihres Onkels haben.«

»Aber selbstverständlich«, beteuerte der Marquis. »Doch damit es soweit kommt, brauche ich Ihre Hilfe. An wen soll ich mich in Winchester wenden, um meine Ehe mit Catharine zu behaupten, falls sich Catharine weigert, mir zu folgen?«

»Am besten an Sir Thomas Streighton. Er ist der Friedensrichter. Ich kann Ihnen seine Adresse aufschreiben. Kein Grund, daß ich Sie begleite«, erklärte Lady Milwoke.

»Aber bedenken Sie doch«, wandte Roger hartnäckig ein. »Wie soll ich je beweisen, daß ich mit Catharine verheiratet bin, wenn diese das Gegenteil behauptet?«

»Dann nehmen Sie doch die Heiratsurkunde mit. Ich habe eine Abschrift davon hier. Wenn Sie diese brauchen, hole ich sie gerne...«

»Bloß nicht!« rief Roger aus. »Darin steht doch, Gervaise de la Falaise sei der Bräutigam. Haben Sie das vergessen? Nein, diese Urkunde sollte am besten vernichtet werden. Sie kann unseren Plänen nur schaden.«

»Ihren Plänen«, stellte Mylady richtig.

»Meinen Plänen«, gab Roger zu. »Aber sagen Sie, ist es nicht auch für Sie eine Beruhigung, Ihre Schwägerin wohlversorgt zu wissen, wenn dieser Mr. Willowby am Galgen baumelt? Oder wäre es Ihnen lieber, Catharine kehrte hierher in ihr Vaterhaus zurück?«

»Bloß nicht!« rief Mylady erschrocken aus.

»Dachte ich mir«, sagte Roger zufrieden. »Also werden Sie mit mir kommen und bezeugen, daß Catharine meine Frau ist.«

Irgend etwas behaupten, um unliebsamen Menschen zu schaden, war eine Sache. Einen Meineid vor einem englischen Friedensrichter zu schwören, eine andere. »Ich kann Henry nicht so lange allein lassen, es geht ihm nicht gut«, sagte Mylady daher.

»Ach, der gute Henry«, antwortete Roger spöttisch. Diese Ausrede war zu leicht zu durchschauen. »Er fühlt sich nicht wohl? Das bedaure ich sehr.«

»Tun Sie nicht«, fiel ihm Esther schroff ins Wort. »Sie haben meinen Gatten nie leiden können. Ich habe eine andere Idee, was den Zeugen betrifft: der Pfarrer. Wie wäre es, wenn Sie den Pfarrer mit nach Winchester nehmen? Pater Rochus ist noch immer für St. George tätig. Sicher wird er sich an die Trauung noch erinnern. Und wenn nötig, wird das sein Gedächtnis auffrischen.«

Lady Milwoke begab sich zu ihrem Sekretär, öffnete eines der kleinen Schublädchen und warf Roger einen Lederbeutel, prall gefüllt mit Scheinen und Münzen, zu. »Das sollte ausreichen, um Ihre Reise zu finanzieren. Und vergessen Sie nicht, Catharine gleich nach Frankreich mitzunehmen. Ich möchte sie nicht mehr in meiner Umgebung sehen.« Dann nahm sie ein weißes Kärtchen, um mit dem Federkiel Namen und Adresse des Friedensrichters aufzuschreiben.

»Ihr Wunsch ist mir Befehl«, erklärte Roger grinsend, nachdem er auch die Karte genommen hatte. »Es tut gut, so treue Freunde wie Sie zu haben. Leben Sie wohl, meine Teure. Ich muß mich auf die Suche nach dem Pfarrer machen.« Er beugte sich über Myladys Hand und verließ in bester Laune das Stadtpalais.

Es war um dieselbe Zeit, da der Marquis de la Falaise das Haus des Herzogs von Milwoke verließ, um sich auf die Suche nach dem Pfarrer von St. George zu machen, als Catharine Willowby nervös im Empfangssalon von Wild Rose Manor auf- und abschritt. Mehr als vierundzwanzig Stunden waren seit dem Besuch bei Sir Streighton vergangen, und noch immer kein Lebenszeichen von Richard.
Sie hatte Kermin zu dem Haus geschickt, in dem ihr Mann gefangengehalten wurde. Er sollte mit der Kutsche warten, jederzeit bereit, seinen Herrn nach Hause zu bringen. Mrs. Mellvin war rührend sowohl um das Wohlergehen ihrer neuen Herrin als auch um die Vorbereitungen für die Rückkehr des nunmehrigen Viscount Willowby besorgt. Es schien, als habe Catharines freundliche Haltung zu ihrem kleinen Neffen Hermes jedes Eis gebrochen. Mrs. Mellvin fand sich ohne weiteren Widerstand mit der Tatsache ab, daß Wild Rose Manor eine neue Herrin besaß.
»Nun kann es aber nicht mehr lange dauern, bis Seine Lordschaft zurückkommt«, sagte sie eben von der Tür her, ein breites Tablett in ihren Händen. »Ich habe mir erlaubt, Ihnen Tee und Kuchen zu bringen. Sie haben ja heute mittag kaum etwas angerührt, Mylady. Sie sollten ein bißchen essen. Sie sind doch ohnehin schon so schlank. Glauben Sie mir, es ist wichtig, daß Sie bei Kräften bleiben.« Sie hatte das Tablett abgestellt und begann nun damit, die Tasse für Catharine einzuschenken.
»Ich habe die Kupferbadewanne für Mylord richten lassen«, erklärte sie, als Catharine die Tasse mit einem dankbaren Nicken in Empfang nahm. »Sicher wird er baden wollen nach all den Strapazen im Kerker. Wenn ich nur daran denke, daß der Mörder weiterhin frei herumläuft, wird mir angst und bange. Wer, frag' ich mich, wer kann es wohl gewesen sein? Wer ist imstande, so etwas Grauenvolles zu tun?«
Das fragte sich Catharine auch. Und nicht zum ersten Mal. Doch sie fragte sich auch, wem es wohl nützen konnte, daß Richard für diese

Tat büßte, die er nicht begangen hatte. Mord wurde mit dem Tod am Galgen bestraft. Wer profitierte davon, daß Richard starb?
Der nächste in der Erbfolge war Richards jüngerer Bruder George. Sie hatte noch nicht viel über diesen Mann gehört, außer, daß er als Erbe des Vermögens seiner Großmutter vor gut einem Jahr zu plötzlichem, unermeßlichem Reichtum gekommen war. Es hatte den Anschein, daß sich die beiden Brüder nicht sehr gut verstanden. Ja, sie hatten sich in den letzten Jahren nicht einmal gesehen. Obwohl dieser George vor seiner Hochzeit, und bevor er seine Großmutter beerbte, eine Zeitlang in London gelebt hatte. Warum allerdings sollte dieser reiche Mann Interesse am Tod sowohl seines Vaters als auch seines Bruders haben? Wild Rose Manor war ganz hübsch, die Erträge der Pächter würden jedoch erst wieder der Rede wert sein, wenn eine ordentliche Summe investiert worden war. Finanzielle Gründe konnten kein Anreiz für George Willowby gewesen sein, seinen Vater zu töten und Richard bei den Behörden anzuschwärzen. George schied daher aus dem Kreis der Verdächtigen aus, es sei denn… Catharine blieb ruckartig stehen. Natürlich! George Willowby war zwar immens reich, doch er hatte keinen Titel.
Da er das Erbe seiner Großmutter mütterlicherseits angetreten hatte, war damit kein Titel verbunden gewesen. George Willowby war der Mörder seines Vaters! Vielleicht hatte er auch die Tat nicht selbst begangen, sondern jemanden dafür gedungen. Und anschließend hat er dem Inspektor jenes Schreiben zukommen lassen, das Richard die Verantwortung in die Schuhe schob. Catharine atmete tief durch. Sie hatte die Lösung gefunden!
Das Rattern von Kutschenrädern drang durch das geschlossene Fenster. Sie schob eilig die Vorhänge beiseite. Kermin saß auf dem Kutschbock und grinste von einem Ohr zum anderen. Als habe er ihren Blick gespürt, blickte er nach oben. Seine kleinen Knopfaugen strahlten. Triumphierend zog er seine Kappe vom Kopf und wirbelte sie durch die Luft. Das konnte nur eines bedeuten: Er war mit Richard zurückgekehrt! Mit klopfendem Herzen wartete sie, bis die Kutsche endlich zum Stillstand kam. Kermin sprang vom Kutschbock und riß den Schlag auf. Zwei lange Beine in dunkelgrünen Kniehosen wurden sichtbar, ein blonder Lockenkopf: es war Richard!
»Ich habe ihn heil zurückgebracht!« brüllte Kermin durch die ge-

schlossenen Fensterscheiben. Richard folgte seinem Blick. Als er seine Frau entdeckte, wurde sein erschöpfter Gesichtsausdruck weich. Ein liebevolles Lächeln glitt über seine Lippen, als er die Hand hob, um ihr zuzuwinken. Catharine sah diesen Blick, das Lächeln, und hielt es nicht mehr länger in der Bibliothek aus. Mit flinken Fingern schürzte sie die Röcke und eilte die Treppe hinab, um ihrem Gatten entgegenzulaufen. Er trat eben durch die breite Haustür, als Catharine an der untersten Stufe angelangt war. Sie verharrte im Schritt. Durch die offene Tür schien die Sonne in die düstere Halle und zauberte ein helles Dreieck auf den dunklen Holzboden. Viele winzige Staubflocken tanzten im Licht.
Richard war ebenfalls stehengeblieben.
Das Herz klopfte Catharine bis zum Hals, doch sie blieb auf der untersten Stufe stehen, als sei sie dort angewachsen. Eine nie gekannte Scheu überfiel sie. Unsicherheit, wie sie sich verhalten sollte.
Da öffnete Richard die Arme, und all die Unsicherheit war wie weggeblasen. Sie lief auf ihn zu, um sich in die geöffneten Arme zu werfen, die sich fest um sie schlossen. So stand sie da, die Wange an seine breite Brust gedrückt, um ihn lachend und weinend in seinem Haus willkommen zu heißen. Richard hob ihr Gesicht zu seinem empor und warf einen prüfenden Blick in ihre Augen. Als er darin nicht mehr die geringste Spur eines Widerstands entdeckte, als er die freudige Erregung darin las, mit der sie voller Erwartung zu ihm aufsah, da senkte er seine Lippen auf die ihren. Und sie küßten sich mit Hingabe und Leidenschaft, wie zwei Verirrte, die nach einem langen Weg der Trennung endlich wieder zusammengefunden hatten.
Ein vernehmliches Räuspern brach den Zauber. Richard unterbrach seinen Kuß und blickte sich, ohne Catharine loszulassen, unwillig um. Es war Alfred Willowby, der da stand, mit Lederhandschuhen und einer umgebundenen Gärtnerschürze, die Rechte ihm zum Gruße entgegenstreckend: »Da bist du also wieder. Willkommen zu Hause, Vetter«, sagte er. »Ich habe mich etwas um die Rosen gekümmert. Ich hoffe, das ist dir nicht unrecht.«
»Du kannst mit den Rosen machen, was du willst, Alfred. Hauptsache, du störst mich nicht länger. Wie kommt es überhaupt, daß du dich noch immer auf Wild Rose Manor aufhältst? Ich dachte, deine Tante erwartet dich sehnsüchtig?«

Catharine hatte sich aus dem Arm ihres Gatten losgemacht und begann nun, die Wangen gerötet, im Spiegel den Sitz ihrer Frisur zu überprüfen.
»Aber du weißt doch, daß der Inspektor sagte, wir sollen auf Wild Rose Manor bleiben. Ich hoffe, es kommt dir nicht ungelegen. Sicherlich hat Sir Streighton nichts dagegen, wenn ich in ein Gasthaus ziehe, falls meine Anwesenheit hier nicht länger erwünscht ist.« Der Tonfall zeigte deutlich seine gekränkten Gefühle.
»Unsinn!« widersprach Richard gutmütig. »Du kannst so lange bleiben, wie du willst. Ich muß mich jedoch dringend frisch machen, wenn du gestattest. Dort, wo ich mich in den letzten Tagen aufgehalten habe, waren die hygienischen Bedingungen nicht gerade das, was sich ein Gentleman vorstellt.«
»Mrs. Mellvin hat dir bereits ein Bad gerichtet«, meldete sich Catharine zu Wort.
»Fein.« Richard grinste und reichte ihr die Hand. »Komm mit, holdes Eheweib. Du mußt mir den Rücken schrubben.«
Mit diesen Worten eilte er zur Treppe und zog Catharine hinter sich her, die ihm errötend, aber doch lachend folgte. Sie ließen einen völlig schockierten Alfred Willowby in der Halle zurück.

XVIII.

Es war erst im frühen Morgengrauen, als das Ehepaar Willowby in erschöpften Schlaf fiel. Catharines Kopf ruhte in der Armbeuge ihres Gatten, die Wange an seinen nackten Oberkörper gepreßt. Ihre Miene war glücklich und gelöst. Und sie wären sicher gerne noch länger so eng umschlungen zusammengelegen, doch sie wurden zu ungewohnt früher Stunde unsanft aus dem Schlaf gerissen.
»He, Ric, alter Knabe. Aufwachen! Vater ist tot, wurde mir berichtet. Hab' schon schlimmere Nachrichten gehört.«
Während sich Richard verschlafen die Augen rieb und sich nicht ganz klar zu sein schien, wo er sich überhaupt befand, setzte sich Catharine mit einem Ruck auf. Die Decke bis zum Kinn hochgezogen, starrte sie den fremden Mann an ihrem Bettende an. Sie hatte ihn noch nie gesehen, und doch war er ihr seltsam vertraut. Die dichten, blonden Locken, die strahlenden blauen Augen, er sah aus wie eine

jüngere Ausgabe von Richard. Nur die Lippen waren breiter, das Kinn runder als das ihres Gatten.
Richard hatte sich nun auch im Bett aufgesetzt. »George«, murmelte er, »welch unpassende Zeit, hier hereinzuplatzen. Und paß auf, was du sagst. Vater wurde ermordet, wie du sicher weißt. Wenn man dich so sprechen hört, könnte man dich glatt für seinen Mörder halten.«
»Unsinn!« grinste sein Bruder und nahm ungeniert auf der Bettkante Platz. »War gar nicht in Winchester zur fraglichen Zeit. Und überhaupt, hätte ich Vater umbringen wollen, dann hätte ich jahrelang viel triftigere Gründe dazu gehabt als eben jetzt.«
»Und der Titel?« entfuhr es Catharine. Kaum hatte sie die Worte gesagt, hätte sie sie am liebsten wieder zurückgenommen. Nun aber hatte sie dem vermutlichen Mörder ihren Verdacht verraten und ihm damit die Möglichkeit gegeben, seine Verteidigung vorzubereiten. George blickte sich zu ihr um, als hätte er erst jetzt ihre Anwesenheit wahrgenommen.
»Oh, entschuldige bitte, Catharine«, sagte Richard reumütig. »Ich habe vergessen, ihn dir vorzustellen. Das, meine Liebe, ist mein Bruder George, George, das ist meine Gemahlin Catharine, Lady Willowby.«
George sprang auf und hätte wohl Catharines Hand ergriffen, wenn sie diese nicht unter der Bettdecke versteckt hätte.
»Du bist verheiratet, Ric? Welche Überraschung! Ich bin entzückt, Madam, so eine reizende Schwägerin zu haben.«
»Ich danke Ihnen, Sir. Aber vielleicht sollten wir die Unterhaltung in einer Umgebung fortsetzen, die, äh… passender ist.«
»Passender?« fragten Richard und George wie aus einem Munde.
Catharine mußte wider Willen lachen. »Man merkt, daß ihr beide Brüder seid«, stellte sie fest. »Typische Willowby-Brüder. Jedem anderen wäre es wohl aufgefallen, daß es völlig unpassend für eine Dame ist, mit einem wildfremden Mann zu plaudern, der unerwartet vor ihrer Bettkante steht.«
Richard lachte schallend auf und legte seiner Gattin mit liebevoller Geste den Arm um die Schulter. »Bei jedem anderen hätte ich da auch sehr wohl etwas dagegen. Aber das ist ja nur George. Dennoch hast du recht. Zeit, daß du verschwindest, Bruder. Wir treffen uns in einer Stunde zum Frühstück.«

Er warf Catharine einen aufreizenden Blick zu. »Oder lieber in zwei Stunden«, sagte er, worauf sein Bruder mit anzüglichem Grinsen das Schlafgemach verließ.

Als das Ehepaar Willowby geraume Zeit später das Speisezimmer betrat, fanden sie George und Cousin Alfred in einer lebhaften Diskussion.

»Wir überlegen gerade, wer der Mörder sein könnte«, klärte sie George auf, als die beiden Platz genommen hatten.

»Wenn ich Catharine recht verstanden habe«, begann Richard und schlug dabei einen absichtlich harmlosen Tonfall an, »so verdächtigt sie dich, Bruder.« Nach diesen Worten begann er, sich seelenruhig eine breite Scheibe des Beinschinkens abzusäbeln.

»Doch nicht George!« rief Alfred fassungslos. »Was für einen Grund sollte er haben, seinen Vater zu töten? Er ist doch auch ohne Wild Rose Manor geradezu unverschämt reich.«

Catharine sah in das fröhlich grinsende Gesicht ihres Schwagers und verwünschte ihren vorschnell geäußerten Verdacht. George Willowby sah gar nicht so aus, wie sie sich einen Mörder vorstellte.

»Catharine meinte, du seist auf den Titel aus gewesen«, ließ Richard nicht locker.

Mrs. Mellvin erschien, um frischen Tee einzuschenken und die Herrschaften nach ihren Wünschen zu fragen. Sie wäre sichtlich noch gerne im Raum geblieben und hätte dem Gespräch gelauscht, doch Catharine schickte sie freundlich, aber bestimmt nach draußen. »Danke, Mrs. Mellvin«, sagte sie. »Es ist alles wunderbar vorbereitet. Wir bedienen uns selbst. Wenn wir Hilfe brauchen, werden wir läuten.«

»Du vergißt, daß du der Erbe des Titels bist«, meinte George an seinen Bruder gewandt, als die Haushälterin das Zimmer verlassen hatte. »Was nützt mir also der Tod unseres Vaters?«

»Er nützt dir dann etwas«, wandte Richard ein, »wenn du mich als Mörder an den Galgen bringst.«

»Dich als Mörder...!« rief George. »Hast du ihn denn umgebracht?«

»Nein, natürlich nicht. Aber irgend jemand scheint Interesse daran zu haben, mir den Mord in die Schuhe zu schieben. Ich saß die letzten Tage dafür im Gefängnis, mußt du wissen.«

George war sichtlich erschüttert. »Du saßt im Gefängnis? Wenn das nicht eine bodenlose Unverschämtheit ist! Wer ist der Friedensrichter? Wir müssen mit ihm sprechen!«

»Der Friedensrichter ist Sir Thomas Streighton. Du kennst ihn sicherlich noch. Du warst vor Jahren einmal in seine Tochter verliebt. Erinnerst du dich? Catharine hat bereits mit ihm gesprochen. Das ist der Grund, warum ich jetzt wieder als freier Mann vor dir sitze.«

»Tatsächlich?« fragte George interessiert. »Wie ist es dir gelungen, Richard freizubekommen, Catharine? Ich darf dich doch Catharine nennen? Schließlich sind wir ja jetzt verschwägert, nicht wahr? Mein Name ist George.«

»Catharine hat sich für mich eingesetzt und Sir Streighton von meiner Unschuld überzeugt. Sie hat ihm einen Brief des Herzogs von Milwoke übergeben, der sich für mich verwendete«, erklärte Richard.

»Der Herzog von Milwoke!« rief Alfred aus. »Ich wußte gar nicht, daß du Freunde in so erlauchten Kreisen hast, Richard.«

»Habe ich gar nicht«, grinste dieser. »Der Herzog ist mein Schwager.« Er hatte diese Neuigkeit in der letzten Nacht erfahren und brannte darauf, Bruder und Vetter zu überraschen. »Catharine ist seine einzige Schwester.«

»Donnerwetter! Wir haben eine Herzogstochter in der Familie. Wer hätte das gedacht? Glückwunsch, Bruder. Du mußt mir einmal erzählen, wie es dir gelungen ist, in den Hochadel einzuheiraten.«

»Sie sind die Schwester eines Herzogs?« murmelte Alfred. »Und ich dachte, Sie seien Französin, oder zumindest zur Hälfte, Halbfranzösin sozusagen.«

Richard runzelte die Augenbrauen. »Du warst das also, der Vater diesen Unsinn in den Kopf gesetzt hat«, stellte er ärgerlich fest. »Er hat Catharine stets als ›Halbfranzösin‹ bezeichnet, wenn er von ihr sprach. In diesem letzten Gespräch bevor er starb. Wie kamst du dazu, ihm die Unwahrheit in den Kopf zu setzen, wenn du doch wußtest, wie sehr er die Franzosen haßte?«

»Aber ich... aber ich...«, stotterte Alfred zu seiner Verteidigung, »aber ich habe doch gar nicht mit ihm gesprochen.

Erinnere dich, dein Vater war schon tot, als ich hier eintraf. Dein Diener, Mrs. Mellvin, jeder kann das bezeugen.«

»Ich spreche nicht von diesem Mal«, fuhr ihn Richard ungehalten an.

»Ich spreche von deinen zahlreichen vorangegangenen Besuchen bei meinem Vater.«

»Alfred hat Vater oftmals besucht?« erkundigte sich George erstaunt.

»Habe ich nicht«, widersprach Alfred. »Diesmal war das erste Mal seit Jahren. Und ich kam auch nur, weil Wild Rose Manor auf dem Weg zu meiner Tante lag. Ich wünschte, ich hätte es nicht getan.«

»Da sagt der Stallbursche etwas anderes«, entgegnete Richard ungerührt. »Er sagt, er kenne dein Pferd sehr gut. Und er kenne dich sehr gut. Weil du mindestens jedes Vierteljahr einmal hier aufgetaucht bist...«

»Stallburschen sagen viel, und nur wenig ist wahr«, unterbrach ihn Alfred steif. Unter den prüfenden Blicken der beiden Brüder begann er sich unbehaglich zu fühlen. Er rutschte auf seinem Stuhl hin und her, bevor er schließlich zugab: »Gut, ich bin des öfteren hiergewesen. Was ist denn so schlimm daran? Er war schließlich mein Onkel. Und ihr beide habt euch ohnehin nicht um ihn gekümmert.«

»Schlimm daran ist höchstens, daß du die Besuche abgestritten hast«, sagte Richard. »Natürlich konntest du Vater so oft besuchen, wie du wolltest. Auch wenn ich es seltsam finde, denn er war bekanntlich kein angenehmer Mensch.«

»Dadurch hast du dich höchst verdächtig gemacht, lieber Vetter«, meldete sich George mit todernster Stimme zu Wort. Innerlich amüsierte er sich königlich, seinem Cousin einen argen Schrecken einzujagen.

»Aber ich doch nicht!« rief dieser auch schon aus. »Ich kann keiner Fliege etwas zuleide tun. Wenn ich daran denke, wie ich euren Vater gefunden habe, wird mir jetzt noch übel. Er saß auf dem Stuhl dort am Kopfende...« Er unterbrach sich, und seine Hand zeigte ins Leere.

»Mrs. Mellvin hat den Stuhl wegräumen lassen«, erklärte Catharine. »Sie bemüht sich darum, daß nichts an das schreckliche Ereignis erinnert.«

Alfred nickte. »Eine weise Idee«, sagte er. »Glaubt mir, ich war es wirklich nicht. Ich mochte euren Vater sogar ganz gerne. Ich habe ihn keineswegs gehaßt.«

»Schon gut«, unterbrach ihn George. »Wer aber haßte ihn wirklich?«

»Bridge!« antworteten Alfred und Richard wie aus einem Munde. »Lord Bridgegate, du kennst ihn doch, George«, fuhr Richard erklärend fort. »Er hat Vater einmal eine junge Dame abspenstig gemacht. Obwohl das bereits vor vielen, vielen Jahren geschehen ist, hat der alte Herr ihm das nie verziehen. Aus Rache hat er alle Untaten des Beau fein säuberlich aufgeschrieben und dem alten Herzog, Bridges Vater, zur Kenntnis gebracht. Dieser droht seitdem beharrlich, seinen mißratenen Sohn zu enterben. Bridge hat seine liebe Not, seinen Vater in häufigen Besuchen von dieser Idee abzubringen.«
»Das ist ja eine tolle Geschichte«, meinte sein Bruder fasziniert. »Natürlich kenne ich den Beau. Wie kam unser Vater zu den Informationen über ihn? Er hat dieses Haus in den letzten Jahren doch nie verlassen. Sollten deine zahlreichen Besuche etwa die Ursache gewesen sein, daß er so gut Bescheid wußte, Alfred?«
Bevor der so Verdächtigte zu einer entrüsteten Verteidigung ansetzen konnte, hatte Richard diese Überlegung bereits verworfen. »Kann nicht sein«, sagte er. »Vater war kontinuierlich auf dem laufenden und schrieb dem alten Herzog mindestens alle drei Wochen. Er mußte eine andere Informationsquelle gehabt haben.«
»Auch recht«, sagte George. »Und du denkst, Bridge könnte der Mörder sein?«
»Bridge ist ein Mann, den keiner durchschaut«, sagte Richard überlegend. »Er zählt zwar zu meinen Freunden, dennoch kann ich nicht von mir behaupten, ihn wirklich zu kennnen.«
»Aber ich kenne ihn«, warf Alfred mit vollem Nachdruck ein. »Und ich weiß, daß Bridge nie und nimmer der Mörder ist. Erstens ist er in London, und zweitens würde er nie sein Erbe durch eine so gemeine Tat aufs Spiel setzen. Und seinen Titel.«
»Womit wir wieder beim Titel angelangt wären«, sagte Richard, an George gewandt. »Du hattest es also nicht zufällig auf Vaters Titel abgesehen?«
»Zum wiederholten Male: nein«, erwiderte George bestimmt. »Wenn du es mir nicht glaubst, sieh selbst nach. Ich habe eine schriftliche Erklärung abgegeben, daß ich im Falle deines Todes, lieber Bruder, auf Erbe und Titel verzichte.«
Die drei anderen sahen fassungslos von ihrem Frühstück auf.
»Du hast was?« fragte Richard.
»Aber warum denn nur?« wollte Alfred wissen.

George zuckte die Schultern. »Weiß ich auch nicht, Vater wollte es so.« Er schnitt gemächlich eine gebratene Tomate auseinander und steckte sie sich genüßlich in den Mund.
»Nun sei doch nicht so aufreizend!« forderte sein älterer Bruder streng. »Erzähle uns auf der Stelle, was diese seltsame Geschichte bedeutet.«
George führte seine Serviette an die Lippen, bevor er berichtete: »Vor gut einem Jahr, ich hatte noch gar nicht lange das Erbe von Großmutter angetreten, da erhielt ich einen Brief unseres Vaters, in dem er mich bat, umgehend zu ihm zu kommen. Hetty, meine Frau, du erinnerst dich doch Richard, ihr habt euch auf Großmutters Begräbnis kennengelernt, also Hetty wollte ohnehin nach Brighton fahren, und so haben wir Vaters Wunsch erfüllt und ihm einen Besuch abgestattet. Am zweiten Abend hat er dann ein Gespräch unter vier Augen verlangt und mich gebeten, auf Erbe und Titel zu verzichten. Die Gründe, die er mir nannte, waren reichlich verworren, dennoch beschloß ich, die Erklärung zu unterschreiben, die er von einem Notar hatte vorbereiten lassen. Wild Rose Manor will ich wirklich nicht haben, auch das Haus in der Mount Street nicht. Nichts für ungut, Richard. Aber ich habe ein Palais am Berkeley Square und Rampstade Palace und einen Landsitz in Cornwall. Ich finde, das genügt. Und aus Titeln mache ich mir nicht viel.«
»Was für Gründe nannte Ihr Vater?« wollte Catharine wissen.
George überlegte. »Ich wurde nicht schlau aus seinen Worten. Er sprach davon, daß er die Zukunft retten wolle und Verantwortung habe für die Jugend oder so ähnlich. Vielleicht auch ein junges Leben, so genau weiß ich das nicht mehr. Ich hab es damals nicht verstanden und verstehe es auch heute nicht. Wenn ihr die Erklärung sehen wollt, sie liegt im Schreibtisch in der Bibliothek. Wenn du weißt, wo der Schlüssel ist, Richard.«
»Den Schlüssel habe ich«, antwortete sein Bruder. »Ich habe ihn zufällig entdeckt, als ich Briefpapier und Feder suchte, um dir und den Verwandten zu schreiben. Die Erklärung würde ich wirklich gerne sehen. Seid ihr fertig mit dem Frühstück? Dann kommt. Ich bin schon neugierig, was sich in dem Sekretär noch alles findet.« Er stand auf. Catharine und George erhoben sich sofort.
»Aber Richard«, meldete sich Alfred zu Wort. »Denkst du, daß das richtig ist, was du da tust? Dein Vater ist noch kaum unter der Erde,

und du wühlst in seinen privaten Angelegenheiten. Ist das nicht ein wenig pietätlos?«
Richard sah seinen Vetter mit ungläubigem Blick an. »Pietätlos? Ich bin sein Erbe, verdammt noch mal. Wer denn sonst sollte seine Hinterlassenschaft ordnen? Also manchmal denke ich, du bist nicht ganz richtig im Kopf. Du brauchst nicht mit uns zu gehen, wenn du nicht möchtest. Komm George.« Er bot seiner Gattin den Arm und verließ mit ihr das Frühstückszimmer.

Der Anblick, der sich ihnen in der Halle bot, ließ sie jäh verharren. Dort stand niemand anderes als Lord Bridgegate persönlich. Einen hocheleganten, blauen Kutschiermantel mit mindestens dreizehn Kragen um die Schultern, ein flacher Hut auf seinen glänzenden, schwarzen Locken.
»Mylord!« rief Catharine überrascht.
»Verdammt, Bridge, was ist denn das für ein unmögliches Gebilde auf deinem Kopf?« rief Viscount Willowby.
»Der letzte Schrei, mein lieber Richard«, näselte der Beau und begann, mit graziler Bewegung die Handschuhe von seinen schmalen Fingern zu streifen.
»Bridge!« rief Alfred, der nun auch im Türrahmen erschienen war. »Was bringt dich hierher? Bist du schon länger in der Gegend?«
Der Beau blickte seinen Freund überrascht an. »Sieh an, Alfred«, näselte er. »Ich habe mich schon gefragt, wo du geblieben bist. Und nun finde ich dich im Hause deines Onkels. Fürwahr ein reizendes Familientreffen. Hetty wird sich freuen, euch allesamt hier versammelt zu finden.«
»Hetty!« rief Catharine. »Ich habe Hetty vergessen! Gut, daß Sie sie erwähnen, Mylord. Hetty kommt heute mit der Postkutsche an. Ich muß Kermin Bescheid geben. Er muß sich erkundigen, wann die Kutsche ankommt, damit er sie rechtzeitig an der Poststation in Empfang nehmen kann.« Sie wollte davoneilen, doch die nächsten Worte des Beau hielten sie zurück. »Nicht nötig«, sagte dieser, »ich habe mir erlaubt, Richards Schwester persönlich hierher zu bringen.«
»Wie freundlich von Ihnen!« rief Catharine dankbar.
»Sehr freundlich«, meinte Richard sarkastisch. »Was hat dich wohl zu dieser ach so edelmütigen Tat veranlaßt?«

Der Beau zuckte die Schultern. »Glaub mir, mein Freund, das weiß ich auch nicht. Tatsache ist, daß die Reise sehr ermüdend war. Ständig in Gesellschaft der beiden Turteltauben...«
»Turteltauben?« wiederholte Catharine verständnislos. »Wen meinen Sie wohl damit?«
»Hetty und unseren guten Hugh. Ach, ich habe wohl vergessen zu erwähnen, daß Hugh uns begleitete. Er will bei deinem Vater um Hettys Hand anhalten, wenn mich mein Gefühl nicht trügt, Richard.«
»Hugh will Hetty heiraten?« vergewisserte sich Catharine.
»Er muß von Sinnen sein«, stellte Richard mit brüderlicher Inbrunst fest. Nun war auch George hervorgetreten, um den Gast zu begrüßen.
»Sieh an, George«, näselte der Beau. »Ich hatte nicht damit gerechnet, Sie hier vorzufinden. Man sollte meinen, Rampstade Palace biete mehr Attraktion als dieses äh... dieses düstere Landhaus hier. Wann hat es das wohl je gegeben: Alle Willowby-Geschwister einig unter einem Dach versammelt. Und euer Cousin Alfred dazu. Wie muß sich euer Vater freuen...«
»Vater ist tot.« unterbrach ihn Richard.
Seine Lordschaft stutzte. »Nein, wie mich das trifft!« sagte er schließlich spöttisch. »Hast du ihn umgebracht, Richard?«
»Unsinn!« fuhr sein Freund auf.
»Wir haben uns eben gefragt, wer Vater am meisten haßte«, konnte sich George nicht verkneifen zu sagen. »Und da sind uns eigentlich nur Sie eingefallen.«
Lord Bridgegate schien diesen Einwand zu erwägen. »Sie haben recht«, sagte er schließlich. »Ich dürfte ihn tatsächlich am meisten gehaßt haben. Dennoch habe ich nie ernstlich daran gedacht, ihn zu ermorden. Ich kann kein Blut sehen, wissen Sie. Aber nun Scherz beiseite: Der Viscount wurde doch nicht wirklich ermordet. Er starb eines natürlichen Todes, so hoffe ich.«
»Du hoffst vergeblich. Vater wurde tatsächlich umgebracht.«
»Umgebracht!« rief Hettys Stimme von der Tür her. »Hugh, hast du gehört, Papa wurde umgebracht! Ist das nicht schrecklich?«
»Das ist es in der Tat, mein Herz«, bestätigte Lord Deverell, der hinter seiner Braut aufgetaucht war und sich nun daranmachte, alle Anwesenden zu begrüßen. Hetty brach in herzerweichendes Schluchzen

aus und ließ sich in einen der breiten Chippendale-Stühle in der Halle fallen. Catharine eilte zu ihr, um sie zu trösten.
»Ich habe nicht gedacht, daß dir Vaters Tod so zu Herzen geht«, meinte Richard und legte ihr brüderlich den Arm um die Schulter.
»Aber natürlich tut er das!« schluchzte Hetty. »Wie sollen wir denn eine rauschende Verlobungsparty geben, wenn Papa eben verstorben ist? Ach, es ist so ungerecht!«
An diesem Tag vergaß Richard sein Vorhaben, den Sekretär nach Georges Erbverzichtserklärung abzusuchen. Die Ankunft der Freunde brachte Leben nach Wild Rose Manor. Alle Gästezimmer mußten aus ihrem jahrelangen Schlaf geweckt werden, die Betten gelüftet, frisch überzogen, die Staubschicht entfernt, und die Schränke, in denen sich allerlei Gerümpel angesammelt hatte, mußten leergeräumt werden. Mrs. Mellvin war in ihrem Element. Sie erteilte den Dienstboten immer wieder neue Aufträge und schien so geschäftig zu sein, daß sie ganz gegen ihre sonstige Gewohnheit kaum in die Nähe der Herrschaften kam. Der kleine Hermes lief vor Aufregung jauchzend von einem Zimmer ins andere, spielte mit dem Schaukelpferd, das in einem der Schränke gefunden worden war, und klatschte vergnügt in die Hände, wenn ein Erwachsener sich zu ihm niederbeugte, um ihm Geschichten zu erzählen oder, wie George, kleine Zauberkunststücke vorzuführen.
»Ein Sohn von Ihnen?« näselte der Beau, als er George und den Jungen beisammenstehen sah. Die blonden Köpfe über ein farbiges Bilderbuch gebeugt. George drehte sich zu ihm um und grinste. »Nicht, daß ich wüßte.«
»Die Ähnlichkeit ist wirklich verblüffend«, stellte nun auch Richard fest. »Warst du nicht doch vor vier Jahren einmal in der Gegend und hast eines der Landmädchen beglückt?«
»Mädchen beglückt?« echote Hermes.
»Der Junge ist ein Neffe von Mrs. Mellvin, der Haushälterin«, erklärte Catharine rasch. »Sie hat sich um den elternlosen Buben gekümmert, und der Viscount hatte nichts dagegen, ihn im Hause zu behalten. Wir werden ihm das doch auch erlauben, nicht wahr, Richard?«
»Aber sicher werden wir das«, bestätigte ihr Gatte mit einem liebevollen Lächeln.
»Der Neffe der Haushälterin«, wiederholte der Beau entgeistert. »Ich habe noch in keinem anderen Haus je etwas von einem Neffen einer

Haushälterin gehört. Geschweige denn davon, daß dieser in die Hausgemeinschaft aufgenommen wurde.«

»Wild Rose Manor ist eben anders«, erklärte Richard nicht ohne Stolz. »Wer möchte nun den Garten besichtigen? Alfred hat gestern die Rosen geschnitten. Das sollten wir uns unbedingt ansehen. Und daß du meiner Schwester ja nicht zu nahe kommst, Hugh«, fügte er gutgelaunt hinzu, als sich alle daranmachten, ihm ins Freie zu folgen. »Nun bin ich von Rechts wegen Hettys Vormund. Und ich habe einer Heirat noch nicht zugestimmt. Ich muß es mir noch gut überlegen, ob ich es überhaupt verantworten kann, daß du dir die Last aufbürdest und eine Willowby heiratest. Aua!« Hetty hatte ihm unsanft den Ellenbogen in die Rippen gestoßen.

So verging der Tag in fröhlicher Runde, und es war erst lange nach Mitternacht, als sich die Gesellschaft zur Ruhe begab. Richard Willowby entkleidete sich rasch, warf Hose und Weste achtlos über einen Stuhl, schlüpfte in den seidenen Morgenmantel und begab sich durch die Verbindungstür in das Schlafgemach seiner Gattin. Dabei achtete er nicht darauf, daß er diese Tür nicht vollständig geschlossen hatte.

Als ihn ein unbestimmtes Geräusch Stunden später weckte, sah er gedämpftes Licht eben durch diesen Spalt dringen. Catharine schlief fest. Vorsichtig zog Richard seinen Arm unter ihrem Kopf hervor und schwang seine Beine aus dem Bett. Es war offensichtlich, daß sich da jemand in seinem Zimmer zu schaffen machte. Richard streifte den Morgenmantel über. Er wagte kaum zu atmen, so als hätte er Angst, sein Atemzug würde dem Unbekannten verraten, daß er auf ihn aufmerksam geworden war. Keinesfalls wollte er riskieren, daß, wer immer es auch war, der sich in seinem Zimmer aufhielt, unerkannt entkommen konnte. Vorsichtig ergriff er den schweren Messinghaken, der neben dem offenen Kamin hing, und machte sich auf leisen Sohlen auf den Weg in sein Zimmer.

Würde er nun gleich dem Mörder seines Vaters gegenüberstehen? Hatte sich der Verbrecher mit der Absicht in sein Zimmer geschlichen, auch ihn zu töten? Mit einem Schwung öffnete er die breite Flügeltür, hob den Messinghaken, bereit, ihn ohne Zögern auf dem Schädel des Eindringlings niedersausen zu lassen, und – stand einem völlig verängstigten Alfred Willowby gegenüber, der ihn aus großen

Augen anstarrte, erschrocken die Hand, in der er eine schmale Kerze hielt, vors Gesicht gehoben.
»Alfred!« rief Richard überrascht. »Was tust du denn hier, um Himmels willen? Es hätte nicht viel gefehlt, und ich hätte dich erschlagen!«
»Ich hab's gemerkt«, stellte sein Freund indigniert fest und ließ die Kerze wieder sinken. »Tut mir leid, daß ich dich geweckt habe. Ich habe meine Schnupftabakdose auf dem Tisch liegenlassen. Und ich dachte, du hättest sie vielleicht eingesteckt.«
»Deine Schnupftabakdose!« rief Richard aus. »Ich habe gar nicht gewußt, daß du eine bei dir trägst. Du schleichst dich mitten in der Nacht in mein Zimmer, nur um deine Schnupftabakdose zu suchen? Das finde ich ein starkes Stück.«
»War wohl dumm von mir. Tut mir leid. Ich konnte nicht schlafen, und da dachte ich, eine Prise könnte nicht schaden.«
»Also, ich habe deine Dose nicht. Und jetzt würde ich gerne schlafen. Ich hoffe, du hast nichts dagegen, daß ich dich hinauswerfe. Aber ich bin hundemüde.«
»Nein, nein!« beeilte sich Alfred zu versichern. »Ich wollte ohnehin gehen. Entschuldige bitte die Störung.«
»Es ist schon gut. Gute Nacht«, murmelte Richard und gähnte herzhaft, bevor er die Tür seines Zimmers hinter Alfred versperrte. Dann schlich er zurück ins Gemach seiner Frau und fand Catharine aufrecht im Bett sitzend. Die Kerze am Nachttisch war angezündet.
»War das Alfred?« fragte sie ihn. »Was wollte er von dir so spät in der Nacht?«
Richard beugte sich vor, um ihr einen Kuß auf die Stirn zu drücken. »Er suchte seine Schnupftabakdose, das ist alles«, erklärte er. »Kein Grund zur Aufregung. Sicherlich ein wenig merkwürdig. Aber Alfred kommt mir in den letzten Tagen überhaupt sehr seltsam vor.«
»Seine Schnupftabakdose?« Catharine runzelte die Stirn. »Ich kann mich nicht erinnern, Cousin Alfred je mit einer Schnupftabakdose gesehen zu haben. Und warum sollte er sie mitten in der Nacht suchen? Und ohne deine Erlaubnis zu erbitten, dein Zimmer durchwühlen?«
Richard schlüpfte wieder unter die Decke. »Ich sagte doch, er ist seltsam geworden, der gute Alfred. Kannst du jetzt bitte die Kerze ausblasen?«

Catharine reagierte nicht auf diesen Wunsch. »Ich frage mich, ob Alfred nicht etwas ganz anderes suchte«, überlegte sie.
»Was denn wohl? Den Mörder meines Vaters vielleicht?« meinte Richard spöttisch. »Komm, meine Liebe, blas die Kerze aus. Ich habe keine Lust, Detektiv zu spielen. Ich möchte so gerne schlafen.«
»Den Schlüssel des Sekretärs vielleicht«, meinte Catharine, die seine letzten Worte geflissentlich überhört hatte.
Richard war mit einem Schlag hellwach. »Den Schreibtischschlüssel? Warum sollte Alfred Interesse daran haben, was Vater dort aufbewahrte? Allerdings, wollte er heute mittag nicht verhindern, daß ich ihn öffne? Wir werden gleich wissen, ob du recht hast.«
Er sprang aus dem Bett und zog sich eilig wieder den Morgenmantel an.
»Ich habe den Schlüssel in meiner Westentasche«, erklärte er, während er den Gürtel verknotete. »Ich werde nachsehen, ob er fehlt.«
Mit diesen Worten stürmte er aus dem Zimmer. Catharine beeilte sich, ihm zu folgen. Richard riß seine Kleider auseinander, fand seine Weste, durchwühlte die Taschen und ließ einen entrüsteten Aufschrei hören: »Weg! Tatsächlich weg! Du hattest recht, Catharine. Alfred hatte es auf den Schreibtischschlüssel abgesehen. Na warte, wenn ich diesen Kerl erwische!«
Rasch knöpfte Catharine ihren Morgenmantel zu. »Hast du nicht Angst, daß er dir etwas antun könnte?« wollte sie wissen.
»Alfred?« fragte Richard entrüstet. »Mit diesem Schwächling nehme ich es allemal auf.«
Er stürmte aus dem Zimmer, den Gang entlang und riß die Tür zur Bibliothek auf. Catharine eilte hinter ihm her. Sie kamen gerade rechtzeitig, um zu sehen, wie Alfred einen Stoß Blätter ins Feuer warf, das er kurz zuvor entfacht haben mußte.
»Was hat das zu bedeuten?« rief Richard und stürmte zum Kamin, um eines der Papiere, das noch nicht Feuer gefangen hatte, in Sicherheit zu bringen.
»Lies es nicht, Richard! Ich bitte dich!« flehte Alfred.
»...hat kürzlich geheiratet...« las Richard, »war mit Bridgegate in Hastings...« Er blickte von dem Bogen auf und starrte Alfred ungläubig an. »Das ist doch deine Schrift, nicht wahr, Alfred? Kannst du mir vielleicht sagen, was ich von dem da halten soll?«
Catharine hatte sich auf die Zehenspitzen gestellt, um ihrem Gatten

über die Schulter zu sehen. Nun überflog auch sie das Schreiben, das Richard in Händen hielt. Es schien sich um einen Brief zu handeln. Ein Brief an den Viscount Willowby gerichtet, da er die Anrede »Hochverehrter Onkel« trug. Das Schreiben enthielt eine genaue Aufstellung darüber, wie Richard Willowby und Lord Bridgegate ihre Tage verbrachten. Es beinhaltete Details über Verluste an Spieltischen, verlorene Pferdewetten und neue Bekanntschaften. Richard Willowbys Hochzeit wurde geschildert, bei der der Schreiber unglücklicherweise nicht anwesend war, er versprach jedoch, sein Bestes zu tun, um baldmöglichst Auskunft über die Herkunft der Braut geben zu können.

»Nun weißt du es also«, ließ Alfred sich schuldbewußt vernehmen. Doch es klang auch so, als sei ihm eine große Last von den Schultern genommen, diese Aufdeckung nicht länger fürchten zu müssen.

»George hatte recht. Es war tatsächlich ich, der euren Vater über dein Leben und das des Beau auf dem laufenden hielt.«

»Aber wir sind doch Vettern«, wandte Richard ein, der das alles nicht fassen konnte. »Und Bridge und du, ihr seid Freunde, recht gute Freunde, dachte ich.«

»Wir waren wohl Freunde«, berichtigte ihn Alfred mit trauriger Stimme. »Sicher will er nichts mehr von mir wissen, jetzt, da meine Schandtat ans Licht kam.«

»Aber warum, Alfred?« meinte Richard. »Ich verstehe nicht, warum du das getan hast.«

Alfred machte eine resignierte Geste. »Dein Vater bezahlte gut«, sagte er schließlich.

»Vater zahlte für diese Briefe?« vergewisserte sich Richard entgeistert.

»Ja und nicht schlecht, wie gesagt«, bestätigte sein Vetter. »Ich habe sonst keine Einkünfte, weißt du. Um mir das Leben an eurer Seite leisten zu können, war ich auf das Geld deines Vaters angewiesen. Ich habe ihn vor Jahren einmal besucht und ihn um Geld gebeten. Er stimmte zu, mir vierteljährlich eine gewisse Summe zu überlassen. Doch er stellte die Bedingung, daß ich ihm als Gegenleistung die gewünschten Informationen zukommen lasse. Und das habe ich getan. Ich hatte keine andere Wahl.« Alfred seufzte. »Ich verstehe, wenn du mich nicht länger unter deinem Dach haben willst,

Richard. Ich werde sofort meine Koffer packen und in einen Gasthof ziehen.«

»Du wirst gar nichts«, bestimmte sein Vetter, »zumindest nicht in dieser Nacht.« Er begann, die Papiere, die Alfred auf den Boden geworfen hatte, aufzusammeln und in den Sekretär zurückzulegen. »Wir sprechen morgen weiter. Ich bin jetzt zu müde, um klar zu denken. Wenn ich bitte den Schlüssel haben könnte.«

Alfred ließ den Schlüssel in seine ausgestreckte Hand fallen. Richard sperrte den Rollsekretär zu. »Ich werde mir den Schlüssel um den Hals hängen. Du würdest mich schon ermorden müssen, damit er noch einmal in deine Hände fällt.«

Catharine ließ einen erstickten Aufschrei hören.

»Ich bin doch kein Mörder, Richard«, sagte sein Cousin entrüstet. »Du glaubst doch hoffentlich nicht, daß ich es war, der deinen Vater umbrachte. Nicht wahr, Richard, das glaubst du doch nicht!«

»Ich bin sicher, daß du es nicht warst, beruhige dich, Alfred«, sagte Richard, bereits zum Gehen gewandt. »Du bist nicht so dumm, den Dukatenesel zu erschlagen, der dir ein gesichertes Einkommen garantierte.«

Als Catharine und Richard am nächsten Morgen zum Frühstück erschienen, waren die Gäste schon vollzählig um den gedeckten Tisch versammelt. Es war offensichtlich, daß Alfred ihnen soeben gestanden hatte, daß er es gewesen war, der den verstorbenen Viscount über das Leben von Richard und Lord Bridgegate auf dem laufenden gehalten hatte.

»Aber Alfred!« rief der ehrenwerte Hugh Deverell entsetzt. »So etwas Schändliches ist mir mein ganzes Leben noch nicht untergekommen.«

»Ich weiß«, murmelte der Gescholtene schuldbewußt. »Und ich würde auch verstehen, wenn ihr mir eure Freundschaft aufkündigtet. Ich hätte noch heute nacht dieses Haus verlassen, wenn Richard mich nicht zurückgehalten hätte. Ach, da bist du ja, Richard«, sagte er an seinen Gastgeber gewandt. »Wie du siehst, habe ich es bereits gebeichtet.«

»Ich könnte dir den Kragen umdrehen«, murmelte der Beau. »Und so jemanden hielt ich für meinen Freund.«

»Ich weiß, ich weiß. Alle Vorwürfe, die ihr mir an den Kopf werfen mögt, sind berechtigt. Ich bitte euch aber auch zu bedenken, wie ich mich ohne die Zahlungen meines Onkels je hätte über Wasser halten können. Die Wohnung in der Jermyn Street ist teuer. Frank, mein Diener, auch, obwohl ich den Burschen lieber heute als morgen hinauswerfen würde. Er ist unverschämt und frech. Aber wo finde ich einen neuen, der bereit ist, für den Lohn zu arbeiten, den ich ihm bieten kann? Ich habe von meinem Vater nichts geerbt, wie ihr wißt. Papa war ja nur ein zweiter Sohn, und da war nicht viel zu holen. Am Spieltisch kann ich auch nicht mein Glück machen, da ich es mir gar nicht leisten kann, zu spielen.« Er schwieg verlegen und blickte angestrengt auf seinen Teller, als wagte er es nicht, seinen Freunden in die Augen zu sehen.

Die anderen schwiegen betroffen. Sie hatten sich um die finanzielle Lage ihres Freundes nie ernsthafte Gedanken gemacht. Natürlich wußten sie, daß er kein nennenswertes Vermögen besitzen konnte. Doch daß es ihm am Nötigsten fehlte, hatte keiner von ihnen geahnt. Richard erschütterte am meisten, daß sein Vetter nicht aus dem Grund nicht spielte, weil es ihm kein Vergnügen bereitete, sondern deshalb, weil er gar nicht die Mittel hatte, um die an Spieltischen üblichen hohen Einsätze machen zu können. Dafür hatte er, selbst in seinen schlechtesten Zeiten, immer genügend Geld aufgebracht.

»Du kannst die Wohnung aufgeben und in die Mount Street ziehen«, schlug er zur Überraschung aller vor. »Und deinen Diener, wirf ihn hinaus. Wir werden einen neuen für dich finden.«

Alfred glaubte seinen Ohren nicht zu trauen. »Ist das dein Ernst?« fragte er stammelnd.

»Mein voller Ernst.« Dann besann sich Richard auf seine Rolle als Ehemann und sah Catharine fragend an: »Es ist dir doch recht, nicht wahr?«

»Aber sicher ist es das!« stimmte Catharine zu und drückte Richard warm die Hand. »Es ist gut, wenn jemand in der Mount Street wohnt, während wir auf Wild Rose Manor weilen.«

»Ja, Catharine und ich haben nämlich beschlossen, das Trauerjahr hier zu verbringen. Es gibt viel für uns zu tun.«

»Richard, ich erkenne dich kaum wieder«, meldete sich Hugh zu Wort und schenkte seinem Freund einen anerkennenden Blick. »Soll das heißen, du bist bereit, Verantwortung zu übernehmen? Das ist ja eine völlig neue Seite an dir.«

»Ich bin jetzt schließlich das Familienoberhaupt, nicht wahr?« stellte Richard fest, als sei das das Selbstverständlichste auf der Welt.
Ich hab's von Anfang an gewußt, daß ihm die Ehe mit Catharine guttun wird, dachte Hugh zufrieden.
»Sieh an, das Familienoberhaupt«, spottete der Beau. »Dieser Tag steckt voller Überraschungen.«
»Ich wohne auf keinen Fall ein Jahr lang hier auf Wild Rose Manor!« begehrte Hetty auf. »Wie habt ihr diesen Entschluß fassen können, ohne mich zu fragen.«
»Du wirst auch nicht hier wohnen, sondern auf dem Landsitz der Deverells, mein Täubchen«, sagte Hugh und ergriff Hettys Hand. »Sicher hat dein Bruder gegen eine stille Trauung in den nächsten Wochen nichts einzuwenden.«
»Genug, genug!« näselte der Beau und griff sich mit seiner schlanken, weißen Hand ans Herz. »Richard, der in die Rolle eines verantwortungsvollen Familienoberhaupts schlüpfen will, Hugh der anstandslos das Wort ›Täubchen‹ über die Lippen bringt, das ist zu viel für meine angegriffenen Nerven. Wenn Sie uns also entschuldigen wollen, Lady Willowby, dann packen wir gleich nach dem Frühstück wieder die Koffer und fahren nach London zurück. Du kommst doch mit mir, Alfred?«
Es war rührend zu sehen, wie sich Alfred Willowbys ernste Gesichtszüge bei diesen Worten in ein strahlendes Lächeln verwandelten. »Sag bloß, du hast mir verziehen, Bridge?« fragte er hoffnungsvoll.
»Ach was, verziehen.« Der Beau machte eine wegwerfende Handbewegung. »Das klingt mir viel zu salbungsvoll. Ich will damit nur sagen, daß ich sicher noch viel Ärgeres anstellen würde, wenn ich so knapp bei Kasse wäre, wie du es offensichtlich bist. Was mich auf einen Gedanken bringt, hohes Familienoberhaupt«, sagte er, an Richard gewandt, »vergiß nicht, deinem Cousin eine monatliche Apanage zur Verfügung zu stellen. Das ist doch jetzt deine Pflicht, nicht wahr?«
Richard dachte an die gefüllte Truhe, die er Mrs. Mellvin zur Verwahrung gegeben hatte. Es war höchste Zeit, daß er sich selbst um die Verwaltung des Geldes kümmerte. »Wir werden sehen«, sagte er vage.
»Und du willst wirklich, daß ich mit dir komme?« vergewisserte

sich Alfred. »Hast du keine Angst, ich könnte wieder Aufzeichnungen über dein Leben anfertigen?«
»Wen sollten die noch interessieren?« fragte der Beau. »Richards Vater ist tot.«
»Obwohl ich es nicht glaube, aber Alfred könnte sich ja auch direkt an deinen Vater wenden«, mutmaßte Richard.
»Wohl unwahrscheinlich«, meinte Lord Bridgegate. »Außerdem würde ihm mein Vater keinen Glauben schenken. Alle Freunde seines mißratenen Sohnes erscheinen ihm keinesfalls vertrauenswürdig und sind ihm aus vollstem Herzen zuwider.«

XIX.

Die Abreise der beiden Herren erfolgte dann doch erst am Nachmittag des darauffolgenden Tages. Die Verzögerung wurde dadurch verursacht, daß Alfred Willowby zuerst Inspektor Sandright davon überzeugen mußte, ihn fahren zu lassen. Eine Abreise ohne dessen Zustimmung kam für Alfred nicht in Frage.
»So gerne ich dein Angebot annehme, in deiner Kutsche nach London zu reisen, Bridge, so sehr hasse ich es, von den Behörden verfolgt zu werden. Wenn ich gegen den ausdrücklichen Willen des Inspektors von hier fortgehe, schaltet er bestimmt die Bow-Street-Leute in London ein, und ich lande im Gefängnis in der Fleet Street. Denke doch nur, was Richard passiert ist. Und ich habe keine tapfere Ehefrau, die sich für mich einsetzt. Geschweige denn einen einflußreichen Herzog als Schwager.«
Diesen Argumenten konnte sich der Beau nicht verschließen. Wenn er auch nur äußerst ungnädig einem Aufschub der Abreise zustimmte. Glücklicherweise hatte George die Idee, Seine Lordschaft zum Fischen an den nahegelegenen Teich einzuladen. Diese Idee wurde freudig aufgegriffen.
»Wann gedenken Sie abzureisen?« fragte der Beau George, als sie auf den Diener warteten, der ihnen die Angeln, Köder und Körbe bringen sollte.
»Oh, ich bleibe bestimmt noch einige Tage. Hetty, meine Gemahlin Hetty, meine ich, ist mit dem Baby bei ihren Eltern. Ich sollte auch dort sein. Doch glücklicherweise kam der Tod meines Vaters dazwi-

schen, und Richard schrieb mir, ich würde hier erwartet. Sie sind nicht ganz mein Fall, die lieben Schwiegereltern. Bin auch sicher, daß sie Hetty bald auf die Nerven gehen werden. Sie zerstreitet sich jedesmal mit den Eltern, wenn sie sie besucht. Und dennoch fährt sie immer wieder dorthin. Kann ich zwar nicht verstehen, aber ist ja ihre Sache. Wir haben vereinbart, daß Hetty hierherkommt, sobald sie genug von ihrem Elternhaus hat. Ich rechne damit, daß das in den nächsten Tagen sein wird. Dann möchte ich ihr Wild Rose Manor zeigen. Sie kennt es nämlich noch nicht. Also wird es höchste Zeit.«

Ein Diener trat aus dem Haus, um den Herren die gewünschten Angelgeräte zu überreichen, und die beiden machten sich auf den Weg.

Catharine hatte Mrs. Mellvin gebeten, aus der Dienerschaft einen Burschen auszuwählen, der geeignet war, Mr. Alfred Willowby als Kammerdiener zu dienen, und der gerne mit dem Cousin ihres Mannes nach London übersiedeln würde. Die Haushälterin schlug mit sicherem Instinkt Lionel vor, einen großgewachsenen Burschen mit feinen Gesichtszügen und kräftigen Händen, der gewohnt war, zuzupacken. Seine Sprache war die der Gegend, die er bisher noch nie verlassen hatte. Doch er war sichtlich bemüht, die feine Sprechweise seiner Gesprächspartner zumindest ansatzweise nachzuahmen.

Alfred war mit der von Mrs. Mellvin getroffenen Wahl hochzufrieden. Er bedankte sich tausendmal bei Richard und Catharine und versicherte, es sei ihm ein Vergnügen, Frank endlich den Koffer vor die Tür zu stellen. Der junge Lionel war außer sich vor Freude. Er begann umgehend, sich von den Verwandten und Freunden zu verabschieden, und packte seine Habseligkeiten. Die Chance, nach London zu gehen, noch dazu als Diener eines vornehmen Herrn, der Cousin seines neuen Viscount war – wie sehr ihn da die gleichaltrigen Freunde beneideten. Auch das Problem, eine Köchin für Alfred, Lionel und den Butler zu finden, der eben allein und verlassen das Haus in der Mount Street hütete, konnte zufriedenstellend gelöst werden. Catharine war gerade dabei, ein Schreiben an Lady Christlemaine aufzusetzen und ihre Freundin zu bitten, eine passende Köchin, die sich auch um den übrigen Haushalt kümmern konnte, für sie zu engagieren, als Mrs. Blenchem in der Bibliothek erschien und um eine Unterredung bat.

Ihre Worte waren ausführlich und gipfelten in der Aussage: »Sie benötigen mich doch hier nicht, Mylady. Das Haus wird von Mrs. Mellvin betreut. Eine tadellose Person, die alles fest im Griff hat. Und ich bin nun einmal ein Stadtmensch, wissen Sie. Habe immer in der Stadt gelebt. Die Landluft ist nichts für eine wie mich. Macht mich müde und träge. Außerdem muß ich mich doch um Mr. Burley kümmern. Das habe ich ihm fest versprochen. Und ich kann kochen. Wenn Sie also nichts dagegen haben, Mylady...«
Catharine hatte nichts dagegen. Und so setzte sich am folgenden Nachmittag der kleine Zug zweier Kutschen in Bewegung. Voran das elegante, schwarz glänzende Fahrzeug Seiner Lordschaft, mit dem nicht minder eleganten Kutscher an den Zügeln, gefolgt von Alfreds kleiner, unscheinbarer Kutsche. Er hatte sie auf der Herfahrt selbst gelenkt, doch nun genoß er es, in dem viel besser gefederten, modernen Wagen und in Gesellschaft seines Freundes zu reisen. Mrs. Blenchem saß daher allein im zweiten Wagen, Lionel mit fachkundiger Hand auf dem Kutschbock.
Die Zurückgebliebenen winkten dem Konvoi noch lange nach, bis er um die breite Kurve verschwunden war. Als er nicht mehr zu sehen war, wandte sich Hugh an seinen Gastgeber: »Ich würde dich gerne unter vier Augen sprechen, Richard«, sagte er. »Es geht um unsere bevorstehende Hochzeit.«
»Wenn ihr über die Hochzeit sprecht, dann möchte ich dabeisein«, begehrte Hetty auf. »Es ist ja schließlich auch meine Hochzeit.«
»Aber das ist gar nicht *comme il faut*, meine liebe Schwester«, meldete sich ihr Bruder George zu Wort. »Sieh nur, wenn dein lieber Zukünftiger ein so strenges Gesicht macht wie eben jetzt, dann erscheint es ratsam, ihm nicht zu widersprechen. Ich habe eine bessere Idee: Wir lassen die beiden gestrengen Herren den Ehevertrag aushandeln, und wir beide verschwinden auf den Dachboden. Noch ist es hell genug. Ich möchte sehen, ob sich irgendwelche Schätze aus den Kindertagen wiederfinden.«
Hetty klatschte in die Hände. »Das ist eine tolle Idee! Du hast recht, George. Verhandelt alleine, ihr Lieben. Komm, George, ich bin schon ganz aufgeregt.« Den Arm um die Schulter seiner Schwester gelegt, verschwand George mit Hetty im Haus.
Eine seltsame Familie, diese Willowbys, dachte Catharine, die den beiden nachsah. Sie hatte gedacht, die Geschwister seien aufeinan-

der böse, zerstritten oder gar verfeindet. Und nun lebten sie zusammen in bester Harmonie. Es war reine Nachlässigkeit gewesen, daß sie sich in den vergangenen Jahren nie gesehen oder sich umeinander gekümmert hatten. Nun sie, Catharine, hatte einen stärker ausgeprägten Familiensinn. Wäre da nicht ihre Schwägerin Esther gewesen, hätte sie sich sicherlich auch mit Henry weiterhin gut verstanden. Sie würde dafür sorgen, daß der Kontakt zu Hetty und George in Zukunft nicht wieder abriß.
Der kleine Hermes, der wie so oft in den letzten Tagen nicht von ihrer Seite wich, nützte die Gelegenheit, seine erwachsene Freundin für sich alleine zu haben. »Gehst du mit mir schaukeln, Mylady?« fragte er und richtete einen flehenden Blick zu Catharine empor. Er nannte sie immer Mylady, was aus seinem kleinen, kindlichen Mund sehr drollig klang und Catharine jedesmal erneut zum Lachen brachte.
»Steven aus dem Stall hat eine Schaukel aufgehängt. Ganz für mich alleine. Ich möchte sie dir so gern zeigen, Mylady. Gehst du mit mir? Bitte, bitte!«
Wie hätte sie diesem Flehen widerstehen können? Sie nahm Hermes bei der Hand und ging mit ihm die breite Einfahrt hinunter, wo hinter einem kleinen Wäldchen an einem ausladenden Kastanienbaum, der mitten in einer Wiese stand, eine Schaukel leicht im Wind hin und her schwankte.
»Das ist sie!« rief Hermes. »Ist sie nicht schön? Und sie gehört ganz alleine mir. Ich kann auch schon gut schaukeln. Ich zeige es dir, Mylady.« Er setzte sich auf das Brett und schwang nach kurzer Zeit hoch in die Luft.
Catharine ließ sich auf einen breiten Stein am Waldrand nieder und sah ihm mit versonnenem Lächeln zu. Hermes war wirklich ein lieber kleiner Kerl. Den Kopf in den Händen, die Arme auf die angewinkelten Knie gestützt, machte sie sich Gedanken um ihre Zukunft. Wie froh war sie gewesen, daß sie weder von Roger noch von seinem Onkel schwanger geworden war. Doch von Richard würde sie gerne Kinder bekommen. Diese würden dann auf der Schaukel sitzen wie Hermes eben, und sie würde ihnen dabei zusehen. Sie würde mit ihren Kindern spielen und ihnen vieles beibringen. Richard würde ein fabelhafter Vater sein. Nun, da er den Besitz geerbt hatte, und sie im Streit um Gervais' Vermögen als Siegerin hervorgegangen war,

brauchten sie sich keine Gedanken um finanzielle Probleme mehr zu machen. Endlich, das erste Mal seit langer Zeit, lag das Leben klar und ohne größere Hürden vor ihr. Natürlich, wirklich erleichtert konnte sie sich erst fühlen, wenn der Mörder von Richards Vater gefaßt war. Je öfter sie darüber nachdachte, um so sicherer wurde sie, daß es ein Räuber gewesen sein mußte, der den Viscount erschlagen hatte. Eine zwielichtige Gestalt, die sich nachts ins Haus geschlichen hatte mit der Absicht, all das mitzunehmen, was nicht niet- und nagelfest war. Sicher war er vom Hausherrn überrascht worden und hatte zugeschlagen, bevor dieser Gelegenheit gehabt hatte, sich zur Wehr zu setzen.

»Kann ich das nicht gut, Mylady?« rief Hermes von der Schaukel her.

»Sehr gut!« bestätigte Catharine. »Halte dich gut fest, Hermes, damit du nicht herunterfällst.«

Sicher würde man den Räuber bald fassen. Sie war da sehr zuversichtlich. Und wenn nicht, war es nicht anzunehmen, daß er versuchen würde, noch einmal in dasselbe Haus einzubrechen. Oder etwa doch?

Ein leises Pfeifen unterbrach ihre Gedanken: *Sur le Pont d'Avignon on y dance, on y dance, sur le pont d'Avignon...* Dieses Lied kannte sie. Roger hatte es immer gepfiffen, wenn er besonders guter Laune war. Catharine fuhr auf. Es war doch nicht möglich, daß Roger in England war? Sie mußte sich irren. Sie blickte um sich, doch sie konnte nichts entdecken. Die Melodie hatte aufgehört, das Wäldchen lag still in der Nachmittagsonne.

»Hast du das Pfeifen auch gehört, Hermes?« rief sie zu dem Kind hinüber.

»Welches Pfeifen, Mylady? Schau nur, wie hoch ich fliegen kann!«

»Komm herunter, Hermes. Es wird Zeit, daß wir nach Hause gehen«, rief Catharine, die sich plötzlich unbehaglich fühlte.

»Ein bißchen noch, Mylady, bitte, wir sind doch gerade erst gekommen.«

»Nein, Hermes, sofort!« Ihre Stimme klang schärfer als beabsichtigt. Hermes bremste erschrocken mit den Schuhen ab und stieg ohne weitere Widerrede von der Schaukel.

»Warum so eilig, *chérie*?« meldete sich eine leicht spöttische

Stimme hinter Catharine. »Es ist doch ein hübsches Fleckchen Erde. Wie geschaffen für ein Wiedersehen zweier Liebender.«
»Roger!« rief Catharine. »Das kann doch nicht möglich sein! Was bringt dich nach England?«
»Ist mein Platz denn nicht an der Seite meiner Gattin?« fragte der Franzose.
»An der Seite deiner Gattin?« wiederholte Catharine verständnislos. »Du meinst, Jeannette ist auch in England?«
Der Marquis machte eine abfällige Handbewegung. »Jeannette«, sagte er. »Ich spreche von dir, *chérie*.«
Catharine schnappte nach Luft. Roger mußte verrückt geworden sein. Er wußte doch zu gut, daß sie nie und nimmer seine Gattin geworden war. »Komm, Hermes!« rief sie dem Kind zu, das mit neugierigen Augen langsam näher gekommen war. »Wir gehen nach Hause.«
Roger ergriff Catharine bei den Schultern. »Du hast mich einmal geliebt, *chérie*. Weißt du das nicht mehr? Ich habe damals deine Liebe mit Füßen getreten. Verzeih, *mon amour*. Ich war dumm und unreif. Doch nun bin ich gekommen, um all das Leid, das ich dir angetan habe, wiedergutzumachen. Bitte vertrau mir, Catharine.« Seine großen, dunklen Augen mit den langen, dichten Wimpern waren flehentlich auf sie gerichtet. Dieser Blick hatte in der Vergangenheit nie seine Wirkung verfehlt. Immer wieder war es Roger gelungen, sie mit Hilfe seiner zärtlichen Blicke umzustimmen oder ihm die schlimmsten Dinge zu verzeihen. Überrascht stellte Catharine fest, daß Rogers zärtlich kummervolle Miene sie nicht mehr beeindruckte. Sie war eine andere geworden in den Wochen in England. Und sie hatte eine Liebe kennengelernt, die sich unterschied von dem ergreifenden Schauspiel, daß Roger eben bot.
»Zu spät, Roger«, sagte sie schlicht und versuchte, sich aus seinem Griff zu entwinden.
Das ließ der Marquis nicht zu. »Es ist nie zu spät, Catharine«, sagte er liebevoll und zog sie nahe an sich heran. Sicher hätte er sie geküßt, wenn sie sich nicht mit voller Kraft dagegen gewehrt hätte.
»Werden Sie wohl Mylady loslassen!« rief eine energische Stimme von der gegenüberliegenden Seite der Wiese. Mrs. Mellvin kam, die Hände in die Hüften gestützt, mit raschen Schritten näher. Sie trug ein leuchtend hellgrünes Kleid, das sich kaum von der Farbe des Ra-

sens und der Bäume abhob. Ihre roten Haare leuchteten im Sonnenlicht.
Sie sieht wirklich nicht aus wie eine Haushälterin, dachte Catharine nicht zum ersten Mal. Sie ist viel zu elegant gekleidet. Wo sie wohl all die Kleider herhat?
»Haben Sie uns gesucht, Mrs. Mellvin?« fragte sie laut. »Ich wollte soeben mit Hermes ins Haus zurückgehen. Der Zufall wollte es, daß ich auf den Neffen meines ersten Gatten traf. Doch nun steht dem Heimweg nichts mehr im Wege.«
Mrs. Mellvins Blick zeigte deutlich, wie überrascht sie war, daß Lady Willowby bereits einmal verheiratet war. Sie warf einen prüfenden Blick auf den Fremden, und ihre strenge Miene löste sich in ein freundlich kokettes Lächeln auf.
Roger nahm es wahr und bemühte sich nun seinerseits, seinen betörenden Charme spielen zu lassen. Wer immer diese dralle Rothaarige war, es konnte nicht schaden, sich Catharines Umgebung zu Freunden zu machen. »Willst du mich dieser Lady nicht vorstellen?« fragte er vorwurfsvoll.
Catharine konnte sich ein spöttisches Grinsen nicht verkneifen. Sie kannte Rogers Standesdünkel. Sicher würde er es nur schwer verwinden, eine Haushälterin nicht als solche erkannt und sie wie eine Dame von Stand behandelt zu haben. »Aber sicher, mein Guter«, sagte sie daher bereitwillig. »Das ist der Marquis de la Falaise, Mrs. Mellvin, unsere Haushälterin.«
Roger zuckte mit keiner Wimper. »*Enchanté, Madame*«, sagte er mit einer kleinen Verbeugung.
»Die Ehre ist ganz meinerseits, Sir«, entgegnete Mrs. Mellvin, die errötend in einen tiefen Knicks versank.
Hermes rüttelte an ihrem Rock. »Gehn wir jetzt ins Haus, Mama? Ich habe Durst.«
»Hermes!« schalt ihn Mrs. Mellvin streng. »Ich habe dir doch gesagt, du sollst nicht dazwischenreden, wenn sich Erwachsene unterhalten.«
»Ihr Sohn, Madame?« erkundigte sich Roger.
»Hermes ist Mrs. Mellvins Neffe«, erklärte Catharine. »Und er hat recht. Wir sollten gehen.«
Sie erreichten das Haus kurz nachdem George und Hetty ihre Schatzsuche auf dem Dachboden beendet hatten. Sie hatten großen

Spaß daran gehabt, in den Schränken und Truhen zu wühlen, und waren über und über mit Staub bedeckt und mit Spinnweben in den Haaren in ihre Zimmer gekommen, um sich zu waschen und umzuziehen.
Natürlich hatten sie keine wirklich wertvollen Sachen gefunden. Diese hatte ihr Vater in früheren Jahren längst verkauft. Dafür waren es Dinge aus ihrer Kinderzeit, die Entzückensrufe und kostbare Erinnerungen wachgerufen hatten. George hatte fünf kleine Pferde aus Holz gefunden, die ein Stallbursche einst für ihn geschnitzt hatte. Hetty die aus Stoff genähte Puppe, die sie als kleines Mädchen heiß und innig geliebt hatte. Es fehlte zwar ihr linker Arm, und sie bedurfte dringend einer Wäsche, doch Hetty beschloß, sie mit in ihr Zimmer zu nehmen. Ebenso wie eine schwarze Kassette in Form einer Truhe, die mit einem schweren Schlüssel abgesperrt werden konnte. »Erinnerst du dich an diese Truhe? Mama bewahrte Geld darin auf. Es gab noch eine zweite, die genau gleich aussah. In dieser wurden die kostbaren Gewürze verwahrt.«
George konnte sich noch gut erinnern. Sie suchten nach der zweiten Truhe, konnten sie aber nirgendwo finden.
»Schade«, hatte Hetty gesagt. »Na, dann nehmen wir eben diese eine mit nach unten. Der kleine Junge hat mir gestern Steine gezeigt, die er ganz besonders schön fand. Ich werde sie in die Truhe legen und ihm sagen, sie seien jetzt ein wertvoller Schatz.«
In ihrem Zimmer angelangt, setzte sie diesen Plan sogleich in die Tat um. Sie füllte die Steine in die Truhe, verschloß sie ordentlich und legte den Schlüssel auf ihrem Nachtkästchen bereit. Hermes würde sich sicher über die geheimnisvolle Schatzkiste freuen. Dann läutete sie nach Rosie, um sich beim Umkleiden helfen zu lassen.
Catharine und ihre Begleiter hatten inzwischen das Haus erreicht. Mrs. Mellvin strebte mit Hermes der Küche zu, während Catharine überlegte, was sie wohl mit Roger anfangen sollte.
»Ich habe mein Gepäck im Gasthof ›Zum roten Löwen‹ untergebracht. Ich gedenke dort einige Tage zu wohnen. Wenn du es dir anders überlegst, du weißt, wo du mich findest.« Roger sprach nun wieder ganz sachlich und vernünftig mit ihr, wie es sich für einen angeheirateten Verwandten gebührte. Er wollte sich eben verabschieden, als es Catharine doch unhöflich erschien, ihn gehen zu lassen, bevor sie ihn mit Richard bekannt gemacht hatte.

»Komm doch mit herein«, sagte sie daher. »Wir könnten Tee zusammen trinken. Und ich möchte dir meinen Mann vorstellen. Ich habe nämlich wieder geheiratet.«

»Ich weiß«, nickte Roger.

»Du weißt?« wiederholte Catharine fassungslos. »Wie kannst du das wissen?«

»Hast du dich denn nicht gefragt, wie ich dich an diesem einsamen Ort aufgespürt habe?« beantwortete er ihre Frage mit einer Gegenfrage. »Esther, deine liebe Schwägerin, war so freundlich, mich über deine Heirat und über deinen Aufenthaltsort in Kenntnis zu setzen.«

»Esther!« rief Catharine angewidert. »Das hätte ich mir denken können.«

Sie waren vor der Bibliothekstür angelangt. Richard und Hugh saßen am runden Tisch in der Fensternische und plauderten über alte Zeiten.

»Verzeiht mir, daß ich euch störe«, wurden sie von Catharine unterbrochen. »Ich möchte euch mit dem Neffen meines ersten Gatten bekannt machen. Das ist Roger Marquis de la Falaise. Roger, darf ich dir Lord Deverell vorstellen, einen lieben Freund von uns. Und Viscount Willowby, meinen Gatten.«

Richard und Hugh hatten sich von ihren Stühlen erhoben. »Das ist aber eine Überraschung!« sagte Richard. »Willkommen auf Wild Rose Manor, Marquis.« Sein Gehirn arbeitete fieberhaft: Roger de la Falaise? War das am Ende jener Roger, den Catharine geliebt hatte? Er hörte in seine Gedanken versunken zu, wie Hugh den Fremden begrüßte. Gut sah er ja aus, der Franzose. Eine Spur zu feminin vielleicht. Dennoch schien er kein übler Bursche zu sein. Die nächsten Worte des Marquis ließen ihn diese Meinung blitzschnell revidieren.

»Ich freue mich auch, Sie kennenzulernen«, sagte er mit höflichem Lächeln. »Es ist mir eine Ehre, daß mir im Hause eines englischen Gentleman ein so warmherziger Empfang zuteil wird. Eine Kleinigkeit möchte ich jedoch anmerken, wenn Sie gestatten: Unsere liebe Catharine hat sich geirrt, als sie mich Ihnen vorstellte. Ich bin keineswegs der Neffe ihres Gatten. Ich, Roger de la Falaise, bin der Gatte von Catharine.«

Bei diesen Worten hatte er den Arm um Catharine gelegt, die über und über rot wurde und sich energisch seinem Griff entwand.

»Das kann nicht sein«, stellte Lord Deverell sachlich fest, noch bevor Richard etwas einwenden konnte. »Catharine ist mit Viscount Willowby verheiratet. Ich selbst war bei der Trauung anwesend.«

Roger behielt sein Lächeln unvermindert bei, als er antwortete: »Nichts liegt mir ferner, als Ihnen nicht zu glauben, daß Sie bei der Trauung anwesend waren, Mylord. Allein, diese Ehe konnte nie gültig geschlossen werden. Die Braut war bereits verheiratet.«

»Du lügst!« rief Catharine aus. »Du weißt, daß du lügst. Ich frage mich, was dieses unwürdige Schauspiel bezwecken soll.«

»Willst du etwa bestreiten, daß du mit mir im Mai vor fünf Jahren in der St.-George-Kirche in London vor den Altar tratest?« fragte Roger. Es klang, als sei er aufs höchste verwundert.

»Das will ich nicht, aber du weißt genau...« Weiter kam sie nicht.

»Du bestreitest nicht, mit ihm vor den Altar getreten zu sein?« schrie Richard. Er schien mühsam die Fassung zu wahren. »Soll das heißen, du bist mit diesem Mann verheiratet? Soll das heißen, unsere Ehe ist ein Leben in Sünde und Bigamie, soll das heißen...«

»Richard«, unterbrach ihn nun Catharine ihrerseits beschwörend und legte ihm die Hand in festem Griff um den Unterarm: »Der Mann, den ich heiratete, ist tot. Dies hier ist Roger. Ihn konnte ich gar nicht heiraten, denn er war bereits verheiratet, als ich mich mit seinem Onkel...«, sie betonte das Wort Onkel nachdrücklich, »... vermählte. Und er ist auch jetzt noch mit einer anderen Frau verheiratet.«

»*Mon cher enfant*«, wandte Roger ein, »was sprichst du denn da? Denkst du, Lügen können deine Lage verbessern? Verschließe nicht die Augen vor der Wirklichkeit...«

Es hatte den Anschein, daß sich sowohl Catharine als auch Richard gerne auf ihn gestürzt hätten. Hugh bemühte sich daher, seine Aufregung hintanzustellen und sich mit betont sachlicher Stimme an Catharine zu wenden: »Sind Sie mit diesem Gentleman hier verheiratet, Catharine?«

Catharine schüttelte den Kopf.

»Sind Sie sich absolut sicher?«

»Vollkommen«, erklärte Catharine fest.

»Dann verlassen Sie sofort mein Haus!« verlangte der aufgebrachte Viscount, an den ungebetenen Gast gewandt.

»*Mais, monsieur, je vous en prie...*«

Richard zog energisch an der Klingelschnur. »Wenn Sie uns bitte verlassen möchten, Sir. Und setzen Sie nie wieder Ihren Fuß auf meine Schwelle.«

Kermin erschien in der Tür. »Führe diesen Gentleman hinaus!« befahl Richard.

Roger vollführte einen formvollendeten Kratzfuß. *»Au revoir!«* sagte er mit ungebrochen höflichem Lächeln und setzte hinzu: »Man warnte mich, daß der Mann, den Catharine zu heiraten vorgab, ein äußerst rüder Geselle sei. Ja sogar des Mordes sei er bezichtigt worden, sagt man. Wie dem auch sei, natürlich werden Sie mich wiedersehen. Sehr bald sogar. Schließlich ist Catharine meine Ehefrau, und ich werde alles daransetzen, sie mit mir nach Frankreich zurückzunehmen.«

»Hinaus!« brüllte Richard.

Der Marquis verbeugte sich erneut lächelnd und folgte Kermin beschwingten Schrittes und hocherhobenen Hauptes in die Halle. Es hatte den Anschein, als würde er sich bereits als Sieger fühlen.

Doch dem war in Wahrheit nicht so. Trotz zahlreicher Versuche war es ihm nämlich nicht möglich gewesen, den Priester aufzutreiben, der einst die Trauung vollzogen hatte. Es war schon schwierig genug gewesen, Namen und Adresse des Geistlichen in Erfahrung zu bringen. Der Mann war nämlich seit kurzem im Ruhestand und von einem jungen Priester abgelöst worden, mit dem er anscheinend nicht im allerbesten Einvernehmen stand. Als Roger endlich die Adresse erfahren hatte, war er vor verschlossenen Türen gestanden. Niemand reagierte auf sein oftmaliges Klopfen. Am nächsten Tag war er dann schon etwas erfolgreicher. Ein mißtrauischer Diener öffnete die Tür einen Spalt breit. Nein, sein Herr sei nicht zu Hause. Er war überhaupt nicht in London, sondern auf einer Studienreise irgendwo im Norden. Er würde in den nächsten drei bis vier Tagen zurückerwartet, wenn der fremde Herr dann vielleicht wiederkommen wollte? Der Marquis wollte nicht. Die Hotelzimmer in der Hauptstadt waren teuer, und bereits die vergangenen Nächte hatten das Geld, das die Herzogin von Milwoke ihm gegeben hatte, um einiges schrumpfen lassen. Wenn er also dem Pfarrer noch genügend bieten wollte, um dessen Erinnerungsvermögen auf die Sprünge zu helfen, und zudem noch Geld für die Reise nach Frankreich für sich und Catharine übrig haben wollte, dann hieß es, umgehend in einen billigen Landgasthof überzusiedeln. Er hatte sich daher dazu entschlossen, dem Pfarrer eine kurze Nachricht zu hinterlassen. Diese war absichtlich unklar gehalten, sprach von der Rettung eines Menschen aus dem Leben in tiefster Sünde und bat Hochwürden eindringlich, unverzüglich nach Winchester in das Haus von Sir Thomas Streighton zu kommen. Die Unterschrift war unleserlich, und Roger hoffte, der Priester würde annehmen, Sir Streighton persönlich habe ihn um seine Hilfe gebeten. Sicher würde ihn dies eher zu einer überstürzten Reise veranlassen, als die Bitte eines in England noch immer unbeliebten Franzosen. Dann war er selbst nach Winchester vorausgefahren, um sein Glück zu versuchen. Catharine war einmal sehr verliebt in ihn gewesen. Wer sagte, daß er nicht imstande sein sollte, diese Verliebtheit abermals in ihr zu wecken? Ihr jetziger Mann war unter Mordverdacht gefangengenommen worden. Catharine konnte doch nicht einen Mörder ihrer großen Jugendliebe vorziehen! Bei dem kurzen Treffen auf Wild Rose Manor jedoch mußte Roger zur Kenntnis nehmen, daß er sich in zweierlei Hinsicht geirrt hatte. Zum einen war dieser Viscount nicht länger in Haft, und zum zweiten war Catharine alles andere als bereit, ihm freiwillig zu folgen. Nun blieb nur noch der Friedensrichter. Natürlich wußte Roger, daß er keinerlei Beweise für eine Ehe mit Catharine hatte, solange der Priester nicht eingetroffen war. Seine Aussage stand also gegen Catharines Aussage. Keine guten Aussichten. Doch Roger war ein Spieler, Bluff war seine Stärke. Nie hätten Zweifel das selbstgefällige Lächeln von seinen Lippen gezaubert.

»Ich weiß nicht, ob es klug war, den Mann hinauszuwerfen, Richard«, meinte Hugh nachdenklich, nachdem der Franzose das Zimmer verlassen hatte.

»Ach nein?« brauste der Viscount auf. »Ich hätte ihn wohl auffordern sollen, Platz zu nehmen, damit wir uns noch mehr Unsinn anhören können.«

»Du willst dir Unsinn anhören?« fragte George neugierig, der eben mit Hetty das Zimmer betreten hatte.

»Den Teufel will ich«, entgegnete sein Bruder ungehalten. »Hast du den Mann gesehen, der eben das Haus verließ? Er behauptete, der Gatte von Catharine zu sein. Der Gatte meiner Frau, habt ihr so etwas schon einmal gehört? Es ist nicht zu fassen.«

»Vielleicht sollte uns Catharine einmal die ganze Geschichte erzäh-

len?« schlug Hugh mit beruhigender Stimme vor. »Falls Sie meine Anwesenheit stört, werde ich umgehend den Raum verlassen.«
»Nein, nein«, wehrte Catharine ab. »Bleiben Sie nur. Was ich zu erzählen habe, wird euch sicher überraschen, denn was mir passiert ist, kommt nicht alle Tage vor.«
Und dann berichtete sie, was sich vor fünf Jahren zugetragen hatte. Wie sie Roger kennengelernt und ihre Bekanntschaft von ihrer Schwägerin Esther gefördert worden war. Wie sie selbst gedacht hatte, den gutaussehenden Franzosen zu lieben, und glücklich war, als er sie gebeten hatte, ihn zu heiraten. Ja, die Trauung hatte tatsächlich stattgefunden, und dennoch war sie nicht mit ihm verheiratet. Roger hatte lediglich die Stelle für seinen Onkel eingenommen, was ja auch ganz legal war, da sogenannte ›Stellvertreter-Hochzeiten‹ gerade in Adelskreisen erlaubt und durchaus nicht unüblich waren. In Frankreich angekommen, wurde sie, Catharine mit der unglaublichen Wahrheit konfrontiert, mit einem völlig fremden Mann, der vom Alter her ihr Vater hätte sein können, verheiratet zu sein. Sie hatte Anwälte eingeschaltet, die sie aus der mißlichen Lage befreien sollten, doch Onkel und Neffe schworen Stein und Bein, daß Gervais bei der Trauung anwesend gewesen sei und sich die Eheschließung nicht so zugetragen hatte, wie sie es behauptete. Schließlich nannte ja auch die Heiratsurkunde Gervais als Bräutigam und trug sogar seine Unterschrift. Roger hatte sie täuschend ähnlich nachgemacht. Was also hätte sie tun sollen?
Kurz darauf war ihr geliebter Vater gestorben, von Esther und ihrem völlig unter dem Pantoffel seiner Frau stehenden Bruder war keine Hilfe zu erwarten. Sie war allein in einem fremden Land, das sich noch dazu mit ihrer Heimat, ja mit ganz Europa in Kriegszustand befand. Ohne Freunde, ohne Geld. Darum hatte sie sich in ihr Schicksal gefügt. Die einzige Vertraute, die sie in diesen Jahren hatte, war Jeannette, Rogers Frau, gewesen. Roger war damals bereits seit zwei Jahren verheiratet. Catharines Ehe mit ihm konnte daher nie gültig geschlossen worden sein. Als sie mit ihrem Bericht geendet hatte, standen alle völlig im Bann des Gehörten.
»Mein armes Mädchen«, meinte Richard schließlich und legte seiner Frau zärtlich die Hand auf die Schulter. »Ich könnte diesen Kerl umbringen.«
»Paß auf, was du sagst, Richard«, wandte sein Freund ein, der auch in

dieser Situation nicht die Nerven verlor. »Solche Aussprüche könnten dir sehr schaden. Noch hat man den Mörder deines Vaters nicht überführt. Das ist wirklich eine unglaubliche Geschichte, Catharine. Doch denke ich nicht, daß dieser Franzose länger eine Bedrohung darstellt. Die Heiratsurkunde ist der eindeutige Beweis, daß Sie Gervais de la Falaise geheiratet haben und nicht ihn.«

»Richtig«, bestätigte Richard. »Du bist ein kluger Kopf, Hugh. Am besten, du gibst mir die Heiratsurkunde, Catharine...«

»Das ist ja das Problem«, wandte Catharine ein. »Ich habe sie nicht. Eine Urkunde wurde Roger übergeben, der trägt sie sicher nicht bei sich. Und die zweite Urkunde bekam mein Vater. Wahrscheinlich ist sie jetzt in Händen meines Bruders oder besser meiner Schwägerin.«

»Dann mußt du nach London fahren und die Herausgabe der Urkunde verlangen«, forderte Hetty.

»Ich glaube nicht, daß das etwas nützt. Sicher machen Esther und Roger wieder gemeinsame Sache. Sie war es nämlich auch, die ihm meinen derzeitigen Aufenthaltsort verraten hat.«

»Dann mußt du mit deiner Schwägerin ein ernstes Wort reden, Richard«, sagte Hugh.

Dieser lächelte leicht verlegen. »Ich glaube nicht, daß das eine gute Idee ist, Hugh. Man wird mich gar nicht vorlassen. Ich habe Mylady erst kürzlich aus dem Haus geworfen.«

»Du hast was?« rief der sonst so unerschütterliche Hugh fassungslos.

»Was, die auch?« fragte George amüsiert. »Mir scheint, mein lieber Bruder, das wird langsam eine Marotte von dir. Zuerst die Herzogin, jetzt der französische Marquis. Wohin soll das noch führen?«

»In den Abgrund«, prohezeite Hugh bitter.

»Aber ich habe da noch Jeannettes Brief«, meldete sich Catharine zu Wort. Sie kramte in ihrem Retikül und förderte das leicht verknitterte Schreiben zutage. »Hier.« Sie legte es vor sich auf den Tisch. »Jeannette schreibt, daß sie nicht zu Roger zurückkehren will. Lest selbst. Ist dieses Schreiben nicht genug Beweis dafür, daß Roger mit ihr verheiratet ist?«

Die anderen steckten ihre Köpfe zusammen, um den Brief zu studieren.

»Was ich nicht verstehe, ist, warum dieser Franzose auf einmal unbe-

dingt mit Catharine verheiratet sein will«, stellte George fest. »Vor fünf Jahren hat er ganz andere Absichten gehabt.«
»Vielleicht hat er sich doch in Catharine verliebt?« mutmaßte Hetty. »Und jetzt vermißt er sie und will sie zurückgewinnen.«
»Unsinn!« fuhr Richard auf. »Oder denkst du, daß das wahr ist, Catharine? Du liebst ihn doch nicht mehr, oder?«
»Natürlich nicht«, beruhigte ihn Catharine. »Und Roger liebt mich auch nicht. Ich glaube, er hat in seinem Leben nur einen geliebt, und das ist er selbst.«
»Warum also taucht er jetzt hier auf?« wollte George wissen.
»Catharine hat von ihrem Mann, von Gervais de la Falaise, ein beträchtliches Vermögen geerbt«, erklärte ihm sein Bruder. »Roger hat Gervais' Testament angefochten und ein anderes vorgelegt, das ihn selbst zum Erben einsetzte. Wie gesagt: Er konnte Gervais' Schrift sehr gut nachahmen.«
George ließ einen leisen Pfiff hören. »Das ist aber ein netter Zeitgenosse«, sagte er.
»Das Gericht hat erst kürzlich das Erbe mir zugesprochen«, erklärte Catharine. »Dank Lord Christlemaine und seinen Bankiers wurde alles bereits in die Wege geleitet, damit das Geld nach England transferiert wird. Ich habe die Anwälte beauftragt, einige Fahrzeuge und Pferde zu verkaufen. Das Witwenhaus und den dazugehörigen Landbesitz möchte ich Jeannette überschreiben, Rogers armer Ehefrau. Sie war in den Jahren in Frankreich der einzige Lichtblick für mich.«
»Klar, daß dieser Roger das verhindern will. Wenn er Ihr Mann wäre, Catharine, dann könnte er über das gesamte Vermögen verfügen. Was für ein schlauer und gleichzeitig infamer Plan.«
»Ein gescheiterter Plan«, sagte Richard trocken. »Catharine hat sich geweigert, die Eheschließung mit ihm anzuerkennen und mit ihm nach Frankreich zu gehen. Was will er also unternehmen?«
»Vielleicht hat er vor, Catharine zu entführen!« warf Hetty ein.
»Du hast zu viele Romane gelesen«, tadelte sie ihr ältester Bruder streng. »Aber wie dem auch sei, dieser Roger ist nicht zu unterschätzen. Ich werde Catharine nicht aus den Augen lassen.«
Es klopfte an der Tür, und Mrs. Mellvin trat ein. »Der Inspektor und sein Assistent sind da, Mylord. Ich habe sie ins Eßzimmer geführt. Sie scheinen nun zur Ansicht gekommen zu sein, der Mörder sei von

außen in das Haus eingedrungen. Sie möchten sich nun die Glastür und den Garten näher ansehen. Ich wollte Sie davon in Kenntnis setzen.«

XX.

Der nächste Morgen versprach ein strahlender, warmer Frühsommertag zu werden. Hugh und George brachen schon in der Frühe auf, um am Bach Forellen zu fangen. Hetty nahm Hermes an der Hand, um einen Spaziergang zu unternehmen. Unterwegs wollten sie weitere Steine sammeln, die dem Jungen durch ihre Form und ihre zarten Farben besonders wertvoll erschienen. Hetty hatte vor, ihm anschließend die Truhe zu zeigen, die sie am Vortag vom Dachboden geholt hatte. Richard blieb seinem Vorsatz gemäß an Catharines Seite. Sie saßen auf der kleinen Bank unter dem Apfelbaum und erzählten sich Geschichten und Erlebnisse aus ihrer Kindheit.

Gegen Mittag wurden sie von Mrs. Mellvin unterbrochen, die in Begleitung eines Fremden auf dem Weg quer über den Rasen auf sie zuging. Der Mann trug eine auffallend grün-weiß gestreifte Livree und war daher unschwer als Diener von Sir Thomas Streighton zu erkennen.

»Seine Lordschaft, der Friedensrichter, bittet darum, ihn umgehend aufzusuchen«, sagte Mrs. Mellvin auch schon. »Ich habe dem Diener gesagt, daß Sie nicht bereit sein werden, ihm Hals über Kopf zu folgen. Aber er meint, es sei von höchster Dringlichkeit...«

Der Bote verbeugte sich und überreichte Richard ein Schreiben seines Herrn. Dieser erbrach das Siegel und hielt die Karte so, daß auch Catharine den Inhalt lesen konnte. Sir Streighton ersuchte den Viscount und die Viscountess Willowby unverzüglich um ihren Besuch. Ein Grund wurde nicht genannt. Und doch schien es nicht angebracht, dieser Aufforderung nicht Folge zu leisten. Vielleicht war der Mörder in der Zwischenzeit gefaßt worden?

Nie hätten die beiden Roger de la Falaise mit dem Friedensrichter in Zusammenhang gebracht. Um so erstaunter waren sie daher, als sie eine Stunde später im Haus von Sir Streighton ankamen und den Franzosen dort vorfanden. Sie hatten den Diener aufgefordert zu warten, während sie sich für einen Vormittagsbesuch standesgemäß umgekleidet hatten, und waren dann in Richards Kutsche seinem Pferd gefolgt.

Der Friedensrichter empfing sie bereits an der Tür zu seiner Bibliothek. »Schön, daß Sie gekommen sind. Meine liebe Viscountess, Viscount. Ich muß sagen, ich bin etwas aus der Fassung. Aber sicher werden Sie mir helfen, dieselbe wiederzufinden. Bitte nehmen Sie Platz. Ich habe Erfrischungen bringen lassen. Ich nehme an, Sie kennen den Marquis de la Falaise?«

Roger, der in einem der breiten Lehnstühle gesessen hatte, erhob sich nun und blickte mit seinem unverwüstlichen Lächeln den beiden Neuankömmlingen entgegen.

»Wir kennen den Herrn allerdings«, sagte Richard, bemüht, seiner Stimme einen gelassenen Ton zu verleihen. »Es ist jedoch zugegebenermaßen eine Überraschung, ihn hier in Ihrem Haus anzutreffen, Mylord.«

»Wir hatten gehofft, Ihr Wunsch, uns zu sehen, hänge mit der Tatsache zusammen, daß Sie den Mörder meines Schwiegervaters gefunden haben«, erklärte Catharine.

»Nein. Bedauerlicherweise nein, Mylady. Aber bitte nehmen Sie doch Platz. Bitte glauben Sie mir, wir tun alles, damit dieser Verbrecher endlich gefunden und der gerechten Strafe zugeführt wird. Ich hoffe, Sie haben mir in der Zwischenzeit den voreiligen Verdacht meiner Beamten verziehen, lieber Viscount. Eine ganz unangenehme Geschichte. Aber nicht unangenehmer als das Problem, vor dem ich jetzt stehe.« Er nahm auf dem freien Stuhl seinen Gästen gegenüber Platz und schlug grazil seine dünnen, in zartgrüne Kniehosen gekleideten Beine übereinander. Er sah nachdenklich in die Runde, die Fingerspitzen seiner schmalen Hände zu einem Dreieck zusammengepreßt. »Der Marquis hat mich heute morgen aufgesucht«, begann er schließlich, »um mir mitzuteilen, daß Sie, verehrte Viscountess, in Wahrheit seine Ehefrau seien. Natürlich habe ich dem widersprochen, doch der Marquis besteht darauf, mit Ihnen, Viscountess, vor den Traualtar getreten zu sein.«

»Sicher hat er Ihnen die Heiratsurkunde vorgelegt, Mylord«, sagte Richard.

Sir Streighton schüttelte den Kopf.

»Das ist leider nicht möglich, Sir«, meldete sich der Franzose zu

Wort. »Wie gerne würde ich die Urkunde vorlegen, *mais hélas!* Sie wurde ein Raub der Flammen, als es auf La Falaise brannte.«
»Es hat auf La Falaise gebrannt?« rief Catharine aus.
Roger nickte und machte dazu eine traurige Miene. »Ja, vor einigen Monaten, du warst gerade abgereist, *ma chère*, da brannte es in der Bibliothek. Jean Pierre, der Diener, du kennst ihn doch, hat eine Kerze umgeworfen. Versehentlich, wie ich betonen möchte. Die Papiere auf dem Schreibtisch wurden ein Raub der Flammen. Gott sei Dank wurde rechtzeitig gelöscht, bevor ein ärgerer Schaden entstehen konnte. Doch wie gesagt, die Heiratsurkunde ist vernichtet.«
»Zu dumm«, meinte Richard spöttisch.
»Ja, Mylord, Sie haben recht, es ist zu dumm«, stöhnte der Franzose.
»Und nun werde ich Eurer Lordschaft den wahren Grund nennen, warum der Marquis nicht in der Lage ist, die Heiratsurkunde zu präsentieren«, sagte Richard, sich triumphierend an den Herrn des Hauses wendend. »Wenn Sie gestatten?«
»Aber, ich bitte darum«, erwiderte dieser gespannt.
»Weil Catharine nie mit diesem Herrn, Roger de la Falaise, verheiratet war, sondern mit Gervais, seinem Onkel. Catharine war Witwe, als sie mich heiratete.«
»Richtig. Und da die Heiratsurkunde Gervais als den Bräutigam ausweist, ist sie keine Hilfe, um die infame Aussage des Marquis zu untermauern.«
»Ja, aber warum sollte der Marquis dann behaupten, Sie wären seine Gattin, Mylady? Wenn Sie in Wahrheit die Gattin des Onkels waren.«
»Weil sein Onkel sein Vermögen mir vermachte und nicht Roger«, erklärte Catharine. »Nachdem er vergeblich versucht hat, das Testament anzufechten, möchte er sich Geld und Ländereien nun auf diese infame Weise sichern.«
»Aber, *ma chère.*« Roger schüttelte mit mildem Lächeln den Kopf. »Wie materialistisch du denkst. Als ob es mir um irdische Güter ginge! Nein, mit diesen bin ich selbst genug gesegnet. Kannst du es denn nicht glauben, daß ich jenes liebenswerte Geschöpf wiederhaben möchte, das ich einst in einem Mai zu meiner Frau nahm? Dich, Catharine.«

»Ich kann diesen Schwachsinn nicht hören«, murmelte Richard unhöflich.
»Sind Sie nun damals im Mai mit diesem Herrn vor den Traualtar getreten, ja oder nein, Mylady?« wollte Sir Streighton wissen.
»Ja«, gab Catharine zu. »Aber Roger vollzog diese Eheschließung lediglich als Vertreter seines Onkels. Er selbst konnte mich gar nicht heiraten, da er bereits verheiratet war.«
»Als Vertreter meines Onkels?« Roger war fassungslos. »Aber mein liebes Kind! Wovon sprichst du? Ich war es, der dich zur Frau nahm.«
Catharine hörte ihm nicht zu, sondern legte Sir Streighton einen Brief vor: »Hier, lesen Sie selbst. Ich habe das Schreiben erst vor wenigen Wochen erhalten. Jeannette de la Falaise hat es mir geschrieben, Rogers Frau.«
Der Hausherr warf dem Marquis einen scharfen Blick zu, bevor er sein Monokel vors Auge klemmte, um sich auf den Brief zu konzentrieren.
Roger war für einen Moment aus der Fassung gebracht. Doch nicht für lange. »Jeannette ist doch nicht meine Frau!« sagte er spöttisch. »Wie kannst du nur so etwas Ungeheuerliches behaupten?«
Seine Lordschaft ließ das Einglas fallen und schwenkte es bedächtig an seinem grünen Band hin und her. »Wer ist die Dame, die diesen Brief schrieb, Monsieur?« wollte er wissen.
Roger kannte den Inhalt des Schreibens nicht. Es war ja auch zu dumm, daß Catharine diesen Brief aus dem Hut zauberte. Nun gab es kein Zurück mehr, hoffentlich verriet ihn Jeannettes Schreiben nicht.
»Meine Schwester«, sagte er, als sei dies das Selbstverständlichste auf der Welt. »Meine liebe kleine Jeannette. Wir haben uns leider nicht sehr gut verstanden in der letzten Zeit.« Dieser Hinweis war sicher nicht schlecht. Offensichtlich war es nichts Gutes, was Jeannette über ihn zu berichten hatte.
»Sie ist seine Schwester?« vergewisserte sich Richard.
»Natürlich nicht!« rief Catharine aus. »Welche Unverfrorenheit, so etwas zu behaupten, wo doch der Brief eindeutig beweist, daß Jeannette seine Ehefrau ist.«
Sir Streighton hatte sich abermals über das Schreiben gebeugt, das er in seinen Händen hielt. »Ich bedaure, Mylady«, sagte er schließlich. »Ein solcher Beweis ist dieser Brief leider nicht.«

Während sich Roger zufrieden lächelnd in seinem Lehnstuhl zurücklehnte, nahmen Richard und Catharine das dargebotene Schreiben, um es abermals zu überfliegen. Tatsächlich, Jeannette schrieb, daß sie Roger nicht mehr liebte, ihm nicht mehr vertrauen konnte, sie schrieb, daß sie in Italien unglücklich war und dennoch nicht zu Roger zurückkehren wollte. Aber, es fand sich kein eindeutiger Hinweis darin, daß Jeannette seine Ehefrau war. Diesen Wortlaut hätte ebensogut eine Schwester schreiben können.
»Das Schreiben besagt gar nichts«, stellte Richard schließlich unwillig fest. »Tatsache ist, daß dieser Gentleman dort nicht mit meiner Gattin verheiratet ist und auch keinen Beweis vorlegen kann, der diese Behauptung untermauern würde. Was ja auch natürlich ist.«
Roger beugte sich in seinem Stuhl vor und blickte triumphierend in die Runde. »Leider, leider«, sagte er. »Doch in wenigen Tagen werde ich dazu in der Lage sein.« Er machte eine kurze Pause, um diese Nachricht auf alle Anwesenden wirken zu lassen. »Der Pfarrer, der uns getraut hat, du kannst dich doch noch erinnern, *chérie*, ein reizender älterer Herr, hat mir fest versprochen, in Kürze nach Winchester zu kommen, um Eure Lordschaft von der Richtigkeit meiner Aussage zu überzeugen.«
Diese Neuigkeit ließ Catharine erschrocken verstummen. Es bestand kein Zweifel, daß der Geistliche nichts von den Machenschaften wußte, die sich hinter seinem Rücken abgespielt hatten. Sicher würde er ohne den geringsten Zweifel ihre Trauung mit Roger bestätigen. Falls der Priester tatsächlich kommen würde.
Vielleicht war das nur eine weitere Lüge, um Seine Lordschaft zu überzeugen. Richard schien dieselben Zweifel zu hegen. »Und warum ist der Geistliche dann nicht mit Ihnen nach Winchester gereist?« wollte er wissen.
Der Marquis hob bedauernd beide Arme. »Wichtige seelsorgerische Aufgaben, ein Begräbnis, Sie wissen, ein Priester hat viele Pflichten zu erfüllen. Doch in drei, spätestens vier Tagen ist er da und wird meine Aussage bekräftigen. Du bezweifelst doch nicht, daß er das wird, *ma chère*?«
Catharines Atem stockte. Roger schien sich sehr sicher zu sein, daß dieser Pfarrer tatsächlich erschien. Sie spürte den prüfenden Blick des Hausherrn auf sich ruhen. »Natürlich bezweifle ich das.«
»Gut.« Sir Streighton klopfte mit der Hand auf den Tisch und erhob

sich. Die versammelten Herren beeilten sich, es ihm gleichzutun. »Ich habe folgendes entschieden: Der Marquis de la Falaise hat vier Tage Zeit, seine Behauptung, er sei mit Lady Willowby rechtmäßig verheiratet, zu belegen. Sollte ihm das nicht gelingen, so wird er nach Ablauf des vierten Tages den Landkreis verlassen und seine Behauptung nie mehr wiederholen.«
Richard lächelte zufrieden, und Catharine überlegte bangen Herzens, was in diesen vier Tagen alles geschehen konnte. Roger schickte ein Stoßgebet zum Himmel. Hoffentlich kam dieser dumme Priester rechtzeitig. »Und da nicht eindeutig feststeht, mit welchem der beiden anwesenden Herren die hier anwesende Dame verheiratet ist«, fuhr Sir Streighton fort, »wird der Marquis de la Falaise die folgenden vier Tage auf Wild Rose Manor wohnen. So ist gewährleistet, daß Mylady die Nächte unter demselben Dach wie ihr rechtmäßig angetrauter Ehemann verbringt.«
Richard wollte energisch protestieren, doch der gestrenge Blick des Friedensrichters ließ keinen Widerspruch zu. So beschloß er, sich jeder Äußerung zu enthalten. Sir Streighton war schließlich auch der Mann, der ihn jederzeit wieder wegen Mordverdachts in Haft nehmen konnte, solange der tatsächliche Mörder frei herumlief. Es war besser, ihn nicht zu erzürnen.
So kam es also, daß die beiden den vor Genugtuung strotzenden Marquis bei sich aufnehmen mußten. Nach einem kurzen Aufenthalt beim Gasthof »Zum Roten Löwen«, wo Rogers Gepäck eingeladen wurde, zog der Marquis auf Wild Rose Manor ein. Mrs. Mellvin eilte herbei, um den Gast in sein Zimmer zu geleiten, das vor kurzem noch Lord Bridgegate bewohnt hatte.
»Es ist das schönste Gästezimmer im Haus, Sir«, sagte sie mit einem koketten Lächeln. »Ich hoffe, Sie finden alles zu Ihrer Zufriedenheit vor. Wenn ich geahnt hätte, daß Sie kommen, hätte ich das Bett richten lassen und frisches Wasser bereitgestellt. Das werde ich umgehend nachholen.« Sie eilte vor ihm den Gang hinunter und öffnete die Zimmertür. Roger betrachtete bewundernd ihre roten Locken, die sie zu einem losen Knoten im Nacken zusammengefaßt hatte. Sein Blick ging über ihre wohlgeformte Gestalt in dem aufreizend dekolletierten, tomatenroten Tageskleid. Eine seltsame Haushälterin fürwahr. Und eine ausnehmend begehrenswerte noch dazu.
»Solange Sie in meiner Nähe sind, brauchen Sie sich keine Sorgen um

meine Zufriedenheit zu machen, Madame«, sagte er mit einem tiefen Blick in ihre braunen Augen. Mrs. Mellvin kicherte und eilte davon, um frische Wäsche zu holen. Natürlich würde sie das Bett dieses interessanten Mannes persönlich überziehen.

Die nächsten Tage vergingen ohne besondere Ereignisse. Hugh und George gingen wieder fischen oder unternahmen mit Hetty weite Ausritte. Sie fuhren nach Winchester, um mit Hugh die Kathedrale zu besichtigen, die er noch nicht kannte. Und sie machten einen Besuch bei Lord Matthews, dem Bruder von Lady Christlemaine, und dessen Gattin, die Nachbarn von Wild Rose Manor waren. Am vierten Tag beschlossen sie, den Pfarrer aufzusuchen, um mit ihm den Hochzeitstermin festzulegen und die nötigen Vorkehrungen zu treffen. Da Hetty in Trauer um ihren Vater war, sollte die Trauung im kleinsten Rahmen stattfinden. Allzu viele Vorbereitungen waren daher nicht nötig.

Catharine und Richard blieben lieber in der Nähe des Hauses, sie durchstreiften den Park, begleitet vom kleinen Hermes, der ihnen kaum von der Seite wich. Gemeinsam überlegten sie, ob es Roger wohl gelingen würde, Sir Streighton davon zu überzeugen, daß Catharine seine rechtmäßige Ehefrau war. Und sie mutmaßten immer noch, wer der Mörder von Richards Vater gewesen sein könnte. Auch das Motiv der Tat blieb weiterhin unklar. Auch wenn inzwischen – durch einen Zufall – so gut wie feststand, welches die Tatwaffe gewesen war. Das hatte sich am zweiten Tag nach dem Besuch beim Friedensrichter herausgestellt. Die Familie und Hugh waren bereits beim Abendessen versammelt und warteten auf den ungebetenen französischen Gast, der sich wieder einmal erheblich verspätete.

»Was ich dich schon lange fragen wollte, Ric...«, begann George mit einem skeptischen Blick auf die die Wände schmückenden Gemälde. »Seit wann hast du die Vorliebe für die griechische Mythologie entdeckt? Überall diese Bilder...« Er hob eine kleine Steinfigur vom Buffet hoch und betrachtete sie skeptisch: »...abgeschlagene Götterstatuen...«

»Du kannst mir glauben, daß das nicht meinem Geschmack entspricht. Die Bilder werden umgehend ausgewechselt, sobald ich die Probleme gelöst habe, die zur Zeit meine Kräfte in Anspruch nehmen.

Nein, Vater oder besser gesagt Mrs. Mellvin hat das antike Griechenland nach Wild Rose Manor gebracht. Ich habe nicht mit ihr darüber gesprochen, aber die Haushälterin soll ein großes Faible für das griechische Altertum haben. Vater hat sie frei schalten und walten lassen. Was mich daran erinnert: Ich muß unbedingt daran denken, sie aufzufordern, mir die Truhe mit dem Geld zu übergeben. Vater hatte auch die Verwaltung des Vermögens in ihre Hände gelegt.«
»Die Haushälterin schwärmt für die alten Griechen«, wiederholte George kopfschüttelnd. »Und deshalb stehen hier halb kaputte Statuen herum.«
»Deshalb stehen Statuen herum«, Richard nickte. »Aber warum sprichst du von kaputten Statuen? Ich habe noch keine gesehen, die...« Er hielt inne, als George ihm den kleinen Apoll übergab. Der Kopf war vom Rumpf getrennt. Ein unsachgemäßer Versuch, beide Teile zu verbinden, war offensichtlich gescheitert.
»Seltsam«, rätselte Richard. »Ich kann mich noch gut erinnern, die Statue in der Hand gehabt zu haben. Das war vor dem Abendessen mit meinem Vater. Und da war sie mit Sicherheit noch unbeschädigt.«
»Durch einen Fall auf den Boden kann dieser Schaden nicht entstanden sein«, mutmaßte George. »Es scheint, als habe jemand die Figur mit voller Wucht auf einen anderen harten Gegenstand geschlagen.«
Richard stutzte. »Es klebt kein Blut an den Teilen.«
»So etwas läßt sich abwaschen«, sagte George.
»Ihr meint...?« fragte Catharine, und ein kalter Schauer lief ihr über den Rücken. Die beiden Männer nickten.
»Ihr meint was?« wollte Hetty ungeduldig wissen.
In diesem Augenblick öffnete sich die Tür, und Roger trat ein.
Damit war die Möglichkeit vorüber, dieses Thema weiter zu erörtern. Es sah also ganz danach aus, als sei die kleine Steinfigur das Werkzeug gewesen, das der Mörder benützt hatte, um den Viscount zu erschlagen. Als der Inspektor am nächsten Tag erschien, wurde er von diesem Verdacht umgehend informiert. Er wiegte nachdenklich das Haupt und begutachtete den Apoll von allen Seiten. Vor allem die Tatsache, daß man versucht hatte, die Statue zu reparieren, fand sein hohes Interesse.
»Entweder war der Täter ein Mann, der in räuberischer Absicht das

Haus betreten hatte, vom Viscount überrascht worden, und aus Angst, erkannt oder festgehalten zu werden, hatte er zugeschlagen«, erklärte er seinem Assistenten, als sie Wild Rose Manor verlassen hatten. »Dagegen sprechen jedoch drei Tatsachen. Welche sind das Ihrer Meinung nach, MacWindell?«

»Vielleicht, daß sich in dem Haus kaum etwas zu befinden scheint, das es wert wäre, geraubt zu werden?« schlug dieser vor. »Denn wer will schon den ganzen griechischen Plunder?«

»Falsch!« urteilte der Inspektor mit gestrenger Miene. »Es ist erstens unwahrscheinlich, weil wir keinerlei Spuren gefunden haben, die auf ein gewaltsames Eindringen des Täters schließen lassen. Die Türen waren nach übereinstimmenden Aussagen der Dienerschaft versperrt, die Fenster geschlossen. Hinweise darauf, daß eine Tür oder ein Fenster gewaltsam geöffnet worden wäre, gibt es nicht. Daraus kann man schließen, daß der Täter sich bereits im Hause aufhielt, als Fenster und Türen geschlossen wurden.«

»Es sei denn, eine Tür war trotz allem offengelassen worden und einer der Dienstboten verschweigt dies, um sich nicht dem Tadel seiner Herrschaft auszusetzen«, wandte MacWindell ein.

»Sehr richtig«, bestätigte der Inspektor. »Ein Gedanke, der mir auch bereits durch den Kopf gegangen ist. Natürlich gibt es daneben noch die Möglichkeit, daß einer der Diener den Mörder absichtlich ins Haus ließ. Das bringt uns zu der Frage: Wer profitierte von diesem Mord am meisten?«

»Richard Willowby«, antwortete der Assistent wie aus der Pistole geschossen.

»Das hatten wir schon. Das hatten wir schon. Nein, da muß es eine elegantere Lösung geben. Bei Richard Willowby liegt der Vorteil zu klar auf der Hand.« Er griff in seine Tasche und holte die Schnupftabakdose hervor: »Doch wir schweifen von unserer ursprünglichen Frage ab«, sagte er nach einer starken Prise. »Wir sprachen davon, warum der Täter kein bei einem Raub überraschter Eindringling sein kann. Der zweite Grund, der mir als der wichtigere erscheint als der, daß Türen und Fenster geschlossen gewesen sein sollen, ist der, daß der Viscount am Tisch saß.«

»Warum sollte er nicht?« fragte sein Assistent verwundert. »Es war doch kurz nach dem Abendessen. Er wird beim Portwein sitzengeblieben sein, während sich sein Sohn bereits zurückzog.«

»Falsch«, entgegnete der Inspektor. »Wenn man Richard Willowby Glauben schenken darf, und es spricht im Augenblick nichts dagegen, dies zu tun, haben Vater und Sohn das Eßzimmer gemeinsam verlassen. Der Viscount muß also später noch einmal zurückgekehrt sein.«
»Aber warum sollte er?« wandte MacWindell ein.
»Vielleicht, um nachzudenken?« schlug der Inspektor vor. »Vielleicht aber auch, um dort mit jemand anderem zu sprechen.«
»Mit seinem späteren Mörder?«
Der Inspektor nickte. »Es könnte sein. Doch nun zurück zu dem Gedanken, der Mörder sei ein beim Raub ertappter Einbrecher: Dieser müßte also in jener Zeitspanne in das Eßzimmer gelangt sein, als Vater und Sohn es verließen, bis zu dem Zeitpunkt, da der Vater es wieder betrat.«
»Oder er ist die ganze Zeit über dort gewesen. Hinter dem Vorhang versteckt, zum Beispiel«, gab MacWindell zu Bedenken.
Der Inspektor schüttelte den Kopf. »Ich habe mir die Vorhänge angesehen«, sagte er. »Sie sind nicht allzu dick und hängen direkt an der Wand. Es ist ausgeschlossen, daß sich dahinter jemand verbergen kann, ohne daß es einem anderen auffallen würde. Und da sich also ein Verbrecher in diesem Raum nicht verstecken konnte, kommt ein Einbrecher als Täter nicht in Frage. Der Viscount hätte sich doch kaum auf seinen Stuhl gesetzt, wäre da ein Fremder im Raum gewesen. Der dritte Grund, warum ich einen Einbrecher als Täter ausschließe, ist der, daß man den Versuch unternommen hat, die Statue, hinsichtlich deren der dringende Verdacht besteht, daß es sich um die Mordwaffe handelt, zu reparieren. Ein Einbrecher hätte dazu weder die Zeit noch die Möglichkeit gehabt.«
»Vielleicht war es einer der Diener, der die Reparatur ausführte«, schlug sein Assistent vor.
»Ja, vielleicht. Aber warum sollte er dies getan haben? Nein, ich bin zu dem Schluß gekommen, daß allein einer der Hausbewohner, den der Viscount kannte, als Täter in Frage kommt.«
»Wobei wir wieder bei der Frage angelangt sind, wer ein Motiv hatte«, stellte sein Assistent fest.
»Sehr richtig. Zum einen: Wer hatte ein Motiv? Zum anderen: Wer hat ein Interesse daran, Richard Willowby als Mörder am Galgen zu sehen? Denn wir haben dieses anonyme Schreiben erhalten, in dem

er der Tat verdächtigt wird. Das dürfen wir keinesfalls außer acht lassen. Der Mörder und der Briefschreiber dürften dieselbe Person sein.«
»Es können aber auch zwei verschiedene Personen sein«, wandte MacWindell ein.
»Wie wahr. Wie wahr. Rekapitulieren wir daher: Der Erbe des Viscount, also der, der am meisten von dessen Ableben profitierte, ist Richard Willowby. Falls dieser am Galgen baumelt, erbt alles...«
»George Willowby!« rief sein Assistent dazwischen. »Sie meinen, dieser reiche Krösus habe den Mord begangen?«
»Ich meine nichts dergleichen«, antwortete sein Vorgesetzter streng. »Und ich wäre Ihnen dankbar, wenn Sie mich nicht ständig unterbrechen würden. George Willowby war zur Tatzeit noch nicht auf Wild Rose Manor. Und zudem hat man mir ein Dokument gezeigt, in dem er im Falle des Ablebens von Richard Willowby auf das Erbe verzichtet.«
»Ist das nicht seltsam?« fragte MacWindell. »Ich meine, von sich aus würde er so eine Erklärung kaum abgegeben haben. Mir scheint, sein Vater muß sie von ihm gefordert haben.«
»Das ist gut möglich«, räumte der Inspektor ein. »Und was ist daran seltsam?«
»Nun, man hat uns berichtet, daß der Viscount wiederholt gedroht hat, seinen Ältesten zu enterben, nicht wahr? Das bedeutet doch, daß er sich Gedanken darüber machte, wem denn dann das Erbe zufallen würde. Dem zweiten Sohn nicht, denn von diesem hat er eine Verzichtserklärung in Händen. Wer ist der nächste in der Erbfolge?«
»Alfred Willowby, sein Neffe«, sagte der Inspektor.
»Sieh an, Alfred Willowby. Jener Mann, der den Toten am nächsten Morgen entdeckte. Welch ein Zufall!«
»Klingt plausibel«, gab der Inspektor zu. »Und doch kann ich es nicht glauben. Warum hat man Alfred Willowby bei dem Toten angetroffen? Wenn er wirklich der Mörder wäre, hätte er dies zu vermeiden gewußt.«
»Vielleicht wollte er uns gerade dadurch in die Irre führen. Wir sollten denken, daß er nicht der Mörder sein kann, weil er sich nicht scheute, mit dem Toten gesehen zu werden.«
»Vielleicht«, gestand ihm der Inspektor widerwillig zu. Er hatte Al

fred Willowby die Erlaubnis gegeben, nach London zu reisen. Nach der Blamage mit der Verhaftung von Richard Willowby wollte er sich keinesfalls einen zweiten Fehler zuschulden kommen lassen. »Vielleicht war es aber auch ganz anders. Vielleicht war einer der Diener der Täter. Oder diese Haushälterin, Mrs. Mellvin.«

»Welches Motiv sollten denn die gehabt haben? Es ist ihnen doch nicht schlecht gegangen unter dem alten Viscount. Und eine Frau ist doch gar nicht in der Lage, einen Mann zu erschlagen. Nein, ich denke, jemand aus der Dienerschaft kommt als Täter nicht in Frage.«

»Bleibt also nur Kermin, der Diener des nunmehrigen Viscount«, stellte der Inspektor fest.

Sein Assistent lachte erleichtert auf. »Wir haben ihn!« rief er aus. »Er wollte seinen Herrn vor einer drohenden Enterbung schützen und hat dessen Vater erschlagen. Sicher hat er den alten Viscount unter irgendeinem Vorwand um ein Gespräch gebeten. Der Alte setzte sich nieder, und – platsch schlägt der Diener zu.«

»Wenden Sie das Fahrzeug. Wir fahren nach Wild Rose Manor zurück.«

»Sie wollen den Burschen sofort verhaften?«

»Ich will nichts dergleichen«, bremste der Inspektor den Enthusiasmus seines Untergebenen. »Wir haben bereits einmal eine verfrühte Verhaftung vollzogen. Ein zweites Mal wird uns das nicht passieren. Auch wenn es sich diesmal nur um eine Dienstperson handelt. Wenn Kermin der Täter war, wer hat dann den Brief geschrieben? Das kann dieser Kermin wohl nicht getan haben. Es gäbe keinen Sinn, wenn er einerseits einen Mord begeht, um seinen Herrn zu schützen, und andererseits einen Brief schreibt, der diesen belastet.«

MacWindell hatte inzwischen den Wagen gewendet. »Warum fahren wir dann nach Wild Rose Manor zurück?« wollte er wissen.

»Können Sie schreiben, MacWindell?« fragte der Inspektor anstelle einer Anwort.

»Aber natürlich, Sir. Das wissen Sie doch«, entgegnete sein Assistent beleidigt.

»Nun, dann vergessen Sie, daß Sie es können. Haben wir noch das Tuch in der Kiste, das wir einmal verwendet haben, um einen gebrochenen Arm zu verbinden? Gut, dann halten Sie an und wickeln mir damit den rechten Arm ein. Ich werde auf Wild Rose Manor ein paar

Leute ersuchen, einen kurzen Brief für mich zu schreiben. Jetzt wollen wir doch einmal sehen, ob es uns nicht gelingt, den anonymen Schreiber zu entlarven.«
Das war am dritten Tag nach der Unterredung bei Sir Thomas Streighton gewesen, und sowohl Mrs. Mellvin als auch Charles, der Diener, erklärten sich gerne bereit, dem Inspektor zu helfen und die Zeilen zu schreiben, die er so dringend an seinen Vorgesetzten schikken wollte. Kermin mußte diese Hilfestellung mit Bedauern verweigern. Er hatte nie lesen und schreiben gelernt.
Richard Willowby, vom Inspektor darauf angesprochen, übergab ihm einen der Briefe, die Alfred an den Viscount geschrieben hatte. Die beiden Beamten machten sich davon, um die Schrift mit dem anonymen Brief zu vergleichen.

Roger de la Falaise verbrachte die Tage außerhalb des Hauses. Er ließ sich nur beim Frühstück und beim Abendessen sehen und blieb sonst verschwunden. Wo er seine Tage verbrachte, wußte niemand, doch es bedauerte keiner, sich nicht mit ihm unterhalten zu müssen. Wo er die Nächte verbrachte, wußten sie allerdings. Am zweiten Abend hatte ihn Catharine zufällig gesehen, als er im seidenen Morgenmantel in das zweite Geschoß eilte und im Zimmer von Mrs. Mellvin verschwand.
»Du solltest ein derart schändliches Treiben unter unserem Dach nicht dulden, Richard«, hatte sie entrüstet verlangt.
Diesen Wunsch quittierte Richard mit einem Grinsen. »Solange sich der Kerl um Mrs. Mellvin kümmert, ist gewährleistet, daß er dir nicht zu nahe kommt«, stellte er fest. »Nur mehr zwei Tage, mein Schatz, dann sind die vier Tage vorüber, die Sir Streighton als Frist gesetzt hat. Und dann können wir den Franzosen hinauswerfen. Es wird mir ein besonderes Vergnügen sein.«
Nichtsahnend, daß ihre Beziehung entdeckt worden war, lag Mrs. Mellvin in den Armen des Marquis. »Fährst du bald nach Frankreich zurück?« fragte sie ihn, während sie ihm zärtlich über die Brust streichelte. Die Frage sollte ganz beiläufig klingen, und doch wartete sie gespannt auf die Antwort.
»In zwei, drei Tagen spätestens, *chérie*«, antwortete er. Seine Lippen berührten ihr Haar, das in dichten, roten Locken auf ihre sommersproßigen runden Schultern fiel. »Doch laß uns nicht von Abschied

sprechen, *mon amour*. Es gibt so vieles, was wir zwei miteinander tun wollen in den nächsten Tagen und Stunden…«

»Was würdest du sagen, wenn ich vorschlage, dich zu begleiten?« wollte Mrs. Mellvin wissen.

Der Marquis hielt mit seinen Küssen inne. Das war keine schlechte Idee. Er hatte selten eine so aufregende Liebhaberin gehabt. Natürlich würde ihre Reise Geld kosten und ihre Verpflegung auch. Doch wenn er erst einmal im Besitz des Vermögens seines Onkels wäre, würde es ihm ein leichtes sein, eine Geliebte auszuhalten. »Du weißt, daß Catharine, meine Frau, mit mir nach Frankreich reisen wird.«

Mrs. Mellvin nickte. »Ich kann es immer noch nicht glauben, daß sie deine Frau ist. Den armen Viscount so zu hintergehen. Wie konnte sie nur mit ihm vor den Traualtar treten, während sie bereits deinen Namen trug? Und nun teilt sie auch noch mit ihm das Lager. Macht dir das denn gar nichts aus?«

»Nicht das geringste«, Roger grinste anzüglich. »Ich habe doch einen viel besseren Ersatz gefunden.«

Mrs. Mellvin drückte ihm einen Kuß auf die Stirn. »Dann hast du also nichts dagegen, wenn ich dich begleite«, stellte sie fest. »Ich werde meine Reise selbstverständlich selbst bezahlen.«

Der Marquis zog überrascht eine seiner tiefschwarzen Augenbrauen hoch. »Hast du denn Geld gespart?«

Mrs. Mellvin kicherte. »Pah, gespart!« rief sie aus. »Ich habe das gesamte Bargeld von Viscount Willowby in Verwahrung.« Sie sprang aus dem Bett, öffnete ihren Kleiderschrank und brachte die kleine schwarze Truhe zum Vorschein. Dann holte sie den Schlüssel aus der Kommode und öffnete den Deckel. Roger hielt überrascht die Luft an. Das war ja ein ordentlicher Batzen Geld, den sie da vor seinen Augen ausbreitete. Natürlich mußte sie mit ihm nach Frankreich kommen!

»Je eher wir reisen, desto besser«, sagte Mrs. Mellvin, als sie die Truhe wieder verschloß. »Der neue Viscount hat mich schon mehrfach aufgefordert, ihm das Geld zu bringen. Bis jetzt habe ich stets eine Ausrede gefunden, aber es wird zusehends schwerer, ihn hinzuhalten.«

Der Marquis lachte: »Und du hast wirklich keine Skrupel, mit dem Vermögen durchzubrennen?«

Die Lippen seiner Geliebten wurden schmal. »Ich habe in all den Jahren, die ich hier im Hause bin, nie die mir zustehende Achtung erwiesen bekommen. Ich brenne nicht mit dem Vermögen durch. Ich hole mir das, was mir zusteht.«
»Komm her zu mir!« forderte sie der Marquis auf. »Ich finde es aufregend, wenn du wütend bist. Aber bevor ich dir zeige, wie aufregend ich dich finde, noch eines: Du erwartest doch nicht, daß wir das Kind auf die Reise mitnehmen? Ich mag kleine Kinder nicht besonders. Und auf Reisen schon gar nicht. Alles wird noch strapaziöser. Ich kann Geheule nicht vertragen.«
»Keine Sorge, Hermes bleibt hier«, entschied Mrs. Mellvin. »Also abgemacht. Wir reisen in zwei Tagen. Spätestens in drei. Ich werde heimlich meine Koffer packen. Wir dürfen niemandem ein Wort verraten, denn sonst könnte ich die Truhe nie und nimmer aus dem Haus schaffen, ohne Gefahr zu laufen, daß man ihre Herausgabe verlangt.«

Und dann war also jener vierte Tag der Frist angebrochen, der die zukunftsweisende Entscheidung bringen sollte. Roger hatte, zunehmend nervös werdend, das Haus noch vor dem Lunch verlassen.
Hetty, Hugh und George begaben sich ihrem Plan gemäß zum Haus des Priesters, der Hetty und Hugh trauen sollte. Leider war diese Vorsprache nicht sehr erfolgreich. Die Pfarrersfrau bat sie, am nächsten Morgen wieder zu erscheinen, da ihr Gatte zu einer Beerdigung ins Nachbardorf gefahren war und nicht vor dem Abend zurückerwartet wurde.
Catharine und Richard zählten die Minuten. »Du wirst sehen, es gelingt dem Kerl nicht, den Pfarrer aufzutreiben«, sagte Richard zum wiederholten Male.
Sie saßen wieder auf der Bank unter dem Apfelbaum. Hermes hockte neben ihnen und legte aus Kieselsteinen Muster in den Rasen.
»Ich weiß nicht. Ich bin so nervös. Wenn ich nur wüßte, wo Roger seine Tage verbringt. Wenn ich doch ein bißchen mehr Zeit hätte! Ich würde Jeannette bitten, nach England zu kommen...«
Sie schreckte aus ihren Überlegungen auf, als Mrs. Mellvin zu ihnen trat und erklärte, daß ein Diener von Sir Thomas Streighton eben erschienen war, der um einen sofortigen Besuch des Viscount und der Viscountess bitten ließ. Aufgeregt, sich fest an den Händen hal-

tend, ließen sich Catharine und Richard von Kermin zum Palais des Friedensrichters kutschieren.
Dieser erwartete sie, wie das vorige Mal, in der Bibliothek. Auch Roger war anwesend und blickte ihnen mit unverhohlenem Triumph entgegen. Der Grund dieses Hochgefühls stand neben ihm. Ein kleiner Mann mit grauem Haar und buschigen weißen Augenbrauen über wasserblauen Augen. Seine Kleidung wies ihn eindeutig als Geistlichen aus. Catharine erkannte ohne Zweifel in ihm den Priester wieder, der vor Jahren die Trauung zwischen Roger und ihr vorgenommen hatte. Ihr Herz sank. Rogers Lächeln vertiefte sich. Er hatte zu guter Letzt doch noch jenes Quentchen Glück, das dem Tüchtigen gebührt. Das tagelange Warten vor der Auffahrt zum Herrenhaus des Friedensrichters hatte sich gelohnt. Heute, nach dem Mittagessen, war es endlich soweit gewesen: Ein klappriges Gefährt, von zwei Pferden gezogen, näherte sich auf dem bestreuten Kiesweg. Roger hatte keine Schwierigkeiten gehabt, den Wagen anzuhalten. Etwas größere Schwierigkeiten hatte es ihm bereitet, den Pfarrer zu überzeugen, ihn anzuhören. Doch schließlich war es ihm gelungen, mit vor Verzweiflung zitternder Stimme, dem Geistlichen seine scheinbar so tragische Geschichte ins Ohr zu ergießen. Von seiner großen, alles überstrahlenden Liebe zu seiner Frau, die sich von ihm abgewandt habe, um einem anderen Mann anzugehören. Ja, die, um den Frevel noch ins Unermeßliche zu steigern, behauptete, sie habe ihn, Roger, nie geheiratet. Und die nun mit einem anderen ebenfalls vor den Traualtar getreten war. Aus dem fernen Frankreich sei er angereist, um seine Gattin zurückzuholen. Doch ach, er konnte die Heirat nicht beweisen. Die Heiratsurkunde war verbrannt. Nun sei er, Hochwürden, seine einzige Rettung. Denn sicher erinnere er sich noch, ihn mit Catharine, der Tochter des Herzogs von Milwoke, getraut zu haben. Roger sei selbstverständlich bereit, alle Auslagen der Reise zu ersetzen und eine, ähm... ansehnliche Spende für die Kirche oder die religiösen Studien, die Hochwürden durchführte, zu geben. Der Geistliche war fassungslos. Er konnte sich an den Franzosen noch gut erinnern, denn es kam nicht alle Tage vor, daß man in Kriegszeiten eine Braut aus dem Hochadel mit einem Angehörigen einer verfeindeten Nation traute. Durch das Angebot, eine erhebliche Spende zu leisten, bewies der Franzose, daß er sein Herz auf dem rechten Fleck hatte. Ebenso Ehrfurcht vor der Kirche und ihren

Vertretern. Er hatte nur mehr vage Vorstellungen von der damaligen Braut, doch als er sie jetzt am Arm des großgewachsenen, blondgelockten Gentleman in die Bibliothek von Sir Thomas Streighton kommen sah, erkannte er sie sofort wieder.

»Das ist sie ohne Zweifel!« rief er aus, und sein ganzer Körper zitterte vor Empörung. »Das ist die junge Dame, die ich mit dem französichen Herrn vermählte. Ganz ohne Zweifel! Eine Schande ist das!«

»Nun beruhigen Sie sich, guter Mann«, forderte ihn der Hausherr mit ruhigem Tonfall auf, während Richard und Catharine dastanden und kein Wort zu sagen in der Lage waren. »Man sagte mir, der hier anwesende Marquis de la Falaise habe lediglich die Stelle seines Onkels eingenommen. Es habe, sozusagen, eine Ferntrauung stattgefunden, da der Onkel nicht persönlich nach England kommen konnte...«

»Kein Wort davon ist wahr, Mylord!« rief der Geistliche ungehalten. »Die Lady dort hat diesen französischen Gentleman geheiratet. So wahr ich hier stehe.«

»Aber Roger war doch bereits verheiratet«, wandte Catharine ein, vor Verzweiflung den Tränen nahe.

»Unsinn!« polterte der Geistliche, obwohl er das gar nicht wissen konnte.

Roger hätte jauchzen können vor Vergnügen. Nur mit Mühe konnte er sein gewohnt höfliches Lächeln beibehalten. Der Priester übertraf seine kühnsten Erwartungen. Nicht mehr lange, liebe Catharine, und dann bist du mein. Und mit dir Gervais' Erbe.

»Sie haben Catharine mit einem Gervais de la Falaise verheiratet«, meldete sich Richard zu Wort. »Dieser Mann hier dagegen heißt Roger de la Falaise.«

»Was weiß denn ich?« fuhr ihn der Geistliche an, ungehalten, sich mit einem gottlosen Ehebrecher unterhalten zu müssen.

»Ich bin über sechzig und seit dreißig Jahren Priester. Glauben Sie, da merke ich mir die Namen all der Leute, die ich getraut habe? Und auch wenn er Charly oder Jimmy heißt, dieser Mann war es, den ich mit dieser Lady da vermählt habe. Das ist mein letztes Wort dazu.«

Sir Streighton hatte nachdenklich auf die Spitzen seiner blankpolierten Stiefel gestarrt. Die Angelegenheit gefiel ihm nicht. Catharine Willowby schien ihm vertrauenswürdiger zu sein als dieser Franzose. Und doch sprach die Sachlage durch die Aussage des Priesters eindeutig für ihn. »Sie haben es gehört, Mylady. Die Worte des Geistlichen zwingen mich zu folgender Feststellung: Sie, Madam, sind rechtmäßig mit dem hier anwesenden Marquis de la Falaise verheiratet. Ich will Ihnen zugute halten, daß Sie sich über den Bestand der Ehe aufgrund widriger Umstände nicht im klaren waren. Ich werde daher von einer Anschuldigung der Bigamie absehen. Um weitere Unklarheiten zu beseitigen, fordere ich Sie und Ihren Gatten, den Marquis, auf, morgen, spätestens jedoch übermorgen den Landkreis zu verlassen. Währenddessen Sie, Viscount Willowby, weiter auf Ihrem Landsitz bleiben, um uns für Fragen im Zusammenhang mit dem bedauerlichen Tod Ihres Vaters zur Verfügung zu stehen.«

Mit diesen Worten war die Unterredung beeendet. Catharine brach in Tränen aus und klammerte sich an Richard, der, völlig hilflos, kaum in der Lage war, ihr Trost zu spenden. Der Geistliche wandte sich mit einer Miene, die unverkennbar seinen Abscheu zum Ausdruck brachte, von den beiden ab.

»Kommen Sie, Hochwürden. Ich begleite Sie zum Wagen«, machte sich der Marquis mit einem spöttischem Lächeln erbötig.

Die Fahrt zurück nach Wild Rose Manor verlief schweigend. Es konnte doch nicht sein, daß Roger sie einmal dadurch hinterging, daß er sie heimlich gegen ihren Willen mit Gervais verheiratete, und ein zweites Mal, indem er, wieder gegen ihren Willen, eine in Wirklichkeit nicht bestehende Ehe zwischen ihr und ihm beweisen konnte. Energisch trocknete sich Catharine die Tränen. Es war höchste Zeit, daß sie die Sache in die Hand nahm.

»Ich verreise morgen tatsächlich«, erklärte sie Richard, der mit traurigem Blick in die Polster zurückgelehnt über die Ungerechtigkeit in der Welt nachgrübelte. »Aber nicht mit Roger, sondern alleine. Und nicht nach Frankreich, sondern nach London. Ich werde Esther zwingen, die Heiratsurkunde herauszugeben. Das hätte ich längst tun sollen!«

»Das wird nichts nützen«, bemerkte Richard mutlos. »Sicher hat die Hexe die Urkunde längst verbrannt.«

»Dann werde ich Henry dazu bringen, dem Friedensrichter die Wahrheit zu sagen. Und wenn ich ihn eigenhändig nach Winchester schleppen muß. Das Wort eines Herzogs sollte Sir Streighton doch überzeugen können.«

Richard antwortete nicht darauf.

»Und du, sitz nicht da, als führen wir zu einer Beerdigung!« forderte

Catharine ungehalten. »Ich brauche jetzt deine ganze Kraft und Hilfe, Richard. In Selbstmitleid zu versinken hat noch keinem geholfen.«
Diese Worte verhallten nicht ungehört. Wenn Catharine tapfer war und kämpfen wollte, dann würde er das ebenfalls tun. Mit einem Lächeln auf den Lippen zog er sie in seine Arme.

Da sie den Pfarrer nicht angetroffen hatten, entschlossen sich Hugh Deverell und George Willowby, den angebrochenen Abend damit zu verbringen, daß sie eine Partie Billard spielten. Hetty und Hermes machten sich wieder einmal auf die Suche nach den allerschönsten Steinen. Sie hatten schon eine ganze Anzahl allerschönster Steine gefunden, die der Junge stolz in einem Körbchen vor sich her trug.
»Nun ist es genug«, sagte Hetty schließlich. »Es wird bald dunkel und Zeit für dich, ins Bett zu gehen. Komm, wir wollen nach Hause laufen und die Steine in die Schatztruhe legen.«
Zu ihrer Überraschung fing der Junge zu weinen an. »Mama hat die Schatztruhe genommen!« sagte er. »Ich hab's heute ganz genau gesehen. Die Schatztruhe steht in Mamas Zimmer. Und sie will sie mir nicht geben!«
»Das ist ja allerhand«, entgegnete Hetty entrüstet. »Bist du da ganz sicher?«
»Ganz sicher«, schniefte der Junge. »Hab es selbst gesehen. Mami hat die Schatztruhe.«
»Weine nicht, Hermes. Dann werden wir uns unseren Schatz eben zurückholen.«
Im Inneren kochte sie vor Zorn. Wie kam diese Frau dazu, die Kiste aus ihrem Zimmer zu nehmen? Sie hatte in ihrem Raum nichts zu suchen! Schließlich war es Rosie, die dort Ordnung hielt. Es war eine Ungeheuerlichkeit, wie selbstherrlich sich die Haushälterin benahm, geradeso, als sei sie die Herrin auf Wild Rose Manor. Sie mußte mit Richard und Catharine ein ernstes Wort sprechen. So konnte es nicht weitergehen.
Zu Hause angekommen, verlangte sie umgehend Mrs. Mellvin zu sprechen. Charles, der Diener, bedauerte. Mrs. Mellvin sei nach Winchester gefahren, um einige Besorgungen zu machen. Sie würde frühestens in einer Stunde zurückerwartet.
In Wirklichkeit war Mrs. Mellvin zur Poststation gefahren, um sich

einen Wagen zu mieten. Am übernächsten Tag zur Mittagszeit, wenn alle beim Essen versammelt waren und sie niemand vermissen würde, sollte sie der Wagen abholen. Sie würde in Winchester auf die Ankunft von Catharine und Roger warten, um sich dann der Kutsche anzuschließen. Doch davon ahnte auf Wild Rose Manor niemand etwas.

Hetty zögerte nicht lange und stieg mit Hermes in den zweiten Stock, wo die Räume der Dienstboten lagen. Der kleine Junge kannte die Tür des Zimmers seiner Tante ganz genau und lief voraus, um sie für Hetty zu öffnen. Mrs. Mellvin hatte noch nicht mit dem Packen begonnen. Das Zimmer lag wohlaufgeräumt im Schein der untergehenden Sonne, die Truhe stand deutlich sichtbar auf dem Nachtkästchen neben dem Bett.

»Meine Schatztruhe, meine Schatztruhe!« rief Hermes und vollführte einen Luftsprung. Er versuchte die Truhe hochzuheben, doch sie war zu schwer.

»Laß mich das machen«, schlug Hetty vor. Sie nahm die Truhe unter den Arm und stöhnte. Die Steine hatten ein ganz ansehnliches Gewicht. »Wir wollen dieses Tuch über die Truhe breiten, falls uns jemand sehen sollte. Niemand soll erraten, daß wir unseren Schatz wieder in unseren Besitz gebracht haben«, schlug sie Hermes vor. Der Junge war begeistert. Es machte ihm Spaß, mit seiner neuen Freundin ein Geheimnis zu teilen. Sobald sie die Kiste eingewickelt hatten, stiegen sie in das erste Geschoß hinunter, um Hettys Zimmer aufzusuchen und die gesammelten Steine dem Schatz hinzuzufügen.

Auf dem Flur kam ihnen ein völlig aufgeregter Richard entgegen. »Gut, daß ich dich sehe, Schwester«, sagte er. »Ich habe George und Hugh bereits in die Bibliothek gebeten. Ich muß euch etwas Wichtiges erzählen. Bitte komm mit mir.«

»Sofort, Richard«, sagte Hetty, beunruhigt durch die leichenblasse Miene ihres Bruders. »Ich stelle das nur schnell in meinem Zimmer ab und folge dir gleich. Du gehst am besten in die Küche, Hermes. Wir spielen morgen weiter.«

Der Junge hätte gerne widersprochen, doch die spürbare Aufregung, die seine beiden großen Freunde erfaßt hatte, ließ ihn nicken und, die Hände in den Hosentaschen langsam der Küche zustreben.

Hetty schob die Truhe achtlos unter ihr Bett, wusch sich die Hände

und richtete mit wenigen kundigen Griffen ihre Frisur. Dann folgte sie Richard in die Bibliothek.
Hermes hatte in der Zwischenzeit die Küche erreicht und dort nicht nur die Köchin und die Spülmagd, sondern auch seine Tante angetroffen, die eben zurückgekehrt war. Damit niemand Verdacht schöpfen konnte, hatte sie tatsächlich Besorgungen gemacht. Nun legte sie ein Päckchen Nähnadeln und ein Paket Wachskerzen auf den Tisch. Natürlich konnte Hermes sein Geheimnis nicht für sich behalten. »Wir haben die Schatztruhe geholt, Miss Hetty und ich. Und jetzt gehört sie wieder uns«, rief er seiner Tante triumphierend entgegen.
Mrs. Mellvin war mit ihren Gedanken bei der bevorstehenden Abreise und hörte die Aussage ihres Neffen nur mit halbem Ohr.
»Ja ist gut, Hermes«, antwortete sie ihm zerstreut. »Und nun wasch dir die Hände, bevor du dich zu Tisch setzt.«
Erst als sie in das obere Geschoß stieg, um Mantel und Hut in ihr Zimmer zu legen, drangen die Worte des Knaben voll in ihr Bewußtsein. Miss Hetty hatte die Schatztruhe geholt? Doch nicht etwa das Geld der Willowbys, das ihr zur Verwaltung übergeben worden war. Was aber sonst sollte Hermes gemeint haben? Ein Blick zum Nachttisch bestätigte den grauenhaften Verdacht. Hoffentlich befand sich die Truhe noch nicht in den Händen des Viscount. Dann war es ausgeschlossen, daß sie je wieder in ihre Verfügung geraten könnte. Eine Unverschämtheit von dem Mädchen, ihr die Truhe hinter ihrem Rücken wegzunehmen. Na warte, was Miss Hetty konnte, das konnte sie schon lange. Mit energischen Schritten eilte sie in das erste Obergeschoß zurück, klopfte vorsichtshalber an Hettys Tür, und als niemand antwortete, trat sie rasch ein. Die Truhe war rasch gefunden, und ebenso rasch hatte sie sie wieder nach oben in ihr Zimmer zurückgebracht. Sie stellte sie hinter der Tür ab. Keinen Augenblick zu früh, denn in diesen Moment klopfte Kermin an ihre Tür. »Können Sie mir sagen, wo ich Lady Willowbys Koffer finde?« erkundigte er sich, als sie öffnete.
Mrs. Mellvin zeigte ihm bereitwillig den Weg.
»Ihre Ladyschaft will verreisen?« fragte sie mit scheinheiligem Interesse. Kermin murmelte Unverständliches.

In dieser Nacht fanden Catharine und Richard keinen Schlaf. Eng aneinandergeschmiegt lagen sie wach und starrten auf die Koffer, die sich im Mondschein wie große schwarze Ungeheuer an ihrem Bettende türmten. Zwei der Koffer und die Hutschachteln waren bereits gepackt. Der große Schrankkoffer würde am nächsten Tag folgen. Catharine hatte beschlossen, zuerst nach London zu reisen, um ihren Bruder aufzusuchen und die Heiratsurkunde zu verlangen. Sollten diese Bemühungen vergeblich sein, so wollte sie die weite Reise bis Florenz auf sich nehmen, um Jeannette de la Falaise nach England zu holen. Da Richard an Wild Rose Manor gebunden war, sollte Kermin sie auf der Reise begleiten.

»Paß gut auf dich auf«, flüsterte ihr Richard ins Ohr. »Und vergiß nicht, daß ich dich liebe und daß ich voller Sehnsucht darauf warte, daß du zurückkommst. Sobald der Mord an meinem Vater aufgeklärt ist, reise ich dir entgegen.«

»Ich liebe dich auch, Richard«, sagte Catharine zärtlich. »Wir werden sicher einen Ausweg finden. Vielleicht muß ich gar nicht nach Italien. Vielleicht kommt Henry mit mir nach Winchester.« Sie seufzte. Ob sich ihr schwacher Bruder wirklich jemals gegen seine dominante Frau stellen würde?

»Wenn ich doch mit dir kommen könnte!« stöhnte Richard. »Wenn dieses Riesending von einem Koffer einen doppelten Boden hätte, in dem ich mich verstecken könnte.«

Catharine lachte leise auf. »Er hat ja einen doppelten Boden«, sagte sie. »Dennoch bezweifle ich...« Sie hielt abrupt inne und setzte sich mit einem Ruck im Bett auf. Dennoch bezweifle ich, daß du darin Platz finden würdest, hatte sie sagen wollen. Doch da war ihr siedend heiß ganz etwas anderes eingefallen.

»Was ist los?« erkundigte sich Richard verwirrt. »Hast du einen Geist gesehen?«

Catharine schüttelte ungeduldig den Kopf und sprang aus dem Bett. Mit raschen Fingern öffnete sie den Verschluß des Koffers, hob den Deckel und durchsuchte das Innere. Es hatte fast den Anschein, als würde sie völlig in dem großen Gepäckstück verschwinden. Richard hatte sich im Bett aufgesetzt und wartete ungeduldig auf eine Erklärung. Er konnte sich keinen Reim darauf machen, warum Catharine den leeren Koffer durchsuchte. Nach wenigen Augenblicken tauchte sie wieder auf, eine Rolle weißen Papiers in der Rechten. Tränen lie-

fen über ihre Wangen. Doch diesmal waren es Tränen der Freude. »Ich habe sie!« flüsterte sie. »Ich habe sie.«
»Wen hast du? Zeig her. Was ist das für ein Papier?« wollte Richard wissen.
»Die Heiratsurkunde von Roger und Jeannette«, sagte Catharine.

XXI.

Am nächsten Tag schliefen Catharine und Richard bis zur Mittagsstunde. Die Erschöpfung hatte ihren Tribut verlangt, doch nun waren sie heiter und gelöst, von allen Sorgen befreit. Catharine ließ es sich nicht nehmen, das kostbare Dokument in ihrem Mieder mit sich herumzutragen, damit es ihr ja nicht mehr abhanden kommen konnte. Am Nachmittag wollte sie zu Sir Streighton fahren, um ihn zu bitten, seine Entscheidung zu revidieren. Sicher würde er ihr zustimmen, wenn er erst einmal die Urkunde sah. Sie bewies, daß Roger bereits verheiratet war, als er mit ihr vor den Traualtar getreten war. Jeannettes Brief, den Catharine Sir Streigthon bereits gezeigt hatte, bewies, daß Jeannette noch am Leben und nicht vor Rogers Trauung mit Catharine bereits verstorben war. Catharine fühlte sich glücklich wie schon lange nicht mehr, als sie am Arm ihres rechtmäßigen Gatten die Treppen hinabschritt. Sie erreichten die Halle, als Hetty eben mit ihren zwei Begleitern vom Besuch beim Pfarrer zurückkamen.
»Na, ihr Langschläfer«, sagte George gutgelaunt. »Mit Pfarrer Hurdon ist alles geregelt. Er will das junge Glück am Samstag in einer Woche trauen. Bist du bis dahin schon zurück, liebe Schwägerin?«
»Sicher ist sie das«, gab Richard ebenso gut gelaunt zurück. »Weil sie nämlich gar nicht verreist. Die Fahrt nach London hat sich erübrigt.«
»*Mais Monsieur*«, meldete sich Roger zu Wort, der hinter den Willowbys auf der Treppe erschienen war. »Sie vergessen, daß Catharine morgen mit mir nach Frankreich fährt.«
»Ich habe nicht vor, die Sache mit Ihnen zu besprechen, mein Herr«, entgegnete Richard mit ungewohnt scharfer Arroganz. »Sie können die Diener bereits anweisen, Ihre Koffer zu packen. Wir sind eben dabei, Sir Streighton aufzusuchen. Wenn wir zurückkommen, möchten wir Sie hier nicht mehr sehen.«

»Aber, aber, mein Lieber!« wandte Roger ein. Die Bestimmtheit des anderen hatte ihn ziemlich erschüttert. Was mochte da wohl vorgefallen sein? Gestern waren die beiden doch noch erfreulich verzagt und eingeschüchtert gewesen. »Sie vergessen, daß der Friedensrichter bereits eine Entscheidung getroffen hat.«
»Er wird sie umstoßen, Roger. Verlaß dich darauf«, erwiderte Catharine triumphierend.
Richard führte sie zur offenen Tür. »Kermin, meinen Wagen!« rief er ins Freie hinaus.
»Wenn die Herrschaften Platz nehmen wollen, Lunch wird in Kürze serviert«, meldete Mrs. Mellvin von der Eßzimmertür her.
»Bitte eßt ohne uns«, bat Catharine. »Wir müssen zu Sir Streighton. Wir haben nämlich die Heiratsurkunde von Roger und Jeannette gefunden.«
»Gratuliere!« riefen George und Hetty wie aus einem Mund.
»Wir freuen uns für euch«, sagte Hugh.
Roger stand bleich am Fuße der Treppe und sah seine Felle davonschwimmen. Wer hätte denn an die Möglichkeit gedacht, daß Catharine in den Besitz seiner Heiratsurkunde gekommen war? Jeannette mußte sie ihr gegeben haben. Weiber!
»Noch etwas, Richard...«, fiel George ein, als sein Bruder eben das Haus verlassen wollte. »Ihr solltet auf dem Rückweg kurz bei Pfarrer Hurdon vorbeischauen.«
»Ja richtig!« meldete sich nun auch Hetty zu Wort. »Er sprach von einem Geheimnis, das er dir nach Vaters Tod anvertrauen sollte.«
»Hat er nicht gesagt, worum es sich handelt?« wollte Richard wissen. Kermin kam mit dem Wagen, und Richard half Catharine beim Einsteigen.
»Leider nein«, bedauerte George. »Mir wollte er das Geheimnis nicht anvertrauen. Allein dir, als dem ältesten Sohn. Es soll etwas gewesen sein, was Vater sehr am Herzen lag und was dir nach seinem Tod verraten werden sollte.«
»Klingt in der Tat geheimnisvoll«, sagte Richard. »Gut, wir fahren im Pfarrhaus vorbei. Ihr entschuldigt uns jetzt bitte. Wir sind in Eile.«
Er winkte seinen Geschwistern und seinem Freund fröhlich zu und gab Kermin das Zeichen zur Abfahrt. Das Gesicht von Mrs. Mellvin, die die anderen Herrschaften zu Tisch führte, war ebenso weiß wie das ihres französischen Liebhabers.

Dieser Tag sollte noch einige weitere Überraschungen für Catharine und Richard bereithalten. Die Unterredung bei Sir Streighton war bei weitem erfreulicher als alle Gespräche zuvor. Es war offensichtlich, daß Seine Lordschaft froh über diesen Ausgang der Dinge war. Der Franzose hatte trotz intensiver Versuche keine Sympathien bei ihm erweckt. Ganz im Gegensatz zu Catharine, die so tapfer um die Freilassung ihres Gatten gekämpft hatte. Er war erleichtert, daß es ihr nun erlaubt sein sollte, an der Seite des Mannes zu leben, den sie ganz offensichtlich liebte. Zu diesem Gespräch wurde auch Lady Streighton hinzugezogen, eine zierliche, blonde Dame in einem modisch geschnittenen, zartgrün gestreiften Tageskleid. Sie hatte auf einem der ausladenden, grün-weißen Polstersessel Platz genommen und war kaum von ihrer Umgebung zu unterscheiden. Nachdem Mylady in die Geschichte eingeweiht worden war und mit vielen »Ahs« und »Ohs« ihr Staunen bekundet hatte, ließ der Hausherr Champagner servieren, um auf den guten Ausgang und den Sieg der Gerechtigkeit anzustoßen.
Es war gegen drei Uhr nachmittags, als Catharine und Richard das Haus des Pfarrers erreichten. Die Pfarrersgattin musterte sie mit strengem Blick: »So, so, Sie sind also Viscount und Viscountess Willowby. Es freut mich, Sie kennenzulernen. In der Kirche sieht man sich ja nicht.«
»Nein«, antwortete Richard schlicht. »Wenn Sie jetzt dem Pfarrer unser Kommen melden wollen.«
Catharine mußte innerlich lächeln. Richard legte nun zuweilen eine Strenge an den Tag, die sie früher an ihm vermißt hatte. Wie er dieses furchterregende Pfarrersweib in die Schranken gewiesen hatte, fand ihren vollsten Respekt.
Der Pfarrer selbst erwies sich als kleiner, fülliger Mann, mit schütterem rotblonden Haar und einer Nickelbrille auf der Nase. Seine Bäckchen waren gerötet und von feinen Adern durchzogen. Mit freundlichem Lächeln und einladender Handbewegung bat er seine Besucher, Platz zu nehmen.
»Hätten Sie vielleicht gerne eine Tasse Kräutertee?«
Richard und Catharine lehnten höflich ab.
»Sie sind also der neue Viscount. Mein Schwiegersohn, Lord Matthews, Sie wissen doch, daß Ihr Nachbar mein Schwiegersohn ist, nicht wahr? Also mein Schwiegersohn sagte mir, daß Sie im

Lande sind. Schreckliche Sache, das mit Ihrem verstorbenen Vater. Mein aufrichtiges Beileid.«

»Vielen Dank«, antwortete Richard höflich. »Meine Geschwister waren hier und sagten mir, Sie wollten mich sprechen.«

»Ja, sehr richtig, Mylord. Sehr richtig. Wie schön, daß ein freudiger Anlaß für die Familie bevorsteht. Eine Hochzeit. Die Zusammenführung zweier Menschen vor dem Angesicht Gottes. Schade nur, daß die Trauer Sie zwingt, die Feier im kleinen Rahmen zu begehen.«

»Ja, wirklich, äußerst schade«, bestätigte Richard mit kaum mehr zu unterdrückender Ungeduld. »Doch ich denke, Sie wollen eine andere Angelegenheit mit mir besprechen. Etwas, das meinen Vater betraf, wenn ich mich nicht irre.«

»Sehr richtig, Mylord. Sehr richtig. Ich nehme an, Sie haben nichts dagegen, daß Ihre Gemahlin bei diesem Gespräch zugegen ist, nicht wahr? Denn sonst hätten Sie sie wohl nicht mitgebracht.« Er ließ ein meckerndes Lachen hören, und Richard bestätigte düster, daß er nichts gegen Catharines Anwesenheit einzuwenden habe.

»Gut, gut, Mylord«, erwiderte der Pfarrer. »Wissen Sie, ich wollte Ihnen ja schon lange eine Nachricht zukommen lassen. Ich hätte Sie natürlich auch aufgesucht. Aber Sie wissen ja, wie das ist. Einmal ist eine Beerdigung, wie die Ihres verehrten Herrn Vaters, der Herr sei seiner Seele gnädig, dann wieder eine Taufe, eine Hochzeit, verwundete Seelen, die Trost und Beistand suchen. Ein Pfarrer kommt nie zur Ruhe.«

»Gewiß nicht.« Richard wurde ungeduldig. »Wenn Sie nun vielleicht zum Grund unseres Besuches kommen würden.«

»Aber gerne, Mylord, gerne. Es geht, wie Sie richtig gehört haben, um Ihren verehrten Herrn Vater. Ich habe die ...« Er stand auf und begab sich zu seinem überfüllten Schreibtisch, um eine der Schubladen zu öffnen, aus denen Papiere und Dokumente hervorquollen. »Ich habe hier... Wo ist sie denn? Ich habe sie extra hergerichtet, da ich mit Ihrem Besuch gerechnet habe.«

Richard warf Catharine einen vielsagenden Blick zu. Sie lächelte zurück und ergriff seine Hand. Es war gut zu wissen, daß er ihr Mann war und keine Macht der Welt ihn ihr mehr wegnehmen konnte.

»Ah, da ist sie ja.« Der Pfarrer reichte das Papier an Richard weiter, der es zuerst nicht sonderlich interessiert überflog. Dann jedoch Zeile für Zeile fassungslos durchlas.

»Das ist eine Heiratsurkunde«, sagte der Pfarrer unnötigerweise. »Ich selbst habe Ihren Vater und Mrs. Mellvin in der kleinen Kapelle im Walde getraut. Ihr Vater wollte nicht, daß irgend jemand von der Eheschließung erfuhr. Es handelte sich bei der Braut um eine bürgerliche Tochter eines Kaufmanns aus Winchester. Sie war zudem Witwe, als Ihr Vater sie heiratete. Ihr Mann, ein junger Leutnant, war in Spanien gefallen.«

»Der Viscount und Mrs. Mellvin waren verheiratet!« rief Catharine ungläubig aus. »Das erklärt, warum er ihr freie Hand in der Umgestaltung der Räume gegeben hat, warum sie Seidenkleider trägt und sich benimmt, als sei sie die Herrin des Hauses.«

»Eine Kaufmannstocher?« erkundigte sich Richard nachdenklich. »Aus Winchester, sagten Sie. Wissen Sie zufällig ihren Mädchennamen?«

»Nicht mehr genau. Sie hieß Drevenham oder so ähnlich.«

»Drevenham!« wiederholte Richard fassungslos. »Vater hat Eliza Drevenham geheiratet.«

»Du kennst sie von früher?« erkundigte sich Catharine.

Richard schüttelte den Kopf. »Nein, aber das ist das Mädchen, das Bridge meinem Vater vor vielen Jahren abspenstig gemacht hatte. Ihretwegen verfolgte Vater den Beau mit nie enden wollendem Haß. Bridge hat versucht, das Mädchen zu verführen. Wie es den Anschein hatte, gegen ihren Willen. Kein Wunder, daß auch sie kein gutes Haar an ihm ließ.«

»...und daß die beiden Cousin Alfred dafür bezahlten, ihnen Informationen über Lord Bridgegate zukommen zu lassen. Die haben sie dann an seinen Vater weitergeleitet«, warf Catharine ein.

»Richtig.« Richard nickte. »Es ist typisch für den Beau, daß er Miss Drevenham als Mrs. Mellvin nicht wiedererkannt hat. Anscheinend ist es unter seiner Würde, sich Hausangestellte näher anzusehen. Was ich allerdings nicht verstehe, ist, warum Vater Mrs. Mellvin geheiratet hat, obwohl er nicht vorhatte, sich vor der Öffentlichkeit und seiner Familie zu seiner Frau zu bekennen.«

»Ja, das stimmt. Wissen Sie den Grund, Hochwürden?« fragte Catharine den Pfarrer.

Das Rot auf den Bäckchen seiner Geistlichkeit vertiefte sich. »Ja, das ist eine heikle Angelegenheit«, sagte er schließlich verlegen und wagte kaum, seine Besucher anzublicken. »Aber Mrs. Mellvin trug

ein Kind Ihres Vaters unter dem Herzen. Der verehrte Viscount war ein frommer Mann geworden in den letzten Lebensjahren. Er wollte nicht, daß seine… also Mrs. Mellvin ein uneheliches Kind zur Welt brachte. Also wurde die Ehe heimlich geschlossen, und die Viscountess brachte ebenso heimlich ihr Kind zur Welt. Einen Knaben. Ich selbst habe ihn getauft. Er trägt einen seltsamen Namen…«
»Hermes!« ergänzte Catharine atemlos.
Der Pfarrer nickte. »So ist es, Mylady«, bestätigte er. »Mrs. Mellvin bestand auf diesem Namen. Der Viscount beschloß, ihn als angeblichen Neffen seiner angeblichen Haushälterin auf Wild Rose Manor großzuziehen.«
Richard war aufgesprungen. »Jetzt ist mir so manches klar: Behalten Sie Ihr Wissen für sich, ich bitte Sie, Hochwürden. Niemand soll davon erfahren, bis ich es gestatte. Ich danke für Ihre aufschlußreichen Ausführungen. Und nun komm, meine Liebe, wir müssen umgehend Inspektor Sandright aufsuchen.«
Sie verabschiedeten sich von dem Pfarrer, der ihnen verdutzt nachblickte und sich keinen Reim auf die plötzliche Eile seiner Besucher machen konnte. Vor der Tür stiegen sie in die Kutsche, die Kermin bereithielt.
Der Inspektor war nicht in seinem Büro anzutreffen.
»Er ist eben auf dem Weg nach Wild Rose Manor«, erklärte eine Frau, die eben dabei war, die Fenster des kleinen Häuschens auf Hochglanz zu polieren. Sie war vor dem ungewohnt hohen Besuch in einen tiefen Knicks versunken.
»Danke«, rief Richard ihr zu. »Dann nichts wie nach Hause, Catharine. Hoffentlich treffen wir den Inspektor dort wirklich an. Es wird Zeit, daß der Mörder endlich dingfest gemacht wird.«

XXII.

Sie holten den klapprigen Wagen des Inspektors auf der letzten langen Geraden vor Wild Rose Manor ein.
»Los, Kermin!« befahl Richard. »Überhole sie und bringe sie zum Stehen. Gut festhalten, Catharine!« forderte er seine Frau auf. »Jetzt legt Kermin los.«
Während Catharine sich mit der rechten Hand am Haltegriff der Kut-

sche festklammerte, hielt sie mit der linken den Hut fest, der bei dem schnellen Tempo fortzufliegen drohte. Der Diener trieb die Pferde an, fuhr in schneidigem Tempo an dem Fahrzeug des Inspektors vorbei, so daß sich die Kutschenräder fast berührten, schnitt nach vorne und brachte die Pferde zum Stehen.

Inspektor Sandright straffte die Zügel und sprang fluchend vom Kutschbock. »Was soll das bedeuten?« rief er. »Wer wagt es, uns aufzuhalten? Ach, Sie sind es, Mylord.« Seine Stimme wurde nicht merklich freundlicher, als er Richard erkannte. »Können Sie mir bitte erklären, warum Sie mich aufgehalten haben? Ich bin eben auf dem Weg zu Ihrem Landsitz. Wir haben einige interessante Neuigkeiten. Und ich...« Er wollte sich an seinen Assistenten wenden und bemerkte mit Erstaunen, daß dieser ihm nicht gefolgt war. »MacWindell!«

»Hier bin ich, Inspektor«, meldete sich eine verzagte Stimme vom Kutschbock. Dort saß der junge Beamte mit schlotternden Knien und umklammerte noch immer die Polster der Kutsche. Das Haar fiel ihm zerzaust in die Stirn, sein Hut war in hohem Bogen in die Wiese geweht worden. »MacWindell!« rief der Inspektor erneut. Er war sichtlich ungehalten. »Sofort kommen Sie hierher, Sie Feigling! Ich frage mich wirklich, warum Sie nicht eine andere Berufslaufbahn eingeschlagen haben.«

»Haben Sie gesehen, wie man uns überholt hat, Mr. Sandright? Um Haaresbreite hat man uns verfehlt...« stotterte sein Assistent zu seiner Verteidigung und erhob sich mit zitternden Knien von seinem Sitz. Richard hielt den Zeitpunkt für gekommen, den Inspektor in sein neues Wissen einzuweihen. »Wir wissen, wer der Mörder ist«, erklärte er Mr. Sandright, der skeptisch die Stirn runzelte.

»Zumindest wissen wir, wer ein Motiv für die Tat hatte«, schwächte Catharine die Aussage ihres Gatten ab.

»Richtig«, bestätigte Richard. »Wir haben uns doch gefragt, wer vom Tod meines Vaters am meisten profitierte. Und wer davon profitierte, daß ich am Galgen lande, und daher diesen infamen Brief geschrieben hat, der mich der Tat beschuldigte.«

»Wer den Brief geschrieben hat, wissen wir längst.« Mr. MacWindell hatte sich zu ihnen gesellt und erklärte nun mit stolz geschwellter Brust: »Das war eindeutig Mrs. Mellvin, die Haushälterin. Wir haben die Schriften verglichen.«

»MacWindell!« donnerte der Inspektor. »Ich habe Ihnen nicht gestattet, dieses Wissen preiszugeben.«
»Aber das paßt ja hervorragend«, sagte Richard erfreut. »Wir wissen doch, daß mein Bruder George auf sein Erbe verzichtet hat. So geht also, wenn ich kinderlos am Galgen ende, das Erbe an...«
»Ihren Cousin Alfred. Das ist nichts Neues«, fiel ihm der Inspektor ins Wort.
»Eben nicht!« trumpfte Richard auf. »Es geht nicht an Alfred. Es geht an meinen zweiten Bruder, Hermes Willowby.«
»Ihren zweiten Bruder, Mylord?« fragte der Inspektor scharf. »Sie haben uns nie etwas von einem zweiten Bruder erzählt. Ich darf Sie darauf hinweisen, daß dieses Versäumnis...«
»Ich konnte Ihnen nichts von meinem zweiten Bruder erzählen, Inspektor. Ich habe erst vor einer knappen Stunde von seiner Existenz erfahren.«
»Und Sie meinen, dieser geheimnisvolle Bruder ist der gesuchte Mörder?«
Richard grinste. »Das ist kaum möglich«, sagte er. »Hermes ist erst knapp vier Jahre alt. Sie haben ihn doch selbst gesehen. Der kleine blonde Junge, der auf Wild Rose Manor lebt.«
»Und wer ist dann der Mörder, wenn es der Junge nicht sein kann?« fragte Sandright.
»Seine Mutter natürlich. Mrs. Mellvin.«
»Mrs. Mellvin ist die Mutter des Kindes? Nicht seine Tante? Aber dann hat sie ja gelogen. Das ist aber höchst interessant«, stellte MacWindell fest.
Der Inspektor schüttelte den Kopf. »Ist es nicht«, sagte er. »Uneheliche Kinder haben keinen Erbanspruch, das sollten sogar Sie schon wissen.«
»Hermes ist kein uneheliches Kind. Vater und Mrs. Mellvin waren verheiratet«, erklärte ihm Richard.
Nun kam auch Leben in den Inspektor. »Was stehen wir noch hier herum?« fragte er. »Wir müssen sofort nach Wild Rose Manor!«
Sie erreichten das Landhaus kurze Zeit später. Die Eingangshalle war leer. Richard öffnete die Tür zum Speisezimmer und fand Hugh und seinen Bruder bei einer Tasse Tee.
»Da bist du ja endlich, Ric«, begrüßte ihn George. »Nun erzähl schon, welches Geheimnis hat dir der Pfarrer anvertraut? Ich sterbe vor

Neugierde.« Dann entdeckte er die Uniformierten, die hinter seinem Bruder im Türrahmen aufgetaucht waren. »Ach, sieh an, Sie sind auch da, Inspektor. Wen wollen Sie denn diesmal verhaften?«

»Mach keine Witze, George«, entgegnete sein Bruder kurz angebunden. »Wo ist Mrs. Mellvin?«

George zuckte mit den Schultern. »Wissen wir auch nicht. Warum brauchst du die Haushälterin? Willst du den Inspektor hier einquartieren?«

Richard beachtete ihn nicht mehr, sondern machte kehrt und drängte die anderen in die Halle zurück. Ein gedämpftes Hämmern drang aus dem oberen Geschoß zu ihnen hinunter. Es klang, als würde jemand mit voller Kraft mit den Fäusten gegen eine Tür trommeln. Sie schwiegen und lauschten gespannt, woher die Geräusche kommen konnten. War da nicht auch eine flehende Stimme zu hören, die »Aufmachen!« brüllte? Richard stürzte die Treppe empor, gefolgt von Catharine und den beiden Uniformierten. Im Flur begegnete ihnen der Diener, der ebenfalls die Ursache dieser Geräusche zu suchen schien. »Charles!« rief Richard. »Holen Sie Mrs. Mellvin.«

»Bedaure, Mylord«, antwortete dieser. »Mrs. Mellvin ist abgereist.«

Richard blieb abrupt stehen. »Abgereist?« wiederholte er fassungslos.

»Aufmachen!« schrie die Stimme. Es war eindeutig Hetty. »Hört mich denn keiner? Aufmachen! Man hat uns eingesperrt!«

Jetzt war auch Hermes' lautes Weinen zu hören.

»Sehen Sie zu, daß Sie die Dame befreien. Wir werden uns im Zimmer von Mrs. Mellvin umsehen«, schlug der Inspektor vor. »Ich komme mit Ihnen«, beschloß Catharine.

Richard war bei der Tür zum Zimmer seiner Schwester angelangt. »Ich bin da, Hetty«, rief er. »Hier steckt kein Schlüssel. Wissen Sie, wo sich der Ersatzschlüssel befindet, Charles?«

Der Diener schüttelte bedauernd den Kopf.

»Tritt zurück, Hetty. Wir brechen die Tür auf. Kommen Sie, Charles!« Mit vereinten Kräften donnerten sie gegen das Türblatt.

»Noch einmal, und wir sind bei dir«, keuchte Richard, während er mit Anlauf noch einmal gegen die Türe sprang. Ächzend gab sie nach. Richard kletterte durch die Öffnung und schloß seine aufgeregte Schwester in die Arme. Mit einer Hand tätschelte er Hermes' Kopf, um den kleinen Jungen zu beruhigen.

»Kann mir jemand sagen, was das zu bedeuten hat?« fragte Hetty ungehalten. »Ich kam vor etwa einer halben Stunde mit Hermes von einem Spaziergang zurück. Wir wollten wie jeden Tag die gesammelten Steine in unsere Schatztruhe legen. Leider klemmte der Schlüssel, und ich bemühte mich eine Zeitlang, die Truhe zu öffnen. Doch vergebens. Als ich Charles zu Hilfe holen wollte, konnte ich auch die Zimmertür nicht mehr öffnen. Es war wie verhext. Ich habe getrommelt und gerufen, aber niemand hörte mich.«

»Vermutlich hat dich Mrs. Mellvin eingesperrt, bevor sie abreiste«, erklärte ihr Richard.

»Mrs. Mellvin? Abgereist?« wiederholte Hetty verständnislos.

»Sieh mal, was wir gefunden haben!« rief Catharine, die hinter der kaputten Tür sichtbar wurde. »Mrs. Mellvin hat uns ein Schreiben hinterlassen.«

»Es handelt sich dabei eindeutig um die Schrift der Haushälterin«, bestätigte der Inspektor, der ebenfalls zurückgekommen war, mit wichtiger Miene.

»Lies vor!« forderte Richard sie ungeduldig auf.

»Mylord«, begann Catharine zu lesen. »Sie haben sicher soeben erfahren, daß ich mit Ihrem Vater, dem Viscount, rechtmäßig verheiratet war und daß Hermes unser gemeinsames Kind ist. Ihr Vater hat sich geweigert, mich der Öffentlichkeit als seine Gattin zu präsentieren. Das habe ich ihm nie verziehen. Ich habe alles versucht, um wenigstens meinem Sohn eine unbeschwerte Zukunft zu sichern. Ich versuchte, den Viscount dazu zu veranlassen, Sie zu enterben. Doch am Abend, als er starb, teilte er mir mit, daß er das nicht übers Herz brächte. Trotz der zahlreichen Beweise für Ihren liederlichen Lebenswandel, die ich gesammelt hatte. Ich habe Ihren Vater trotzdem nicht umgebracht. Er starb plötzlich während des Streites, den wir hatten, als Sie bereits zu Bett gegangen waren. Er riß die Augen auf, griff sich ans Herz, und bevor ich etwas unternehmen konnte, sank sein Kopf nach vorne auf die Tischplatte, und er war tot. Ich habe ihm dann die kleine Marmorstatue über den Kopf gezogen, damit es wie Mord aussieht. Und ich wollte, daß Sie als Mörder verhaftet werden. Ich weiß, das war unrecht, doch ich tat es für Hermes. Heute bin ich froh, daß es nicht geklappt hat, denn sonst hätte ich Sie auf dem Gewissen. Während Sie diese Zeilen lesen, bin ich mit dem Marquis auf dem Weg nach Frankreich, wo ich ein neues Leben beginnen möchte. Hermes bleibt bei Ihnen, denn er gehört auf Wild Rose Manor. Ich vertraue darauf, daß Sie gut für Ihren Bruder sorgen. Geld und Garderobe nehme ich mit. Ich finde, beides steht mir zu, nach all dem, was ich hier durchgemacht habe. Leben Sie wohl. Ihre Viscountess Willowby, genannt Mrs. Mellvin.«

»Geld!« fuhr Richard auf. »Sie hat doch nicht etwa die Kasse mitgenommen? Rasch, Inspektor, wir müssen ihr nach! Wir müssen die beiden einholen! Sie brennen soeben mit dem gesamten Barvermögen der Willowbys durch.«

Hermes, der nicht verstand, was um ihn herum geschah, brach wieder in Tränen aus. Catharine nahm ihn sofort auf den Arm.

»Warte, Richard!« rief Hetty. »Bevor du gehst, hilf mir bitte, die Schatztruhe aufzubrechen. Ich kann sie, wie gesagt, nicht aufsperren, da der Schlüssel klemmt. Hermes wird sich sicher beruhigen, wenn er mit seinen Steinen spielen kann. Was für eine Grausamkeit von Mrs. Mellvin, ihren Sohn im Stich zu lassen.«

Richard blieb stehen und drehte sich aufseufzend um. »Also gut«, sagte er. »Damit sich der arme Kerl beruhigt. Wo ist die Kiste? Charles, bringen Sie Hammer und Stemmeisen.«

»Sehr wohl, Sir.« Der Diener verbeugte sich und eilte von dannen. Das war ja eine tolle Neuigkeit! Er konnte es kaum erwarten, sie an die übrige Dienerschaft weiterzuerzählen. Die gewünschten Werkzeuge waren rasch herbeigeschafft. Hetty kniete nieder und zog die Truhe wieder unter ihrem Bett hervor.

»Aber das ist doch…«, entfuhr es Richard fassungslos. »Das ist die Truhe, in der Mrs. Mellvin das Geld verwahrt!«

»Nein, das ist sie nicht«, berichtigte ihn seine Schwester. »Hermes verwendet sie für seine Steine.«

»Bist du sicher?« fragte Richard und setzte das Stemmeisen an.

»Natürlich. Ich habe doch selbst die Steine hineingelegt.«

Zwei, drei, vier Hammerschläge, und der Deckel sprang aus dem Verschluß und ließ sich ohne Probleme öffnen. In der Truhe lag das ganze Geld der Willowbys. Richard sprang auf und fiel zuerst seiner Schwester und dann seiner Gattin um den Hals. »Wie auch immer das zugegangen ist, das ist der erfreulichste Tag in meinem Leben!« rief er aus.

»Meine Steine?« schluchzte Hermes.

»Wir sammeln neue«, versprach ihm Hetty. »Noch schönere.«

Was ist denn hier los?« hörten sie Georges erstaunte Stimme vom Flur her. »Wer hat denn die Tür zertrümmert.«
»Ach, das war Richard. Mrs. Mellvin hatte Hetty eingesperrt«, erklärte Catharine.
»Tatsächlich?« erkundigte sich Hugh, der ebenfalls erschienen war. »Wo ist denn Mrs. Mellvin? Habt ihr sie gefunden?«
»Sie ist mit Roger de la Falaise auf dem Weg nach Frankreich. Mit einer Reihe bunter Kleider und einer Kiste voll mit Steinen«, erklärte ihnen Catharine.
»Steinen?« wiederholte George. »Warum denn das?«
»Die Darstellung der Ereignisse im Abschiedsbrief dürfte der Wahrheit entsprechen«, meldete sich der Inspektor zu Wort, noch bevor jemand George antworten konnte. »Es scheint tatsächlich so, als sei der Viscount eines natürlichen Todes gestorben. Wir hatten ohnehin erhebliche Zweifel, daß es möglich sein sollte, einen erwachsenen Mann mit der kleinen Marmorstatue zu erschlagen. Doch allein die Tatsache, daß diese Frau versuchte, Sie an den Galgen zu bringen, reicht aus, um ihr einige Jahre im Zuchthaus einzubringen. Wenn Sie es wünschen, Mylord, nehmen wir die Verfolgung umgehend auf.«
»Aber nein!« rief Richard aus. »Lassen Sie die beiden in Ruhe fahren. Ich ziehe es bei weitem vor, diese Frau in Frankreich zu wissen, um hier einen Skandal zu vermeiden. Was meinst du, Catharine?«
»Du hast recht, Richard«, stimmte sie ihrem Gatten zu. »Ein Leben mit Roger ist Strafe genug. Noch dazu, da die beiden kein Geld haben.«
»Wirklich ein schweres Leben«, bemerkte George schadenfroh.
»Ein wahrhaft steiniges Leben«, bestätigte Richard grinsend.
Alle stimmten in ein befreites Lachen ein.
»Jetzt muß ich mich aber meinen neuen Pflichten widmen«, sagte Catharine schließlich. »Ich werde Rosie anweisen, das Zimmer neben dem meinen zu richten. Ich möchte Hermes ganz in meiner Nähe haben. Komm, junger Freund, wir sehen uns dein neues Kinderzimmer an.« Sie reichte dem Kind die Hand, das bereitwillig neben ihr hertrottete.
»Und ich werde eigenhändig alle Bilder von den Wänden nehmen.« erklärte Richard. »Helft ihr mir, George und Hugh? Das griechische Zeitalter ist endgültig zu Ende.«

Sophia Farago

Die Braut des Herzogs

Roman

Band 11495

Der Herzog von Wellbrooks ist einer der tonangebenden Dandys im London der Regency-Zeit. Damals lag England im Krieg mit Napoleon, ein Kampf, der erst in Waterloo endete. In den adligen Zirkeln von London geht indessen das gesellschaftliche Leben seinen gewohnten Gang: Debütantinnen-Bälle, Tea-Partys, Wettrennen mit Pferden. Auch Wellbrooks frönt allerlei Vergnügungen in einer Zeit, die für ihren lockeren Lebensstil noch heute berühmt und berüchtigt ist. Erschien der vermögende, gutaussehende und hochadlige Wellbrooks auf einem der zahllosen Debütantinnen-Bälle, so war ihm die Aufmerksamkeit der Damenwelt gewiß. Die Mütter drängten sich um ihn, um ihm ihre jungen Töchter vorzustellen – denn der unverheiratete Wellbrooks war zweifellos der begehrenswerteste Junggeselle Londons. Um diesem Ansturm auf seine Person zu entgehen, macht Wellbrooks auf Anraten seiner lebensklugen Großmutter der ihm völlig unbekannten Miss Olivia Redbridge einen Heiratsantrag, mit der Absicht einer Vernunftsehe. Olivia lebt bei Bath auf dem Lande, führt den Gutshaushalt ihres verwitweten Vaters und ist mit dem mondänen Treiben in der Hauptstadt überhaupt nicht vertraut. Als Olivia nun zur Ballsaison erstmals nach sechs Jahren wieder nach London kommt, und die beiden sich kennenlernen, sind sie voneinander sehr beeindruckt...

Fischer Taschenbuch Verlag

fi 644 / 4

Sophia Farago

Maskerade in Rampstade

Roman

Band 11430

Auf die dringende Bitte ihres Jugendfreundes George Willowby reist die selbstbewußte junge Adlige Sophia Matthews von Winchester nach Rampstade Palace in York, dem Herzogsitz von Georges Großmutter. Kurz vor der Ankunft dort eilt ihr nach einem Kutschenunfall ein stattlich wirkender Straßenräuber-Hauptmann zu Hilfe und geleitet Sophia bis zum nahe gelegenen Adelssitz Grandfox Hall, wo sie gastfreundliche Aufnahme findet. Jojo, der Straßenräuber, verabschiedet sich allerdings am Portal. Nach diesem Zwischenfall erreicht Sophia Rampstade Palace. George bittet sie, sich gleich gegenüber der kränklichen reichen Herzogin als seine Verlobte auszugeben, damit diese ihn in ihrem Testament zum Haupterben bestimmt. Dadurch glaubt er sich seinem Cousin und Erbschaftsrivalen, dem benachbart wohnenden Earl of Cristlemaine, im Vorteil. Die auf sympathische Weise selbstbewußte Sophia geht mit spielerischer Leichtigkeit darauf ein und amüsiert sich vor allem auf einem inzwischen stattfindenden Maskenball, auf dem auch Jojo, der Straßenräuber, wieder auftaucht...

Fischer Taschenbuch Verlag

fi 645 / 3